江汉大学中国语言文学重点学科资助项目
湖北省人文社会科学重点研究基地
江汉大学武汉语言文化研究中心资助项目

江汉大学中国语言文学学术文库

（第一辑）

主编　彭松乔　吴艳

苏门六弟子散文研究

朱晓青　著

中国社会科学出版社

图书在版编目(CIP)数据

苏门六弟子散文研究／朱晓青著 . —北京：中国社会科学出版社，2018.9
ISBN 978 - 7 - 5203 - 0764 - 2

Ⅰ . ①苏…　　Ⅱ . ①朱…　　Ⅲ . ①古典散文—古典文学研究—中国—北宋
Ⅳ . ①I207.62

中国版本图书馆 CIP 数据核字（2017）第 174284 号

出 版 人　赵剑英
责任编辑　张　湉
责任校对　张依婧
责任印制　李寡寡

出　　　版　中国社会科学出版社
社　　　址　北京鼓楼西大街甲 158 号
邮　　　编　100720
网　　　址　http://www.csspw.cn
发 行 部　010 - 84083685
门 市 部　010 - 84029450
经　　　销　新华书店及其他书店

印刷装订　环球印刷（北京）有限公司
版　　　次　2018 年 9 月第 1 版
印　　　次　2018 年 9 月第 1 次印刷

开　　　本　710 × 1000　1/16
印　　　张　17.75
字　　　数　286 千字
定　　　价　80.00 元

总　序

　　"苟日新，日日新，又日新。"在今天这个"比历史上任何时期都更接近中华民族伟大复兴"梦想的时代，先进文化的积极引领，对于丰富人民精神世界，增强民族精神力量显得尤为重要！适逢这样文化昌明的盛世，作为有担当的高校学术研究者，我们理应以优秀文化的赓续者为己任，守正创新，不断推动学术研究走向深入。正是在这一文化筑梦的历史际遇时期，历经多年学术积累和孵化，《江汉大学中国语言文学学术文库》终于破壳而出。

　　"求木之长者，必固其根本；欲流之远者，必浚其泉源。"作为历史并不太长的地方性高校一级学科，江汉大学中国语言文学学科经过几代学人的不懈建设，在学术上取得了长足进步，但我们深知坚守学术命脉的重要性，因此，不为时世左右，注重学术积淀，扶持优秀人才，积极探索创新，始终是我们立足学科建设的初心和动力。正是由于坚守学术命脉，近年来本学科先后出版"文艺生态探索丛书"、"领域语言研究丛书"和"武汉作家论丛"，在学术界产生了较好的影响。

　　当然，这并不是说，我们的学科建设就止步于此！我们深知，在这个"大众创业，万众创新"的时代，传统如"中国语言文学"学科也必须在"创新"的熔炉中浴火重生！这不仅意味着学术研究需要新的视野、新的思路、新的方法、新的材料和新的发现，而且亟需我们在中西兼容、古今汇通、语言与文学并包的多元立体的格局中寻找新的学术生长点。在练好专业内功的同时，积极介入当下思想文化建设与社会改革潮流，发挥大学人文学科应有的"思想库"和"文化智囊"的作用；在条件趋于成熟的前提下，加大横向文化整合力度，创建跨学科、跨语际、跨文化的学科群；在尊重学术个体独立性、创造性和学术多样化的基础上，探寻融个人与团体于一炉新型学术运行机制，整体推出对社会产生重大影响的标志性成果……

正是秉持这样的学术理念，江汉大学中国语言文学学科（武汉市重点建设学科）和江汉大学武汉语言文化研究中心（湖北省人文社会科学重点研究基地）联手推出《江汉大学中国语言文学学术文库》丛书。丛书第一辑共十本，其内容相当广泛，涉及中国语言文学学科的多个二级学科。十本专著的共同特点是材料较为扎实、具有一定的跨学科与开放性，所阐释的观点或尖锐、或公允，或有待商榷，但都力避平庸，力求有所发现，有所创新。至于其学术价值，则仁者见仁智者见智，无须我们赘言。为了保证丛书选编的公正、公平和公开，我们专门成立了学术委员会对丛书进行了遴选，大家坚守学术命脉的初心，提出了很多建设性的修改意见，这是值得特别提及的。

丛书的出版得到江汉大学校领导的支持与指导，得到人文学院领导班子的呵护与扶持，也得到了中国社会科学出版社的支持和帮助，借此机会我们表示由衷的感谢！与此同时，我们也希望，这套丛书出版后能得到方家的指导、同仁的关注和读者的喜爱，并希望有更多更新的成果延续出版，以推出丛书的第二辑乃至更多辑。所谓薪火相传，生生不息是也。

"春阴垂野草青青，时有幽花一树明。晚泊孤舟古祠下，满川风雨看潮生。"在信息化和全球化的时代浪潮下，漫步于在诗和远方的中国语言文学学科正面临着前所未有的挑战，也赶上了千载难逢的机遇。愿我们不辜负伟大时代的召唤，乘着学术创新的东风，把江汉大学中国语言文学学科引向更加美好的未来。

彭松乔　吴艳

2016 年 8 月 21 日

献给我的母亲

目　　录

导　言

一　课题来源

苏门六弟子是指北宋文学家苏轼门下的六位文士：黄庭坚、陈师道、秦观、张耒、晁补之和李廌，史称"苏门六君子"。这里称其为"弟子"而非"君子"，乃因"君子"之名重道德评价，而"弟子"重师承关系。本选题以"六弟子"而非"六君子"之称谓冠名于苏轼门下黄庭坚等六位文士，盖因，一则，六人的文学活动于历史陈述中已成相对固定的文人集团，可作为文学研究的整体考察对象以展开批评；二则，本选题的研究重心在考察六人的散文创作与苏轼文章之承传递进关系，视域虽跨越文学史、文化史和思想史领域，然相对集中于文学史，故以"弟子"名之。

苏门六弟子作为一个文人集团，在北宋中后期文坛具有重要地位，各自的文学成就都非同凡响，在文学史和学术史上影响深远。黄庭坚是江西诗派的开宗立派人物，代表了宋诗的主体风貌，与苏轼并称苏黄，也是书法大家。陈师道是江西诗派三宗之一，秦观在文学史上以词著称，张耒、晁补之也都负盛名，唯李廌声名不及其他几位，但也别具一格。他们的成就与地位给研究者留下了相当深广的开拓空间。对这些文学大家、名家，既有的研究角度一般集中在诗词赋等文体，而散文创作是一个相对冷门的研究领域，过去关注有限。近年来，对这几位对象的研究逐渐延伸到散文创作，有相应成果出现，而群体性、整体性的，针对散文创作的研究成果少见出现。这正是本书研究的着力之处。

本书涉及苏轼与苏门弟子文学思想、散文创作的比较研究，各弟子散文艺术的个案研究与整体观照，作为一个群体，在北宋中后期文坛的定位与评价，以及与北宋古文运动的关系，和六弟子在散文史上的定位问题。

二　研究背景

1. 本课题相关领域的历史、现状和前沿发展情况

历史上关于苏门弟子、文人集团有"苏门四学士""苏门六君子"之称，前者出现于元祐年间苏轼与黄庭坚、张耒、秦观、晁补之等人任职馆阁、交往酬唱时期。后者来自南宋，传为陈亮编辑的《苏门六君子文粹》。

本课题涉及作家研究、作品研究、文学批评、文学史、学术史等相关领域。

（1）关于作家研究，可分为群体研究和个体研究。群体研究比较早深入苏门文人集团领域的是王水照先生，如其苏门研究系列论文。杨胜宽先生的苏轼与苏门文人集团研究也引人注目。与本课题直接关联的有马东瑶博士的《苏门六君子研究》和张丽华博士的《苏门六君子交谊考论》，二者主要侧重文人交游与其创作的关系，以及道德层面的考量（关于君子的称谓，以及党争背景下文人的命运走向）。

关于个体研究，六人中相对而言，黄庭坚和秦观最受研究者瞩目，产生的研究成果也最为丰富。黄庭坚研究成果反映在对其生平、哲学及文艺思想、人格修养、诗词以及诗学体系等多方面，其作品整理有四川大学出版的《黄庭坚全集》。近年来其散文创作也引起重视，有相关研究论文。如全面涉及散文创作的徐建平博士论文《黄庭坚散文研究》，有专门就某种文体展开的，如对其铭、字说文、题跋、书简等方面的研讨。可开拓的空间很多。

秦观一直是作为词家存在于研究者视野，近年其诗歌、散文也逐渐引起注意，就某一文体如策论而展开的研讨一直延续。另外，有（台湾）张忠智博士论文《秦观散文研究》，硕士论文如《试论秦观散文中的"理"与"事"》等，都可看出研究者的兴趣。

张耒研究有湛芬的专著，以及近年来有关其散文创作的硕士论文。晁补之研究，或作为文学（学术）家族研究的一部分，而进入视野。另有极少量关于其散文创作的专题论文。

对陈师道的研究过去较为关注其诗歌创作，近年来有涉及其书简的

专题论文出现。李廌研究有硕士论文。相对而言，这两个研究对象较为冷门，既有成果不够丰富。

（2）作品研究。即指文体研究而言，将苏门弟子的散文创作纳入到某类文体的研究视域之中。广义而言，通论性质的散文史、断代性质的宋代散文研究都有涉及，即如郭预衡先生的《中国散文史》中关于苏门弟子散文创作的论述，再如朱迎平先生《宋文论稿》中的相关研究论文。王水照先生主编的《宋代文学通论》中关于宋代散文的部分也有论及。曾枣庄先生的《宋文通论》是近来较为引人注目的成果。其他还有杨庆存先生的《宋代散文研究》等。就某一文体而言，诸如史论、试论的研究，也有关联。如孙立尧的博士论文《宋代史论研究》涉及苏轼与秦观等人的史论，吴建辉的博士论文《宋代试论与文学》关注科举与试论写作的关系。

作品、文本、文集的整理，有今人整理出版的《黄庭坚全集》《张耒集》《淮海集笺注》，其他如晁补之、陈师道的文集有影印四库荟要本印行，李廌有《师友谈记》《德隅斋画品》印行。近来《全宋文》的整理出版为本课题研究提供了良好的参照。

（3）文学理论批评研究。包括散文理论、文学创作潮流、走向等等，这方面有涉及唐宋古文运动的专著如祝尚书《北宋古文运动发展史》、（台湾）何寄澎的《北宋的古文运动》，及其他研究古文运动的博士论文。在理论批评方面有《中国古典散文理论史》等，在专论方面有讨论文道关系的著作。此外，关于散文史书写的研究以及学术档案的梳理是新近学术界较为引人注目的现象，也有部分成果产生。如阮忠先生的"散文史学术档案"系列研究、闵泽平的"唐宋八大家学术档案"研究等等，都是比较前沿的成果。

简言之，本课题相关领域非常广泛，有直接关联的创作主体研究、文本研究，也有创作背景、文学思潮研究，以及对文学批评的研究，关系到创作、传播、接受的各个方面，呈现出非常全面的文学研究的生态景观。以下就对本课题有直接关系或影响的研究成果择其要者述之。

2. 前人的研究成果

（1）苏门研究方面，王水照先生的系列研究对苏门的性质和交游状况作出了很有参考价值的界定。其《"苏门"的性质和特征》一文认为"'苏门'是以交往为联结纽带的松散的文人群体",它的形成有一个从个别交游到聚集于苏轼门下的过程,它的构成形态是以苏轼为核心、以"四学士""六君子"为骨干的多层次的网络结构。其性质是政治上自立自断、学术思想上独立思考、文学艺术上自由创造的集合体。① 其《"苏门"的形成与人才网络的特点》则侧重于分析苏门这一文人集团形成的具体过程和成员情况。②

杨胜宽先生的《苏轼与苏门文人集团研究》对苏轼的主体人格特征以及苏轼与苏门文人的交游有深入的探究,分见其系列论文《苏轼与张耒——兼论张耒的文艺理论与创作实践》《改革与人生:苏轼、张耒的共同话题——兼论黄州之贬对二人的影响》《少游"词心"深契东坡——苏轼、秦观词异同论》《苏轼与秦观用情的不同方式》《宗骚与慕陶:苏门学士之一晁补之论》《"以故为新、以俗为雅"——析苏、黄创立"宋调"的一条作诗原则》《陈师道与苏轼交谊考论》《苏轼与毕仲游交谊考述》《李之仪与苏轼交游散论》《李之仪文艺思想论析——兼论与苏轼文艺思想的关系》《君子知人相勉于道——论苏轼与李廌的二十年师友情》等。③

马东瑶博士的《苏门六君子研究》④ 以"六君子"的称谓为切入点,从文化史、思想史和文学史的关系着眼,梳理"六君子"称谓的来历、含义、逐步定型、传播乃至典范化的过程,揭示"六君子"的道德性历史评价的真相。马东瑶博士的研究侧重"六君子"的道德典范化的历史过程的追索,而对于研究对象的文学成就没有正面展开论析,由此给后来者的进一步探索留下了开拓的空间;而且,马东瑶博士在论及六君子的文学活动时也是较多针对诗歌创作,而对散文着墨不多,而这正是本文的用力之处。

朱迎平先生《论"苏门"弟子的散文创作》⑤ 一文论及苏门的形成及散文创作概貌,从策论奏议、序文杂记、题跋尺牍等多种文体角度

① 王水照:《苏轼研究》,河北教育出版社 1999 年版,第 40 页。
② 《王水照自选集》,上海教育出版社 2000 年版,第 374 页。
③ 杨胜宽:《苏轼与苏门文人集团研究》,四川人民出版社 2010 年版。
④ 马东瑶:《苏门六君子研究》,北京大学出版社 2005 年版。
⑤ 朱迎平:《宋文论稿》,上海财经大学出版社 2003 年版,第 75 页。

论述了苏门弟子的散文创作成就，及其在散文史上的贡献。

（2）宋文研究方面，王水照先生主编的《宋代文学通论》① 有关宋代散文创作的部分，从文体内部的破体为文，到不同文体之间的创作融合（以文为诗、以文为赋、以赋为文），论及宋文的创作特征，阐述宋文在题材、体裁方面的继承改造与开拓创新。从体派的角度，论述不同时期，宋文的创作风貌。并从思想史、学术史的角度探讨宋学、佛教、道教与宋代文学创作的关系，并延伸到学术史上宗宋与宗唐的公案。这些都体现了这部著作的理论深度，有启发意义。

（3）古文及古文运动研究方面，钱穆先生《杂论唐代古文运动》② 论及韩愈古文以诗为文，以及韩柳对于古文的贡献。

何寄澎《北宋的古文运动》③ 讨论北宋古文运动发生的背景、理论基础以及发展历史，考察古文之文道观、文统观、意与气等理论范畴，将北宋古文运动分为欧阳修之前与欧阳修之后，突出其历史地位与意义。并对苏轼的文学观念与创作进行深入细致的分析，阐明他对北宋古文运动所构成的复杂影响。

另外，日本学者副岛一郎有关唐宋古文的研究也值得注意，如其《唐宋古文中的"气"论与"雄健"之风》《宋初的古文与士风——以张咏为中心》④ 等论文。

三　研究的突破与创新

在现有的研究背景下，本课题的突破创新首先表现在选题方面。如前所述，同类对象的研究者，如《苏门六君子研究》《苏门六君子交谊考论》或将重心置于各人交游与创作的关系，作品研究系诗歌创作，未及散文。近来有研究者已将视线转至散文领域，开拓新的空间。然较多聚焦个体创作，群体性的研究成果不够丰富，有待深入探索。

其次，表现在研究角度方面。苏门六弟子在北宋文坛占有突出地位，其散文创作的个性差异与共性追求是值得研究的课题。苏轼与苏门

---

① 　王水照：《宋代文学通论》，河南大学出版社 1997 年版。
② 　钱穆：《中国学术思想史论丛（四）》，东大图书股份有限公司 1983 年版。
③ 　何寄澎：《北宋的古文运动》，上海古籍出版社 2011 年版。
④ 　副岛一郎：《气与士风——唐宋古文的进程与背景》，上海古籍出版社 2005 年版。

弟子在文学思想观念上的碰撞，以及对散文创作的影响，也值得讨论。本课题的研究思路受到何寄澎先生《北宋的古文运动》的启发。氏著论及苏轼的文学观念与创作成就对北宋古文运动的复杂影响，阐明古文艺术在苏轼手中"臻于华丽之极致，必然由盛转衰"，理学家对苏轼及苏门一派的排斥或可见一端。苏门弟子如黄庭坚、张耒者，在散文理论上对苏轼的观念有所矫正，这一研究视域的深入正是本课题展开的方向之一。

最后，研究观念与方法回归本土传统。一直以来，学界有识之士皆致力于改进古典散文的研究方法，创造有本土传统特色的古典散文研究理论话语体系。熊礼汇先生在《对古代散文研究的再思考》一文中阐明现今古典散文研究"应切合古人散文创作与批评的实际，应准确认识古典散文的文体特征，用分而论之的方法揭示古典散文的文学性与艺术美，从艺术精神入手，探讨一家一派一代散文的艺术特色及其成因，进而整合古代散文理论，用有民族特色的批评话语论说古典散文"①。

本课题尝试将文本分析与主体精神气象的解读、构建相结合，突出文学创作与主体观念、方法、才性之间的关系。力求研究切合古人的创作实际，而不是隔空打牛，自说自话。文本阅读与分析实际上就是与古人的精神世界展开对话，本课题力求将这一过程以合乎逻辑的方式呈现出来。

四　研究目的和意义

苏轼以文坛宗主之地位引领一代文风，门下黄庭坚等六弟子于文学创作亦各逞擅场，散文在各自的创作中都占有相当比重。作为一个群体，苏门六弟子的散文写作，在北宋中后期的文坛，是一个相当可观的存在，一股重要的力量。

苏轼作为文坛盟主，门下六弟子之文与苏文之间，是相互借鉴取法，还是自得其特色，彼此增益、批评、促进，令古典散文的各个文体都有相当的发展。在北宋中后期的历史坐标中，六弟子的散文写作处于怎样的位置，他们对于北宋中后期古文写作的走向起到什么作用，这些

① 阮忠：《中国散文史学术档案》，武汉大学出版社 2011 年版，第 240 页。

都是值得关注的问题。北宋古文运动在欧阳修、苏轼手中取得巨大的创作成果，形成宋文平易自然、思理深致的主要特色，而在此之后，古文运动的走向又当如何？六弟子以其散文写作，令北宋古文运动又有怎样的延续？这些问题都值得研讨。

本文立论基于以下几点考虑：

其一，苏轼儒道释杂糅的思想观念改变了古文的艺术精神，超逸出儒家的思想范畴，对古文运动造成复杂的影响。

其二，黄庭坚、张耒等苏门弟子在文学观念上对苏轼有所纠正，其散文创作之于古文运动的影响及关系有待考察，是否可以纳入古文运动之后劲，值得探究。

其三，苏门学风自由而多样化，这一群体的散文创作成就，应给予怎样的历史定位，值得分析。

以上就是本课题需要解决的关键问题，也即研究目的之所在。其研究意义即在重新评价这一文人群体的散文创作成就，对其历史地位给予合乎逻辑的价值判断。

第一章 苏门六弟子与苏轼的师承关系

苏门六弟子系指北宋中后期文坛上的六位著名作者：黄庭坚、秦观、晁补之、张耒、陈师道和李廌。他们的人生经历和文学创作与苏轼有很深的渊源，都属于苏门文人。在历史上，对这一文人群体有两个相关的称谓，一个是"苏门四学士"，指黄庭坚、秦观、晁补之、张耒四人。这一名号出现在元祐年间，黄、秦、晁、张四人共同任职馆阁时期，因为馆职学官一般称为学士，故而当时他们四人被称为"苏门四学士"。另一个称谓是"苏门六君子"，至迟出现在南宋。据史料记载，王十朋在评价晁补之时就使用了"苏门六君子"这一名号①。另外，南宋出现的、传为陈亮编辑的《苏门六君子文粹》，这一文集选本的出现，也可说明在南宋已经存在将黄、秦、晁、张、陈、李六人视为一个文人群体的既有看法。

本文将黄、秦、晁、张、陈、李六位研究对象统称为"苏门六弟子"，而没有沿用既有的"苏门六君子"，乃是基于几点考虑。一是"君子"之名，其内涵在对主体的道德评价与道德判断。黄、秦等六人之所以得名"六君子"，其原因就在于，他们身为苏门文人，在北宋新旧党争的政治背景下，持道自重，"临大节而不可夺"（黄庭坚语）。在个人宦海沉浮的命运走向中，与苏轼共同进退，共同承担了人生起落、

① 王十朋：《喻叔奇采坡诗一联云"今谁主文字，公合把旌旄"为韵，作十诗见寄，某惧不敢和，酬以四十韵》："斯文韩欧苏，千载三大老，苏门六君子，如籍湜郊岛。大匠具明眼，一一经选考。岂曰文乎哉，盖深于斯道，诸公既九原，气象日衰槁。山不见泰华，水但识行潦。词人巧骈俪，义理失探讨。书生蔽时文，习史未易藻。……心慕大手笔，所恨生不早。乡合门及韩，不类端可保。赏识遇欧坡，当为簏中宝。声名于不掩，光艳姑自葆……"（《梅溪先生后集》卷十九）引自《晁补之资料汇编》，中华书局 2008 年版，第 54 页。

仕宦迁谪的命运馈赠（李廌以布衣终身，不予此列）。他们在后世得名"六君子"，在历史中的地位评判有一个"道德典范化"的过程，"六君子"之名更多地具有道德考量的意义。二是"弟子"之称，侧重于师承关系。本文的研究重心在六人的散文创作，在梳理苏轼与六人在散文创作观念以及创作艺术之间的传承创变关系，以"六弟子"来统称这一文人群体，相对于"六君子"，更契合本文研究内容的实际，在表述上也更贴近研究对象的实际。

以下，本文将从苏轼与六人之间的关系入手，梳理两者之间的师承关系，说明"弟子"之称在苏轼与六人散文创作实际中的指向意义。

第一节　苏门"弟子"称呼的由来

苏轼与黄、秦、晁、张、陈、李六人建立师弟关系，彼此维系终生不渝的深厚交谊，这一过程乃由彼此之间的相互发现、相从交游，以及座师对门生的培养提携、门生对座师的尊崇敬慕等诸多环节所构成。以下就苏轼与六人的相得与订交，以及六人对苏轼的尊崇中所体现的师道，来展开论述。

一　苏轼与六弟子的相得与订交

苏轼与苏门六弟子的相互发现乃是基于彼此的相互需要而促成。对苏轼而言，苏轼继欧阳修主盟文坛，就如同当年欧阳修发现、培养文坛新生力量以推进北宋古文运动一样，苏轼也有这样的宗主观念和传承意识。据李廌《师友谈记》所载，"东坡尝言文章之任，亦在名世之士相与主盟，则其道不坠。方今太平之盛，文士辈出，要使一时之文有所宗主。昔欧阳文忠常以是任付与某，故不敢不勉。异时文章盟主，责在诸君，亦如文忠之付授也"①。正是基于文坛领袖之文道传承的责任感，苏轼始终致力于发现人才，为文学事业储备人才，以保证文道的继承和

①　见（宋）李廌、朱弁、陈鹄撰，孔凡礼点校：《师友谈记·曲洧旧闻·西塘集耆旧续闻》，中华书局2002年版，第44页。参见《苏轼资料汇编》上编第一册，中华书局1994年版，第89页。

延续。苏轼广引同道，与之交游的著名人士有二十余人，其中不乏文学艺术领域的大家，如米芾、张先、文同等。① 在苏轼门下集结了当时文坛的诸多优秀人才，而史称"苏门四学士"或"苏门六君子"的黄庭坚、秦观等人，则是苏门文人的核心成员。苏轼正是在黄、秦、晁、张、陈、李六人身上寄予厚望，以托"斯文之不坠"，挽"吾道之不坠"，此即苏轼对六弟子的需要。

从六弟子的角度而言，他们也需要苏轼。这种需要，非关功利，而是出于纯粹的对道与艺的追求。正如秦观所言，苏轼之道"如日月星辰，经纬天地；有生之类，皆知仰其高明"②。正是出于对苏轼道德文章的由衷景仰和敬慕，六弟子不约而同地接近苏轼，追随苏轼，研道习艺，终生不渝。

以下简要分说六弟子与苏轼的相互发现与订交过程。

黄庭坚与苏轼正式订交在元丰元年（1078）。③ 此前，苏轼分别在孙觉、李常处读过庭坚的诗文，非常惊讶，"以为非今世之人"，孙觉说此人尚未为人所知，希望苏轼为之延誉，称扬其名。苏轼笑说："此人如精金美玉，不即人而人即之，将逃名而不可得，何以我称扬为！"④ 苏轼认为，观庭坚之文，求其为人，"必轻外物而自重者，今之君子，莫能用也"⑤。而黄庭坚对苏轼仰慕已久，与苏轼有过数面之缘，然彼自觉"齿少且贱，又不肖，无一可以事君子，故常望见眉宇于众人之中，而终不得备使令于前后"⑥，不敢贸然结识于前。庭坚当是从孙觉、

---

① 胡应麟：《诗薮·杂编》卷五载："王平甫、王晋卿、米元章、张子野、滕元发、刘季孙、文与可、陈述古、徐仲车、张安道、刘道原、李公择、李端叔、苏子容、晁君成、孔毅父、杨次公、蒋颖叔等，皆与子瞻善者。黄鲁直、秦少游、陈无己、晁无咎、张文潜、唐子西、李方叔、赵德麟、秦少章、毛泽民、苏养直、邢惇夫、晁以道、晁之道、李文叔、晁伯宇、马子才、廖明略、王定国、王子立、潘大观、潘邠老、姜君弼，皆从东坡游者。"胡应麟：《诗薮》，上海古籍出版社1979年版，第311页。

② 秦观：《答傅彬老简》，《淮海集笺注》卷三十，上海古籍出版社1994年版，第981页。

③ 本节对六弟子与苏轼订交过程的描述参考了王水照先生《"苏门"的形成与人才网络的特点》一文，见《王水照自选集》，上海教育出版社2000年版，第374—391页。

④ 《答黄鲁直》，《苏轼文集》卷五十二，孔凡礼点校，中华书局1986年版，第1531页。

⑤ 同上。

⑥ 《上苏子瞻书》，《黄庭坚全集》正集卷第十八，四川大学出版社2001年版，第457页。

李常（或他人）处得知苏轼对自己的赞誉，"传音相闻"，故在元丰元年致书苏轼，赞美苏轼"学问文章度越前辈，大雅恺弟约博后来。立朝以直言见排退，补郡则上课最。可谓声实相当，内外称职。凡此数者，在人为难兼，而阁下所蕴，海涵地负，特所见于一州一国者耳"。自己"为禄仕所縻，闻阁下之风，乐承教而未得者也"①，表达了"亲炙光烈""求列门墙"的意愿。庭坚此书"执礼恭甚"②，随函并上《古风二首》，"托物引类"③，赞美苏轼品格皎洁，表达自己追随其后的愿望。是为二人订交之始。苏轼即回书《答黄鲁直》，称扬庭坚为人"超逸绝尘，独立万物之表，驭风骑气，以与造物者游。非独今世之君子所不能用，虽如轼之放浪自弃与世疏阔者，亦莫得而友也"。说自己"方以此求友于足下，而惧其不可得，岂意得此于足下乎？喜惧之怀，殆不可盼"。并次韵《古风二首》以和之，表达喜获同道中人的欣悦之情。此后，二人诗书往来，酬酢不断，相互之间的题跋也不少，情谊愈加深厚。苏轼在政治上也曾对庭坚加以援手。元祐元年（1086）苏轼由中书舍人迁翰林学士，曾荐举庭坚以自代，他在《举黄庭坚自代状》中称美庭坚"孝友之行，追配古人；瑰玮之文，妙绝当世"④。黄庭坚《跋子瞻和陶诗》云："子瞻谪岭南，时宰欲杀之。饱吃惠州饭，细和渊明诗。彭泽千载人，东坡百世士。出处虽不同，风味乃相似。"⑤ 将东坡的清旷气韵刻画得生动细致，而又简练传神。于此，皆可见出苏、黄二人相得、相知之情的深挚。

秦观与苏轼订交是在元丰元年（1078）。此前，秦观与苏轼也有神交，有似苏黄之神交情形。据徐培均考订秦观年谱，引秦瀛《重编淮海先生年谱节要》资料，秦观对文坛宗主苏轼非常仰慕，欲从而游其门下，一直未得机缘。熙宁七年（1074），苏轼从杭州转知密州，路经扬州，秦观预先模仿苏轼的笔法在某寺中题一诗文。苏轼见后自是惊讶

① 《黄庭坚全集》正集卷第十八，四川大学出版社 2001 年版，第 457 页。
② 苏轼：《答黄鲁直》，孔凡礼点校，《苏轼文集》卷五十二，中华书局 1986 年版，第 1531 页。
③ 同上。
④ 《苏轼文集》卷二十四，第 714 页。
⑤ 《黄庭坚全集》正集卷第三，第 77 页。

不已。苏轼与孙觉会面后，孙觉拿出秦观所作诗词数百篇，苏轼读后感叹"向壁书者必此郎也"，"遂结神交"。① 此即苏轼对秦观的发现，其中当然有秦观的预设成分。元丰元年，秦观携李常书过徐州拜谒苏轼，后作《别子瞻》诗云："我独不愿万户侯，惟愿一识苏徐州。徐州英伟非人力，世有高名擅区域。"② 对苏轼极表景仰之情。苏轼也有次韵诗作相赠。此为二人订交之始。

苏轼对秦观的才情非常看重，他在《辨贾易弹奏待罪剳记》中说："秦观自少年从臣学文，词采绚发，议论锋起，臣实爱重其人，与之密熟。"③ 苏轼曾向王安石推荐秦观，说他"行义修饬，才敏过人，有志于忠义者……博综史传，通晓佛书，讲习医药，明练法律"，希望能够借重王安石的称扬，使之"增重于世"④。苏轼对秦观的书法也非常欣赏，他在《跋少游书》中说："少游近日草书，便有东晋风味，作诗增奇丽。乃知此人不可使闲，遂兼百技矣。技进而道不进，则不可。少游乃技道两进也。"⑤

从苏轼与秦观的往来书牍就可看出二人相知相得的融洽与密熟。叶梦得说，苏轼在"四学士"中"最善少游"⑥，诚非虚言。袁中道也说："吾观子瞻所与（指与少游）书牍，娓娓千百言，直披肝胆，庄语谑言，无所不备，其敬而爱之若是。"⑦ 如苏轼贬黄州期间给秦观的书简，说到自己的生活近况，讲自己如何节俭度日，在琐细中见情味。再如东坡醉后作书与少游，笔法杂乱，本待重写，又想到正可"使太虚于千里之外，一见我醉态而笑也"⑧。凡此种种，皆可见二人关系之亲近。

在苏门弟子中，晁补之于苏轼受知最早。补之十七岁时随父亲官杭

① 此条材料据惠洪《冷斋夜话》卷一而来。见徐培均《淮海集笺注》附录一·年谱，上海古籍出版社1994年版，第1640页。

② 《淮海集笺注》卷四，第135页。

③ 《苏轼文集》卷三十三，第935页。

④ 《与王荆公二首》，《苏轼文集》卷五十，第1444页。

⑤ 《苏轼文集》卷六十九，第2194页。

⑥ 叶梦得：《避暑录话》卷下，见《秦观资料汇编》，中华书局2001年版，第52页。

⑦ 袁中道：《南北游诗序》，（明）袁中道著，钱伯城点校：《珂雪斋集》卷之十，上海古籍出版社1989年版，第457页。

⑧ 《答秦太虚》，《苏轼文集》卷五十二，第1534页。

州新城，时苏轼任杭州通判。补之作《七述》拜谒苏轼①，苏轼读之叹道："吾可以搁笔矣！"② 苏轼任杭州通判在熙宁四年（1071）到熙宁七年（1074）。补之拜谒苏轼当在此期间。二人也由此订交。苏轼在《晁君成诗集引》中称补之"于文无所不能，博辩俊伟，绝人远甚，将必显于世"③。补之从苏轼游，论诗作文都获益颇多。二人相交，贵在相知相得。晁补之《谢外舅兵部杜侍郎书》中说："补之于苏公为门下士，无所复赞。然刚洁寡欲，奉己至俭菲，而以身任官责，嫉邪爱物，知无不为。尤是不忽细务，其有所不得尽，视去官职如土芥。"④ 明白宣示了坡公清刚超绝的为人风范。

张耒与苏轼相交当在熙宁四年（1071）。此前，苏辙为陈州教授，张耒游学于陈，为苏辙所爱重，从之游。熙宁四年，苏轼赴任杭州通判，在陈州盘桓停留，与子由聚。故张耒也有机会从苏轼游。此即二人相交之始。后苏轼在密州修超然台作《超然台记》，张耒从之作《超然台赋》。苏轼对张耒的文章非常赞赏，称其文风似子由，"汪洋澹泊，有一唱三叹之声"⑤。后又赞张耒文章"气韵雄拔，疏通秀朗"，高度肯定张耒和秦观的才识学问并为"当世第一"⑥。由此都可看出苏轼对张耒的赏识和推重。

陈师道在苏门弟子中较为特殊。师道为人耿介狷直，他早年从曾巩学文，一直自认是曾门弟子，如其所言："向来一瓣香，敬为曾南丰。世虽嫡孙行，名在亚子中。"⑦ 曾巩、苏轼都是欧阳修的门生，陈师道

---

① 关于晁补之写作《七述》和拜谒苏轼的时间先后问题，学术界对此有争议，参见易朝志《晁补之年谱简编》，《烟台师范学院学报》（哲学社会科学版）1990 年第 3 期。刘焕阳《晁补之与苏轼交游考》，《江西师范大学学报》1997 年 5 月。本处沿用了《宋史》本传的说法。

② 据张耒《晁无咎墓志铭》和《宋史》本传所载，见《晁补之资料汇编》，中华书局 2008 年版，第 21、170 页。

③ 《苏轼文集》卷十，第 319 页。

④ 《鸡肋集》卷五十二，曾枣庄、刘琳、四川大学古籍研究所：《全宋文》，上海辞书出版社 2006 年版，卷二七一七，晁补之·七，第 33 页。

⑤ 《答张文潜县丞书》，《苏轼文集》卷四十九，第 1427 页。

⑥ 《书付过》，《苏轼文集·佚文汇编》卷五，第 2562 页，材料出自朱弁《曲洧旧闻》卷五。

⑦ 《观充国文忠公家六一堂图书》，（宋）陈师道撰，（宋）任渊注，冒广生补笺，冒怀辛整理：《后山诗注补笺》卷三，中华书局 1995 年版，第 96 页。

因为曾巩的关系而自认是欧公的不肖"嫡孙"。陈师道谨守师教，自不会在欧门内部改换门庭。故此，虽然陈师道对苏轼非常仰慕敬重，也不会在言辞上明确表示愿列苏氏门墙的意愿。苏轼知密州时期，陈师道就与苏轼有诗书交往。熙宁十年（1077），苏轼移知徐州，时苏辙来徐州相聚，陈师道与其兄长陈师仲一同前往拜谒二苏。苏轼、苏辙在与陈师仲的书简中都提到他们在徐州的相识会面，如苏辙所说："去年辙从家兄游徐州，君兄弟始以客来见。"① 提示了陈氏为苏门之"客"的身份。当年徐州发大水，"河决澶渊，毒流淮泗"，苏轼组织抗洪救灾，"百堵皆作"，"三板不沉"。② 灾后，苏轼在徐州东门建黄楼，"承天休而明德意"③，嘱陈师道作铭以记之。陈师道《黄楼铭序》中以苏轼的口吻说"使其客陈师道又为之铭"④。此事可看作陈师道进入苏门，为苏门之客的起始。

陈师道未应科举取功名，家境贫困。苏门之内，有力及者都加以援手。苏轼、晁补之都曾向朝廷荐举陈师道。苏轼称他"文词高古，度越流辈，安贫守道，若将终身。苟非其人，义不往见。过壮未仕，实为遗才"⑤。晁补之说他"孝弟忠信闻于乡间。学知圣人之意，文有作者之风。怀其所能，深耻自售，恬淡寡欲，不干有司。随亲京师，身给劳事，蛙生其釜，愠不见色"⑥。后来陈师道由布衣起为徐州教授，后又任太学博士等职，都与苏、晁等人的推荐有关。陈师道对苏轼非常敬重。元祐四年（1089），苏轼出知杭州，赴任途经南京应天府，陈师道特意托疾从徐州赶来相送。"冒法越境"，后来因此受到弹劾罢官。陈师道在《送苏公知杭州》诗中说："平生羊荆州，追送不作远。岂不畏简书，放麛诚不忍。一代不数人，百年能几见。昔为马

---

① （宋）苏辙著，曾枣庄、马德富校点：《栾城集》，上海古籍出版社1987年版，卷二十二，第490页。

② 苏轼：《徐州谢奖谕表》，《苏轼文集》卷二十三，第652页。

③ 陈师道：《黄楼铭序》，《后山居士文集》卷一七，曾枣庄、刘琳、四川大学古籍研究所：《全宋文》，上海辞书出版社2006年版，卷二六七〇，陈师道·七，第2页。

④ 同上。

⑤ 《荐布衣陈师道状》，《苏轼文集》卷二十七，第795页。

⑥ 《太学博士正录荐布衣陈师道状》，《鸡肋集》卷五十三，《全宋文》卷二七一四，晁补之·四，第349页。

口衔，今为禁门键。一雨五月凉，中宵大江满。风帆目力短，江空岁年晚。"① 极写对苏轼的景仰敬慕之情。此事在苏轼《答陈传道书》② 和陈师道门人魏衍所作《彭城陈先生集记》③ 文中都有记载。陈师道律己极严，"苟非其人，义不往见"，而他可以甘犯法令，私自去南京面谒苏轼，可见他对苏轼的尊崇。陈师道与苏轼多有诗书唱和往来，虽然未曾明确尊苏轼为师，但在他的《佛指记》一文中提到"余以辞义名次四君，而贫于一代"，显然也是承认自己"名次四君"、游于苏门的舆论与事实。④

李廌与苏轼的交往是在元丰年间。李廌是苏轼同年李惇之子。苏轼贬黄州，李廌去黄州面谒苏轼，以自己所作诗文求知。苏轼赞其文"笔墨澜翻，有飞沙走石之势"⑤。李廌《师友谈记》自言"廌少时有好名急进之弊"，多奔走干谒权门，苏轼告诫他说："如子之才，自当不没，要当循分，不可躁求，王公之门何必时曳裾也。"李廌以此为戒，谨慎持身，"守匹夫之志"，不再行干谒之事。⑥ 苏轼与李廌多有诗书往来，苏轼对他颇多勉励教诲，李廌也谨守师教，以名节自立。李廌科举不第，自嘲"数奇"，以布衣终身。

就以上所述，六弟子与苏轼相知、相交、相得的过程来看，六弟子从不同的地域、以不同的方式走近苏轼，集于苏门，从苏轼游，乃因苏轼人格与道德的巨大感召，与文章才华的绝大吸引，而不计较利害得失。⑦ 而苏轼也多次表明自己发现"精金美玉"的快乐。他说，当黄、秦、晁、张等人还不为世人所知，是他发现了他们，这给他的

---

① 《后山诗注补笺》卷二，第 68 页。

② 《苏轼文集》卷五十三，第 1574 页。

③ 魏衍：《彭城陈先生集记》，《后山诗注补笺》卷首，第 7 页。参见《黄庭坚和江西诗派资料汇编》下，中华书局 1978 年版，第 477 页。

④ 王水照：《"苏门"的形成与人才网络的特点》，《王水照自选集》，第 387 页。

⑤ 《宋史》本传，《宋史》卷四四四，列传二百三，清乾隆武英殿刻本。

⑥ 见《师友谈记·曲洧旧闻·西塘集耆旧续闻》，中华书局 2002 年版，第 14—15 页。参见《苏轼资料汇编》上编第一册，第 85 页。

⑦ 王水照先生《"苏门"的形成与人才网络的特点》一文说明了苏门弟子与苏轼订交以及交谊巩固，多在苏轼人生的波折时期，可见君子处忧患而不渝的至诚。《王水照自选集》，第 374 页。

困顿人生带来极大的乐趣。① 当他想要更多的"求其似"者，却"邈不可得，以此知人决不徒出，不有益于今，必有觉于后，决不碌碌与草木同腐也"②。苏轼与六弟子之间是非常纯粹的师弟关系，乃因精神世界的相互吸引与共通共鸣使然。苏轼也将"觉后"的、传承文道的责任付与了六弟子。

二　师道在六弟子言行中的体现

苏门六弟子对苏轼非常尊崇，师道体现在六弟子言行的各个方面，诸如六弟子对苏轼人格精神的理解与推崇，谨遵座师教诲，立身持重，守礼重义，尊师重道，等等。以下简要说明。

前文已及，六弟子与苏轼在精神层面的相通与共鸣是他们师弟之情的重要基础。从六弟子与苏轼的交游文字，以及其他相关文字，都可以看出六弟子对苏轼人格精神的深刻理解。如前所引黄庭坚的《跋子瞻和陶诗》，晁补之《谢外舅兵部杜侍郎书》中对苏轼的评价，皆是。再如黄庭坚《东坡先生真赞三首》其二："岌岌堂堂，如山如河。其爱之也，引之上西掖銮坡。是亦一东坡，非亦一东坡。槁项黄馘，触时干戈。其恶之也，投之于鲲鲸之波。是亦一东坡，非亦一东坡。计东坡之在天下，如太仓之一稊米。至于临大节而不可夺，则与天地相终始。"③写尽东坡遍历世故的人生忧患，与道同在的超越境界，和清刚守节、直道而行的人生态度。而秦观在《答傅彬老简》中对苏轼道德、事功和文章的解读也表现出苏门弟子对苏子之道的契合无间的体认。他说："苏氏之道，最深于性命自得之际；其次则器足以任重，识足以致远；至于议论文章，乃其与世周旋，至粗者也。"在秦观看来，苏轼之道乃是自得、自足、自全之道，这种"性命自得"的人生状态标志着生命境界的完满圆足，乃是一种至高无上、超凡入圣的境界。秦观所说的"性命自得"和黄庭坚所说的"太仓之一稊米"的状态，都从不同的方向，昭示了苏子之道的精神实质，即与道同在，与造物者游的本然、自

---

① 《答李昭玘书》，《苏轼文集》卷四十九，第1439页。
② 《答李方叔》，《苏轼文集》卷五十三，第1581页。
③ 《黄庭坚全集》正集卷第二十二，第558页。

在的状态。

苏门六弟子对苏轼的推尊表现在他们与苏轼的交游唱和的诗文和言行之中。即如黄庭坚，作为江西诗派的开创者，宋诗的标志性人物，在江西诗派中人是将苏黄并称，后人评价"宋调"，也是"苏黄"并提。而黄庭坚自己并不认为可比肩苏轼，而是坚执弟子礼，以苏轼为师。他著名的《子瞻诗句妙一世，乃云效庭坚体，盖退之戏效孟郊、樊宗师之比，以文滑稽耳。恐后生不解，故次韵道之。子瞻〈送杨梦容〉诗云："我家峨眉阴，与子同一邦"，即此韵》诗云：

> 我诗如曹邻，浅陋不成邦。公如大国楚，吞五湖三江。赤壁风月笛，玉堂云雾窗。句法提一律，坚城受我降。枯松倒涧壑，波涛所春撞。万牛挽不前，公乃独力扛。诸人方嗤点，渠非晁张双。但怀相识察，床下拜老庞。小儿未可知，客或许敦厖。诚堪婿阿巽，买红缠酒缸。①

诗中，黄庭坚以大国气象比苏轼，表达对苏轼诗歌艺术的仰慕和敬重，而自比浅陋小邦，极力赞美苏诗气象的阔大和笔力的雄健，谦虚地表示自己的诗才不能与苏公相比。所谓苏黄"争名"说不过是一家一派之人出于私意的揣测罢了。②

苏门弟子在诗文中对苏轼推崇之至，其例不胜枚举。而在言行中也谨遵师教，守志不迁。如前所举李廌之例，即在得师尊教诲之后，谨守士人节操，不事干谒。而苏轼的人生起落对苏门弟子的生活都会构成影响。苏门弟子即使受到牵连，遭党禁贬谪，也泰然接受命运的转折，而没有改换门庭、见风转向的投机之举。这既是苏门弟子谨遵师道的体现，也是君子道义之所在。

---

① 《豫章黄先生文集》卷二，《苏轼资料汇编》上编第一册，第91页。参见《黄庭坚全集》正集卷第一，第16页。

② 史绳祖《学斋占毕》卷二"坡诗不入律"条说黄庭坚此诗"其意乃自负而讽坡诗不入律也。曹邻虽小，尚有四篇之诗入国风；楚虽大国，而《三百篇》绝无取焉"。由此引起苏黄"争名"之说。王云五主编丛书集成初编本，商务印书馆1939年版，第25页。对此，潘德舆《养一斋诗话》和钱锺书《谈艺录》都有辨析。参见王水照《"苏门"的形成与人才网络的特点》，《王水照自选集》，第379页。

在苏轼过世后，苏门弟子如黄庭坚、晁补之、张耒、李廌等，不顾当时党禁严酷的政治环境，撰文、作书以示悼念。张耒为苏公举哀，因此受到处罚。黄庭坚悬东坡像于室中，"每早作，衣冠荐香，肃揖甚敬"，执弟子礼，奉之终身①，并致书苏辙，请求为苏轼墓碑书写碑文②，不畏时局险恶，风节凛然。李廌并作文祭之曰："皇天后土，知一生忠义之心；名山大川，还千古英灵之气。"③语词奇壮，动人心魂。

综上所述，苏轼与六弟子的交往是一个相知、相得、相乐的过程，这种师弟关系超越了世俗功利，而是一种精神界的共鸣与交响。苏轼对六弟子的发现，承载了斯文之道薪火相传的希望，而六弟子集于苏门，"亲炙光烈"，无疑会对他们的文学创作构成深刻的影响。这种师承关系也令后人追慕不已。④

第二节　师承关系对六弟子文学人生的影响

六弟子与苏轼的师承关系是建立在对苏轼人格精神的认同和对文学事业的共同追求之上，这种关系必然对六弟子的人格修养、文学创作和人生道路产生重大影响。以下作一简要说明。

一　散文创作上的提携促进

对文学事业的追求是文人创作群体形成的必要基础。苏轼对六弟子的发现，六弟子从苏轼游，都是以文学创作、文章事业为目的。师弟之间的交游唱和是他们的创作活动的重要内容。这其中自然包括弟子们对苏轼的请教求示，和苏轼对弟子们的指点增益。从名师游，从大师游，对于弟子开启心智、增广见闻、提升自我，可说帮助无穷。黄庭坚多次

---

① 邵博：《邵氏闻见后录》卷二十一，中华书局1983年版，第162页。

② 《黄庭坚全集》正集卷十八，第460页。

③ 李廌：《追荐东坡先生疏》，四川大学古籍所《全宋文》，上海辞书出版社2006年版，卷二八五三，李廌·五，第196页。

④ 吴儆《见季守书》："某不佞，少有志于学文，习之不能以有见，盖喟然叹息，以为曾子固、梅圣俞、苏子美尝得见欧阳公，黄鲁直、秦少游、晁无咎、陈无己、张文潜亦及见苏氏兄弟。……皆因其所见，咸各有所得，而吾独不得生乎其时也。"《竹洲集》附录，《秦观资料汇编》，第71页。

以水为喻，说明师友的帮助对个人的品性修养和文章学问的促进意义。所谓"大川三百"，"其求之师"，"小川三千"，"其求之友"（《答何静翁书》），个人修为需海纳百川方能成其大。这种师承关系对苏门弟子散文创作艺术的研磨锤炼与提高超越，其作用不言而喻。

从具体篇章的写作、某种文体的揣摩演练，到作者个人风格的形成与丰富，苏轼对弟子们的指点，使他们获益良多。

譬如秦观从苏轼学文，向苏轼请教策论的作法，苏轼告之，"但如公《上吕申公书》足矣"①，其意就是提示少游注意文章的转折、结构的完整、均衡。黄庭坚向苏轼请教，如何学习古人作文的笔意、关键，苏轼即指点从《礼记·檀弓》入手，庭坚潜心琢磨，即有所得。后来他还多次向后学传授得自苏轼的学文经验。

再如晁补之，自杭州面谒苏轼之后，即从苏轼学。他常常告诉友人，某文的作法，苏公是如何指点他来作；某文草就，苏公认为他作得好。如此等等，令友人艳羡不已。②

再从文风来看，苏轼对张耒文风的评价，从前期的"汪洋澹泊，一唱三叹"，"有子由之风"，到后期的"气韵雄拔，疏通秀朗"，自成一格，即可见出张耒文章历经锤炼，从初备体式到成熟完善的演变过程。而"气韵雄拔，疏通秀朗"，实际上是张耒文章吸收了子瞻、子由文风的一些特质，而融会成自己的特色。这显然是张耒游学苏门，始为少公之客，后为长公之客，在学术上不断积累，在创作上不断进阶的成果。

就总体而言，苏门六弟子是北宋中后期文坛的一支重要力量，甚至可以说，他们代表了北宋古文创作在欧、王、曾、苏之后的一个丰盛期，此后，南宋古文再也没有出现这样丰沛的创获。而他们创作成就的取得，与苏轼对他们的悉心指导密不可分。这里只是简要说明师承关系对六弟子散文创作的促进作用，至于六弟子对苏轼文学观念的继承与变

---

① 《文献通考》卷二三七《别集类》："玉山汪氏曰：'居仁吕公云：秦少游应制科，问东坡文字科纽，坡曰：但如公《上吕申公书》足矣……'"见《淮海集笺注》卷十二，第500页。参见（宋）马端临撰，上海师范大学古籍研究所、华东师范大学古籍研究所点校：《文献通考》，中华书局2011年版，第10册，第6450页。

② 见李昭玘《上眉阳先生》，引自《晁补之资料汇编》，中华书局2008年版，第25页。

化，六弟子对苏轼创作经验的吸收与扬弃，则在后文具体展开论述。

二　人生经历中的患难与共

六弟子与苏轼建立交谊，他们的人生走向自然与苏轼相联结。在北宋新旧党争的政治旋涡之中，他们患难与共，休戚相关，共同承担了命运的馈赠而甘之如饴。以下简要分说六弟子的人生履历，来看这种师承关系对他们人生走向的影响，而生活阅历对于他们的散文创作自然关系重大。

黄庭坚（1045—1105），字鲁直，号山谷，又号涪翁，洪州分宁（今江西修水）人。出身书香门第。父亲黄庶，作诗取法杜甫，著有《伐檀集》。黄庭坚于英宗治平四年（1067）进士及第，调汝州叶县尉。熙宁五年（1072）任北京国子监教授。元丰元年（1078）与苏轼订交，诗书往来不断。次年受"乌台诗案"牵连，受到罚铜的处分。[1] 此后做过几任地方低级官员。元丰三年（1080）知吉州太和县。路经舒州，游三祖山之山谷寺（今安徽潜山西北），喜其林泉胜美，自号山谷道人。元丰八年（1085），哲宗即位，支持旧党的高太后听政，旧党复起。黄庭坚也因此被召入京，任秘书省校书郎。元祐元年（1086）除神宗实录院检讨官，加集贤校理，次年迁著作佐郎。元祐元年苏轼入朝，任中书舍人、翰林学士，张耒、晁补之、秦观也先后担任馆职。黄、秦、晁、张追随苏轼，诗文酬唱，往来密切，遂有"苏门四学士"之名。元祐六年，《神宗实录》修成，擢黄庭坚为起居舍人，然因旧党内部的纷争攻讦而作罢。元祐七年，丁母忧返乡。[2] 这期间，黄庭坚在汴京生活有六年多时间，这是黄庭坚一生中最快意的时期。元祐初，陈师道至汴京居，李廌也赴京应试，六弟子齐聚京城，这一段也是坡门酬唱最热烈的时期。

绍圣时，新党章惇、蔡卞等人用事，迫害元祐党人。苏轼因"讥刺先朝"（《宋史》本传）被贬出京，历贬英州、惠州、儋州，直到元

---

① 《黄庭坚全集》附录一·豫章先生传，第2360页。
② 元祐八年（1093），服除，授国史院编修官，具奏辞免。见《黄庭坚全集》附录二·年谱，第2372页。

符三年（1100）才遇赦北归。而黄庭坚因与苏轼的关系，又参与编修《神宗实录》，被弹"诬毁先帝"，贬涪州（今四川涪陵）别驾，黔州（今四川彭水）安置，后移戎州（今四川宜宾）。崇宁元年（1102），党锢又起。蔡京等整肃"元祐奸党"，立"元祐党人碑"，黄庭坚也名列其中。崇宁二年（1103），黄庭坚受赵挺之排挤，被除名编管宜州（今广西宜山），四年（1105）九月卒于贬所。年六十一。

秦观（1049—1100），字少游，一字太虚，号淮海居士，扬州高邮人。元丰元年（1078）赴徐州谒苏轼，并在徐州结识陈师道。徐州大水之后，秦观受苏轼嘱托作《黄楼赋》，苏轼赞此赋"雄词杂古今，中有屈宋姿"①。元丰二年（1079），乌台诗案发，秦观闻讯急渡钱塘，赶到湖州，探询虚实。苏轼贬黄期间，秦观时时发书以通音问。

元丰八年（1085）秦观始登进士第，授蔡州教授。②元祐三年（1088），苏轼和鲜于子骏向朝廷荐举秦观应"贤良方正科"，不久被斥返蔡州。五年（1090）赴京应制科，除太学博士，秘书省校对黄本书籍。六年（1091），由博士迁正字，因洛党弹劾而罢。八年（1093），迁国史院编修，与黄庭坚、晁补之、张耒同任馆职。绍圣元年（1094）坐"元祐党籍"，累遭贬谪，历贬杭州、处州、郴州、横州、雷州，与苏轼同罹厄运。元符三年（1100）八月卒于藤州。年五十二。苏轼哀恸异常："某年六十五矣，体力毛发，正与年相称，或得复与公相见，亦未可知……少游遂死于道路，哀哉！痛哉！世间岂复有斯人乎？"③

晁补之（1053—1110），字无咎，济州巨野人。熙宁年间，苏轼任杭州通判，晁补之面谒苏轼，得苏轼赏识，从之学文。元丰二年（1079）举进士，神宗见其试卷，曰："是深于经，可革浮薄。"④ 调澶州司户参军。元丰四年（1081）除北京国子监教授。元祐元年（1086）

---

① 《太虚以黄楼赋见寄，作诗为谢》，《苏轼诗集》卷十七，引自《秦观资料汇编》，第3页。参见（宋）苏轼著，（清）冯应榴辑注，黄任轲、朱怀春校点：《苏轼诗集合注》，上海古籍出版社2001年版，卷十七，第841页。

② 元祐元年（1086）秋，秦观与黄庭坚、张耒、晁补之等常聚苏门，相与论文。见《淮海集笺注》附录一·秦观年谱，第1681—1682页。

③ 《答李端叔》，《苏轼文集》卷五十二，第1540页。

④ 张耒：《晁无咎墓志铭》，引自《晁补之资料汇编》，第21页。参见（宋）张耒撰，李逸安、孙通海、傅信点校：《张耒集》，中华书局1990年版，卷六十一，第901页。

召试学士馆，除秘书省正字。后迁校书郎。任馆职期间，与苏轼及同门诗友黄庭坚、张耒、秦观等交游酬唱，朋情融洽。元祐六年（1091）通判扬州，七年（1092）还京为著作佐郎。绍圣以后，新党主事，晁补之与其师友同其命运，出知齐州、泗州。后绝意仕进，修归来园，自号归来子，效渊明为人，闲居田园。大观四年（1110）卒，年五十八。

张耒（1054—1114），字文潜，号柯山，楚州淮阳人。熙宁六年（1073）进士，次年授临淮主簿。后任洛阳寿安县尉、咸平县丞。元祐元年（1086）入京任太学录，是年冬试学士院，迁秘书省正字。后任著作佐郎、秘书丞、著作郎、史馆检讨，馆阁生活历八年之久。其间与师友诗文唱和，共赋华章。元祐八年（1093）哲宗亲政，新党用事，张耒受弹劾，于绍圣元年出知润州。绍圣三年以后，一再被贬。随着政局变化，张耒历复州监酒、黄州通判、兖州知州、太常少卿，后又出守颖州。建中靖国元年（1101）七月苏轼卒于常州，张耒为师举哀，被贬"责受房州别驾，黄州安置"。大观二年（1108）以后，张耒一直在陈州（淮阳）闲居。晚年生活困顿。政和四年（1114）卒于陈州，年六十一。

陈师道（1053—1102），字履常，一字无己，号后山，徐州彭城人。他家境清寒，清贫自守。他不满王安石新学而未应科举，后又拒绝新党章惇见招。元祐年间，因苏轼、孙觉等人的推荐，陈师道由布衣起为徐州教授。后任太学博士、颖州教授。绍圣初，因党争而罢职。元符三年（1100），除棣州教授，随除秘书省正字。建中靖国元年（1101），扈从南郊，因拒穿赵挺之所借寒衣而染寒疾病逝[①]，年四十九。

李廌（1059—1109），字方叔，华州人。元祐三年（1088）应举不第，以布衣终。

从以上所述六弟子生平简历来看，他们的人生道路皆与苏轼有着深刻的联系。元祐年间，他们与苏轼有机会同聚汴京，师友相与交游，而成就北宋文坛之盛事。此后，因党争风波，六人中，黄、秦、晁、张皆坐元祐党籍，陈师道也被视为元祐余党，与苏轼共同承担了悲剧的命

---

　　①　陈师道卒于建中靖国元年十二月二十九日（公元纪年为1102年1月19日）。见魏衍《彭城陈先生集记》，《黄庭坚和江西诗派资料汇编》下册，第477页。

运。六弟子与苏轼的师承关系,既将他们的人生联结在一起,这一联结又似催化剂,在他们的散文创作和人格淬炼的历程中,引起深刻的反响。

三 人格精神上的修养淬炼

六弟子追随苏轼,是仰慕苏轼的道德文章;苏轼对六弟子的发现与培养,同样,既有对他们文才的欣赏,又有人品、道德的考虑。

苏轼为人正直,轻外物,不以进退得失为意,他对黄庭坚、陈师道的欣赏正体现了这一点。六弟子在与苏轼的交往中,耳濡目染,在人格精神上都会受到苏轼的影响。刚者愈刚(黄),洁者愈洁(陈)。柔弱者而趋贞刚(秦),躁进者而趋淡泊(李)。发露者而趋沉潜(晁),纤徐者而趋雄拔(张)。

譬如李廌,苏轼针对他的急于求名的行为,告诫他勿求躁进,并举陈师道为例,说陈师道居京城有年,未尝一登权贵之门。李廌听从了苏轼的劝诫,也改变了自己的行为方式。即使科第不顺,也能自解解人,淡然处之。

再如晁补之,少年英才,很得苏轼欣赏。通判扬州期间,与苏轼作和陶诗,晚年慕渊明为人,自号归来子。这里,既有晁补之经历党争变幻,忘情仕路的一面,也有由苏轼引发的,对陶渊明的共鸣。

再如秦观,少游以词名世,其词作哀感凄厉,如其"郴江幸自绕郴山,为谁流下潇湘去"之"无理"的诘问,以致苏轼感叹"少游已矣,虽万人何赎!"少游身故前,于梦中得词:"醉卧古藤荫下,了不知南北。"有一种超越生死的达观。这种豁达与洞明,与苏轼的超脱有一致之处。

再如张耒,他是六弟子中最晚离世者。当其晚境,师友多已辞世,唯张耒孤心一脉,承斯文于不坠。这种孤绝而独立的精神力量,既有他自身历经磨难的修为,也有取自苏轼道德人格的滋养。

简言之,六弟子与苏轼的师承关系,对六弟子的人生走向、文学创作,以及道德人格的培养淬炼,都有着深刻的影响。其中,反映在散文创作方面,六弟子与苏轼的异同、承变,则是本文将要深入展开的部分,详见后文讨论。

第三节　苏轼散文的创作特色和他对六弟子的期待

苏轼在欧阳修之后主盟文坛，他谨记师尊教诲，肩负文坛宗主的责任，一方面以自己的天才学力，在散文领域开出一片新天地，无事不可入，无意不可出，辞达而至触处生春，将北宋散文提升至一崭新境界。另一方面，积极发现培养后备人才，为文脉的延续积蓄力量。

苏轼（1037—1101），字子瞻，一字和仲，号东坡居士，眉州眉山人，嘉祐二年（1057）进士。现存《东坡文集》一百一十卷，另有《东坡乐府》《东坡志林》《仇池笔记》等多卷。宋人朗晔编有苏轼文选《经进东坡文集事略》。

苏轼散文创作中，最能体现其苏氏特色的是他的政史论文、记体文和小品文。就整体而言，这几类文体在立论和思维方式上，表现为博通经史，出入庄禅；文章气势雄放，而又舒卷自如；文体风貌则是随物赋形，而自由无羁。

苏轼散文的这种创作特色既有其思想观念多元化的影响，也有其散文创作观念的影响。从其思想观念来看，苏轼思想非常活跃、自由，不受拘束。他早年的思想观念以传统儒家思想为主，中年以后对庄子独有会心，对佛家思想、禅宗思想也有涉及。从苏文以及有关他谈艺论道的片简短语来看，苏轼对各家各派的学说都兼收并蓄，运用自如，常常灵光闪现，妙趣横生。

从其散文创作观念来看，主要在重"意"，主"辞达"，追求自然的审美风貌。

葛立方《韵语阳秋》卷三记苏轼言作文立意之要曰："儋州虽数百家之聚，州人之所须，取之市而足，然不可徒得也，必有一物以摄之，然后为己用。所谓一物者，钱是也。作文亦然。天下之事，散在经子史中，不可徒使，必得一物以摄之，然后为己用。所谓一物者，意是也。不得钱不可以取物；不得意，不可以明事，此作文之要也。"[①]

---

① 见（清）何文焕辑《历代诗话》，中华书局1981年版，第509页。参见《苏轼资料汇编》，第458页。

苏轼又有"辞达"说，其关键在传物之妙，明心中之意，其《与谢民师推官书》对孔子的"辞达"说提出新解："孔子曰：'言之不文，行而不远。'又曰：'辞达而已矣。'夫言止于达意，则疑若不文，是大不然。求物之妙，如系风捕影。能使是物了然于心者，盖千万人而不一遇也，而况能使了然于口与手者乎？是之谓辞达。辞至于能达，则文不可胜用矣。"①

就苏轼而言，"意"的内涵非常宽泛，可说是无所不包，大至万事万物的内在妙理，细至幽渺隐约，难以察觉、难以言表、难以捕捉的思绪。他以使钱作比，形象化的说明立意对于作文的重要性，而好文章就是能用语言得心应手地把心中所悟的物之妙理表达出来。在创作观念上，苏轼散文则追求无意不可入，无意不能达，随物赋形，自然变幻的艺术表达。

在这种重意、辞达、倾向于自然之美的创作观念的驱动下，苏轼的散文创作形成了鲜明的创作个性和特色，其思想多元灵活，不受拘束，故而能够博通经史，出入庄禅。他主张辞达，求尽物之妙，故而文章气势雄放，舒卷自如；他追求一种自然的表达方式，故其行文随物赋形，自由无羁。

以下从文体入手，来看苏轼散文的创作特色。

一　政史论文

苏轼史论较多见于其早年应制科举所作的策论，晚年所作《志林》亦属史论。其政论文多见于他在朝为官时期的奏议。实则其史论也有政论性质，与现实政治关系密切。

科举考试以策论试士，其目的即是考察士子博古通今、洞察治乱兴亡的识力，和了解现实、判断解决实际问题的能力。有识见即是对策论文章的要求。

苏轼早年为了应制科举，在博古通今方面做有意识的知识训练，他创出了行之有效的读书方法，即"八面受敌"法。王庠向他请教读书和准备科举的途径，他告之以"八面受敌"法。他说读书作文"实无

---

① 《苏轼文集》卷四十九，第1418页。

捷径必得之术。但如君高材强力，积学数年，自有可得之道，而其实皆命也。但卑意欲少年为学者，每一书，皆作数过尽之。书富如入海，百货皆有之，人之精力，不能兼收尽取，但得其所欲求者耳。故愿学者，每次作一意求之。如欲求古人兴亡治乱圣贤作用，但作此意求之，勿生余念。又别作一次求事迹故实典章文物之类，亦如之。他皆仿此。此虽迂钝，而他日学成，八面受敌，与涉猎者不可同日而语也。甚非速化之术，可笑！可笑！"① 按照苏轼的方法，读书时抱定一个目的，有意识地分门别类地钻研，心无旁骛，日积月累，必有所成。

除了"八面受敌"法之外，苏轼还有一种读书积累的途径，就是抄书。他曾经手抄《汉书》三遍，每一遍都有收获，都有不同的体验。

以苏轼的天才和勤奋，他就能够出入经史，融会贯通，天下事都为我驱遣，各种材料都能够运用自如。所以他在作文时，立定一主意，以意贯通经史材料，为己所用，游刃有余。

思想见解的淬炼与深厚的知识储备、读书精博的融会贯通是相辅相成的。正因此，苏轼在其史论政论文章中能够以超卓的见识驾驭材料，就一个观点展开铺叙，辨析周密，论辩滔滔，左右逢源，而使文章具有雄放的气势和强大的说服力。

苏轼作于熙宁四年（1071）的《上神宗皇帝书》即是这方面的代表作。其文内容广博，结构严整，情怀激切，切中时弊。顾炎武《日知录》卷十三称："当时言新法者多矣，未有若此之深切者。"②

文章以结人心、厚风俗、存纪纲立三大主意组织材料，展开论述，以他担任权开封府推官的亲历亲见，痛陈新法扰民之害，并旁征博引，以历史的经验教训为依据加强说服力。此文用典有七十多条，几乎论一事必引史佐证，用事滚滚滔滔，波澜层进，形成强大的助力，令人折服。又善用比喻，即事以明理。如论"人主之所恃者，人心而已"，就以"木之有根""灯之有膏""鱼之有水""农夫之有田""商贾之有财"作比，说明"木无根则槁，灯无膏则灭，鱼无水则死，农无田则饥，商贾无财则贫，人主失人心则亡"的道理。接着广引史实如子产、

---

① 苏轼：《与王庠五首》其五，《苏轼文集》卷六十，第 1822 页。

② 转引自曾枣庄《苏文汇评》，四川文艺出版社 2000 年版，第 69 页。

商鞅、宋襄公、田常、谢安、庾亮之事，正说反说，务求言无不尽，穷尽事理。

再说到厚风俗关乎国家存亡、历数长短时，以正反对句组织文辞，强化观点。其文曰："夫国家之所以存亡者，在道德之浅深，不在乎强与弱。历数之所以长短者，在风俗之厚薄，不在乎富与贫。道德诚深，风俗诚厚，虽贫且弱，不害于长而存。道德诚浅，风俗诚薄，虽强且富，不救于短而亡。人主知此，则知所轻重矣。是以古之贤君，不以弱而忘道德，不以贫而伤风俗，而智者观人之国，亦以此而察之。"① 其后遍引古今治乱之史实以证之，并以养生之理以明之，所谓"夫国之长短，如人之寿夭，人之寿夭在元气，国之长短在风俗。世有尪羸而寿考，亦有盛壮而暴亡。若元气犹存，则尪羸而无害。及其已耗，则盛壮而愈危。是以善养生者，慎起居，节饮食，导引关节，吐故纳新。不得已而用药，则择其品之上，性之良，可以久服而无害者，则五脏和平而寿命长。不善养生者，薄节慎之功，迟吐纳之效，厌上药而用下品，伐真气而助强阳，根本已空，僵仆无日。天下之势，与此无殊。"② 言之有物，情辞畅达，识见不凡，有贾谊、陆贽之风。

受宋学疑古之风的濡染，苏轼也善于做翻案文章，令人耳目一新。如其《留侯论》抓住一个"忍"字立意，反复论证说明张良之能忍对于楚汉相争历史走向的重要性。文章虚实相生，思致新颖，正如杨慎《三苏文范》所评："东坡文如长江大河，一泻千里，至其浑浩流转，曲折变化之妙，则无复可以名状，而尤长于陈述叙事。留侯一论，其立论超卓如此。"③

其他史论文章如《贾谊论》《范增论》《晁错论》《乐毅论》等皆善作假设判断，推演史事，去除陈见，一新耳目。

究其实，苏轼政史论文中的见解卓异和善为新论与其重意之创作观念有关，而其博通经史、点化自如的表现也与其知识储备、学术积累以及训练方法有关，由此构成鲜明的苏轼特色。

---

① 《苏轼文集》卷二十五，第 729 页。
② 同上。
③ 转引自曾枣庄《苏文汇评》，四川文艺出版社 2000 年版，第 145 页。

二　记体文

记体文按题材内容可大体分为台阁名胜记、山水游记、书画杂物记和人事杂记。① 台阁名胜记中的亭台楼阁记一类属于人文景观，名胜记则包括人文景观和自然景观。本文所讨论的苏轼与六弟子的记体文，多就其亭台楼阁记展开，也涉及山水游记、书画杂物记和人事杂记几类。实际就题材而言，也可以看出宋人在记体文写作上的倾向性。

宋人在文章体式上对前人的创作经验多有创变，其破体为文，以论为记即是。宋人对此也有一些议论。如黄庭坚说王安石评文章，"常先体制而后文之工拙。盖尝观苏子瞻《醉白堂记》，戏曰：'文词虽极工，然不是醉白堂记，乃是韩白优劣论耳。'"② 再如陈师道说："退之作记，记其事耳；今之记乃论也。"③ 都是说宋人作记乃是作论，以说理议论为主。

苏轼记体文以论为记的倾向也很突出，如王安石所举《醉白堂记》，而王安石自己的《游褒禅山记》也同样是主议论。可见宋人在记体文作法上的趋同与共性。这种特色与宋人记体文的写作对象有关。宋人写作较多的亭台楼阁记属于一种人文景观，这类建筑物是以人为中心来构建的，其功能也是依人的需要来设计，其中自然贯注了人的主观思想、精神取向和情感倾向。这类建筑物是一种人文精神的载体。苏轼的亭台记，其妙处正在于传递一种人文精神，阐发一种思理，其破体为文，以论为记自是行文之必然。

结合苏轼散文的创作观念和创作特色来看，苏轼的记体文在写作上就表现为立意灵活多变，行文意到笔随，变幻莫测，不受文体拘束，体式多变，以达意为高，而富于意趣之美。不论记事、记物，每篇皆立一主意，其意与某种精神气象相对应，而指向相应的审美风貌。

如其《墨妙亭记》《宝绘堂记》《墨宝堂记》各蕴一段妙理，而具深远意趣。《墨妙亭记》立意在"尽人事而顺天命"，其文从养生说到

---

① 参见褚斌杰《中国古代文体概论》（增订本），北京大学出版社1990年版，第353页。
② 黄庭坚：《书王元之〈竹楼记〉后》，丛书集成初编本影印《津逮秘书》本《山谷题跋》卷二。
③ 陈师道：《后山诗话》，丛书集成初编本。

治国，所谓"君子之养身也，凡可以久生而缓死者无不用，其治国也，凡可以存存而救亡者无不为，至于不可奈何而后已。此之谓知命"①，"余以为知命者，必尽人事，然后理足而无憾"②，以出世之心态做入世之事业，这正是苏轼亟于用世而又超然尘外的人生态度。

《宝绘堂记》提出了著名的"寓意说"——"君子可以寓意于物，而不可以留意于物。寓意于物，虽微物足以为乐，虽尤物不足以为病。留意于物，虽微物足以为病，虽尤物不足以为乐"，"以儿戏害其国，凶其身，此留意之祸也"，书画"常为吾乐，而不能为吾病"，意在"全其乐而远其病也"③，表现出超然物外，不为物累的精神气象。

《墨宝堂记》立意关联为政之理。文引蜀谚曰："学书者纸费，学医者人费。"④ 由此引申开去："世有好功名者，以其未试之学，而骤出之于政，其费人岂特医者之比乎？"⑤ 言止于此，而意存乎彼，余味无穷。

以上所列的这一类记体文都是从具体建筑物的命名申发开去，或赞美，或劝诫，或讽谕，都是阐发一段道理，以回应题旨。其以论为记的特色非常鲜明。

再如游观类的记体文，如《超然台记》《放鹤亭记》《凌虚台记》《石钟山记》等，以高超的立意演绎变幻的笔法，两者相互生发，而有意趣盎然之美。这一类记文多是就人与风景、主体与外物发生关系，主观思绪就在视线之于物象的游观往还之中触发抽绎而沉潜，文章层递转深，最后点明题旨。

《超然台记》立意受庄子哲学影响，由理及事，再返回到理，表达一种超然物外的人生态度。他说"凡物皆有可观。苟有可观，皆有可乐，非必怪奇玮丽者也"⑥。他从饮食口腹之欲推及人生的各个方面，认为人对于外物无所择则无往而不乐。人若是困于"美恶之

----

① 《苏轼文集》卷十一，第 354 页。
② 同上。
③ 同上书，第 356 页。
④ 同上书，第 357 页。
⑤ 同上。
⑥ 同上书，第 351 页。

辩"与"去取之择"，"则可乐者常少，而可悲者常多，是谓求祸而辞福"①。趋害避利，则违背人情。他从一般的普遍性的人情物理说到困于物之内与超然物之外的人生选择，实际上已经体察到人的根本局限与困境，即在囿于眼前的困局，无法超脱人生的局限，也就得不到自由。他说："彼游于物之内，而不游于物之外。物非有大小也，自其内而观之，未有不高且大者也。彼挟其高大以临我，则我常眩乱反复，如隙中之观斗，又乌知胜负之所在。是以美恶横生，而忧乐出焉。可不大哀乎。"② 说过一番道理之后，苏轼联系自己在密州的生活体验，行文至文章主体的记事部分，说到自己在密州虽然吏事繁杂，起居劳顿，饮食粗劣，人适应了环境之后，反而"貌加丰，发之白者，日以反黑"③，诸事顺遂，接以城台修葺之事，点明题旨，以下写登台纵目游观之景象与联想，慨然有怀古之心，这原是登临送目游观泛览的题中应有之义，所谓"南望马耳、常山，出没隐见，若近若远，庶几有隐君子乎？而其东则卢山，秦人卢敖之所从遁也。西望穆陵，隐然如城郭，师尚父、齐桓公之遗烈，犹有存者。北俯潍水，慨然太息，思淮阴之功，而吊其不终"④。各个方位一一道来，俨然以赋笔为记，并以"隐君子"云云寄怀感慨。文末略就台景而及日常之事："台高而安，深而明，夏凉而冬温。雨雪之朝，风月之夕，余未尝不在，客未尝不从。撷园蔬，取池鱼，酿秫酒，瀹脱粟而食之，曰：乐哉游乎！方是时，余弟子由适在济南，闻而赋之，且名其台曰超然。以见余之无所往而不乐者，盖游于物之外也"⑤，言简，理清，事明，点出超然物外之题旨，回应篇首，结构严整。

《凌虚台记》以凌虚台的构建为事由起笔，借题发挥，说兴废成毁之理，所谓"夫台犹不足恃以长久，而况于人事之得丧，忽往而忽来者欤？……盖世有足恃者，而不在乎台之存亡也"⑥。议论深刻，

---

① 《苏轼文集》卷十一，第351页。
② 同上。
③ 同上。
④ 同上。
⑤ 同上。
⑥ 同上书，第350页。

笔带感情，如林云铭评之曰："行文亦有凌虚之慨，踊跃奋迅而出，大奇！"①

《放鹤亭记》拟鹤于君子之德，言其"清远闲放，超然于尘垢之外"②，将山川风物的怡人之情与"高翔而下览"的"清远闲放"之意融为一体，以咏叹"归来归来兮，西山不可以久留"的"放鹤招鹤之歌"③，由物及人，表达了回归自然的愿望。文章将叙事、写景、抒怀熔为一炉，将高远的立意与超拔的情思打成一片，散体又兼韵文，笔法灵活，体式创新，意趣与情味兼美。

《石钟山记》以考据明求实之理，记事写景富含奇峭乐趣，意、理、事、情，诸要素贯通，不离记体文本色，而有创变之功。

简言之，苏轼的记体文以立意为高，打破文体局限，突破思想界限，灵活运用各种创作方法，行文自由舒展，变化万千，而成其特色。

三　小品文

苏轼的小品文包括书简、题跋、杂记杂文等。这类文章随笔挥洒，随意点染，全面呈现了苏轼不同人生阶段的精神世界，有的传写某种生活状态，饶有情味；有的表达某种文艺思想，富于启示；有的则映现了某种人格精神，令人感佩。这类小品文都是有话则长，无话则短，形式自由，不拘格套，妙在其真、其思、其趣，皆见性情，故而这类小品文字尤得明代公安派的激赏。公安派主张独抒性灵，表现真情真趣，对苏东坡的这类性情文字独有会心。即如袁中道所说："今东坡之可爱者，多其小文小说，其高文大册，人固不深爱也，使尽去之，而独存其高文大册，岂复有坡公哉！"④

书简方面，苏轼与秦观的几封书信颇能见出二人师弟之情的真挚，如其作于知密州期间的《答秦太虚》之二："某昨夜偶与客饮酒数杯，灯下作李端叔书，又作太虚书，便睡。今日取二书覆视，端叔书犹粗整

① 林云铭：《古文析义二编》卷七，经元堂刻本。
② 《苏轼文集》卷十一，第360页。
③ 同上。
④ 袁中道：《答蔡观察元履》，袁中道撰，钱伯城点校《珂雪斋集》卷二十四，上海古籍出版社1989年版，第1045页。

齐，而太虚书乃尔杂乱，信昨夜之醉甚也。本欲别写，又念欲使太虚于千里之外，一见我醉态而笑也。无事时寄一字，甚慰寂寥。不宣。"① 两人关系之亲近可见一斑。再如作于黄州期间的《答秦太虚》之四，说道："寄示诗文，皆超然胜绝，亹亹焉来逼人矣。如我辈，亦不劳逼也。"② 和秦观开玩笑，言语风趣。又讲到自己在黄州的生活："初到黄，廪入既绝，人口不少，私甚忧之。但痛自节俭，日用不得过百五十，每月朔便取四千五百钱，断为三十块，挂屋梁上，平旦用画叉挑取一块，即藏去叉，仍以大竹筒别贮用不尽者，以待宾客，此贾耘老法也。度囊中尚可支一岁有余，至时，别作经画，水到渠成，不须预虑。以此，胸中都无一事。"③ 讲自己如何力行节约，后面又说到黄州的各种土特产，极有生活气息，不仅太虚展读会"掀髯一笑"，后人读之也觉情味盎然。

苏轼作于黄州期间的《答陈师仲主簿书》对于"诗是否穷人"的问题提出了自己的看法，表现出他一向的达观思想。他说："诗能穷人，所从来尚矣，而于轼特甚。今足下独不信，建言诗不能穷人，为之益力。其诗日已工，其穷殆未可量，然亦在所用而已。不龟手之药，或以封，安知足下不以此达乎？人生如朝露，意所乐则为之，何暇计议穷达。云能穷人者固缪，云不能穷人者，亦未免有意于畏穷也。江淮间人好食河豚，每与人争河豚本不杀人，尝戏之，性命自子有，美则食之，何与我事。今复以此戏足下，想复千里为我一笑也。"④ 陈师仲是陈师道的兄长，苏轼知徐州时，陈氏兄弟曾去拜谒过苏轼、苏辙。陈师仲为苏轼编《超然》《黄楼》二集，他是较早编注和研究东坡诗文集的人。关于"诗是否穷人"的命题，陈师道也有自己的看法。后文述之。

苏轼善于作比，以生活化、形象化的方式说理，如其《答毕仲举》举"晚食以当肉"来讲超然物外的达观："偶读《战国策》，见处士颜蠋之语'晚食以当肉'，欣然而笑。若蠋者，可谓巧于居贫者也。菜羹菽黍，差饥而食，其味与八珍等；而既饱之余，刍豢满前，惟恐其不持

---

① 《苏轼文集》卷五十二，第 1534 页。
② 同上书，第 1536 页。
③ 同上。
④ 《苏轼文集》卷四十九，第 1428 页。

去也。美恶在我，何与于物。"① 与其《超然台记》所表达的观念比较接近。同书中，又以"食龙肉"与"食猪肉"作比，说明学佛的道理："仆尝语述古，公之所谈，譬之饮食龙肉也，而仆之所学，猪肉也，猪之与龙，则有间矣。然公终日说龙肉，不如仆之食猪肉实美而真饱也。"② 说理生动浅显，又有生活趣味。

苏轼的题跋、杂记类的小品文，如《记承天寺夜游》《书上元夜游》等表达某种生活状态，《画水记》说明某种艺术见解，《试笔自书》传递一种奇思妙想（关于岛的设想），《文与可画筼筜谷偃竹记》既富情韵，也含雅谑，等等，都是对古典散文艺术领域的开拓，在艺术技巧的创新、艺术境界的提升方面都给后人提供了宝贵的创作经验，以资借鉴。

如前所述，苏轼宗主文坛，一方面以其散文创作将古典散文艺术提升到新的高度，完成欧阳修对他的传承文道的嘱托；另一方面，他也将延续文道、薪火相传的希望寄托在苏门弟子，尤其是六弟子身上。六弟子是否不负乃师的期望，弘扬、光大乃师的文论和艺术，他们又对北宋散文创作做出了怎样的贡献，这些都有待后文展开探讨。

---

① 《苏轼文集》卷五十六，第 1671 页。
② 同上。

第二章 苏门六弟子的文论

本章就六弟子的文论展开论述，并与苏轼的文论进行比较分析，以见出六弟子对苏轼文论的继承与创变，并归纳总结六弟子对古典散文理论的贡献。

第一节 黄庭坚、秦观、张耒的文论

一 黄庭坚的文论

黄庭坚论文最突出的特点是务实。这主要体现在几个方面。其一，在文道、本末关系上，重视为人为文的根本，主张重道固本。其二，他重道但并不轻视文，相反，他常常探讨文章的作法，并给出具体的指导意见，指点学习方法和学习对象，包括读书和作文的方法，他都热情地指点后进。其三，在文风和文章作法上，他反对"好奇"之风。这些都可以看出黄庭坚文论中务实的一面。以下分说之。

1. 重道固本，强化主体道德修养

黄庭坚论文注重个人的人格道德修养。他的文论观念在文道关系的根本问题上，秉承儒家传统，而加入了心性修养的自得之见。他说："文章者，道之器也；言者，行之枝叶也。"① 认为文章是贯道之器，以道为立身行事之根本，言为行之枝叶。道内化为主体的人格道德修养，在立身行事上就表现为以"孝友忠信""忠义孝友"为根本，这种儒家的道德规范是他对自身以及后辈的根本要求。

---

① 《次韵杨明叔四首诗序》，《山谷内集诗注》内集卷十二，《黄庭坚全集》正集卷六，第 124 页。

　　黄庭坚在与后辈的书简中比较多地讨论这类问题。譬如他对洪驹父说到立身固本的重要性："君子之事亲，当立身行道，扬名于后，文章直是太仓之一稊米耳"①，"文章最为儒者末事"②，"如甥才器笔力，当求配于古人，勿以贤于流俗遂自足也。然孝友忠信，是此物之根本，极当加意养以敦厚醇粹，使根深蒂固，然后枝叶茂尔"③。

　　如何强化道德修养、固其根本，在黄庭坚看来，关键在读书治经、治心养气。《与洪驹父书》云："切希勤吏事，以其余从事于文史，常须读经书，味古人经世之意，宁心养气，累九鼎以自重，乃所望于甥者。一日克己，天下归仁焉，无患人不知也。"④　《与韩纯翁宣义》："要是读书数千卷，以忠义孝友为根本，更取六经之义味灌溉之耳。"⑤都是先固其根本，再论文章。他在《答李几仲书》中勉励李"刻意于德义经术"，说"君子未尝以世不用而废学问，其自废惰敕，则不得归怨于世也"⑥。

　　至于读书方法，黄庭坚也给出了具体意见。他在《与徐甥师川》中说："读书须一言一句，自求己事，方见古人用心处，如此则不虚用功。又欲进道，须谢去外慕，乃得全功。"⑦又说："须精治一经，知古人关捩子，然后所见书传，知其旨趣，观世故在吾术内。古人所谓'胆欲大而心欲小'，不以世之毁誉爱憎动，此胆欲大也；非法不言，非道不行，此心欲小也。文章乃其粉泽，要须探其根本，本固则世故之风雨不能漂摇。古人特立独行者，盖用此道耳。"⑧《与宋之茂》："人胸中久不用古今浇灌之，则俗尘生其间，照镜则觉面目可憎，对人亦语言无味也。"⑨《与济川姪》："但须勤读书令精博，极养心使纯静，根

---

①　《与洪驹父》，《黄庭坚全集》外集卷二十一，第1366页。

②　《与洪甥驹父》，《黄庭坚全集》正集卷十八，第475页。

③　《与洪驹父》，《黄庭坚全集》外集卷二十一，第1365页。

④　同上书，第1367页。

⑤　《山谷老人刀笔》卷十黔州三，《黄庭坚全集》外集卷二十一，第1378页。

⑥　《豫章黄先生文集》第十九，《黄庭坚全集》正集卷十八，第465页。

⑦　《山谷老人刀笔》卷一初仕至馆职一，《黄庭坚全集》正集卷十八，第485页。

⑧　同上书，第486页。

⑨　《山谷别集》卷十五，《黄庭坚全集》外集卷二十一，第1378页。

本若深，不患枝叶不茂也。"① 读书而固本，固本而作文，这是黄庭坚文论中一以贯之的观念。

固本则需要治心养气。读书是向外求，由外而反之内。养气则是向内求，由内而形于外。黄庭坚说到治心养气，在《寄苏子由书》中赞美苏辙："知执事治心养气之美，大德不踰，小物不废，沈潜而乐易，致曲以遂直，欲亲之不可媟，欲疏之不能忘，虽形迹阔疏，而平生咏叹，如千载寂寥，闻伯夷、柳下惠之风而动心者。"② 他把这种养气功夫融入日常生活中，行之不辍。他说："寡怨寡言，是为进德之阶。"③ "小小逆境，皆进德之门户也。"④

黄庭坚以"忠信孝友"为儒道之根本，注重主体人格修养，固其根本，守其本性，"胶于物之迹也，离乎性矣"⑤。自立风节以宰制万物。人之得失顺逆有如昼夜寒暑，乃"天时之常"。种种纷扰变故亦如"蚊蚋过前耳"⑥，何足挂怀。君子之道，当"精于一则不凝滞于物，鞭其后则无内外之患，胸次宽则不为喜怒所迁，人未信则反聪明而自照"⑦。取法乎上，求配于古人，就如颜渊追慕于舜，隰朋愧不若黄帝，"夫设心若此，岂暇与俗争能哉！"⑧ 他谆谆告诫子侄："日月易失，官职自有命。但使腹中有数百卷书，略识古人义味，便不为俗士矣。"⑨ 都是就主体人格修养而言。

黄庭坚的心性修养说带有一定的理学成分，体现了宋代士大夫在精神层面、人格修养上的共同追求，是一种向内求的内倾型的人格范型。其说与当时的学术思潮有关，与黄庭坚自身的学养、气质、个性有关，也与当时所处的党争背景有关，乃是主观倾向和外在迫力的共同作用。

---

① 《山谷老人刀笔》卷四初仕至馆职四，《黄庭坚全集》正集卷十九，第 498 页。

② 《豫章黄先生文集》第十九，《黄庭坚全集》正集卷十八，第 459 页。

③ 《与洪甥驹父》，《山谷外集》卷十，《黄庭坚全集》正集卷十八，第 484 页。

④ 《与王子飞》，《山谷别集》卷十五，《黄庭坚全集》外集卷二十一，第 1375 页。

⑤ 《与潘邠老》，《山谷老人刀笔》卷二初仕至馆职二，《黄庭坚全集》正集卷十九，第 488 页。

⑥ 《与益修四弟强宗帖》，《山谷别集》卷十七，《黄庭坚全集》别集卷十八，第 1877 页。

⑦ 《与元勋不伐书》，《山谷别集》卷十八，《黄庭坚全集》别集卷十九，第 1898 页。

⑧ 同上。

⑨ 《与声叔六侄书》，《山谷别集》卷十七，《黄庭坚全集》别集卷十八，第 1875 页。

2. 讲究文章作法，法度之上讲浑成

作为江西诗派的开宗立派人物，黄庭坚论诗论文都讲法度，予人以学习门径。范温《潜溪诗眼》就说："山谷言文章必谨布置，每见后学，多告以《原道》命意曲折。"①

在黄庭坚文学理论体系中，法度是一层次，予初学者以门径，有所依循方得要领，由此一窥堂奥之后，则超越法度局限，达于简易、平淡的自然境界。也就是从法度入手，经营篇章结构，字句锤炼，在此之上，达到他说的"不烦绳削而自合"的自然浑成的境界。

黄庭坚在书简中常常讲到文章法度问题。他在《答王子飞书》中提到陈师道，说他"作诗渊源，得老杜句法，今之诗人不能当也。至于作文，深知古人之关键。其论事救首救尾，如常山之蛇，时辈未见其比。公有心于学者，不可不往扫斯人之门"②。《答洪驹父书》指点洪驹父"可更熟读司马子长、韩退之文章。凡作一文，皆须有宗有趣，终始关键，有开有阖，如四渎虽纳百川，或汇而为广泽，汪洋千里，要自发源注海耳"③。他称赞何静翁"所寄诗醇淡而有句法，所论史事不随世许可，取明于己者而论古人，语约而意深。文章之法度，盖当如此"④。

黄庭坚不仅口讲指画，以具体的范文（如韩愈《原道》）告知后学如何从法度入手，而且指点具体的取法对象，有助于学习文章作法。

他在《杨子建通神论序》中说："文章之工，难矣。而有左氏、庄周、董仲舒、司马迁、相如、刘向、扬雄、韩愈、柳宗元，及今世欧阳修、曾巩、苏轼、秦观之作，篇籍具在，法度粲然，可讲而学也。"⑤这是一个自成体系的文统观念。

黄庭坚其他文章也说到了向古人和今人学习。他多次向人提及《礼记·檀弓》，说多加揣摩，即可知古人作文关键（与王观复等）。他

---

① 《黄庭坚和江西诗派资料汇编》，第37页。
② 《豫章黄先生文集》第十九，《黄庭坚全集》正集卷十八，第467页。
③ 同上书，第474页。
④ 《答何静翁书》，《豫章黄先生文集》第十九，《黄庭坚全集》正集卷十八，第464页。
⑤ 《山谷别集》卷三，《黄庭坚全集》别集卷二，第1486页。

建议洪驹父熟读司马迁、韩愈文章，勤习董仲舒、贾谊、刘向诸文字，议论文字可学苏明允（苏洵）。建议王子飞向陈师道学习文章作法。

黄庭坚论文不囿于法度，而是以法度入，从法度出，在法度之上追求自然、浑成、平淡的境界。

他指点王观复多读老杜到夔州后诗与韩愈自潮州还朝后文章，认为是达到了"不烦绳削而自合"的境界。如其所言："简易而大巧出焉，平淡如山高水深，似欲不可企及，文章成就，更无斧凿痕，乃为佳作耳。"① 这种简易平淡的美学追求正与宋代文学的主流品格相一致。

正因此，黄庭坚反对作文刻意求奇，他说："好作奇语自是文章病，但当以理为主。理得而辞顺，文章自然出群拔萃。"② 他引刘勰语"意翻空而易奇，文征实而难工"，认为"文章盖自建安以来，好作奇语，故其气象衰苶，其病至今犹在。唯陈伯玉、韩退之、李习之、近世欧阳永叔、王介甫、苏子瞻、秦少游乃无此病耳"③。理得辞顺的根本在义理贯穿。他说"读书勿求多，唯要贯穿，使义理融畅，则欲下笔时，不寒乞也"④。又说"读书贯穿，自当造平淡"。"古文要气质浑厚，勿太雕琢。"⑤"若读经史贯穿，使词气益遒，便为不愧古人矣。"⑥

此外，在语言的融会、锤炼方面，黄庭坚提出"点铁成金"说，也为后学在语言的继承创新方面开出了一个门径。

他在《答洪驹父书》说："自作语最难。老杜作诗，退之作文，无一字无来处，盖后人读书少，故谓韩杜自作此语耳。古之能为文章者，真能陶冶万物，虽取古人之陈言入于翰墨，如灵丹一粒，点铁成金也。文章最为儒者末事，然既学之，又不可不知其曲折，幸熟思之。至于推

① 《与王观复书》，《豫章黄先生文集》第十九，《黄庭坚全集》正集卷十八，第471页。

② 同上书，第470页。

③ 同上书，第471页。

④ 《答曹荀龙》，《山谷老人刀笔》卷三初仕至馆职三，《黄庭坚全集》正集卷十九，第495页。

⑤ 《与洪驹父》，《山谷老人刀笔》卷一初仕至馆职一，《黄庭坚全集》外集卷二十一，第1365页。

⑥ 《与王立之》，《山谷老人刀笔》卷二初仕至馆职二，《黄庭坚全集》外集卷二十一，第1370页。

之使高如泰山之崇，崛如垂天之云，作之使雄壮如沧海八月之涛，海运吞舟之鱼，又不可守绳墨，令俭陋也。"① 面对前人的文学遗产、知识的层叠累积，黄庭坚提出的语言熔炼、推陈出新的命题对不同时期的创作者都具有启发意义。用典、化用前人诗文语句一直是古典文学创作的传统技法，韩愈古文之唯陈言之务去，贺铸、辛弃疾等词人化用前人诗文一如己出，皆是面对这一命题做出的选择，其成败之间，后人自有公论。黄庭坚"点铁成金"说亦不外乎是，而他对此传统技法提出了熔炼之后的更高要求，即臻于雄壮高峻、不受绳墨约束的化境。

综上可见，黄庭坚的文论自成系统，且有实践性和可操作性，此其积极意义之所在。

二　秦观的文论

秦观的文论包括文道关系、创作观、作家论、文体论等诸多内容。他的文论系统性不似黄庭坚那么完整，但对一些问题的研究则较为成熟和精深，为他人所不及。

1. 文道关系与创作观念

在文道、本末关系方面，秦观与黄庭坚的观点比较接近，以道为本，以文为末。如其《答傅彬老简》评价苏轼说："苏氏之道，最深于性命自得之际；其次则器足以任重，识足以致远。至于议论文章，乃其与世周旋，至粗者也。"② 最看重苏轼的性命之道，其次是器识，文章乃在最后。他比较苏轼、苏辙二人之道，说苏轼之道"如日月星辰经纬天地，有生之类皆知仰其高明"③，苏辙之道"如元气行于混沦之中，万物由之而不知也"④，其元气浑厚实为苏轼所不及。这种以道德器识为本、以文章技艺为末的本末观，无论从儒家还是道家角度而言，都是比较经典、传统的文艺观念。

秦观对于道，有他的自得之见。如其《浩气论》比较接近于哲学论文。再如他的《崔浩论》表现出对张良的欣赏，就是因为张良是

---

① 《豫章黄先生文集》第十九，《黄庭坚全集》正集卷十八，第 475 页。
② 《淮海集笺注》卷三十，上海古籍出版社 1994 年版，第 981 页。
③ 同上。
④ 同上。

"得道"者。秦观所论之道，黄老、道家的成分更多一些。

在创作观方面，秦观《进策·序篇》论及外物对主体心理的触机，如其所言："臣闻春即仓庚鸣，夏则蟪蛄鸣，秋则寒蝉鸣，冬则雉鸣。此数物者，微眇矣；然其候未至则寂寞而无闻，既至则日夜鸣而不已。何则？阴阳之所鼓动，四时之所感发，气变于外，而情迫于中，虽欲不鸣不可得也。"① 创作之于主体，乃是一种纯乎自然的作为，不得不然，如此则有争取言论表达自由的意味。与苏轼的讲法比较接近。②

秦观的创作观在《司马迁论》中有了进一步的发展。他对史迁的发愤著书说多有发挥。他不同意班固对司马迁的批评，所谓"是非颇谬于圣人，论大道而先黄老而后六经，序游侠则退处士而进奸雄，述货殖则崇势利而羞贱贫"（《汉书·司马迁传赞》）。秦观指出司马迁此皆"有激而云"，作者"其愤懑不平之气，无所发泄，乃一切寓之于书"③，显是有感而发。从"候虫之鸣"到"有激而云"，显然有情感的积累，而不是以"自然反应"作为行文的论据。

秦观的《通事说》表现出非常明晰的文章观念，他说："文以说理为上，序事为次，古人皆备而有之。后世知说理者，或失于略事；而善序事者，或失于悖理，皆过也。盖能说理者，始可以通经；善序事者，始可以修史。"④ 表明他对文章作法的取舍态度。

秦观文章观念中有兼收并取、任从自然的一面，其《逆旅集序》针对"言欲纯事，书欲纯理，详于志常而略于纪异"⑤ 的所谓"君子之书言"，认为文章叙言记事应不限于"先王之余论，周孔之遗言"⑥，而像"浮屠老子、卜医梦幻、神仙鬼物之说"⑦，也不妨记之，正如"鸟栖不择山林，唯其木而已；鱼游不择江湖，唯其水而已"⑧，"彼计

---

① 《淮海集笺注》卷十二，第493页。
② 苏轼《答李端叔书》："妄论利害，搀说得失，此正制科人习气。譬之候虫时鸟，自鸣自已，何足为损益。"《苏轼文集》卷四十九，第1432页。
③ 《淮海集笺注》卷二十，第700页。
④ 《淮海集笺注》后集卷六，第1515页。
⑤ 《淮海集笺注》卷三十九，第1258页。
⑥ 同上。
⑦ 同上。
⑧ 同上。

事而处，简物而言，窃窃然去彼取此者，缙绅先生之事也"①，自己"仰不知雅言之可爱，俯不知俗论之可卑。偶有所闻，则随而记之耳，又安知其纯与驳耶？然观今世人，谓其言是，则蘧然改容，谓其言信，则适然以喜，而终身未尝信也。则又安知彼之纯不为驳，而吾之驳不为纯乎？且万物历历，同归一隙；众言喧喧，归于一源。吾方与之沉，与之浮，欲有取舍而不可得，何暇是否信诞之择哉？"② 这种"不择于物"的观点接近于苏轼，有庄子学说的意味。

此外，秦观对文艺之功用也发表了有益见解。其《书辋川图后》说到观王维《辋川图》因疗"肠癖之疾"的经历，"恍然若与摩诘入辋川，度华子冈，经孟城坳，憩辋口庄，泊文杏馆，上斤竹岭并木兰柴，绝茱萸沜，蹑宫槐陌，窥鹿柴；返于南北坨，航欹湖，戏柳浪，濯栾家濑，酌金屑泉，过白石滩，停竹里馆，转辛夷坞，抵漆园，幅巾杖履，棋弈茗饮，或赋诗自娱，忘其身之匏系于汝南也"③。文艺欣赏所引起的审美体验的共鸣的确使人身心愉悦，有疗治之功。

2. 作家论和文体论

秦观进论中的《司马迁论》和《韩愈论》都是比较完整而系统的作家论。《司马迁论》如前所述。《韩愈论》则分析了文学史上各种文体特征而评价了诸家之作的风格，在文体论方面表现出成熟而精当的见解。

他把文章分为论理之文、论事之文、叙事之文、托词之文、成体之文，分别阐述各类文体之文理，如论理之文乃是"探道德之理，述性命之情，发天人之奥，明死生之变"④，并将列御寇、庄周列为此之典型。论事之文则是"别白黑阴阳，要其归宿，决其嫌疑"⑤，以苏秦、张仪之作为典型。叙事之作"考同异，次旧闻，不虚美，不隐恶，人以为实录"⑥，以司马迁、班固之作为典型。托词之文"原本山川，

---

① 《淮海集笺注》卷三十九，第 1258 页。
② 同上。
③ 《淮海集笺注》卷三十四，第 1120 页。
④ 《淮海集笺注》卷二十二，第 750 页。
⑤ 同上。
⑥ 同上。

极命草木，比物属事，骇耳目，变心意"①，以屈原、宋玉之作为典型，而成体之文乃是"钩列、庄之微，挟苏、张之辩，撷班、马之实，猎屈、宋之英，本之以《诗》《书》，折之以孔氏"②，集众体之大成，以韩愈为代表。从这里可以看出，秦观对于文体分类有非常明晰的概念，他根据文体功能将文章分为"论理之文""论事之文""叙事之文""托词之文"，每一类文体都具备明确的功能指向，并对各种文体特征作出了准确的界定。在秦观设定的散文文体谱系中，他排列了一个从战国到唐代，又上及春秋的历史系统，由此形成了清晰的散文史观，这实际上可以视为一种文学史、散文史的构建与书写。在不同历史时期的文体演进、创作积累的基础上，他提出了一个"成体之文"的概念，而创造出"成体之文"的作者，就是他赋予了集大成意义的韩愈。

所谓"成体之文"，当是秦观借鉴、化用了韩愈的说法而来。韩愈在《答尉迟生书》中说："体不备不可以为成人，辞不足不可以为成文。"③而秦观所说的"成体之文"则有成熟、完备的意思。在秦观看来，在体式上成熟、完备的文章，是综合、继承了前人各种文体的创作经验，而具备了集大成特质的文章，这样的文章才是真正成熟的、完备的。在秦观所设定的散文史谱系中，韩愈和他所创造的"成体之文"无疑处于最高的地位。近乎于"圣"的层次。

关于"集大成"的提法，秦观有两个来源。一是元稹对杜甫"集大成"的评价④，二是苏轼对韩愈"集大成"的见解⑤。而秦观在评价韩愈时，正是将韩愈在散文史上的地位与杜甫在诗史上的地位并提，显

①　《淮海集笺注》卷二十二，第 750 页。
②　同上。
③　《昌黎先生文集》第十五。《韩昌黎文集校注》，马其昶校注，马茂元整理，上海古籍出版社 1986 年版，第 145 页。
④　元稹《唐故工部员外郎杜君墓系铭并序》："至于子美，盖所谓上薄风骚，下该沈宋，古傍苏李，气夺曹刘，掩颜谢之孤高，杂徐庾之流丽，尽得古今之体势，而兼今人之所独专矣。"《元稹集》卷五十六，中华书局 1982 年版，第 600 页。
⑤　陈师道《后山诗话》："苏子瞻云：'子美之诗，退之文，鲁公之书，皆集大成者也。'"《后山诗话》又一则："子瞻谓杜诗、韩文、颜书、左史，皆集大成者也。"分见（清）何文焕辑《历代诗话》，中华书局 1981 年版，第 304、309 页。

然是综合了元稹和苏轼的观点，同时又深化、细化了杜甫之于诗、韩愈之于文的集大成观点。①

秦观这篇《韩愈论》在理论上的创新，至少有三点。一是对杜甫集大成观点的深化和细化。二是构建了一个韩愈之前的散文史谱系，建立了一种散文史观，并明确了韩愈集大成的意义。三是提出了"成体之文"的概念，对文体特征的认识更为精当和明晰。

另外，值得注意的是，秦观此文中，论道而兼及庄周，论文则及于纵横，可见苏门文风之自由，而不拘于儒家儒道学说。

三　张耒的文论

张耒的文论有其系统性和完整性。对于文学创作的各个领域，从作者到文本，到文风，他都有一套系统的见解。

1. 作者之"诚"与"德"

在作者角度，张耒提出了"诚"的观点，对作者的"德"提出要求。

"诚"在张耒的文论体系中占有重要地位。其说见于他的《上文潞公献所著诗书》② 一文。张耒在这封书中从"动天地""感鬼神""观风俗""逆情志"四个方面，系统阐述了创作态度之"诚"心"诚"意对创作成功与否、能否达成其创作目的的重要性。诗文相通，张耒反复阐明诗歌创作乃在有感而发，文章写作也是如此，两者都是情之不得已而作，都是出于主观之"诚"。

论及作文之"诚"，张耒在《上曾子固龙图书》有明确的表述。在此书中他阐发了创作主体之"诚"与"德"的关系，他说：

---

① 秦观《韩愈论》："然则列、庄、苏、张、班、马、屈、宋之流，其学术才气，皆出于愈之文，犹杜子美之于诗，实积众家之长，适当其时而已。昔苏武、李陵之诗，长于高妙；曹植、刘公幹之诗，长于豪逸；陶潜、阮籍之诗，长于冲澹；谢灵运、鲍照之诗，长于峻洁；徐陵、庾信之诗，长于藻丽。于是杜子美者，穷高妙之格，极豪逸之气，包冲澹之趣，兼峻洁之姿，备藻丽之态，而诸家之作，所不及焉。然不集诸家之长，杜氏亦不能独至于斯也。岂非适当其时故耶？孟子曰：'伯夷，圣之清者也；伊尹，圣之任者也；柳下惠，圣之和者也；孔子，圣之时者也。孔子之谓集大成。'呜呼！杜氏、韩氏，亦集诗文之大成者欤！"《淮海集笺注》卷二十二，第751—752页。
② 《张耒集》卷五十六，中华书局1990年版，第840页。

> 某尝以谓君子之文章，不浮于其德；其刚柔缓急之气，繁简舒敏之节，一出乎其诚，不隐其所已至，不强其所不知，譬之楚人之必为楚声，秦人之必衣秦服也。惟其言不浮乎其心，故因其言而求之，则潜德道志，不可隐伏。盖古之人不知言则无以知人，而世之惑者，徒知夫言与德二者不可以相通，或信其言而疑其行。呜呼，是徒知其一，而不知夫君子之文章，固出于其德，与夫无其德而有其言者异位也。①

张耒在这里，从君子的道德文章着眼，贯通主体之"诚"与"德"。在他看来，君子作文出于"诚"，则文是君子人格精神的自然呈现，言称其德，文如其人。这在君子，是合而为一的。他由此分析"世之惑者"惑于言与德的关系，观其言而疑其行，其根本原因就在于缺乏对君子道德文章的体认，没有认识到君子超乎常人之处，正在其本于道德，出乎诚意，发而为文，故文如其德，文人合一。

随之，张耒结合自己的阅读体验，谈到他对左丘明、屈原、司马迁、韩愈之文的看法，主要从创作主体与作品的关系展开来说。左氏行事不可考。而屈、马、韩诸子，都是至诚于其中，感激忿怼宣于外。即如屈子之文"如明珠美玉，丽而可悦也；如秋风夜露，凄忽而感恻也；如神仙烟云，高远而不可挹也"②，如史迁之文"疏荡明白，简朴而驰骋"③，如韩愈之文"放逸超卓，不可收揽，则极言语之怀巧，有不足以过之者"④，各具其艺术美感，给人以至高的审美体验，究其实，都是创作主体人格精神的体现。此数子，都是文行合一的典范。于此，张耒特别扣住屈子之忠、史迁之奇、韩子之义，来强调主观之诚对文章之动人效应的决定力。

张耒在此书简结尾，盛赞曾巩文章"其兴虽后于欧公，屹然欧公之所畏，忘其后来而论及者也"⑤，"真极天下之文者"⑥ 也，从君子有

---

① 《张耒集》卷五十六，第 844 页。
② 同上。
③ 同上。
④ 同上。
⑤ 同上书，第 845 页。
⑥ 同上。

其言必有其德的角度，来赞美曾巩的道德人品。既展现了自己的文学观念和文章鉴别力，又称扬对象，行文合宜得体。

2. "诚"与"工"的关系

张耒认为，作文出于"诚"，则可达于"工"；出于"诚"，则创作风貌与作者的生活状况应有其一致性。

在张耒看来，文章是作者生活体验的真实表现，并且在很大程度上承担了泄导人情的功能，使人在现实中的怨郁牢愁有一个宣泄的出口，而不至于窒碍不通，不得自救。他在《投知己书》中就传统文论中的"发愤著书""穷而后工"的观点，联系自身的生活创作经历，作了深刻而细致的发挥，提出了两层见解。

其一，技艺的精湛在于专注，在于用志不分。当人真正达于专精的境界，就会"情见于物而意泄于外"①，如此，创作者与接受者就会不期然有情感的交流与会通，而达于一种"共谋"的状态，譬如伯牙鼓琴而钟期知音者，由此在创作上达到精诚合一的境界。

其二，困穷之境能够激发人的潜能，发愤创作，穷而后工。他自陈遍历生活的艰辛折磨，"计其安居饱燠，脱忧危而解逼仄，扬眉开口无事一笑者，百分之中不占其一"，"其穷愁困塞有不可胜言者"，"如某之穷者，亦可以谓之极矣"。② 他遍观古今文章，"大率穷人之词十居其九"，则文章写作之于创作者的舒忧慰藉之功，也可见之。就他自身而言，"其平生之区区，既尝自致其工于此，而又遭会穷厄，投其所便。故朝夕所接，事物百态，长歌恸哭，诟骂怨怒，可喜可骇，可爱可恶，出驰而入息，阳厉而阴肃，沛然于文，若有所得。某之于文，虽不可谓之工，然其用心，亦已专矣"③。由诚而至于专而至于精，精诚既是他对创作主体的要求，也是他对自身创作的自我判断。精诚之至，即工也。

正是立足于一个"诚"字，张耒在《送秦观从苏杭州为学序》中对秦观的创作状况提出中肯的批评，他认为生活与创作应有其一致性。

---

① 《张耒集》卷五十五，第831页。
② 同上。
③ 同上。

他说：

> 秦子善文章而工于诗。其言清丽刻深，三反九复，一章乃成。大抵悲愁凄婉，郁塞无聊者之言也。其于物也，秋蚕寒螀，鹍鸡猿狄之号鸣也；霜竹之风，冰谷之水，楚囚之弦，越羁之呻吟也。嘻！秦子内有事亲之喜，外有朋友之乐。冬裘而夏絺，甘食而清饮。其中宁有介然者而顾为是耶？世之文章，多出于穷人；故后之为文者，喜为穷人之词。秦子无忧而为忧者之词，殆出此耶？吾请为子言之。
>
> 古之所为儒者，不主于学文，而文章之工，亦不可谓其能穷苦而深刻也。发大议，定大策，开人之所难感，内足以正君，外可以训民，使于四方，邻国寝谋；言于军旅，敌人听命。则古者臧文仲、叔向、子产、晏婴、令尹子文之徒，实以是为文。后世取法焉，其于文也，云蒸雨降雷霆之震也，有生于天地之间者实赖之，是故系万物之休戚于其舌端之语默。嗟夫，天地发生，雷雨时行，子独不闻之，而从草根之虫，危枝之翼，鸣呼以相求，子亦穷矣。……①

　　张耒在这里批评秦观"无忧而为忧者之词"，乃是沿袭了"为文者喜为穷人之词"的风气，以为如此方得"工"耳。而张耒认为这种风气一则背离了生活与创作的关系，不"诚"；二则背离了原始儒家以文章经世致用的根本原则，所谓舍本逐末，于为文之道则"穷"矣。文末，张耒说"子方从眉山公，其以予言质之而归告予也"②，非常郑重地请秦观以自己的观点去征询苏轼的意见，还要秦观将坡公的意见反馈给他。由此可见苏门内部平等自由、出于衷心、相互批评的风气。

　　3. 文以"理"为主

　　在文本角度，张耒提出"理"的概念，认为文以"理"为主，写文章就是为了"明理"。

---

① 《张耒集》卷四十八，第752页。
② 同上。

张耒论文主理，他在《答李推官书》中说：

　　夫文何谓而设也？知理者不能言，世之能言者多矣，而文者独传。岂独传哉？因其能文也而言益工，因其言工而理益明，是以圣人贵之。自《六经》以下，至于诸子百氏、骚人辩士论述，大抵皆将以为寓理之具也。是故理胜者文不期工而工，理诎者巧为粉泽而隙间百出。此犹两人持牒而讼，直者操笔不待，累累读之如破竹，横斜反复自中节目；曲者虽使假词于子贡，问字于扬雄，如列五味而不能调和，食之于口无一可惬，况可使人玩味之乎？故学文之端，急于明理。夫不知为文者，无所复道。如知文而不务理，求文之工，世未尝有是也。①

　　张耒在这里，将文看作是"寓理"的工具、器具，因为"文"中有"理"，其言"工"，其理"明"，"文"才得以流传下来。圣人因为"文"可以"明理"，而重视"文"，从《六经》一直到诸子百家，"骚人辩士"的论述文字，都是"寓理之具"。正因为"理"是"文"的内在规定性，是文的主体，所以"理"决定了"文"之"工"，所以"理胜者，文不期工而工；理诎者，巧为粉泽而隙间百出"，"故学文之端，急于明理"，② 明理是为文的目的。

　　需要说明的是，张耒所论之理的内涵非常宽泛，不限于儒家之理。诸子百家，"骚人辩士"，皆有其理。

　　4. 文风倾向明白条畅，自然平易

　　从作者之"诚"，到文本之"理"，张耒构建了他的文论体系，"诚"与"理"相结合，就决定了文风走向，在明白条畅，自然平易。

　　出于"诚"，张耒在创作方式上，属意自然的、纯粹出于天理情性的方式，如其《贺方回乐府序》所言，那种"满心而发，肆口而成"③的创作，其工丽并非思虑、雕琢而成，而是自然的结果。此序虽是就诗

----

① 《张耒集》卷五十五，第829页。
② 同上。
③ 《张耒集》卷四十八，第755页。

词创作而言，而从文学创作的共性来看，诗词、文章都是出于主观之"诚"，都是自然生发的创作过程。由此反映到文风取向，张耒提倡自然通达、明白条畅的文风。

其《答汪信民书》曰："抑闻之古之文章，虽制作之体不一端，大抵不过记事辨理而已。记事而可以垂世，辨理而足以开物，皆词达者也。虽然，有道词生于理，理根于心，苟邪气不入于心，僻学不接于耳目，中和正太之气溢于中，发于文字言语，未有不明白条畅。盍观于语者乎？直者文简事核而理明，虽使妇女童子听之而谕；曲者枝词游说，文繁而事晦，读之三反而不见其情。此无待而然也。"①

他认为古之文章在体制上不外乎记事、辨理两种。记事可以垂范后世，辨理可以开启人们的认知。这两者就称得上"词达"。他说到文辞与理与心的关系时，认为心是主导，理从心生，而词从理生。如果辟除邪气、僻说，养其中和正大之气，自然理正而言明，文辞条畅，明白易晓。

故此，他针对李推官"捐去文字常体，力为瑰奇险怪，务欲使人读之如见数千载前蝌蚪鸟迹所记弦匏之歌、钟鼎之文"②的文风，指出"所谓能文者，岂谓其能奇哉？能文者固不能以奇为主也"。他激烈批评"自唐以来至今，文人好奇者不一。甚者或为缺句断章，使脉理不属，又取古书训诂希于见闻者，捃扯而牵合之，或得其字不得其句，或得其句不知其章，反复咀嚼，卒亦无有，此最文之陋也"③，显是有感而发。

然而，张耒并不反对自然之奇，他以水为喻说："夫决水于江河淮海也，水顺道而行，滔滔汨汨，日夜不止，冲砥柱，绝吕梁，放于江湖而纳之海。其舒为沦涟，鼓之为波涛，激之为风飙，怒之为雷霆，蛟龙鱼鼋，喷薄出没，是水之奇变也。而水初岂如此哉！是顺道而决之，因其所适而变生焉。沟渎东决而西竭，下满而上虚，日夜激之，欲见其奇，彼其所至者，蛙蛭之玩耳。江河淮海之水，理达之文也，不求奇而奇至

---

① 《张耒集》卷五十五，第 826 页。
② 《答李推官书》，《张耒集》卷五十五，第 828 页。
③ 同上书，第 829 页。

矣。激沟渎而求水之奇，此无见于理，而欲以言语句读为奇之文也。"①
张耒的说法与苏洵"风行水上，自然成文"、苏轼"万斛泉源，不择地
而出""随物赋形""常行于所当行，常止于不可不止"的见解有相承
之处，而有新的发展。也即"理达之文"和"于句读中求奇"有不同
的形态表征，前者乃江河淮海，后者则"沟渎"之浅水耳。

张耒在《许大方诗集序》中还谈到创作环境的重要，兹录于此：

> 士方其退于燕闲寂寞之境，而有以自乐其乐者，往往英奇秀发
> 之气发为文字言语，超然自放于尘垢之外，盖有可欣者。然一行为
> 吏，此事便废。敲朴喧嚣，牒诉倥偬，既已变易其平生矣。风云之
> 观，涸于泥涂；泉石之想，变于阛阓。俗虑日进，道心日销。鸣
> 呼！士之道艺不进者以此。②

在虚静的环境中，作者可以超越尘俗的繁杂琐碎，养其"英奇秀
发之气"，发之于文，游之于道，就可道艺两进。由此可见一个独立
的、不受干扰的写作环境之必要，否则难为。

综上所述，张耒在作者角度提出"诚"的概念，在文本角度提出
"理"的概念，基于"诚"而要求真诚的创作态度和自然的创作方式；
本于"理"而提出为文的目的和功能在于"明理"，两者贯通，而在文
风上提倡自然辞达，反对文繁事晦、雕琢怪僻，刻意求奇，而不反对不
期然所遇之奇。张耒所论之理包容百家，论文风则以水为喻，讲自然生
发，遇变生奇，都可看出苏门特色。

第二节　陈师道、晁补之、李廌的文论

一　陈师道的文论

陈师道的文论主要讨论作者道德修养和文学价值观问题，表现出一
种向内求的内倾型人格特征。

---

① 《答李推官书》，《张耒集》卷五十五，第829页。
② 《张耒集》卷四十八，第755—756页。

1. 作者论

在作者论方面，陈师道主张文行合一，名实相符，以"学"与"思"促进"性"的完善。

陈师道在《答江端礼书》中谈到学与思、性之善与行之成的关系，他说："学始于身而成于性，欲善其身而不明于善，所谓徒善者也。徒善者非善之正也，是故学者所以明善也。学，外也；思，内也。学以佐行，思以佐学，古之制也。"① 学与思相辅相成，由外及内，由行为到性理，明于善则成于性。由此，陈师道讲到士子名实相符的问题，他说："士之所戒。其惟名乎！声实相从，如影之于形，短长曲直，惟形之使。无实之名。黎人败焉，善人畏焉。得且畏之，况求之乎？"又说："言以述志，文以成言，约之以义，行之以信，近则致其用，远则致其传，文之质也。大以为小，小以为大，简而不约，盈而不余，文之用也。正心完气，广之以学，斯至矣。"② 他主张文以言志，而以"信""义"来规范之，并对文之质与文之用做出界定，立足于加强主观修养和广泛学习来充实提高主体之"志"，由此贯通学习与为文、德行之间的关系。

陈师道在《送邢居实序》中进一步申发他的学习理论。他说："士之不能自成，其患在于俗学。俗学之患，枉人之材，窒人之耳目。诵其师传造字之说、从俗之文才数万言，其为士之业尽是矣。夫学以明理，文以述志，思以通其学，气以达其文。古之人导其聪明，广其见闻，所以学也；正志完气，所以言也。王氏之学，如脱墼耳，案其形模而出之，不待修饰而成器矣。求为桓璧彝鼎，其可得乎？"③ 陈师道深不满王安石新学，因此而绝意科举仕进。这首赠序，对邢居实寄予厚望，而赠以恳切之言，力诋新学之非，乃在"枉人之材，窒人之耳目"，从新学而得之材，都是一个模子刻出来的，不可能成为国家栋梁。在他看来，学习和修养是作文以言志的必备条件，读书人通过学习思考来开启心智，增广见闻；通过完善主观修养，来使得文气充沛，才能真正造就

---

① 《后山居士文集》卷一〇、曾枣庄，刘琳，四川大学古籍研究所《全宋文》卷二六六四，陈师道·卷一，上海辞书出版社 2006 年版，第 284 页。

② 《后山居士文集》卷一〇、《全宋文》卷二六六四，陈师道·卷一，第 285 页。

③ 《后山居士文集》卷一六、《全宋文》卷二六六六，陈师道·卷三，第 320 页。

自己，无论为学为文，皆有所成。

　　从作者论引申到成才之道，陈师道在《颜长道诗序》中谈到成才是借助外物，还是自得的问题。他说："万物者才之助，有助而无才，虽久且近，不能得其情状；使才者遇之，则幽奇伟丽，无不为用者。才而无助，则不能尽其才。然则待万物而后才者，犹常才也。若其自得于心，不借美于外，无视听之助而尽万物之变者，其天下之奇才乎！"①自在之才与外物助力是相成相得的关系，才能得到外物的助力，可以尽情发挥施展。然而必待外物而成才者，不过是常才而已。真正的奇才是不需借助外物（诸如声光色电等视听感官刺激），而自得自成者。陈师道从颜长道的诗歌创作，认为颜子具备了不需借助外力而自成的自得之才。此文中，陈师道还论及才与德的关系，他说："夫才者德之用也，德成于心而后才为用，才足于身而后物为用，吾于夫子见之矣。"②说明颜夫子是有才者，更是有德者，补充强调他的德才观点，以显扬颜夫子之自得之才与敦厚仁德。

　　2. 文学价值观

　　陈师道非常重视文学事业，期以文章传名后世。如其《王平甫文集后序》颇能见其文学价值观，文曰：

　　　　欧阳永叔谓梅圣俞曰："世谓诗能穷人，非诗之穷，穷则工也。"圣俞以诗名家，仕不前人，年不后人，可谓穷矣。其同时有王平甫，临川人也，年过四十始名，荐书群下士。历年未几，复解章绶归田里。其穷甚矣，而文义蔚然，又能于诗。惟其穷愈甚，故其得愈多，信所谓人穷而后工也。虽然，天之命物，用而不全，实者不华，渊者不陆。物之不全，物之理也。尽天下之美，则于贵富不得兼而有也。诗之穷人，又可信矣。方平甫之时，其志抑而不伸，其才积而不发，其号位势力不足动人，而人闻其声，家有其书，旁行于一时而下达于千世，虽其怨敌不敢议也，则诗能达人矣，未见其穷也。夫士之行世，穷达不足论，论其所传而已。平甫

---

① 《后山居士文集》卷一六，《全宋文》卷二六六七，陈师道·卷四，第328页。
② 同上书，第329页。

孝悌于家，信于友，勇于义而好仁，不特文之可传也。向使平甫用力于世，荐声诗于郊庙，施典策于朝廷，而事负其言，后戾其前，则并其可传而弃之。平生之学可谓勤矣，天下之誉可谓盛矣，一朝而失之，岂不哀哉！南丰先生既叙其文以诏学者，先生之没，彭城陈师道因而伸之，以通于世。诚愚不敏，其能使人后其所利而隆其所弃者耶！因先生之言以致其志，又以自励云尔。元丰四年七月五日。①

　　文中，陈师道援引欧阳修关于梅尧臣处穷与工于诗的著名观点，所谓诗者，穷而后工也，来对照说明王平甫的文章事业。他认为，王平甫虽然遭遇坎壈，但道德文章得举世公认，得享盛名，这正可见出"诗能达人"。设使王平甫能够用力于世，一旦遭遇仕宦风波，则连带其文章盛名一并失之。孰得孰失，后人自有评判。

　　对师道而言，他是将文章事业看得极重，既不满新学，而绝意科举，专注于诗艺文章②，对创作一丝不苟，反复锤炼修改，一不过意则弃去，不复惜之，其意在以诗文名于后世。此篇文尾，陈师道引申曾南丰之意，"使人后其所利而隆其所弃者"，并以此自励，来达成他所看重的人生价值。

　　与此文相参照，陈师道有《送参寥序》表现了另一种价值观。文中说"妙总师参寥，大觉老之嗣，眉山公之客，而少游氏之友也。释门之表，士林之秀，而诗苑之英也"。师道自己对参寥的诗非常喜爱，"读不舍手"，参寥子对于文学之工拙和作者之修为却有自己的看法。他们谈及唐代诗僧，"参寥子曰：'贯休、齐己，世薄其语，然以旷荡逸群之气，高世之志，天下之誉，王侯将相之奉，而为石霜老师之役，终其身不去，此岂用意于诗者？工拙不足病也。'由是而知余之所贵，乃其弃余，所谓浅为丈夫者乎！"③ 文章以参寥的意见表明了一种价值观念，在重文与重行之间，所谓精粗本末，则看个人价值判断与选

---

① 《后山居士文集》卷一六，《全宋文》卷二六六六，陈师道·卷三，第323页。
② 黄庭坚《赠陈师道》："陈侯学诗如学道。"《黄庭坚全集》外集卷七，第1039页。
③ 《后山居士文集》卷一六，《全宋文》卷二六六六，陈师道·卷三，第319页。

择了。

二　晁补之的文论

晁补之的文论涉及作者论、文道关系、文学价值的独立性以及文风等问题。

1. 作者论

晁补之在作者论方面，对主体修养提出要求，主张文人合一，文如其人。

他在《书鲁直题高求父扬清亭诗后》以黄庭坚和陶渊明为例，强调主体修为在创作中是第一位的，他说："鲁直于治心养气，能为人所不为，故用于读书、为文字，致思高远，亦似其为人。陶渊明泊然物外，故其语言多物外意，而世之学渊明者，处喧为淡，例作一种不工无味之辞，曰吾似渊明，其质非也。"① 他认为主观修为达到一定层次，才能在创作上有相应的体现，舍本趋末，只会流于皮相。

2. 文道并重，文质并重

在文道关系上，晁补之主张文道并重，文质并重。

晁补之《策问·文》表达了文质合一的观念："文犹质也，质犹文也。虎豹之鞟，犹犬羊之鞟，所贵乎文者，以其有别也。圣人则炳，君子则蔚，辩人则萃，见乎外不揜乎内者如此。故古之观人者慎焉……"② 他认为文与质是一体的，两者不可分割开来。好比虎豹之文不同于犬羊之文，其内在本质的规定性决定了文的差异。引申到创作领域，晁补之主张文道合一，文质合一。他在《鸡肋集序》中表达了相近的观点："夫物有质者必有文，文者质之所以辨也，古之立言者当之。"③ 他还特别说明"平居论说讽咏，应物接事，不能无言，非虎豹犬羊之异也"。强调他的写作都是有感而发，有为而作，不是表面文章。

晁补之《石远叔集序》表达了文行合一、文如其人的观点。他说：

① 《鸡肋集》卷三十三，引自《黄庭坚和江西诗派资料汇编》，中华书局1978年版，第13页。参见《全宋文》卷二七二三，晁补之卷一三，第138页。

② 《鸡肋集》卷第三十九，《全宋文》卷二七二八，晁补之卷一八，第218页。

③ 《鸡肋集》卷首，《全宋文》卷二七二一，晁补之卷一一，第100页。

"文章视其一时风声气俗所为，而巧拙则存乎人。亦其所养有薄厚，故激扬沈抑，或侈或廉，秋纤不同，各有态度，常随其人性情。刚柔、静躁、辩讷，虽甚爱悦其致，不能以相传。知此者，则古人已远，若与之并世而未之接，得其书读焉，如对面语。以之逆其志，曰'此何如人也，此何如人也'，无不可言者。"① 作者的主观修养和个人性情都会在文风中体现出来，由此"以意逆志"的批评方法才可成立。

联系到石远叔，他说："远叔又倜傥有美才，自童子时为辞赋则已绮丽。去举进士，一上中第，所居官官治，而益致志于学。其所为诗文，盖多至四百篇，其言雅驯，类唐人语。尤长于议论、酬答，思而不迫。读者知其人通达，温温君子也。远叔在济时，补之数相从，间相与评古作者。远叔语时造精微，补之常屈然私怪。远叔颇放于酒，饮辄醉，或悲歌愀然，意其负所有不偶，寄之此耳……"②

晁补之认为文风是作者个性的真切体现，读其文字，就如见其人，与作者对面交流。而石远叔的文章就有这样的阅读效应，所作文字都有作者自我在内。"其言雅驯，类唐人语，尤长于议论酬答，思而不迫，读者知其人通达，温温君子也"③。读者观其文而逆其志，知其人，这样的文章就是真正的文如其人，文质合一。

3. 文学价值的独立性

关于文学价值的独立性问题，晁补之认为文学本为空文，非关实用，这一非功利性的属性，正决定了文学创作的价值独立性和这一精神追求的纯粹。

晁补之在《海陵集序》中说"文学，古人之余事，不足以发身"，"至于诗，又文学之余事"，"然为之而工，不足以取世资"。他遍举春秋战国以至于唐，文学的非实用价值之表现，以及文士之穷之事例，"故世称诗人少达而多穷，由汉而下枚数之，皆孙樵所论'相望于穷'者也"④。然而世间还是有"千一"好之者，不求"世资"于文章，"唯恐其学之而力不逮，营度雕琢，至忘食寝。会其得意，脩然自喜，

---

① 《鸡肋集》卷三四，《全宋文》卷二七二一，晁补之卷一一，第107—108页。
② 同上。
③ 同上书，第108页。
④ 同上书，第106—107页。

不啻若钟鼎锦绣之获，顾他嗜好皆无足以易此者。虽数用以取诟而得祸，犹不悔，曰：'吾固有得于此也。'以其无益而趋为之，又有患难，而好之滋不悔，不反贤乎？"①

在补之看来，《海陵集》的作者许大方，也是"穷而不悔者之一"。他说许君少年得志，"方进未可量"，"何苦而为是闭关弦歌、霖雨饥饿之声，乐之而不厌如此哉？且以为后世名乎，则孰与当身捷得权位之利？抑谓利者君不近乎，则后世之名于君亦复安有哉？"补之申明作序之意，乃"以贤君能独为人之所不为者，而非有希于世，视趋利邀合犹胜，然亦因以为戒"。② 补之还注明许君"与故人张芸叟（张舜民）、张文潜、陈伯修皆厚"，盖同道者也。

4. 文学目的论与文风论

关于文学目的论与文风论，晁补之主张有为而作，并且对"清丽"文风表示欣赏。

晁补之《张穆之触鳞集序》涉及文学创作的功用和文风倾向问题。其文说张穆之一类文章"凛乎直谅多闻之益，如药石，如谷米，非无用而设者，其多至数十章，皆深切当世之务"③，点明其"触鳞"之义即在其文章是针对现实，有补于世，不为空言。

在文风方面，晁补之肯定张穆之的诗文作品，文字清丽，"有唐中叶以来才士之风，非若五季及国初文物始复，武夫粗鄙、田里朴陋者之作也"。④ 表现了他的审美趣味。

晁补之在《汴都赋序》中表达了对赋体文风的见解，颇有见地。其文曰：

圣人初无意于言，六经之辞皆不得已。夫不得已故言之，致必始于详说，而后终之以说约。听廉者语，不若听夸者语，夸易好也。听狡者语，不若听婉者语，婉易从也。故赋之类常欲人博闻而微解，见人言九州山川、城郭道路、太行吕梁、舟车万里之勤，则

① 《鸡肋集》卷三四，《全宋文》卷二七二一，晁补之卷一一，第107页。
② 同上。
③ 同上书，第102页。
④ 同上。

使人思投辖弭节。见人言州闾大会、宾主酬酢、匏竹啾咽、晡夕厌满、酤酸肴晞，则使人思弛带而卧。故《上林》《羽猎》言卒徒之盛、终日驰骋，则必以节俭成之。扬雄以谓犹骋郑卫之声，曲终而奏雅，后世猥以雄悔之，因弃不务。然补之窃怪：比来进士举有司者，说五经皆喜为华叶波澜，说一至百千语不能休，曰"不如是，旨不白"，然卒不白。至辞赋，独曰是"侈丽闳衍"，何也？景晖为人盖澹泊寡嗜好，至饭脱粟茹藿，自枯槁。与补之处，或终日不道人一事，或终岁不见其喜愠。夫固安为"侈丽闳衍"者非耶？故备论之。①

晁补之认为，圣人立言是不得已而为之，为了达其意旨，自当详于说之始，而约以说之终。赋体以劝谕为目的，从接受心理考虑，乃是"听廉者语，不若听夸者语，夸易好也。听狡者语，不若听婉者语，婉易从也"②。基于此，作赋就倾向于"欲人博闻而微解"，惯例是铺陈其说，曲终奏雅。晁补之并不认为"劝百讽一"乃赋体之短处。他对比当世科举文章，说五经"皆喜为华叶波澜"，说到成百上千言，观点还没摆出来。相形之下，赋体铺陈为文、"侈丽闳衍"也就不足为非也。

再者，晁补之以为，从文如其人、文行相称的角度看，《汴都赋》的作者关景晖"为人盖澹泊寡嗜好，至饭脱粟茹藿，自枯槁。与补之处，或终日不道人一事，或终岁不见其喜愠"。③ 从其澹泊谨重的为人作风，推原其为文风格，必不以赋体之"侈丽闳衍"者为非也。

三　李廌的文论

李廌在他的两篇著名的论文之作，《答赵士舞德茂宣义论宏词书》和《陈省副集序》之中，全面阐述了他的文论观点，并且自成系统。

李廌的《答赵士舞德茂宣义论宏词书》是一篇全面而系统地讨论

---

① 《鸡肋集》卷三四，《全宋文》卷二七二一，晁补之卷一一，第110—111页。
② 同上。
③ 同上。

作文之道的宏文。赵士舞两次向他请教应制礼部宏词科试的问题，李廌
结合自己的应试经验、对文章作法的理解、追随先生长者游学的收获，
以及自己的创作体会，条分缕析，完整阐述了文章写作的各个方面的问
题，包括文的构成要素及其重要性，文风与作者个性的关系，创作水平
与个人修养的关系，以及对不同文风的评价，等等。精心结撰，理论系
统，见解深刻，体现了作者很高的理论素养和写作水平。

　　李廌首先说明文章的四个构成要素，乃不可或缺者，即体、志、
气、韵。并分别详解之曰：

　　　　述之以事，本之以道，考其理之所在，辨其义之所宜，卑高巨
　　细，包括并载而无所遗，左右上下，各有若职而不乱者，体也。体
　　立于此，折衷其是非，去取其可否，不狗于流俗，不谬于圣人，抑
　　扬损益，以称其事，弥缝贯穿，以足其言，行吾学问之力，从吾制
　　作之用者，志也。充其体于立意之始，从其志于造语之际，生之于
　　心，应之于言，心在和平，则温厚尔雅，心在安敬，则矜庄威重，
　　大焉可使如雷霆之奋，鼓舞万物，小焉可使如脉络之行，出入无间
　　者，气也。如金石之有声，而玉之声清越，如草木之有华，而兰之
　　臭芬芳，如鸡鹜之间，而有鹤清而不群，犬羊之间，而有麟仁而不
　　猛，如登培塿之邱，以观崇山峻岭之秀色，涉潢污之泽，以观寒溪
　　澄潭之清流，如朱弦之有余音，太羹之有遗味者，韵也。①

　　他形象化地论述了每一要素各有其功能和表征，并以人体为喻，说
明体、志、气、韵对一篇文章的完成度所具有的重要性。他说：

　　　　文章之无体，譬之无耳目口鼻，不能成人。文章之无志，譬之
　　虽有耳目口鼻，而不知视听臭味之所能，若土木偶人，形质皆具而
　　无所用之。文章之无气，虽知视听臭味，而血气不充于内，手足不
　　卫于外，若奄奄病人，支离颠顿，生意消削。文章之无韵，譬之壮
　　夫，其躯干枵然，骨强气盛，而神色昏瞀，言动凡浊，则庸俗鄙人

①　《济南集》卷八，《全宋文》卷二八五〇，李廌卷二，第124—125页。

而已。有体有志有气有韵，夫是谓之成全。①

即使四者皆备，文章还不具备其个性和风格。在李廌看来，四要素之上，占主导地位，能够统领体、志、气、韵，而使文章有"品"者，即在作者的"天资才品"。作者的主观修养、人品才性决定了作品的情态风貌。所谓"山林之文""市井之文""朝廷卿士之文""庙堂公辅之文"，其文章的不同气韵，并不必然与作者的生活境遇发生关系。有其人则有其文。譬若"正直之人，其文敬以则；邪谀之人，其言夸以浮。功名之人，其言激以毅；苟且之人，其言懦而愚。捭阖从衡之人，其言辨以私；刻忮残忍之人，其言深以尽"②。所以，"士欲以文章显名后世者，不可不慎其所言之文，不可不慎乎所养之德也"③。归根结底，主观之德行修养决定了文章的外在风貌。

李廌还谈到文章辨体的问题。他认为作文要区别不同文体的写作要求，要"各缘事类，以别其目，各尚体要，以称其实"④。至于那些"或混沦而无辨，或散漫而无纪，或错杂而无序，或晦暗而不显"⑤ 的文章，名为"文章"，"不足观也"。

文风方面，李廌也谈到他的看法，以明其取舍倾向。他说有的文章"但如孤峰绝岸"，有的文章"但如浓云震雷"，有的"如轻缣素练，而窘边幅"，有的"如丰肌腻理，而乏风骨"，而他所欣赏的文章，则"如良金美玉，无施不可"。可见其价值判断。

李廌还作有《陈省副集序》（一作《陈省副文集后序》）阐明其文论观点。他从立德、立功、立言三不朽着眼，赞美陈泊在德行、功业和文章方面的成就。说到文章，他对陈泊之文有非常精当的评价。其文曰：

所为文章，深纯尔雅，言必有义，字必有法，一时望人皆咨嗟

---

① 《济南集》卷八，《全宋文》卷二八五〇，李廌卷二，第 125 页。
② 同上书，第 126 页。
③ 同上。
④ 同上。
⑤ 同上。

畏重，以为绝伦。尝观其书，得其为人。其文之气萧散简远，知其有洪人之量；其文之词芬芳明隽，知其有过人之才；其文之理方严安重，知其有正直不回之忠；其文之意渊澹冲粹，知其有中和无邪之德：晔晔乎其言，有华国之文矣。①

他说陈泪行文严谨，不尚空言。观其文则知其人，文人合一。他从文之气、词、理、意等方面，阐明了陈文从文章外在风貌到作者内在品质的一致性。由此可见李廌在主体论方面的基本观念，还是基于儒家传统的注重主体修养的有德有言的观念。

李廌这两篇文章中涉及文的各个构成要素，诸如体、志、气、韵、词、理、意等，有其理论意义。他也讲到文章的完备，所谓"成全"之文，是兼具体、志、气、韵几大要素的。在此之上，依靠作者主观的品德来统领，这样的文章才是真正完备的有个性、有品格、有风格的文章。

第三节　六弟子对苏轼散文理论的继承与创变

苏门学风以自由和相互砥砺、相互尊重为尚，志趣相投，各展所长。于散文理论，苏门六弟子与苏轼的见解主张有承有变，而呈现出多样化的学术发展态势。

一　六弟子对苏轼散文理论的继承

六弟子对苏轼散文理论的继承，或曰一致性，在主体论、本体论、文风论、作家论、通变论等方面皆有所表现，以下分而论之。

在主体论方面，苏轼及六弟子皆注重创作主体的人格与心性修养。苏轼《文与可画墨竹屏风赞》云："与可之文，其德之糟粕；与可之诗，其文之毫末；诗不能尽，溢而为书，变而为画，皆诗之余。其诗与文，好者益寡。有好其德如好其画者乎？悲夫！"② 苏轼对文

---

① 《济南集》卷六，《全宋文》卷二八五一，李廌卷三，第 133 页。
② 《苏轼文集》卷二十一，第 614 页。

同的德、文、诗、书、画排列顺序，以德为重，反映出他对创作主体人格的重视。与此相类。秦观在《答傅彬老简》中评价苏轼说："苏氏之道，最深于性命自得之际；其次则器足以任重，识足以致远。至于议论文章，乃其与世周旋，至粗者也。"①　最看重苏轼的性命之道，其次是器识，文章乃在最后。即是以道德器识为本、以文章技艺为末。

　　黄庭坚亦持有类似观点。如前所述，他主张以忠义孝友为本，以固其根本，再论文章。以治心养气之功、以读书精进之功来加强主体人格修为。从他对苏辙人格修养的赞美②，他对后辈后学的勉励③，皆可见之。

　　六弟子特重德行操守，黄庭坚在苏轼过世后，悬东坡像于室中，"每早作，衣冠荐香，肃揖甚敬"，执弟子礼，奉之终身④，并于崇宁元年（1102）初致书苏辙，请求为苏轼墓碑书写碑文⑤，不畏时局险恶，风节凛然。再如陈师道不受赵挺之裘，以致染疾而卒，皆见气骨。故黄、陈、晁、张、秦、李六子有"苏门六君子"之论，可见之论文主张与立身行事之一致。

　　从主体论到本体论，文与道的关系是儒道思想背景下创作者所要面对的首要课题。苏轼引欧阳修之言曰："我所谓文，必与道俱"，又说"见利而迁，则非我徒"⑥，从创作主体角度讨论文与道的关系，强调宗道与学文的一致性，在创作实践中体悟道的存在。苏轼反对虚空、无边际、无法把握的"道"，其《中庸论上》曰："甚矣，道之难明也。论其著者，鄙滞而不通；论其微者，汗漫而不可考。其弊始于昔之儒者，求为圣人之道而无所得，于是务为不可知之文，庶几乎后世之以我为深知之也。后之儒者，见其难知，而不知其空虚无有，以为将有所深造乎道者，而自耻其不能，则从而和之曰然。相欺以为

①　《淮海集笺注》卷三十，第 981 页。
②　黄庭坚：《寄苏子由书》，《黄庭坚全集》正集卷十八，第 459 页。
③　《与洪驹父》，《黄庭坚全集》外集卷二十一，第 1365—1367 页。
④　《邵氏闻见后录》，中华书局 1983 年版，第 162 页。
⑤　《黄庭坚全集》正集卷十八，第 461 页。
⑥　《祭欧阳文忠公夫人文（颍州）》，《苏轼文集》卷六十三，第 1956 页。

高，相习以为深，而圣人之道，日以远矣。"① 且批评儒者之病在"多空文而少实用"②，说"古之学道，无自虚空入者"③，"道可致而不可求"（《日喻》）。他以不同人对日的描述和不同地方学游泳作比，说明学习、实践的重要性："君子学以致其道。……南方多没人，日与水居也。七岁而能涉，十岁而能浮，十五而能浮没矣。夫没者，岂苟然哉，必将有得于水之道者。日与水居，则十五而得其道。生不识水，则虽壮，见舟而畏之。故北方之勇者，问于没人，而求其所以没，以其言试之河，未有不溺者也。故凡不学而务求道，皆北方之学没者也。"④

就其表述而言，苏轼对"道"的体悟更侧重于对自然界、客观事物的规律性的界定。苏轼之道，不同于韩愈等古文家的传统儒道，而是融合儒道释三家学说，取其崇尚自然的质素，更切合实际，强调体道的实践性，在主体的创作实践中，以学文去悟道，去接近道之本体。

苏轼对客观规律的体悟，另拈出一个"理"字，其义与"道"相近。他说"物固有是理，患不知之，知之患不能达之于口与手。所谓文者，能达是而已矣"⑤，亦是强调主体的认知，所谓"文"就是能达于"理"。这些见解在苏门六弟子都有相当的回应。

相对于苏轼，黄庭坚对文道关系的见解更接近儒家传统，而加入了心性修养的自得之见。他说："文章者道之器也，言者行之枝叶也。"⑥他教诲洪驹父说："君子之事亲，当立身行道，扬名于后，文章直是太仓之一稊米耳"⑦，"文章最为儒者末事"⑧，以"忠信孝友"为儒道之根本，注重主体人格修养，由此贯通主体论与本体论。

黄庭坚也说"理"。他在《与王观复书》中说："（文章）但当以

---

① 《苏轼文集》卷二，第 60 页。
② 《答王庠书》，《苏轼文集》卷四十九，第 1422 页。
③ 《送钱塘僧思聪归孤山叙》，《苏轼文集》卷十，第 326 页。
④ 《日喻》，《苏轼文集》卷六十四，第 1981 页。
⑤ 《答虔倅俞括一首》，《苏轼文集》卷五十九，第 1793 页。
⑥ 《次韵杨明叔四首诗序》，《黄庭坚全集》正集卷六，第 124 页。
⑦ 《与洪驹父》，《黄庭坚全集》外集卷二十一，第 1366 页。
⑧ 《答洪驹父书》，《黄庭坚全集》正集卷十八，第 475 页。

理为主，理得而辞顺，文章自然出群拔萃。"① 其"理"也是就认知而言，注重主体对客观对象的体悟。

与此类似，张耒论文亦主理。他说"学文之端，急于明理"，"理胜者文不期工而工"②，又说古之文章"大抵不过记事辨理而已"，记事以垂世，辨理以开物，"词生于理，理根于心"，以"中和正太之气溢于中，发于文字言语，未有不明白条畅"③。

苏轼及六弟子所论之道、理皆不限儒家思想范畴，而出入诸子百家，杂糅道释，此皆理论传承的一致性。

于文风论，自欧阳修主盟文坛，以科举摆落险怪文风，自然平易之风一直为文坛宗主如欧苏者所提倡、主导。如苏轼《与谢民师推官书》称美谢民师的创作"大略如行云流水，初无定质，但常行于所当行，常止于所不可不止。文理自然，姿态横生"④。这种"文理自然、姿态横生"之文亦是苏轼自身文学创作的追求。他反对扬雄文风，言其以艰深之词文其浅易之说，反对违离自然而务为怪奇迂深，推举贾谊、陆贽之文，皆是其文学主张的体现。

在文风取向上，黄庭坚、张耒等人都表现出与苏轼的一致性。黄庭坚《与王观复书》云"好作奇语自是文章病"，文章"当以理为主"，"理得而辞顺"⑤，自然出类拔萃。张耒论文亦反对刻意求奇，而主张自然条畅的文风，由此可见北宋中后期文风取向。其他如陈师道亦不一味求奇。

在通变论方面，苏轼与六弟子都有继承创新之说。苏轼《题柳子厚诗》云："诗须要有为而作，用事当以故为新，以俗为雅。好奇务新，乃诗之病。柳子厚晚年诗，极似陶渊明，知诗病者也。"⑥ 黄庭坚《再次韵杨明叔小序》亦云："盖以俗为雅，以故为新，百战百胜，如孙、吴之兵，棘端可以破镞，如甘蝇、飞卫之射，此诗人之奇也。"⑦

---

① 《黄庭坚全集》正集卷十八，第470页。
② 《答李推官书》，《张耒集》卷五十五，第829页。
③ 《答汪信民书》，《张耒集》卷五十五，第826页。
④ 《苏轼文集》卷四十九，第1418页。
⑤ 《黄庭坚全集》正集卷十八，第470页。
⑥ 《苏轼文集》卷六十七，第2109页。
⑦ 《黄庭坚全集》正集卷六，第126页。

苏黄二人的见解皆本于梅尧臣的诗学主张。① 诗文相通，"以故为新""以俗为雅"实际上是在知识层叠累积的文化背景下，创作者熔炼语言、翻新出奇的一种文学技巧，且不失为一种法门。

在具体的学习对象方面，苏轼与六弟子是同异共存。黄庭坚多次对人提起苏轼对《礼记·檀弓》的推崇，言熟味之可知古人作文关键。② 并提及苏轼《书黄子思诗卷后》，称扬其理论主张。③ 与苏轼相近，对贾谊、陆贽文章的推举，也分见于黄庭坚、秦观等人的文章中。而对扬雄则存分歧。如前所述，苏轼不满扬雄，而黄庭坚则说作赋可学之，④如此，皆见其同异之处。

在作家论方面，秦观对杜甫、韩愈的见解、评价皆有得于苏轼。秦观《韩愈论》评价杜甫为集诗之大成，韩愈为集文之大成，如苏轼之言。陈师道《后山诗话》载："苏子瞻云：'子美之诗、退之之文、鲁公之书，皆集大成者也。'"⑤ 此即见其传承影响。

二　六弟子对苏轼散文理论的创变

苏轼曾对张耒说到当时"文字之衰"的根源在王安石的影响："王氏之文，未必不善也，而患在于好使人同己。……王氏欲以其学同天下。地之美者，同于生物，不同于所生。惟荒瘠斥卤之地，弥望皆黄茅白苇，此则王氏之同也。"⑥ 并把文坛复兴的希望寄托在苏门弟子身上："仆老矣，使后生犹得见古人之大全者，正赖黄鲁直、秦少游、晁无咎、陈履常与君等数人耳。"⑦ 在苏轼主导下，苏门学风崇尚自由，各展才性，即从文学见解而言，六弟子与苏轼之间，不仅有相承相得之

---

① 陈师道《后山诗话》载梅尧臣论诗一则："闽士有好诗者，不用陈语常谈，写投梅圣俞，答书曰：'子诗诚工，但未能以故为新，以俗为雅尔。'"见《六一居士诗话·司马温公诗话·贡父诗话·后山居士诗话·临汉隐居诗话》，商务印书馆丛书集成初编本。参见王运熙、顾易生《中国文学批评通史·四·宋金元卷》，上海古籍出版社1996年版，第88页。
② 《与王观复书》，《黄庭坚全集》正集卷十八，第470页。
③ 《与王庠周彦书》，《黄庭坚全集》正集卷十八，第468页。
④ 《王立之承奉直方》，《黄庭坚全集》正集卷十九，第490页。
⑤ 见（清）何文焕辑《历代诗话》，中华书局1981年版，第304页。
⑥ 苏氏哲学尚"全"，见王水照、朱刚《苏轼评传》第二章"究天人之际：苏轼的哲学"，南京大学出版社2004年版，第181—183、218—219页。
⑦ 《答张文潜县丞书》，《苏轼文集》卷四十九，第1427页。

处，更有相异变化之处，皆由各自才性所得，自具面目。

即如方法论，黄庭坚、陈师道就与苏轼存异。苏轼主辞达，重视文章表达的自由与得心应手。其《与谢民师推官书》对孔子的"辞达"说作出新解，他说："孔子曰：'言之不文，行而不远。'又曰：'辞达而已矣。'夫言止于达意，即疑若不文，是大不然。求物之妙，如系风捕影，能使是物了然于心者，盖千万人而不一遇也。而况能使了然于口与手者乎？是之谓辞达。辞至于能达，则文不可胜用矣。"① 改变过去对"辞达"的传统解释②，将其解释为能够用语言表达事物的内在妙理，并且能够得心应手，出神入化，达到自在自如的境界。

不同于苏轼的"辞达"说，黄庭坚、陈师道在文学创作都讲究结构经营，讲文章作法，法度谨严。黄庭坚在《答王子飞书》中提到陈师道，言其作诗渊源"得老杜句法，今之诗人不能当也。至于作文，深知古人之关键。其论事救首救尾，如常山之蛇，时辈未见其比"③。他指点洪驹父"可更熟读司马子长、韩退之文章。凡作一文，皆须有宗有趣，终始关键，有开有阖，如四渎虽纳百川，或汇而为广泽，汪洋千里，要自发源注海耳"④。黄陈论诗作文讲作法、讲法度，实是予初学者以入门途径，相对于苏轼的辞达说，更易于把握。而他们所追求的审美境界则殊途同归，如黄庭坚对王观复提出"简易而大巧出焉，平淡而山高水深"⑤，如苏轼"大凡为文，当使气象峥嵘，五色绚烂，渐老渐熟，乃造平淡"⑥。黄庭坚的平淡乃自法度经营、融会锤炼而来，苏轼的平淡乃自体验、体悟中来。

在创作论方面，苏轼论文主"意"，而黄庭坚、张耒倡明理说，亦自不同。如前所述，苏轼之"辞达"，即在"言止于达意"，以"达

---

① 《苏轼文集》卷四十九，第1418页。

② 何晏《论语集解》引孔安国语"凡事莫过于实足也，辞达则足矣，不烦文艳之辞也"。皇侃《论语集解义疏》，丛书集成初编本，商务印书馆1937年版，第226页。

③ 《黄庭坚全集》正集卷十八，第467页。

④ 《答洪驹父书》，《黄庭坚全集》正集卷十八，第474页。

⑤ 《与王观复书》，《黄庭坚全集》正集卷十八，第471页。

⑥ 周紫芝《竹坡诗话》，引自《苏轼资料汇编》，中华书局1994年版，第250页。参见（清）何文焕辑《历代诗话》，中华书局1981年版，第348页。

意”为文章的最高境界。苏轼又说王庠的著述文字"皆有古作者风力，大略能道意所欲言者"①。意之变化万千，达意之随心所欲，即是苏轼言意说的核心。立意之随缘变幻、因难见巧、翻空出奇也是苏文的一大特色。苏轼反对为文造意，如其《南行前集叙》所言："自少闻家君之论文，以为古之圣人有所不能自已而作者。故轼与弟辙为文至多，而未尝敢有作文之意"②，即是强调为意而造文。重意的创作主张自然导致两种取向，一则行文纵逸流宕，无拘无束；二则在特定的创作格局内，翻空出奇，标新立异。正所谓"意翻空而易奇，文征实而难工"（刘勰），在苏轼则是随物赋形，自在自如；若不肖者学之，则流于轻滑，或刻意求奇了。故苏门弟子如黄庭坚、张耒者皆不约而同，从不同方向对言意说加以反拨。

如前所述，黄庭坚、张耒论文皆主理，提倡明理说。"理"相对"意"而言，更多一层理性、思虑色彩，而非随意变态了。如张耒《与友人论文因以诗投之》："文以意为车，意以文为马。理强意乃胜，气盛文如驾。理惟当即止，妄说即虚假。气如决江河，势盛乃倾泻。"③以"理"来约束"意"，显是对苏轼言意说的修正。④

在文章风格论与文学功用方面，苏轼和六弟子亦存分歧。苏文"嬉笑怒骂，皆成文章"⑤，黄庭坚则主张优游不迫的发抒，保持正直而温厚的风度。⑥ 在文学功用方面，苏轼主张文学要干预现实，提出现实性、批判性，有"好骂"之风，表现出儒家批判性、战斗性的一面。黄庭坚重视文学的社会功用，但主张节制的表达方式，反对过激。说苏文短处在"好骂"，告诫洪驹父"慎勿袭其轨"⑦。苏文是不吐不快，

① 《与王庠书》，《苏轼文集》卷四十九，第 1422 页。
② 《苏轼文集》卷十，第 323 页。
③ 《张耒集》卷九，第 128 页。
④ 参见何寄澎《北宋的古文运动》第三章"古文运动的理论基础（下）"第一节"意与气"之"言意、养气说的回响"相关论述，上海古籍出版社 2011 年版，第 70—74 页。
⑤ 黄庭坚：《东坡先生真赞》，引自《苏轼资料汇编》，第 94 页。参见《黄庭坚全集》正集卷第二十二，第 557 页。
⑥ 黄庭坚《书王知载朐山杂咏后》："诗者，人之情性也，非强谏争于庭，怨忿诟于道，怒邻骂坐之为也。"《黄庭坚全集》，第 666 页。
⑦ 《答洪驹父书》，《黄庭坚全集》正集卷十八，第 474 页。

黄则是学养控制的结果，亦历经党争之后，人生经历的沉淀与总结。

三　散文理论异同对文学创作的影响及背景因素

以上分列苏轼和六弟子在文论方面的类同与差异，表现在文学创作，就呈现出不同的艺术风貌。如苏轼主辞达，其文"如万斛泉源，不择地皆可出"①，自然横放。黄庭坚主法度、情性，其文自然平顺，理趣自得。张耒论文主理，其文明白条畅。其他如陈、秦、晁、李等，文风与理论之间的贯通关系就不多作类比。至于各人理论形成的原因，自有学术背景、个人才性、生活境遇等多方面的原因，以下简要说明之，并略及其后续影响。

就苏黄差异而言，苏轼学术思想渊源自其父亲苏洵，并受蜀地学术思想熏染。苏洵论学不拘儒道，出入诸子百家，多纵横家之言，尚权变。这些都对苏轼的学术思想构成深刻影响。苏轼性情外露，直率，欲发于言者，则如鲠在喉，不吐不快。且天才横溢，妙语绝伦，这些都赋予其文学思想以自由、横放、变幻莫测的特点。

黄庭坚诗文创作受其父亲黄庶影响。黄庶诗宗杜甫，预示了黄庭坚学术思想的儒学背景和江西诗派讲究法度的特点。另外，黄庭坚学术思想还受到江西地区禅宗的影响，融会而成其心性修养的一部分。

自然与法度的命题，在苏黄或为一种个性使然的选择。苏轼性情外露，不加修饰。其文学观念表现出对法度的超越，而达于自然的境界。苏轼《书吴道子画后》说"出新意于法度之中，寄妙理于豪放之外"②，其创作风貌千变万化，皆臻妙境。

黄庭坚性格内向，讲养气功夫。他对文章法度的要求，实际上是他的性格特征的表现。他对文章结构经营、章法布置的强调，其实就是以法度约束、驯服文气。如同黄庭坚以养气功夫来化解内心的冲突，而出之以平顺；他作文也是以理的贯通来求得辞的顺遂自然。

需要说明的是，北宋的理学思想背景，以及儒道释思想融合的趋势，都为苏门文学理论的内涵注入了多元化的因素。而苏轼、黄庭坚、

---

①　《自评文》，《苏轼文集》卷六十六，第2069页。
②　《苏轼文集》卷七十，第2210—2211页。

张耒等人所论之道、理，都包含各家各派的内容，而具杂糅色彩。

六弟子对苏轼的文论观念有承有变，这在他们的散文创作风格上都有相应的影响和体现，后文将展开分析六弟子与苏轼文风的异同。

第四节　六弟子对古典散文理论的贡献

前文已经论述了六弟子的文论观点，并分析比较了他们与苏轼文论之间的承变关系。从六弟子的文论中，可以看出，他们对于散文理论与创作的思考与探讨，已经不同程度地涉及古典散文艺术特征的一些构成要素，并且在继承散文创作传统、学习前人创作经验方面，有的已经形成了自己的文统观念和散文史观。故此，有必要对六弟子文论中在这两方面的创获进行梳理，以发明他们对古典散文理论的贡献。

一　六弟子对古典散文艺术构成质素的认知与提炼

六弟子的文论中，对于散文艺术构成要素中的理、气、辞、法、情、意、韵、体等概念范畴多有论述，在梳理六弟子的相关论说之时，可以了解在六弟子所处的历史时期，以他们为代表的主流文人对散文艺术构成要素的认知，为古典散文理论研究提供一定的参照。

关于"理"，六弟子中，黄庭坚和张耒谈得比较多，理在他们的文论观念中占有重要地位。

黄庭坚说文"当以理为主"，"理得而辞顺"①，"使义理融畅，则欲下笔时，不寒乞也"②。张耒说"理胜者，文不期工而工"，"学文之端，急于明理"③。其他，如秦观说"文以说理为上，序事为次"④。陈师道说"学以明理，文以述志"⑤。李廌说"考其理之所在，辨其义之所宜"⑥。等等。

---

① 《与王观复书》，《黄庭坚全集》，第471页。
② 《答曹荀龙》，《黄庭坚全集》，第495页。
③ 《答李推官书》，《张耒集》，第829页。
④ 《通事说》，《淮海集笺注》，第1515页。
⑤ 《送邢居实序》，《后山居士文集》，《全宋文》卷二六六四，第320页。
⑥ 《答赵士舞德茂宣义论宏词书》（以下简称《答赵士舞》），《济南集》，《全宋文》卷二八五〇，第124页。

　　考其六弟子所言，他们都将理看作文的主导因素，首要因素，"理得则辞顺"，"理胜则文工"，理对于文的成败具有决定作用。对作者而言，掌握了理，思维贯穿，道理通畅恰当，那么写作时组织语词就很顺畅，就言之成理，而不至于需要借助于文辞的粉饰而致破绽百出。

　　对于理的内涵，六弟子的理解有一定差别。黄庭坚说的理，一般是指儒家经典所蕴含的义理。从前文所及，黄庭坚提出以多读书来固其根本，他特别指出是读儒经，读通了，理解透彻了，这样理路通畅、"义理贯穿"了，自然文章就写得好。陈师道所言之理，也是在儒家思想界内。李廌说理，提到"不谬于圣人"①，也在儒家界内。其他人，如张耒说的理，就包括诸子百家，秦观说的理，则更加驳杂。② 于此，可以看出苏门思想多元化的特色。

　　从"理"到"辞"，六弟子也谈得比较多。上文中，黄庭坚说的"理得而辞顺"，还有他说的"好作奇语自是文章病"③，"语约而意深"④，"点铁成金"⑤，都是关于文辞问题。关于文辞，张耒说"惟其言不浮乎其心，故因其言而求之，则潜德道志，不可隐伏"⑥。他在《答李推官书》中对刻意求奇的文辞批评较多："捐去文字常体，力为瑰奇险怪，务欲使人读之如见数千载前蝌蚪鸟迹所记弦匏之歌、钟鼎之文"⑦，又批评秦观"无忧而为忧者之词"⑧。张耒所认可的文辞，就是"记事而可以垂世，辨理而足以开物，皆词达者也"⑨。此外，陈师道说"言以述志，文以成言"⑩。晁补之批评"例作一种不工无味之辞，曰吾似渊明，其质非也"⑪。李廌列举"其言夸以浮""其言激以毅""其

　　① 《答赵士舞》，《济南集》，《全宋文》卷二八五〇，第 124 页。
　　② 见其《逆旅集序》，《淮海集笺注》，第 1258 页。
　　③ 《与王观复书》，《黄庭坚全集》，第 470 页。
　　④ 《答何静翁书》，《黄庭坚全集》，第 464 页。
　　⑤ 《答洪驹父书》，《黄庭坚全集》，第 475 页。
　　⑥ 《上曾子固龙图书》，《张耒集》，第 844 页。
　　⑦ 《张耒集》，第 828—829 页。
　　⑧ 《送秦观从苏杭州为学序》，《张耒集》，第 752 页。
　　⑨ 《答汪信民书》，《张耒集》，第 826 页。
　　⑩ 《答江端礼书》，《后山居士文集》，《全宋文》卷二六六四，第 285 页。
　　⑪ 《书鲁直题高求父扬清亭后》，《鸡肋集》，《全宋文》卷二七二三，第 138 页。

言懦而愚""其言辨以私""其言深以尽"①等，都涉及语词风格问题。

当然，具体到各人所说之"辞"，其内涵和侧重点都是有区别的。黄庭坚所说的"好作奇语"和张耒所说的"力为瑰奇险怪"，是从用语的怪奇与平易来说。张耒所谓"忧者之词"是以情调言，李廌所举的各种用语风格则与个性差异有关。如此等等，都需深入辨析。

关于"气"，六弟子也有论及。黄庭坚说"古文要气质浑厚，勿太雕琢"②，"若读经史贯穿，使词气益道，便为不愧古人"③。陈师道说"正心完气"④，"思以通其学，气以达其文……正志完气，所以言也"⑤。张耒说"刚柔缓急之气"⑥，"中和正太之气溢于中"⑦，晁补之说"鲁直于治心养气，能为人所不为"⑧，秦观说"其愤懑不平之气，无所发泄，乃一切寓之于书"⑨，李廌说"出入无间者，气也"⑩，等等。

古代的文气论内涵非常复杂，即如上所举，六弟子所说的"气"，有偏于主观修养的"气"，也有偏于文本表现的"气"，还有从主体贯注到文本的"气"，如此等等，都可参照了解宋人所论之"气"的内涵与外延。

关于"情"，六弟子谈得不多，如秦观说"探道德之理，述性命之情"⑪，张耒说"情见于物而意泄于外"⑫，晁补之说"（文章巧拙）常随其人性情，刚柔、静躁、辩讷"⑬，等等。三人所言，秦观和晁补之都侧重"性情"的角度，而张耒则是就"感情"来展开说了。

---

① 《答赵士舞》，《济南集》，《全宋文》卷二八五〇，第 125 页。
② 《与洪驹父》，《黄庭坚全集》，第 1366 页。
③ 《与王立之》，《黄庭坚全集》，第 1370 页。
④ 《答江端礼书》，《后山居士文集》，《全宋文》卷二六六四，第 285 页。
⑤ 《送邢居实序》，《后山居士文集》，《全宋文》卷二六六六，第 320 页。
⑥ 《上曾子固龙图书》，《张耒集》，第 844 页。
⑦ 《答汪信民书》，《张耒集》，第 826 页。
⑧ 《书鲁直题高求父扬清亭后》，《鸡肋集》，《全宋文》卷二七二三，第 138 页。
⑨ 《司马迁论》，《淮海集笺注》，第 700—701 页。
⑩ 《答赵士舞》，《济南集》，《全宋文》卷二八五〇，第 125 页。
⑪ 《韩愈论》，《淮海集笺注》，第 751 页。
⑫ 《投知己书》，《张耒集》，第 830 页。
⑬ 《石远叔集序》，《鸡肋集》，《全宋文》卷二七二一，第 107 页。

关于"法",六弟子中,黄庭坚谈得最多,李廌也有涉及,其他人就较少论及。黄庭坚论文喜讲法度,讲章法,他说陈师道"作文,深知古人之关键。其论事救首救尾,如常山之蛇,时辈未见其比"①。他指点洪驹父作文的章法:"凡作一文,皆须有宗有趣,终始关键,有开有阖,如四渎虽纳百川,或汇而为广泽,汪洋千里,要自发源注海耳。"② 他称赞何静翁"所论史事不随世许可,取明于己者而论古人,语约而意深,文章之法度,盖当如此"③。苏轼不谈文章作法,其他人也说得不多,而黄庭坚喜说章法、作法,可见这是黄庭坚论文的一大特色。

至于文之体、志、韵、意,见于李廌、晁补之的相关文章,兹不赘言。

二　六弟子文论中体现出的散文史观

六弟子对于散文创作传统,都有自己的认知和判断,有学习借鉴和取舍扬弃。在他们的文论中,多有讨论取法前人创作的问题,有的还形成了比较明晰的文统观和散文史观。这方面以黄庭坚和秦观的文论比较突出。其他,如张耒、晁补之也约略言之,而陈师道和李廌就谈得比较少。

一般而言,六弟子都把三代之文作为文统的起点,以六经为根本,发源而下。说到后代作者,则各有不同。

如黄庭坚,他在《杨子建通神论序》中列举了"左氏、庄周、董仲舒、司马迁、相如、刘向、扬雄、韩愈、柳宗元,及今世欧阳修、曾巩、苏轼、秦观之作",认为是"文章之工"者④。他在《与王观复书》中说"文章盖自建安以来,好作奇语,故其气象衰苶,其病至今犹在。唯陈伯玉、韩退之、李习之、近世欧阳永叔、王介甫、苏子瞻、秦少游乃无此病耳"⑤。他建议洪驹父熟读司马迁、韩愈文章,勤习董

① 《答王子飞书》,《黄庭坚全集》,第467页。
② 《答洪驹父书》,《黄庭坚全集》,第474页。
③ 《答何静翁书》,《黄庭坚全集》,第464页。
④ 《黄庭坚全集》,第1487页。
⑤ 同上书,第471页。

仲舒、贾谊、刘向诸文字，议论文字可学苏明允。他还常常提到陈师道，建议王子飞向陈师道学文。

综合来看，黄庭坚的文统包括这样一个系列，以六经为修身之本，从文章角度顺列而下，《礼记·檀弓》、左丘明、庄周、贾谊、董仲舒、司马迁、司马相如、刘向、扬雄、陈子昂、韩愈、柳宗元、李翱、欧阳修、曾巩、王安石、苏洵、苏轼、秦观、陈师道。这一系列坐标呈现了他的散文史观。

张耒对于文统没有作非常清晰的表述，不过可以从其文论观点中看出大体的框架。他在《答李推官书》中以六经为起点，将"诸子百氏、骚人辩士论述"都视为"寓理之具"，也即都属于散文史的范畴。而他在《上曾子固龙图书》中就仔细阐发了他对左丘明、屈原、司马迁和韩愈作品的喜爱，文末赞扬曾巩是欧阳修之后的"极天下之文者"，于此，可以看出张耒心目中的散文史的大体坐标，就是从六经到诸子百家，左丘明、屈原、司马迁、韩愈、欧阳修、曾巩。当然这里不会提到苏轼或苏辙，因为他是上书曾巩，须行文合宜。

晁补之在他的《策问·文》中，以策题的方式对散文史作了非常粗线条的描述，在他的坐标系中，以三代为起点，两汉而至晋宋，再到王通，就构成了一个大略言之的史的线索。

秦观在他的《韩愈论》中详细阐述了韩愈对前代散文艺术集大成的贡献。他从文体演进的角度，把文章分为论理之文、论事之文、叙事之文、托词之文，和成体之文。前四类都各具特性，而成体之文则是集众体之大成，可称完备。而在他的坐标系中，列御寇、庄周，苏秦、张仪，司马迁、班固，屈原、宋玉，这四组八位分别代表了论理之文、论事之文、叙事之文、托词之文的成就，而韩愈则是"钩列、庄之微，挟苏、张之辩，摭班、马之实，猎屈、宋之英，本之以《诗》《书》，折之以孔氏"① 的集大成者。由此观之，秦观的散文史系列就是以《诗》《书》为本，孔子，列御寇，庄周，苏秦，张仪，屈原，宋玉，司马迁，班固，韩愈，构成了他心目中的文统和史统。

以上大体梳理了六弟子文论中的文统和史统的线索，整理了六弟子

_____

① 《淮海集笺注》，第 751 页。

对散文艺术构成质素的相关表述，从中可以看出，六弟子对于他们之前的散文史有着清晰的构建和明确的价值判断，对散文艺术的构成要素也有本于创作实践的认知和总结，这些文论观点对于古典散文理论研究的丰富和发展，无疑具有非常积极的意义和价值。

第三章 苏门六弟子的散文创作

第一节 黄庭坚、秦观、张耒的散文创作

一 黄庭坚的散文创作

黄庭坚的散文作品总计二千六百余篇①，其中书信数量最多，有一千余封，其次是题跋，有六百多篇，其他文体如序记、铭说等，数量不等，而论、传最少，有论三篇，传一篇。

历史上对黄庭坚散文评价不一。言其短者如陈师道《后山诗话》引"世语云"："黄鲁直短于散语"②。朱熹《朱子语类》卷一四〇："山谷善叙事情，叙得尽，后山叙得较有疏处。若散文，则山谷大不及后山。"③ 罗大经《鹤林玉露》丙编卷二："山谷诗骚妙天下，而散文颇觉琐碎局促。"④

言其长者，如秦观《与李德叟简》（元丰三年）说，读庭坚《焦尾》《敝帚》，"文章高古，遒然有二汉之风。今时交游中以文墨自业者，未见其比"⑤。晁补之《书鲁直题高求父扬清亭诗后》评价山谷文字"致思高远"。

明代何良俊《四友斋丛说》卷二三说："苏东坡才气浩瀚，固百代文人之雄。然黄山谷之文，蕴藉有趣味，时出魏晋人语，便可与坡老并

---

① 见杨庆存《黄庭坚与宋代文化》第九章中对黄庭坚散文作品数量的统计，河南大学出版社 2002 年版，第 240 页。

② 见（清）何文焕辑《历代诗话》，中华书局 1981 年版，第 312 页。

③ 《黄庭坚和江西诗派资料汇编》上，第 127 页。

④ （宋）罗大经撰，王瑞来点校：《鹤林玉露》，中华书局 1983 年版，第 265 页。

⑤ 《淮海集笺注》卷三十，第 1005 页。

驾。而其所论读书作文，又诸公所未到，余时出其妙语以示知者。"①

明代张有德《宋黄太史公集选序》云："鲁直文故稍逊子瞻，而清举拔俗，亦自亹亹。书尺题赞，大言小语，韵致特超。禅臻悟境，词著胜情。"②

清代盛炳纬《光绪重刻黄文节公全集序》："以诗鸣世，文虽不如子瞻，而遣词隶事，光焰万丈。"③

联系黄庭坚的自我评价来看，他在《写真自赞》中自称"文章不如司马、班、扬"④，其《论作诗文》说"余自谓作诗颇有自悟处，若诸文亦无长处可过人……诗在东坡下，文潜、少游上。至于杂文，与无咎等耳"⑤。

《与秦少章觏书》："心醉于诗与楚词，似若有得，然终在古人后。至于议论文字，今日乃当付之少游及晁、张、无己。"⑥

另外，南宋韩淲《涧泉日记》卷下记黄庭坚自评与评文语说："邹德久道山谷语云：庭坚最不能作议论之文，然每读欧阳公、曾子固议论之文，决知此人冠映一代。公试观此两人文章合处，以求体制，当自得之。言语固是学者之末，然行己之余，既贤于杂，用心亦便当以古人为准，要使体制词气不病耳。"⑦

联系黄庭坚散文创作中各类文体数量的分布，他的自我评价，以及时人和后人对其散文创作的较短量长，可知黄庭坚确实少作议论文字，尤其是经世致用的文章，而他用力较多的书简、题跋等文体，清举拔俗，韵致超逸，则是诗人本色使然。

黄庭坚少作严谨论辩的论体文，并不表明他不关注现实，也不说明他缺乏对历史、现实的理性思辨，其文体取向自有多方面的原因。就主观而言，结合他的文学思想、文论观点，他论文主理，注重主体人格修

---

① 何良俊：《四友斋丛说》，中华书局 1959 年版，第 206 页。
② 《黄庭坚全集》附录三·历代序跋，第 2407 页。
③ 同上书，第 2403—2404 页。
④ 《黄庭坚全集》正集卷二十二，第 560 页。
⑤ 《黄庭坚全集》别集卷十一，第 1686 页。
⑥ 《黄庭坚全集》正集卷十九，第 483 页。
⑦ （宋元笔记丛书）韩淲，陈鹄：《涧泉日记·西塘集耆旧续闻》，上海古籍出版社 1993 年版，第 36—37 页。

养，标举"不俗"的人格气象。他又主情性说①，认为写诗作文都是主体情性的体现，兼以诗人本色，将绝大的生命力皆沉潜于诗艺的研习，故其文体倾向性大体可视为其诗艺的延伸，这一点在题跋、题记、书序等方面尤为明显，表现出他对现实的超越的一面。其诗性思维方式注重形、神、意、理、气、情等综合因素的融合，形神兼备，意脉跳脱，情味隽永，思理深致，气韵超拔，他写作较多的文体大体兼具这些特点，不一而足，正可说明其文体倾向适应其主观才性的施展。

就客观而言，北宋士大夫所处的党争背景，无疑是一种外在的迫力，苏门弟子皆卷入其中，饱经世患，黄庭坚也不例外。他在编订文集时，曾删减早年针砭时政的诗歌。在应对外界压力时，他更多地以治心养气的功夫来化解种种不平，而以合于其人格修为的温柔敦厚的风度论诗作文。

正如洪炎《豫章黄先生退听堂录序》所言："大抵鲁直于文章天成性得，落笔巧妙，他士莫逮，而尤长于诗。其发源以治心修性为宗本，放而至于远声利、薄轩冕，极其致，忧国爱民，忠义之气蔼然见于笔墨之外。"②

（一）黄庭坚的书信文写作

黄庭坚书信文的特色首先在于富有理趣，自然冲淡。

综观黄庭坚的书简对象，有师友、家人、后进、同僚、方外之友等，涵盖了他生活交游圈的各个方面，在与不同对象的书简往还中，他针对文艺、修养、生活等各类问题表达见解，叙写心声，文字富含理趣，耐人寻味，具有自然冲淡的艺术美感。

黄庭坚在与子侄、门生、后辈的书信交流中，多讨论读书、进德、修业、论道等问题，对他们热情指点，谆谆教诲，其理论见解切中肯綮，自成体系，且说理明晰，情辞畅达，令人信服。

黄庭坚《答洪驹父》《与王观复书》等著名书简中涉及语词锻造与义理贯穿、法度与自然、知识积累等诸多理论问题，其文学思想精警深

---

①　黄庭坚《书王知载朐山杂咏后》："诗者，人之情性也，非强谏争于庭，怨忿诟于道，怒邻骂坐之为也。"《黄庭坚全集》，第666页。

②　《黄庭坚全集》附录三·历代序跋，第2380页。

刻，予人启迪。如前文章节所述，兹不赘引。

黄庭坚论文主理，"理得而辞顺"，这一见解与张耒相近，可见出北宋中后期文坛的重要倾向。"理得"的根本在义理贯穿。他说"读书勿求多，唯要贯穿，使义理融畅，则欲下笔时，不寒乞也"①。理得之要在宗经，固其根本。如前引《与徐甥师川》中说读书治经方法，"须精治一经，知古人关捩子，然后所见书传，知其旨趣，观世故在吾术内"，"须一言一句，自求己事，方见古人用心处，如此则不虚用功。又欲进道，须谢去外慕，乃得全功"②。他强调读书专精与博览的关系。其《与潘子真书》说："钩深而索隐，温故而知新，此治经之术也。经术者，所以使人知所向也。博学而详说之，极支离以趋简易，此观书之术也。博学者，所以使人知道里之曲折也。夫然后载司南以适四方而不迷，怀道鉴以对万物而不惑。"③《与王子予书》说到读书之法："古人用心处如此，则尽心于一两书，其余如破竹节，皆迎刃而解也。"④

他在《答王周彦书》中指点后进，娓娓道来："周彦之为文，欲温柔敦厚，孰先于《诗》乎？疏通知远，孰先于《书》乎？广博易良，孰先于《乐》乎？洁净精微，孰先于《易》乎？恭俭庄敬，孰先于《礼》乎？属辞比事，孰先于《春秋》乎？读其书，诵其文，味其辞，涵容乎渊源精华，则将沛然决江河而注之海，畴能御之？周彦之病，其在学古之行而事今之文也。"⑤《与宋之茂》："人胸中久不用古今浇灌之，则俗尘生其间，照镜则觉面目可憎，对人亦语言无味也。"⑥ 说读书人立身修为，见解深刻。

黄庭坚书简与人说道理，确乎"理得而辞顺"，将深刻的思理以自然平易的方式传递给对方，或平平道出，或出之以形象，皆明白晓畅，令对方易于接受，如他说陈师道作文讲章法结构，救首救尾，如"常山之蛇"，意其得古人关键⑦。再如他论诗法的"灵丹一粒，点铁成

---

① 《答曹荀龙》，《黄庭坚全集》，第 495 页。
② 《黄庭坚全集》，第 486、485 页。
③ 《黄庭坚全集》正集卷十九，第 481—482 页。
④ 《黄庭坚全集》正集卷十八，第 468 页。
⑤ 《黄庭坚全集》，第 1709 页。
⑥ 同上书，第 1378—1379 页。
⑦ 《答王子飞书》，《黄庭坚全集》，第 467 页。

金"的著名比喻，等等。他常以水喻修为："江出汶山，水力才能泛觞，沟渠所并，大川三百，小川三千，然后往而与洞庭、彭蠡同波，下而与南溟北海同味。今足下之学，诚汶山有源之水也，大川三百，足下其求之师；小川三千，足下其求之友。方将观足下之水波，能徧与诸生为德也。"① 与此类似，他在《答陈敏善》中说："河出昆仑墟，虽其本原高远矣，然渠并千七百，然后能经营中国，而达于四海。愿足下思四海之士以为友，增益其所不能，毋务速化而已。"② 以诚挚之言晓劝谕之理，令人折服。

再如其《与王立之》中说书室命名"求定斋"之意："古人有言：'我徂惟求定'。彼盖以治国家，我将推此以为养心之术。木之能茂其枝叶者，以其根定也；水之能鉴万物者，以其尘定也。故曰能定然后能应。"③《答王观复》说"观复"之意："君子所以处穷通如寒暑者何哉？方万物芸芸之时，已观其复矣。"④ 以水木四时明君子处世之理，富含理趣，冲淡自然。

其次，黄庭坚书信文中内蕴高峻之气格，超逸绝尘。

苏轼在与黄庭坚订交之初的《答黄鲁直书》中称美其人如"精金美玉"，"观其文以求其为人，必轻外物而自重者，今之君子莫能用也"，"意其超逸绝尘，独立万物之表，驭风骑气，以与造物者游"，⑤赞美黄庭坚风节自砺，高自标举。李之仪《跋山谷帖》说"绍兴中，诏元祐史官甚急，皆拘之畿县，以报所问，例悚息失据，独鲁直随问为报，弗随弗惧，一时慄然知其非儒生文士而已也"⑥。这种泰山崩于前而色不变的丈夫气概正是黄庭坚治心养气功夫的外化。

如前所述，黄庭坚特别注重心性修养，他在《寄苏子由书》中赞美苏辙"治心养气之美"，将苏辙比为古之君子，而这种尚古君子之风在黄庭坚自身亦卓然自见，由其书简即可见其气格高峻、风神超拔的精

---

① 《答何静翁书》，《黄庭坚全集》，第464—465页。
② 《黄庭坚全集》，第493页。
③ 同上书，第1369页。
④ 同上书，第492—493页。
⑤ 《苏轼文集》卷五十二，第1532页。
⑥ 《黄庭坚和江西诗派资料汇编》上，第6页。

神气象。表现在人格修养、文学趣味、书学追求等方面，皆取法乎上，以求追配古人，超拔流俗，壁立千仞，俯视万有。

他在《答李几仲书》中勉励李"刻意于德义经术"①，《与潘子真书》告诫后辈要反求诸己，祛除人格修养方面的"欲速成，患人不知，好与不己若者处，贤于俗人则可矣"的"四病"②。《与洪驹父》希望洪驹父"当求配于古人，勿以贤于流俗遂自足也"③。《与声叔六姪书》："日月易失，官职自有命。但使腹中有数百卷书，略识古人义味，便不为俗士矣"，"世间鄙事，有甚了期？一切放下，专意修学，千万千万！"④ 辞情恳切，令人动容。

与其人格精神取向一致，黄庭坚于诗文、书法的艺术追求亦超拔流俗，意趣高古。

如前所述，他认为自己的文章有所不足，向上比，是与司马迁、班固、扬雄作比较。取法方面，于作文，如《礼记·檀弓》，司马迁、韩愈文章，董仲舒、贾谊、刘向诸文字，苏洵的议论文字，都是他向后辈建议的学习对象。"古文要气质浑厚，勿太雕琢。"⑤ "若读经史贯穿，使词气益遒，便为不愧古人。"⑥

于作诗，他主张学杜甫，其他如建安作者、陶谢等对象都须悉心揣摩，正如学书要学钟王之书，写诗作文也要与古人论衡。

观其书简想其为人，其精神世界超群拔俗，卓然自立。他以儒学为立身根本，融合道释，超脱人生八苦（利、衰、毁、誉、称、讥、苦、乐)⑦。视世间顺逆如平常事，迁谪一如仕宦时。一心修学进德，尚友古人。其人格气象高峻超拔，"洋洋乎与造物者游"⑧，"九万里而风斯在下矣"。⑨

---

① 《黄庭坚全集》，第 465 页。
② 同上书，第 482 页。
③ 同上书，第 1365 页。
④ 同上书，第 1875—1876 页。
⑤ 《与洪驹父》，《黄庭坚全集》，第 1366 页。
⑥ 《与王立之》，《黄庭坚全集》，第 1370 页。
⑦ 《与廖宣叔帖》，《黄庭坚全集》别集卷十九，第 1882 页。
⑧ 柳宗元：《始得西山宴游记》。
⑨ 庄子：《逍遥游》。

最后，黄庭坚书信文具有丰美的情韵，醇厚有味。

黄庭坚书简不唯富于理趣，内蕴气格，且饶有情味。从中可见山谷老人遍历世患风雨所淬炼的情致与思理，内里种种生活细节和片断瞬间所传递的风神气韵颇令人悬想。

李之仪《跋山谷帖》曰："鲁直于亲旧间，上承下逮，一以恩意为主。"① 朱熹则肯定黄鲁直好处在"孝友"。②

山谷老人于师友笃于情谊，他在《上苏子瞻书》中高度颂美东坡先生的道德文章，提点后学时多次提及东坡推荐的《礼记·檀弓》，称其文是古人作文典范（与王观复）。与友人书中说品读东坡、少游文字，"清风飒然，顾同味者难得耳"③。他对东坡书艺更是推崇备至："惠示东坡《试墨帖》，虽二十五年前书，如鸾凤之雏，一日堕地，便非孔翠可拟，况山鸡辈也。"④ 又"东坡书高秀如此，知前所收便可付厨人覆酱也"⑤。某次他送笔墨与王直方，并嘱之："来日恐子瞻来，可备少纸，于清凉处设几案陈之，如张武笔，其所好也。"⑥ 元符年间他在戎州与僧友游无等院，见东坡道人题云，"低徊其下，久之不能去"⑦。山谷还常常称许同门诗友，如前所及陈师道语，并说"至于议论文字，今日乃当付之少游及晁、张、无己"⑧。

于后辈后学，山谷热情指点，从修身养性、学问根底、诗文创作乃至生活的各个方面殷殷关怀，诲人不倦。于家人、同僚、地方官员、方外之友，等等，山谷皆以忠厚仁义之心付之，情感自然真挚。诚如其所言："某块然蓬荜之下，已忘死生，于荣辱实无所择。至于乐闻士大夫之好学，有忠信根本可以日就月将者，则惕然动其心，此则余习未除耳。"⑨ 山谷书简记录了他人生漂泊的种种生活状态、细节片断，诸如

---

① 《黄庭坚和江西诗派资料汇编》上，第6页。
② 《朱子语类》卷一百三十，《黄庭坚和江西诗派资料汇编》上，第126页。
③ 《与李端叔书》，《黄庭坚全集》别集卷十四，第1751页。
④ 《答苏大通》，《黄庭坚全集》续集卷六，第2039页。
⑤ 《答敦礼秘校简》，《黄庭坚全集》补遗卷五，第2207页。
⑥ 《与王立之承奉直方》，《黄庭坚全集》续集卷一，第1909页。
⑦ 《游戎州无等院题名》，《黄庭坚全集》补遗卷十，第2322页。
⑧ 《与秦少章觏书》，《黄庭坚全集》，第483页。
⑨ 《与王子飞》，《黄庭坚全集》外集卷二十一，第1373页。

养生、医疗、饮食等，洋溢着浓郁的生活气息，也不乏文人雅趣，情味自然醇厚。他指点王立之医治病疽的医方①，指点郑彦能治下痢的方法②，皆解说详尽，细致周到。他对普通人不吝同情，于蜀中某次见一病人卧倒路边，恐其冻死，即着人扶持到寺门与粥药调息，一问知是双井老乡，自荆南为客人挑重担子到此，因病被辞退，庭坚即修书与地方官员请即安排照料。③

　　他在《答郭英发》书中与人闲话家常，说到乌豆粥做法："乌豆粥，大乌豆一斤，隔宿洗净，用七升水浸，明日入油一斤，炭火煅至晚，当糜烂，可煮三升米，米极熟下豆，入白糖一斤，和匀，入细生姜棋子四两，是谓粥矣。"④《与王观复书》说道："今年戎州荔子岁登，一种柘枝头出于遏腊平，大如鸡卵，味极美，每斤才八钱。日饫此品，凡一月，此行又似不虚来。恨公不同此味，又念公无罪耳，一笑一笑。"⑤ 视左迁如平常事，真散淡也。《与王补之安抚简》说到荔子收成："今春黔中乃见积雪，天气亦大寒，不审贵部气候何如？去年黔中荔子差胜前年，但不可作腊。闻泸、戎荔子白晒乃佳，是否？开元中入贡，盖用泸、戎也。"⑥ 又说到一种"余甘"："余甘乃有一种大者如李，其质味甘脆，常见者绝不相同，恨今岁亦歇枝，所得绝少。或云深蛮中有之，冬至后乃来。常恨余甘入口，苦涩难堪，久之乃得味，远不及橄榄。若此一种者，乃胜橄榄矣。《西域传》云：余甘二种，大者生青熟黄，小者终始青色，盖信然矣。"⑦

　　读书写字烹茶赏花都是诗人生活的各个侧面。他常对人说读书不用求多，但要"涓涓不废"，并以江流作比："江出岷山，源如瓮口，及其至于楚国，横绝千里，非方舟不可济，惟其有源而不息，受下流多故也。"读书当"焚香正坐静虑，想见古人，自当心源开发，日胜进也"，并寄王献之《黄庭经》、张旭草书《千字》与之，以观古人用笔

---

① 《与王立之承奉直方》，《黄庭坚全集》续集卷一，第1910—1911页。

② 《与郑彦能帖》，《黄庭坚全集》别集卷十四，第1753页。

③ 《与明叔少府书》，《黄庭坚全集》别集卷十六，第1817页。

④ 《黄庭坚全集》正集卷十八，第464页。

⑤ 同上书，第473页。

⑥ 《黄庭坚全集》补遗卷三，第2166页。

⑦ 同上书，第2169页。

之意①。又说"写字鄙事也，亦安用功？然贤于博弈，游息时聊尔为之。能使笔力悉从腕中来，笔尾上直，当得意"②。笔墨纸砚诸物什皆常见其书简。

烹茶是山谷生活中的一大乐事。他常奉家乡特产双井茶予人，以表情愫，并详说烹茶方法："双井法，当以芦布作巾，裹厚坩盏一只，置茶其中，每用手顿之，尽筛去白毛，并拣去茶子，乃碾之，则茶色味皆胜也。点时净濯瓶，注甘冷泉，熟火煮盘爁盏，令热汤才沸即点。草茶劣，不比建溪须用熟沸汤也。"③"所寄欧阳文忠双井诗，词意未当双井之价，或恐非文忠所作。今分上去年双井，可精洗石碾晒干频转，少下茶白，如飞罗面，乃善煮汤烹试之。然后知此诗未称双井风味耳。"④《与王泸州书》："家园新芽似胜常年，辄往四种，皆可饮，但不知有佳石碾否？石碾须洗，令无他茶气，风日极干之。牙子以疏布净揉，去白毛乃入碾，少下而急转，如旋风落雪，方得所。大率建溪令汤熟，双井宜嫩也。"⑤山谷集中咏茶诗不少，王直方云："山谷有茶诗押肠字韵，和者已数四，而山谷最后有'曲几团蒲听煮汤，煎成车声入羊肠'之句。东坡云：'黄九怎得不穷。'故晁无咎复和云：'车声出鼎细九盘，如此佳句谁能识。'"⑥

诗人的触觉总是敏锐的。他在《与李端叔书》中说："数日来骤暖，瑞香、水仙、红梅盛开，明窗净室，花气撩人，似少年时都下梦也。但多病之余，懒作诗耳。"⑦《与王立之承奉帖》感谢对方惠赠腊梅和咏梅佳句，并说"数日天气骤暖，固疑木根有春意动者，遂为诗人所觉，极叹足下韵胜也。比来自觉才尽，吟诗亦不成句，无以报佳贶，但觉后生可畏耳"⑧。

饱经蹉跌，阅尽人事，他在与友人书中披露心曲："某自放林壑之

---

① 《与斌老书》，《黄庭坚全集》别集卷十九，第 1892 页。
② 《答秦少章帖》，《黄庭坚全集》别集卷十八，第 1866 页。
③ 《答王子厚书》，《黄庭坚全集》别集卷十四，第 1763 页。
④ 同上书，第 1762 页。
⑤ 《黄庭坚全集》别集卷十六，第 1801 页。
⑥ 《王直方诗话》，《黄庭坚和江西诗派资料汇编》上，第 26 页。
⑦ 《黄庭坚全集》别集卷十四，第 1751 页。
⑧ 《黄庭坚全集》别集卷十五，第 1785 页。

间，闲居亦有味。"① 他对秦观直陈自己"直是黔中一老农耳"，"先达有言'老去自怜心尚在'者，若庭坚则枯木寒灰，心亦不在矣"。② 然则"江湖深渺，可以藏拙养愚"③。身处逆境，唯养生以求安乐，庭坚多次对人说起"安乐法"："人固与忧乐俱生者也，于其中有简择取舍，以至于六凿相攘，日寻干戈。古之学道，深探其本，以无诤三昧治之，所以万事随缘，是安乐法。"④"脾无令病，慎养气，慎作病之食，少饮酒，以身为本，勿以小事汩其中，安乐法也。余复何道？"⑤

由书简扩展开去，黄庭坚在题跋、序记、铭体文、字说文等方面都有超越前人的开拓与创变。

（二）黄庭坚的字说文写作

字说文是传统论说文的一种，它是针对人的名字之"字"展开申说。通常包括几个环节：命名、名字之内涵、意义，以及对意义的引申。

黄庭坚作有字说文五十余篇，命名对象有亲友、同门、晚辈，等等，传达的思想内涵大体不出儒道二种。因由不同的交流对象，表达方式也各各不同。现简要分陈如下。

1. 表达某种思想观念

给人命名，即是赋予人一种品性、品质，寄托了一种希望，代表了命名者对"人"的一种看法、界定，对"人"的品质的规范，包括为人、修身、理想抱负、节操等，修齐治平皆在其中，所谓"君子之名子也，以德命为义"（黄庭坚《陈氏五子字说》）。命名，也涵盖了对人生道路、人生取向的设计，希望命名之后，被命名者则在"名字"限定的框架中，正常的、合乎规范的成长，名实相符，真正成为"名字"的体现者，身体力行，达成"名字"所寄托的人生愿望和目标。

如其《洪氏四甥字说》，黄庭坚为四个外甥因名取字，分别就朋、刍、炎、羽申发其意，他以龟父字洪朋，说明友朋之助对士子修身立本

① 《答从圣书》，《黄庭坚全集》别集卷十四，第1740页。
② 《与太虚》，《黄庭坚全集》外集卷二十一，第1377页。
③ 《与邢和叔书》，《黄庭坚全集》别集卷十四，第1741页。
④ 《与王子飞》，《黄庭坚全集》外集卷二十一，第1376页。
⑤ 《与宋子茂书》，《黄庭坚全集》别集卷十五，第1790页。

的重要，希望洪朋能好贤乐善，以深其内，自智灵龟。又以驹父字洪刍，以良驹食场谷、蹇驴食生刍作比，说明仕与止不仅取决于才能，更在于时机。他以玉父字洪炎，盖因玉者"温润而泽"，烈炎而焚之而晏如，象君子之德，所谓"事不难无以知君子"也。又以鸿父字洪羽，盖因鸿者去来上下有其自身的节律和意志，其羽可用为仪，作为表率，可象君子之节操，故以字之。文中引曾子所言"未得君而忠臣可知者孝子也，未有治而能仕可知者修士也"，希望四子"舍幼志然后能近老成人，力学然后切问，问学之功有加，然后乐闻过，乐闻过然后执书册而见古人"①，以养君子之德，以达于古人的境界。

再如《晁氏四子字说》，文曰：

> 物无不致养而后成器，况心者不器之器乎！其耳目与人同，而至于穷神知化，则所养可知矣。观颐自求口实，内外尽矣。合者行之，不合者思之。思者作圣人之具也，舜何人哉！故字端颐曰圣思。察表者思影，不知左者求诸右，以其所愿乎。君以抚民，知临者也。知临者可以端委而听民矣。盛车服而载之士民之上，徒贵之而已乎？教不倦而思无疆也。故字端临曰教思。波流衮衮，万物并驰，其不随者，匪金石欤？彼徒自重而犹若是，况物不能迁者乎？昔之知常者，能人能天，能明能昏，更万变而独存，故字端常曰永思。有本之水，其志于海也。蚤夜以之，是以圣学者贵夜行。日之晋也，亨乎大明，万物效之形名，非以其健行故邪？君子崇德以竞时，乐思无期，忘其髦之化，而维好德之思，故字端晋曰敏思。②

此文叙说以圣思字端颐、以教思字端临、以永思字端常、以敏思字端晋之缘由，辨析观颐而思、知临而教、知常而永、崇德而敏行之理，从圣人之治、教诲之恒、处变之常、健敏之行几方面讲君子养心之道，理畅言明。

---

① 《黄庭坚全集》正集卷二十四，第617页。
② 《黄庭坚全集》，第617—618页。

字是对名的引申发挥，字说文就涉及到对名字所涵概念的解释，务求清晰融通。作者在校练名理、辨析概念时，理念与现实碰撞，其思索也融入其中。如其《陈氏五子字说》①，因陈氏五男子各名"崇、居、中、孚、宜"，"又以智、仁、礼、信、义媲'夫'而字之"，故针对智之于崇、仁之于居、礼之于中、信之于孚、义之于宜的关系，详说其义。文中先引《易大传》"智崇礼卑"之言，说"崇效天，卑法地。盖周万物而不遗，智之德也，欲极高明，故智言崇"。又引《孟子》"居恶在？仁是也；路恶在？义是也。居仁由义，大人之事备矣"之言，说"仁固人之安宅，人有不愿居安宅，而中路以讬宿者乎？君子居天下之广，居体仁而已矣，故仁言居"。接引《周官》"以天产作阴德，以中礼防之；以地产作阳德，以和乐防之"之言，说"盖天产，精神也；阴德，心术也，精神运而心术形焉。无过不及，而一要于中者，礼之节文也。故礼言中"。又引《易》《中孚》，信及豚鱼"说"孚者，信之心化也。信不素显，同室致疑；及其孚也，异物敦化。故信言孚"。又引《礼》"君子之所谓孝也者，国人皆称愿焉，曰有子如此，可谓孝矣"之言说"仁者，仁此者也；义者，宜此者也。盖义者，万物之制也。君子务本，时措万物之宜而已矣。故义言宜"。

梳理了五对概念之后，他又说"之五物者，故参相得也。播五行于四时，其治不同，同归于成岁。仁、义、礼、智、信，虽所从言之异，要于内视反听，克己以归于君子而已矣"。再以水、木、金、火、土各配智、仁、义、礼、信，一一解说，文云：

> 今夫水，上下与天地流通，周乎万物，智也；天下之至柔，仁也；驰骋天下之至刚，义也；无心于迟速，盈科而后进，信也；善下百谷，故能为百谷王，礼也。今夫仁，微子去之，箕子为之奴，比干谏而死，曲直皆遂焉，木之理也；"无求生以害仁，有杀身以成仁"，金之决也；"非礼勿视，非礼勿听，非礼勿言，非礼勿动"，火之政也；"无欲而好仁，无畏而恶不仁"，水之事也；"造次必于是，颠沛必于是"，土之守也。明此二端，三者得矣。一则

---

① 《黄庭坚全集》，第618页。

五，五则一也。①

作者在分析概念时，也考虑到"求深则去本远，用意过当则善失真"，故又揭示了过于偏执的弊端："吾生也有涯，用以随无涯之知，智之蔽也。'君子质而已矣，何以文为'，仁之过也。嫂溺不援，礼之弃也。父攘羊而子证之，信之贼也。避兄离母而居于陵，义之罪人也。故太高则不情，太下则易溺。"勉励陈氏"君子所以亹亹焉，为夫节会肯綮，又如此也。天下之道术，未有无当于五物，待是而后立者，其惟好学乎！"② 辞旨恳切，析理详明，合于儒家之道。

黄庭坚字说文中也有一些表达道家思想的作品，可以看出传统士人在现实处境中的多种选择。如《赵安时字说》为赵安时取字"少庄"，并作字说以发之。所谓"安时"者，即"安时处顺"也。在作者看来，"庄周，昔之体醇白而家万物者也。时命谬逆，故熙然与造物者游"，且"于礼义君臣之际，皂白甚明"。然则"俗学世师，窘束于名物，以域进退，故筑其垣而封之于圣智之外"，"彼曹何足与谈大方之家！"③ 庄子之安时处顺表现在知己、知言、知人、知天。如其所言：

> 其土梗五石之瓠，浮江湖以相适；我殖拥肿之樗，谢斧斤之不若；感栗林之戮而不庭者三月；宁贷粟于县令，而畏楚国相，可谓知己矣。知迹之不可以得履，知斫轮之妙于手，其学也，观古人之不可传，可谓知言矣。观本于濠上之鱼，绝意于郢人之斤，知死生不入虞氏之心，鲁国之儒者一人，可谓知人矣。知新生之犊之无求，凡亡之不丧其存，柙干越之剑而不试，游发硎之刃而不见全牛，弃智于垂涎之蚁，得计于伏潨之鱼，可谓知天矣。④

以庄学为主导，作者设想"少庄自澡雪于尘滓之中，蝉蜕于俗学之市，而权舆于君子之方，必不能规市人之履迹，而责三倍之赢"。故

---

① 《黄庭坚全集》，第 618—619 页。
② 同上书，第 619 页。
③ 同上书，第 622 页。
④ 同上。

"直告以大道之一忽。少庄四顾徘徊，则万茧吐绪矣。逮其旁皇四达，必能因庄生之所言，知其所未尝言者"①。

2. 表达对人生的期望

字说文在传递某种思想观念时，也表达了对人生的期望。其思想观念具有普适性，为整个族群所认同和接受。这套理念的提出，也是基于本族群生息繁衍的需要，体现了设计者对人性本能中的善的张扬，和对恶的约束与规避。如前之《陈氏五子字说》。繁衍子孙、光宗耀祖、枝繁叶茂的观念在黄庭坚字说文中皆有表达，如其《张光祖光嗣字说》《黄育字说》等。

张光祖问字于黄庭坚，他说："古者公子公孙能世其家者，以王父字为氏。今公载之二孙皆贤，故以其王父字别之，字光祖曰载熙，字光嗣曰载晖"②，又发挥其义云：

> 古之人以为行其所知则光大，不在于他，在加之意而已。夫其行义可以追配前人，光祖之谓也。其功烈可以贻其子孙，光嗣之谓也。《诗》曰："学有缉熙于光明。"缉熙亦光明耳。夫能广其光明，惟学而已。《易》曰："君子之光有晖，吉。"夫充实而无憾，则其光有晖矣，故字之如此。念祖不熙则责之学，遗后无晖则责之行。予以强学力行责二子，他日不使予为不知言可也。③

谆谆之意，溢于言表。

黄庭坚同宗黄渥改名黄育，并请字于庭坚，庭坚说："古者生以字尊名，殁以谥易名。易名之实，有宗也，有劝也，其治在后人；尊名之义，有宗也，有劝也，其治当其身。"④ 以"懋达"字之，正宜配"育"名，并作《黄育字说》以释其义，文云：

> 夫草木之茂，鼉鼍以劝四时。及其日至，而立于成功之会，非

---

①　《黄庭坚全集》，第 622 页。
②　同上书，第 623 页。
③　同上书，第 623—624 页。
④　同上书，第 628 页。

深根固蒂得其养故耶？彼达于道者，不可以穷，故独立于万物之表，而无终始。以今不出闾巷之智望之，相去远矣。然孟子以谓圣人与我同类者，何耶？今举一粒之种，则曰是与太仓同类，人之闻之也见而争，虑清气平则闻命矣，盖长育以达其才故也。谷之育苗也，达于粲盛；水之育源也，达于海；君子之闻道也，达于天地之大。盖闻道者必明于权，铢两低昂，与道翱翔，称天下以此，不以万物易己。由是观之，病于夏畦，曾子难之；未同而言，仲由不知，君子以直养气而已。气者，万物受命而效形名者也。懋达乎勉之，在邦必达，在家必达。①

文从育字入手，着眼于君子之期于达道，达道则需长育以达其才，正如"谷之育苗也，达于粲盛；水之育源也，达于海；君子之闻道也，达于天地之大"。而闻道者需明确万物与道的关系，所谓"明于权"者，要做到"与道翱翔，称天下以此，不以万物易己"，方能达于道，所以君子需"以直养气"。具备了养气功夫，齐家安邦皆能达于是。

3. 说理透彻，准确通达

字说文是论说文的一种，以字释名，需就字所蕴涵的思想观念展开解说。此一文体又有特定的受众、读者，故而解释字义务求明白、准确、透彻、通达，且易于接受。

一般而言，黄庭坚字说文以赋笔直陈说理为主，多引经典以释之，佐以自然事相、人生经验、生活常识等以解之。如前之《陈氏五子字说》《赵安时字说》《张光祖光嗣字说》诸文引《易大传》《周官》《礼记》《诗经》《孟子》《庄子》等语典、事典以陈说事理，明白晓畅。

如其《杨概字说》，杨概问字于黄庭坚，庭坚字之"宰平"，而语之曰：

概无列于五量，五量待是而后平。圣人之作，百工也生，平于衡而五量受法焉。五量官入，不能自平，则命概为之师。概，国器也，是宰天下之平。与物交，而怀市道以相倾，人情不能无然也。

①　《黄庭坚全集》，第628页。

由龠合而受之，至于万不能计，取与之家，皆责赢焉，彼安能以不欺？维概也，中立而无私，天下归心焉，非以其无心故耶？今夫学至于无心，而近道矣。得志乎光被四表，不得志乎藏之六经，皆无心以经世故耶！①

概之为国器，以其中立而无私，能使天下归心，正在其"无心"之故。比无私更高一层的是无心，因"学至于无心则近道""无心以经世故"，则"得志乎光被四表，不得志乎藏之六经"，进退皆宜。庭坚以为，为学须从细处入，身体力行，"自俎豆钟鼓宫室而学之，洒扫应对进退而行之"，以此"考合先王之言，彼如符玺之文可印也"，若"总发孺子""执经以谈性命，犹河汉而无极也"②，所谓"郢书燕说"者也。

其直接阐发事理之作，尚有《田益字说》。田益字迁之，黄庭坚认为不足以配其名，更之曰"友直"。田子疑惑："益者三友，何独取诸此？"庭坚曰："夫友直者，三言之长也。千夫之诺，不如一士之谔。诚得直士与居，彼且不贷吾子之过，切磋琢磨，成子金石，使子日知不足。"③ 以见"友直"之"益"。

然则"直"之质在现实中又呈四种样态，所谓"有直而终于直者，有直而似于曲者，有曲而盗名直者，有曲而遂其直者"④。作者又加以辨析：

"邦有道如矢，邦无道如矢"，此直而终于直者也。"子为父隐，父为子隐"，此直而似于曲者也。"其父攘羊，而子证之"，此曲而盗名直者也。"或乞醯焉，乞诸其邻而与之"，此曲而遂其直者也。⑤

并告之曰："其二端可愿，其二端不可为，吾子择之，益友常以是

① 《黄庭坚全集》，第624—625页。
② 同上书，第625页。
③ 同上书，第627页。
④ 同上。
⑤ 同上书，第627—628页。

观之。"① 言辞恳切，词旨深沉。

为使道理易于理解、接受，黄庭坚字说文多即事以明理，如《周渤字说》《唐骥字希德说》《宗室子沨子沆字说》《才季弟诸子字说》诸篇。

《周渤字说》文云：

> 辄奉字曰惟深，颇与名相称。沧溟渤懈，所以能无不容，惟其深而已。传曰"惟深也，故能通天下之志。"此德人之事业也。彼得一先生之言，则暖暖姝姝，惟其浅而已。坳堂之上，覆杯水焉，置杯则胶矣，未尝钩致己之深远，安能通天下之志哉！古之人能知殊途而同归、百虑而一致者，无他焉，尽己之学而已。②

因名取字，沧海以其深，故能纳天下之水；人之思想、精神，以其深广，故能通天下之志。此文借自然现象说理，以水之容量喻人之修为，置杯于水上，水浅则胶；人亦如是，思想浮浅则无法钩深致远，更不能通天下之志。

又如《唐骥字希德说》：

> 骥，千里之马，出于冀北之野，而有逸群之材。虽有逸群之材，而能左准绳、右规矩，听御者之辔勒。虽有余力，不以诡衔窃辔，是故可以服万乘之驾，而抚四方。故曰：骥不称其力，称其德也。③

此文借说千里马之德行，解唐骥字希德之字义。千里马有逸群之材，而能听御者之辔勒，不以诡衔窃辔，故能服万乘之驾而抚四方。千里马之可贵，不在其力，而在其德。及物以说理，简洁明快。接受者亦能从话语间领会作者的期待。

---

① 《黄庭坚全集》，第 628 页。
② 同上书，第 624 页。
③ 《黄庭坚全集》别集卷四，第 1529 页。

4. 章法严谨，转承自然

黄庭坚行文皆守法度，有轨辙可循。或要言不繁，点到即止。其字说文一般是先说缘由，因名取字，解释字义，展开论说，结尾落在受名者，以期望或预言收结。如前之《洪氏四甥字说》《晁氏四子字说》《陈氏五子字说》等皆是。

又有《宗室子沨子沉字说》亦是，因名取字，先释"沨"意为"风与水相遭，不期于文而成文者也"，引申至"君子之文若是"，"故字子沨曰长文"。再释"沉"为"天地清明之气，及物而成泽者也"，而"君子之泽若是"，"故字子沉曰彦泽"。再说二子与己之渊源，乃故东平侯景珍之子。而"景珍学问琢磨，能下师友。虽风旨动于眉宇，左右趋之，而折节由礼，类癯儒寒士。视其富贵无以自多，知尊于万物者，在此不在彼也"，"长文、彦泽生晚，不及识其先君子之美，故因字而告之，尚其能似之"。① 表达了对二子承先君之美的期待。

《才季弟诸子字说》也是讲求章法之作，文云：

> 枢者，转物之宰也。庄子曰："始得其环中，以应无穷。"字曰环中。棁者，侏儒柱也，虽小才而为大用，栌栋不得则不安，字之曰安上。椅者，良材，不以岁月霜露成其材，则不能为国器。"树之榛栗，椅桐梓漆，爰伐琴瑟。"字曰爰伐。栩者，大而化之情也。昔者庄周梦为蝴蝶，栩栩然，自喻适志与，不知周之梦为蝴蝶，蝴蝶之梦为周。善学者独立于万物之原而物化，则梦富贵而我由是也，梦贫贱而我由是也，一以梦观之，则喜怒无所关矣，字曰梦周。②

文章分释枢、棁、椅、栩之义，以风诗、庄典解之以命字，条畅通达。

《李彦回字说》兼有法度与变化之美。全篇对话行文。以李彦回之问发端，彦回不明"进徽"之字义，庭坚解之曰：

颜子，以圣学者也。会万物唯己。是谓居天下之广居；常为万物之宰，是为立天下之正位；无取无舍，是为行天下之大道。其此三者，是谓闻道，是谓大丈夫。颜子既体是矣，然而望孔子则尚微，是何也？譬如挽弓，矢力两指；譬如行远，九十百里。故曰吾见其进，未见其止。补天立极，万世不朽，圣人皆友之。血气之心，知唐死而虚来，圣人皆孩之。贩夫贩妇，乞儿马医，力行致知，睿圣以为师。道不择人，圣人不慢人。吾子勉之。①

彦回又有问："我欲升堂入室，未知其门向背，请借一指，以知道之指南。"庭坚则答以："穷于外者反于家，穷于道者反于己。求己以明己，如砥如矢，望道如咫。出门而望人，是谓攻乎异端，播糠自眯。"② 以对话说理，行文果决，简截有力。

5. 文风和缓，温厚雅正

字说文的文体特征和内容表达对其文风有质的规定性。作者对字义的解释，带有晓谕、告诫、教诲的意味，传达意义时，语气须和缓，表述须易晓，且易于接受。

黄庭坚字说文之和缓、温厚、雅正的特征来自三方面。和缓因结体从容不迫、缓缓道来的表述方式而来；温厚因文体情感内蕴而来；雅正则由传递的思想观念而来。

字说文有特定的写作对象和读者，多是受请托而作，故行文要顾及对方感受，在表达自我和传播对象之间要取得平衡。黄庭坚谨奉儒道，乃温厚长者，行文讲究法度，故在作字说时，语气和缓，不疾不徐，一层意思说完再说另一层，不刻意求新求异，而以和顺平易见美。

其写作对象不外乎亲朋好友、同里乡人、后生晚辈，对朋友、乡人，黄庭坚字说文的情感特征表现为友善亲切，温和敦厚，其言霭如。对后生晚辈，他则是谆谆教诲，语重心长，嘱托殷切。

字说文所传递的人生观、价值观总在儒道界内，或仁义礼智信，或独立万物之表，游于大道，其文内蕴正气，而有雅正之风。这类文章在

---

① 《黄庭坚全集》，第 1540 页。
② 同上。

解说价值观念时，也在传递人生的希望，如沐春风。如其《名春老说》表达美好祝愿，有如春风拂面，生气焕然。

诗文有别，其风各异。黄庭坚字说文不同于其山谷体诗风之生新廉悍，有如断岸危崖，令人望而生畏，而是温厚雅正，有长者之风，然也偶露峥嵘，有奇峭之气。如其《文安国字序》：

> 洇水文安国，悦虎豹之文。方雕其毛，而泽于南山之雾雨，将以希时文之思，致身为万乘之器。黄子字之曰子家，而告之曰：学若是也，不及质，盍尝与言其本。虽物不同量，吾不心化，而欲奏族庖之刀，是螳螂用其才者也。事是君为容悦，安社稷以为悦，揭日月而求之四方，其去道远矣。至于以诗礼发家，疲于世故之追胥而反于家，人藏器于户牖，收息至踵，则万物皆投戈而受命矣。一人失家，不免乡曲笑。天下失家，恬以为当然。吾欲庄语，恐以此得罪。困于石，据于蒺藜，与不同量者为有方者也。虎兕出于柙，龟玉毁于椟中，与不同量者为无方者也。此两者同出于安，而危之始也。女巧组绣，虽若云汉，众雌而无雄者也。故莫若归求其本。质之柔者，能有所不为则刚；气之弱者，不从于无益则强。知柔之刚者观水，知弱之强者观弓弛。以此向道，六通四辟而安乐，以天下为无畛之域，子之家也，又安用建鼓而求之？《诗》云："予室翘翘，予尾翛翛，风雨所漂摇。"未闻道之心照物不彻，随流而善埋。不倚则不立，世故忧患之风雨能倾动人。吾子勉之矣。①

此文因安国取字子家以借题发挥，何以安家，何以安国，何以向道，列举种种困境，抒写种种忧患，发挥幽郁，其人生况味，耐人寻绎。

（三）黄庭坚的题跋文写作

黄庭坚有题跋文数百篇，根据对象类型，可以大略分为针对文学创作的诗文曲赋题跋，针对琴棋书画等艺术作品的题跋，以及这两类之外的针对其他特定的人、事、物的题跋。

题跋写作有主次之别。对象是主体，题、跋是以对象为基点，作相

---

① 《黄庭坚全集》正集卷二十四，第620—621页。

关点评、鉴赏、发挥，文中的见解、知识是作者素养的体现，表达上不会喧宾夺主。对物则交待来龙去脉，对人则写其品格、风神，形式自由，不拘一格，又和题跋对象有紧密联系，是作者自我与他者交集的产物。以下从创作内容、形式技巧和艺术美感等方面展开分说。

1. 思想主旨

（1）表现文学观念、创作见解

黄庭坚题跋文中有诸多以文学创作为对象的作品，从中可见其创作观念、理论见解和审美倾向，极有参考价值。

他这类文字多涉及对前贤的评价，均能把握前贤之本质精神，准确精当，为不易之论。

他作品中有多处提到陶渊明，表达对陶之为人与诗艺的推崇，如《书陶渊明责子诗后》说："观渊明之诗，想见其人，岂弟慈祥戏谑可观也。俗人便谓渊明诸子皆不肖，而渊明愁叹见于诗，可谓痴人前不得说梦也。"① 以渊明之"岂弟慈祥戏谑可观"对照俗人对渊明的误解，以见渊明之超俗。

又有《题意可诗后》：

宁律不谐，而不使句弱；用字不工，不使语俗，此庾开府之所长也，然有意于为诗也。至于渊明，则所谓不烦绳削而自合。虽然，巧于斧斤者多疑其拙，窘于捡括者辄病其放。孔子曰："宁武子，其智可及也，其愚不可及也。"渊明之拙与放，岂可为不知者道哉！道人曰：如我按指，海印发光，汝暂举心，尘劳先起。说者曰：若以法眼观，无俗不真；若以世眼观，无真不俗。渊明之诗，要当与一丘一壑者共之耳。②

《跋书柳子厚诗》：

予友生王观复作诗，有古人态度，虽气格已超俗，但未能从容

---

① 《黄庭坚全集》正集卷二十五，第 655 页。
② 《黄庭坚全集》，第 665 页。

中玉佩之音，左准绳、右规矩尔。意者读书未破万卷，观古人之文章，未能尽得其规摹及所总览笼络，但知玩其山龙黼黻成章耶？故手书柳子厚诗数篇遗之。欲知子厚如此学陶渊明，乃为能近之耳。如白乐天自云效陶渊明数十篇，终不近也。①

评诗之准的如《跋欧阳元老诗》：

> 此诗入陶渊明格律，颇雍容，使高子勉追之或未能。然子勉作唐律五言数十韵，用事稳贴，置字有力，元老亦未能也。②

从以上诸条对他人的评价来看，作者认为渊明之不可及处正在其"拙与放"、"气格超俗"、"雍容"、"从容中玉佩之音"，柳宗元高出白居易，正因其学陶而能近之。

说李杜，如《跋高子勉诗》："高子勉作诗，以杜子美为标准，用一事如军中之令，置一字如关门之键，而充之以博学，行之以温恭，天下士也。"③ 说高子勉作诗，实是说老杜。其《题韩忠献诗杜正献草书》亦说老杜："杜子美一生穷饿，作诗数千篇，与日月争光。永州僧怀素学草书，坐卧想成，笔画三十年，无完衣被，乃得自名一家。死者不可作。今观尚书令韩忠献公诗，太师杜正献公作草，安用忍如许穷饿。"④ 对比作论，感喟深沉。

又《题李白诗草后》说："余评李白诗，如黄帝张乐于洞庭之野，无首无尾，不主故常，非墨工槧人所可拟议。吾友黄介读《李杜优劣论》曰：'论文政不当如此。'余以为知言。及观其稿书，大类其诗，弥使人远想慨然。白在开元、至德间，不以能书传。今其行草殊不减古人，盖所谓不烦绳削而自合者欤。"⑤ 评李白诗艺、书法，以"不烦绳削而自合者"概括白之诗书共性，确为准论。而他在《题白兆山诗后》

---

① 《黄庭坚全集》，第 656 页。
② 《黄庭坚全集》正集卷二十五，第 669 页。
③ 《黄庭坚全集》，第 669 页。
④ 同上书，第 662 页。
⑤ 同上书，第 656 页。

中表达对"世无李白"的遗憾和李白再世的期待，文云：

> 余闻士大夫尝劝白兆山僧重素，即岩下作桃花庵。素云："桃花庵不难作，但恨无李白尔。"今彦顾乃欲磨崖石刻李白诗，并欲结草其傍，以待冠盖之游者。众不可，盖安知遂无李白耶？为我多谢素师，今无白兆，尚不废椎鼓升堂，岂可臆计世无李白？素若有语，可并刻之。彦顾，安陆李愭也。元祐三年十二月己卯黄庭坚书。①

说刘禹锡，有《跋刘梦得淮阴行》："《淮阴行》情调殊丽，语气尤稳切。白乐天、元微之为之，皆不入此律也。唯'无耐脱菜时'不可解，当待博物洽闻者说也。"（原注：后见古本作挑菜时）② 又《跋刘梦得竹枝歌》："刘梦得《竹枝》九章，词意高妙，元和间诚可以独步。道风俗而不俚，追古昔而不愧，比之杜子美《夔州歌》，所谓同工而异曲也。昔东坡尝闻余咏第一篇，叹曰：'此奔轶绝尘，不可追也。'"③ 又《跋刘梦得三阁辞》："此四章可以配《黍离》之诗，有国存亡之鉴也。大概刘梦得乐府小章优于大篇，诗优于它文耳。"④

以"情调殊丽，语气稳切"说刘禹锡《淮阴行》，以"词意高妙"、"道风俗而不俚，追古昔而不愧"、"独步元和"说其《竹枝词》，以"可配《黍离》、可鉴存亡"说其《三阁辞》，见识精当。

黄庭坚对同时期诗人的评价也可见其品味，如其《书林和靖诗》⑤："欧阳文忠公极赏林和靖'疏影横斜水清浅，暗香浮动月黄昏'之句，而不知和靖别有《咏梅》一联云：'雪后园林才半树，水边篱落忽横枝。'似胜前句，不知文忠公何缘弃此而赏彼。文章大概亦如女色，好恶止系于人。"⑥ 对林逋咏梅诗的品评与欧阳修取向不同，趣味有异。

---

① 《黄庭坚全集》正集卷二十五，第 641 页。
② 《黄庭坚全集》，第 657 页。
③ 同上。
④ 同上书，第 658 页。
⑤ 和靖，原本作"和静"，据郑永晓整理《黄庭坚全集辑校编年》改，江西人民出版社 2011 年修订版，第 1529 页。
⑥ 《黄庭坚全集》，第 665 页。

又《跋雷太简梅圣俞诗》：“余闻雷太简才气高迈，观此诗，信如所闻也。梅圣俞与余妇家有连，尝悉见其平生诗，如此篇是得意处，其用字稳实，句法刻厉而有和气。他人无此功也。”① 从他对梅尧臣的好评可见其褒贬倾向。

其《书洞山价禅师新丰吟后》云：“余旧不喜曹洞言句，常怀泾渭不同流之意。今日偶味此文，皆吾家日用事，乃知此老人作百衲被，岁久天寒，方知用处。浮山注解，虽为报大阳十载之恩，又似孤负新丰老人耳。文会上座乞书此篇，欲刻诸石，与同味者传之，因书。老夫于此，兴复不浅。”② 见其趣味变化。又如《跋王介甫帖》：“余尝评东坡文字，言语历劫，赞扬有不能尽，所谓竭世枢机，似一滴投于巨壑者也。而此帖论刘敞侍读晚年文字，非东坡所及。蜉蝣甘带，鸱鸦嗜鼠，端不虚语。”③ 阐发欣赏趣味，各有偏重。

黄庭坚的诗学见解集中体现于《书王知载朐山杂咏后》，他认为“诗者，人之情性也，非强谏争于廷，怨忿诟于道，怒邻骂坐之为也”，诗人的性情、境遇、与世交接，无可告者，无可奈者，皆得发于诗，则释然于胸，“闻者亦有所劝勉，比律吕而可歌，列干羽而可舞，是诗之美也”。倘若以诗泄愤，“发为讪谤侵陵”，而致“引颈承戈，披襟受矢”，“人皆以为诗之祸，是失诗之旨，非诗之过也”④。

诗乃性情之交接，藉由诗卷，不同时空，不同地域，彼可诵其诗而想其为人，“如旦莫与之期，邻里与之游也”。文中感叹：“营丘王知载，仕宦在予前。予在江湖浮沉，而知载已没于河外，不及相识也，而得其人于其诗。仕不遇而不怒，人不知而独乐，博物多闻之君子，有文正公家风者邪！惜乎不幸短命，不得发于事业，使予言信于流俗也。虽然，不期于流俗，此所以为君子者邪！”⑤

这是他饱经世患风雨之后的了悟之言。诗是主体情性的升华，而非怨愤不平的宣泄。读其诗即可想见其为人，此即诗之美也。

---

① 《黄庭坚全集》，第 662 页。
② 《黄庭坚全集》正集卷二十五，第 671 页。
③ 《黄庭坚全集》，第 671 页。
④ 同上书，第 666 页。
⑤ 同上。

另有讲民歌源起、脉络，如《题牧护歌后》云："向尝问南方衲子云：'《牧护歌》是何等语？'皆不能说。后见刘梦得作夔州刺史时乐府有《牧护歌》，似是赛神曲，亦不可解。及在黔中，闻赛神者夜歌，乃云'听说侬家牧护'，末云'奠酒烧钱归去'。虽长短不同，要皆自叙致五七十语。乃知苏溪嘉州人，故作此歌，学巴人曲，犹石头学魏伯阳作《参同契》也。"① 又《题古乐府后》云："古乐府有'巴东三峡巫峡长，猿鸣三声泪沾裳'，但以抑怨之音，和为数叠，惜其声今不传。余自荆州上峡入黔中，备尝山川险阻，因作前二叠传与巴娘，令以《竹枝》歌之。前一叠可和云：'鬼门关外莫言远，五十三驿是皇州。'后一叠可和云：'鬼门关外莫惆怅，四海一家皆弟兄。'或各用四句入《阳关》（《小秦王》）亦可歌也。"② 既备考索，亦有趣味。

其《书王元之竹楼记后》说王安石评文标准，文云："或传王荆公称《竹楼记》胜欧阳公《醉翁亭记》，或曰此非荆公之言也。某以谓荆公出此言未失也。荆公评文章，常先体制，而后文之工拙。盖尝观苏子瞻《醉白堂记》，戏曰：'文词虽极工，然不是《醉白堂记》，乃是《韩白优劣论》耳。'以此考之，优《竹楼记》而劣《醉翁亭记》，是荆公之言不疑也。"③ 论文以合体定优劣，颇有参考性。

黄庭坚颇多与后学、后辈题跋之作，表提携、勉励之意，如其《题所书诗卷后与徐师川》说徐师川《上蓝庄诗》"词气甚壮，笔力绝不类年少书生，意其行己读书，皆当老成解事"，且"师川有意日新之功，当于古人中求之耳。"④ 其《书陈亚之诗后》云："岷山之发江，仅若瓮口，淮出桐柏，力能泛觞，卒之成川注海，以其所从来远也。学问文章，震耀一世，考其祖曾，发源必有自。陈氏昆仲多贤，是中将有名世者。观吏部公之诗，可谓源清矣。"⑤ 以江水发源注海比文章学问，类比贴切，事理明晰。

---

① 《黄庭坚全集》，第 648 页。
② 同上书，第 664 页。
③ 同上书，第 660 页。
④ 同上书，第 666—667 页。
⑤ 《黄庭坚全集》正集卷二十七，第 723 页。

《题王观复所作文后》云:"王观复作书,语似沈存中,他日或当类其文。然存中博极群书,至于《左氏春秋传》、班固《汉书》,取之左右逢其原,真笃学之士也。观复下笔不凡,但恐读书少耳。如梓州生陈子昂之文章,赵蕤之术智,皆所谓人杰地灵也,何必城南有锦屏山哉!余意锦屏山但能生富贵人耳。"① 以王观复之文类比沈括,较短量长,勉励观复读书修养,思齐前贤,调侃风趣。

《跋胡少汲与刘邦直诗》说胡少汲乃"后生中豪士也。读书作文,殊不尘埃,使之不倦,虽竞爽者未易追也"。② 勉励有加。《书秦觏诗卷后》说"少章别来踰年,文字亹亹日新。不惟助秦氏父兄欢喜,予与晁、张诸友亦喜交游间当复得一国士。然力行所闻,是此物之根本,冀少章深根固蒂,令此枝叶畅茂也。"③ 皆是表达对后辈的期望。

黄庭坚有多篇题跋邢惇夫诗文之作,评价得失,说为学之道,其情欣赏与惋惜兼具,如《书邢居实文卷》:"余观《学记》论君子之学,有本末等第。人虽不能自期寿百岁,然必不躐等,如水行川,盈科而后进耳。小学之事虽苦糜费日月,要须躬行,必晓所以致大学之精微耳。吾惇夫才性高妙,超出后生千百辈。然好大略小,初日便为途远之计,则似可恨。后生可畏,当欣慕其才,而鉴其失也。"④ 阐说学问精进之理,应由小及大,由近及远,勿好高骛远。

《跋所写答小邢止字韵诗并和晁张八诗与徐师川》说邢居实"才器甚过人,未尝友不如己者。治经行己,未尝一日不用其心,使之成就,可畏也",其"诗律极进"⑤,故并和之。

又《书邢居实南征赋后》:

> 阳夏谢师复景回,年未二十,文章绝不类少年书生语。予尝序其遗稿云:"方行万里,出门而车轴折,可为贾涕。"今观邢惇夫诗赋,笔墨山立,自为一家,甚似吾师复也。日者阅国马,问诸圉

---

① 《黄庭坚全集》正集卷二十五,第670页。
② 《黄庭坚全集》,第670页。
③ 《黄庭坚全集》正集卷二十七,第723页。
④ 《黄庭坚全集》正集卷二十五,第668页。
⑤ 《黄庭坚全集》,第668页。

人，曰："千里驹往往不及奉舆，毙于皁枥，驽骞千百为群，未尝求国医也。"闻之喟然曰："吾惇夫亦足以不朽矣。"①

惜才之意，见于言表。

（2）品鉴书画，表达艺术观念

黄庭坚是书法大家，文中有数十篇题跋书画之作，颇能见其艺术素养与趣味。如《题乐府木兰诗后》说《木兰诗》是"唐朔方节度使韦元甫得于民间，刘原父往时于祕书省中录得。元丰乙丑五月戊申，会食于赵正夫平原监郡西斋，观古书帖甚富，爱此纸得澄心堂法"。② 又《题白崖诗后》云："余曩作叶县尉，叶城南三百步，省禅师道场也，盖白崖老人去家得道于此。尝得白崖歌颂百余篇，及叶城民家多见书札，钦爱其道风高秀也。"③ 皆叙事简明，情味自见。

又《书吴无至笔》：

> 有吴无至者，豪士，晏叔原之酒客。二十年时，余屡尝与之饮，饮间喜言士大夫能否，似酒侠也。今乃持笔刀行，卖笔于市。问其居，乃在晏丞相园东。作无心散卓，小大皆可人意，然学书人喜用宣城诸葛笔，著臂就案，倚笔成字，故吴君笔亦少喜之者，使学书人试提笔，去纸数寸书，当左右如意，所欲肥瘠曲直皆无憾，然则诸葛笔败矣。许云封说笛竹，阴阳不备，遇知音必破，若解此处，当知吴葛之能否。元祐四年四月六日，门下后省食罢，胸中愊愊，须煮茶，试晁以道所作兖煤、吴君散卓，遂竟此纸。④

过去与现在；酒客与笔师，眼底沧桑，胸中豪气，均转入笔端毫末。吴葛之别，书法之异，落拓不羁之意态，均立于纸背墨痕。

《书侍其瑛笔》说枣心笔妙处，先说南阳张义祖"喜用郎奇枣心散卓，能作瘦劲字，他人所系笔多不可意"。现有侍其瑛秀才，"以紫毫

---

① 《黄庭坚全集》，第667页。
② 同上书，第643页。
③ 同上书，第643—644页。
④ 《黄庭坚全集》正集卷二十七，第742—743页。

作枣心笔，含墨圆健"，虽二善难择，然"笔无心而可书小楷，此亦难工，要是心得妙处耳"。后文又比较宣城诸葛高、弋阳李展之长，前者"笔锋虽尽，而心故圆，此为有轮扁斫轮之妙"。后者"书蝇头万字而不顿，如庖丁发硎之刃"，"今都下笔师如蝟毛，作无心枣核笔，可作细书，宛转左右，无倒毫破其锋，可告以诸葛高、李展者，侍其瑛也。瑛有思致，尚能进于今日也"。① 从书家说到笔家，言侍其瑛笔之妙处，运思自具神理。

黄庭坚有多篇关于王羲之书帖的跋文，如《跋兰亭》说《兰亭》书之流变："宋齐以来，似藏在秘府，士大夫间未闻称述，岂未经大盗兵火时，盖有墨迹在《兰亭》右者？及萧氏、宇文焚荡之余，千不存一。永师晚出，所见妙迹唯有《兰亭》，故为虞、褚辈道之。所以太宗求之百方，期于必得。其后公私相盗，今竟失之。书家晚得定武石本，盖仿佛存古人笔意耳。"② 脉理清晰。又说《兰亭》书法之妙在"略无一字一笔不可人意"，即令"摹写或失之肥瘦，亦自成妍。要各存之以心"③，亦可会其妙处。又说学《兰亭》"不必一笔一画以为准"，"譬如周公、孔子不能无小过，过而不害其聪明睿圣，所以为圣人"。不善学者亦步亦趋，圣人之过亦学之，受其蔽而不自知。今之学《兰亭》者即多此也。文云"鲁之闭门者曰'吾将以吾之不可，学柳下惠之可'，可以学书矣"。④ 见识精到。

《书右军文赋后》云："余在黔南，未甚觉书字绵弱。及移戎州，见旧书多可憎，大概十字中有三四差可耳。今方悟古人沉著痛快之语，但难为知音尔。李翘叟出褚遂良临右军书《文赋》，豪劲清润，真天下之奇书也。"⑤ 以"豪劲清润"、"沉著痛快"为尚，可得神韵。

又《题瘗鹤铭后》："右军尝戏为龙爪书，今不复见。余观《瘗鹤铭》，势若飞动，岂其遗法邪？欧阳公以鲁公书《宋文真碑》得《瘗鹤

① 《黄庭坚全集》，第744页。
② 《黄庭坚全集》正集卷二十七，第709—710页。
③ 《黄庭坚全集》，第710页。
④ 同上。
⑤ 同上书，第711页。

铭》法，详观其用笔意，审如公说。"① 《题乐毅论后》："予尝戏为人评书云：'小字莫作痴冻蝇，《乐毅论》胜《遗教经》。大字无过《瘗鹤铭》，随人作计终后人，自成一家始逼真。'然适作小楷，亦不能摆脱规矩。客曰：'子何舍子之冻蝇，而谓人冻蝇？'予无以应之。固知书虽棋鞠等技，非得不传之妙，未易工也。"② 以《瘗鹤铭》为王羲之书，存一家之言。又比较颜书与《瘗鹤铭》之关系，有自得之见。又说书须取法，又贵独创，体悟真切。

又《跋为王圣予作字》：

老夫病眼昬，不能多作楷。而圣予求予正书，与儿子作笔法。试书此，初不能成楷，目前已有黑花飞坠矣。然学书之法乃不然，但观古人行笔意耳。王右军初学卫夫人小楷，不能造微入妙。其后见李斯、曹喜篆、蔡邕隶八分，于是楷法妙天下。张长史观古钟鼎铭科斗篆，而草圣不愧右军父子。③

言古人笔势飞动，造微入妙，方造妙境。

再有说绘画见解，如《题辋川图》："王摩诘自作辋川图，笔墨可谓造微入妙。然世有两本，一本用矮纸，一本用高纸，意皆出摩诘不疑，临摹得人，犹可见其得意于林泉之仿佛。"④ 《题洪驹父家江干秋老图》："此轴不必问画手之工拙，开之廓然见渔父家风，使人已在尘埃之外矣。固知金华俞秀老一篇政在阿堵中，因书其左。"⑤ 以笔传写画中诗意，自得妙趣。

又《书文湖州山水后》："吴君惠示文湖州《晚霭》横卷，观之叹息弥日。潇洒大似王摩诘，而工夫不减关同。东坡先生称与可下笔，能兼众妙，而不言其善山水，岂东坡亦未尝见邪？此画初入手，心欲留玩数月乃归之。会予远窜宜州，亟遣光山之仆，自此往来予梦

---

① 《黄庭坚全集》，第 711 页。
② 同上书，第 712 页。
③ 《黄庭坚全集》正集卷二十六，第 674 页。
④ 《黄庭坚全集》正集卷二十七，第 730 页。
⑤ 《黄庭坚全集》，第 730 页。

寐中耳。"① 《题文湖州竹上鸤鹆》："建中靖国元年，发箧暴书画，乃见文湖州之妻姪黄斌老所惠与可《竹上鸤鹆》，此所谓功刮造化窟者也。"又"文湖州《竹上鸤鹆》，曲折有思，观者能言之，许渠具一只眼。"② 写赏画之心，真实贴切。传湖州妙理，入画三昧。

又《书王荆公骑驴图》："荆公晚年删定《字说》，出入百家，语简而意深，常自以为平生精力尽于此书。好学者从之请问，口讲手画，终席或至千余字。金华俞紫琳清老，尝冠秃巾，衣扫塔服，抱《字说》，追逐荆公之驴，往来法云、定林，过八功德水，逍遥游亭之上。龙眠李伯时曰：'此胜事，不可以无传也。'"③ 说画意由来，颇得趣味。《书刘壮舆漫浪图》："子刘子读书数千卷，无不贯穿，能不以博为美，而讨求其言之从来，不可谓'漫'。未见古人，如将不得见，既见古人，曰'吾未能如古人也'，不可谓'浪'。年未四十，而其学日夜进，不可谓'翁'。"④ 以反语作正语，一气贯穿，词意精粹。

《题李伯时憩寂图》："或言子瞻不当目伯时为前身画师，流俗人不领，便是语病。伯时一丘一壑，不减古人，谁当作此痴计，子瞻此语是真相知。"⑤ 《题李伯时画天女》："此天女者，意伯时作《华严》中善知识相尔。知命藏箧中数年，乃以赠金华俞清老。有所欲则富者取之，有所畏则贵者夺之。清老离此二病，则长有之。"⑥ 又《题李汉举墨竹》："如虫蚀木，偶尔成文。吾观古人绘事，妙处类多如此。所以轮扁斫车，不能以教其子。近世崔白笔墨，几到古人不用心处，世人雷同赏之，但恐白未肯耳。比来作文章，无出无咎之右者，便是窥见古人妙斫。试以此示无咎。"⑦ 诸篇写人状物，简笔传神；说作文之法得无心之妙，时见真知。

（3）阅尽沧桑，说人生体验

黄庭坚题跋也涉及各类人事、物象，在生活轨迹、时间断面中凸显

---

① 《黄庭坚全集》，第730页。
② 同上书，第734—735页。
③ 同上书，第733页。
④ 同上。
⑤ 同上书，第733—734页。
⑥ 同上书，第734页。
⑦ 同上。

人生种种况味，于苦辛中熔铸人格精神。

如其《书和秋怀五诗后》说治理之法：

> 或笑余诗论公素不实，曰："公素能击强，则请闻命。至于使民作邹鲁，则吾不知也。"余告之曰："公素之击强，亦以其害善良、夺长吏之柄耶？将不问皂白，姑以其强击之耶？"曰："亦击有罪耳。""然则子以今之偷一切以规自免，万事决于老吏之口者，为能使民作邹鲁耶？夫割者岁更刀，折者月更刀，至于不见全牛者，十九年而刀刃若新发于硎。公素困顿于众言之风波，既白首矣，必知藏器自爱。彼节者有间，安用斫大觚以求折缺哉？"①

以庖丁解牛为喻，说击强与用柔之别，言治民之理。

又《跋陷蕃王太尉家书》："物固不一能，士固不一节。郦寄卖友而存君亲，君子以为可。况王公不杀身又易其姓，而使北虏息其豺狼无厌之心，以从中国之信义，贤于李陵远矣。"② 对忠义节操的见解不同常流。

其《书幽芳亭》辨兰蕙说君子与士德：

> 士之才德盖一国则曰国士，女之色盖一国则曰国色，兰之香盖一国则曰国香。自古人知贵兰，不待楚之逐臣而后贵之也。兰盖甚似乎君子，生于深山丛薄之中，不为无人而不芳，霜雪凌厉而见杀，来岁不改其性也。是所谓遁世无闷，不见是而无闷者也。兰虽含香体洁，平居萧艾不殊，清风过之，其香蔼然，在室满室，在堂满堂，是所谓含章以时发者也。然兰蕙之才德不同，世罕能别之。予放浪江湖之日久，乃尽知其族姓。盖兰似君子，蕙似士，大概山林中十蕙而一兰也。《楚辞》曰："予既滋兰之九畹，又树蕙之百亩。"以是知不独今，楚人贱蕙而贵兰久矣。兰蕙丛生，初不殊也。至其发华，一干一华而香有余者兰，一干五七华而香不足者

---

① 《黄庭坚全集》正集卷二十五，第644—645页。
② 《黄庭坚全集》，第647页。

蕙。蕙虽不若兰，其视椒樧则远矣。世论以为国香矣，乃曰当门不得不锄，山林之士所以往而不返者邪。①

兰之德在于"生于深山丛薄之中，不为无人而不芳，霜雪凌厉而见杀，来岁不改其性"，"是所谓遁世无闷"，平日里兰与萧艾无异，"清风过之，其香蔼然，在室满室，在堂满堂"，其固守本性，遇时而发，可以象君子。蕙之香比兰不足，过椒樧远矣，故可比士人。以比兴说理，寄慨遥深。

又《题练光亭》："练光亭极是登临胜处，然高寒不可久处。若于亭北穿土石，作一幽房，置茶炉，设明窗，瓦墩笔研，殊胜不尔。胜师方丈北挟有屋两楹，其一开轩，其一欲作虚窗奥室。余为名轩曰'物外'，主人喜作诗也；名室曰'凝香'，密而清明，于事称也。"② 笔致简练，表超然物外、沉浸诗香之意。

有关教育子弟如《跋虔州学记遗吴季成》，有眉山吴季成者，其子资质甚茂。季成望子成龙心切，"夙夜督其不至，小小过差，则以鞭挞随之"。庭坚告之曰："教子之意则是，所以成就其子则非也。吾闻古人胥保惠，胥教诲，然后可以成就人材，未闻以鞭挞也，况父子之间哉！"因手抄王安石《虔州学记》遗之，"使吴君父子相与讲明学问之本，而求名师畏友以成就之。使季成能慈，其子能孝，则家道肥，不疾而速矣。"③ 其言谆谆，其意惇惇。

说人事有《跋王荆公惠李伯牖钱帖》："此帖是唐辅文初捐馆时也。荆公不甚知人疾痛苛痒，于伯牖有此赙恤，非常之赐也。及伯牖以疾弃官归金陵，又借官屋居之，间问其饥寒。以释氏论之，似是宿债也。"④ 写人事性情转变，淡语传神。

又《跋相鹤经》："王充道得《相鹤经》，飘飘然有乘风御气于天地间之意。顾所畜鹤，皆卵出凡鸟，不可鞭策，梦想芝田、赤城，未得问途耳。余闻充道之兄道渊，治生得陶朱公、猗顿之方，颇游心于《相

---

① 《黄庭坚全集》正集卷二十六，第705—706页。
② 同上书，第705页。
③ 《黄庭坚全集》正集卷二十五，第643页。
④ 《黄庭坚全集》，第648页。

牛经》，殊不虚用其智。略以三十年观之，未知道渊、充道孰得孰失。然今日充道卧白云，享天爵，已蒙道渊之力多矣。"① 以充道之《相鹤经》对照道渊之《相牛经》，洞明世事，暗藏机锋。

又有说生活细节如《跋自书所为香诗后》：

> 贾天锡宣事作意和香，清丽闲远，自然有富贵气，觉诸人家和香殊寒乞。天锡屡惠此香，惟要作诗，因以"兵卫森画戟，燕寝凝清香"作十小诗赠之，犹恨诗语未工，未称此香尔。然余甚宝此香，未尝妄以与人。城西张仲谋为我作寒计，惠送骐骥院马通薪二百，因以香二十饼报之。或笑曰："不与公诗为地耶？"应之曰："诗或能为人作祟，岂若马通薪，使冰雪之辰，铃下马走皆有挟纩之温耶！学诗三十年，今乃大觉，然见事亦太晚也。"②

《书小宗香》：

> 南阳宗少文嘉遁江湖之间，援琴作金石弄，远山皆与之同声，其文献足以配古人。孙茂深亦有祖风。当时贵人欲与之游，不得，乃使陆探微画像，挂壁观之。闻茂深闭阁焚香，作此香馈之。时谓少文大宗，茂深小宗，故传小宗香云。③

既饶雅趣，又富情味。
又《书壶中九华山石》：

> 湖口民李正臣得奇石，九峰相倚，苏子瞻戏名曰"壶中九华"。又有老巫邹生，以三奇石随高下体，著成屏风三叠，余戏名曰"肘后屏风叠"。他日湖中石百怪并出，当以此两石为祖云。二石色绀青，嵌孔贯穿，击之铿铿。静而视之，嵌崟云雨之上，诸峰

---

① 《黄庭坚全集》，第 647 页。
② 《黄庭坚全集》正集卷二十五，第 644 页。
③ 《黄庭坚全集》正集卷二十七，第 744—745 页。

隐见，忽然疑于九十，犹五老峰之疑于五六也。揭而示俗，以求赏音，吾见其支酱瓿于墙角也。世有出尘之因，然后此石为潇洒缘尔。迩者象江太守费数十万钱，自岭南负载三石北归，妻子不免寒饿，未知与此孰贤也。①

此文意涵丰富，说奇石来由，是一层。人对奇石的改造、欣赏，又一层。奇石包蕴云烟变幻，不知来自哪个世界，又随缘潇洒，"支酱瓿于墙角"，随遇而安，又一层。太守费巨资徙万里置石以归，妻子不免于寒饿，又进一层。熟看之下，益富奇趣。既得笔致简练、摹像如画之意兴，又有洞明世相、自在自得之了然。

《题自书卷后》作于晚年贬宜州时，最于困穷中见旷达之人生态度：

崇宁三年十一月，余谪处宜州半岁矣。官司谓余不当居关城中，乃以是月甲戌，抱被入宿子城南予所僦舍喧寂斋。虽上雨傍风，无有盖障，市声喧愦，人以为不堪其忧，余以为家本农耕，使不从进士，则田中庐舍如是，又可不堪其忧耶？既设卧榻，焚香而坐，与西邻屠牛之机相直。为资深书此卷，实用三钱买鸡毛笔书。②

（4）对东坡其人其作的题跋

不完全统计，黄庭坚作有二十三篇有关东坡的题跋，可见东坡在黄庭坚生命中的容量。

其中有对东坡人格、文章的赞美，如《题东坡书道术后》：

东坡平生好道术，闻辄行之，但不能久，又弃去。谈道之篇传世欲数百千字，皆能书其人所欲言。文章皆雄奇卓越，非人间语。尝有海上道人评东坡，真蓬莱、瀛洲、方丈谪仙人也。流俗方以造

---

① 《黄庭坚全集》正集卷二十六，第 706 页。
② 《黄庭坚全集》正集卷二十五，第 645 页。

次颠沛秋毫得失，欲轩轾困顿之，亦疏矣哉！①

有评价东坡诗词文章者，如《跋子瞻醉翁操》："人谓东坡作此文，因难以见巧，故极工。余则以为不然。彼其老于文章，故落笔皆超轶绝尘耳。"② 不同俗见。

《跋东坡乐府》论东坡《卜算子·缺月挂疏桐》词，曰："东坡道人在黄州时作。语意高妙，似非吃烟火食人语。非胸中有万卷书，笔下无一点尘俗气，孰能至此。"③ 论见精当，出入东坡之神理。

又《跋东坡论画》一则说僧人藏东坡画事："子瞻论画语甚妙，比闻一僧藏苏翰林十数帖，因病目，尽为绿林君子以其摹本易去，故以予家两古印款纸断处。"④ 又一则说画理，先引陆机"图形于影，未尽捧心之妍；察火于灰，不睹燎原之实。故问道存乎其人，观物必造其质"之论，比照东坡照壁语（《传神论》），"讬类不同而实契"。又引陆机"情见于物，虽近犹疏；神藏于形，虽远则密。是以仪天步晷而修短可量，临渊揆水而浅深可测"之言，说此论"语密意疏"，不如东坡"得之濠上"，自然妙悟，天机自流。又云："笔墨之妙，至于心手不能相为南北，而有数存焉于其间，则意之所在者，犹是国师天津桥南看弄胡孙，西川观竞渡处耳。"⑤ 文末以观吴道子《佛入涅槃画》"波旬皆作舞，而大波旬醞藉徐行，喜气满于眉宇之间"，说得意于"笔墨之外"⑥、妙在象外之理，见识超卓。

另有十多篇说东坡书法，如《跋东坡字后》：

东坡居士极不惜书，然不可乞。有乞书者，正色诘责之，或终不与一字。元祐中，锁试礼部，每来见过，案上纸不择精粗，书遍乃已。性喜酒，然不能四五龠已烂醉，不辞谢而就卧，鼻鼾如雷。

① 《黄庭坚全集》，第 646 页。
② 同上书，第 659 页。
③ 《黄庭坚全集》正集卷二十五，第 660 页。
④ 《黄庭坚全集》正集卷二十七，第 731 页。
⑤ 同上。
⑥ 同上。

少焉苏醒，落笔如风雨，虽谑弄皆有义味，真神仙中人，此岂与今世翰墨之士争衡哉。

　　东坡简札，字形温润，无一点俗气。今世号能书者数家，虽规摹古人，自有长处，至于天然自工，笔圆而韵胜，所谓兼四子之有以易之不与也。①

写人传神，如在目前。知东坡者，无如山谷。

又《跋东坡水陆赞》说东坡此书"圆劲成就，所谓'怒猊抉石，渴骥奔泉'，恐不在会稽之笔，而在东坡之手矣"，此书"又兼《董孝子碣》《禹庙诗》之妙处"。时人讥东坡"用笔不合古法"，庭坚对曰"彼盖不知古法从何出尔"，且云"杜周云：'三尺安出哉？前王所是以为律，后王所是以为令。'予尝以此论书，而东坡绝倒也"。并举柳宗元、刘禹锡讥评韩愈《平淮西碑》事，当时亦多附会者，然盲从跟风则无自见。后文又引时评"东坡作戈多成病笔，又腕著而笔卧，故左秀而右枯"，以为"此又见其管中窥豹，不识大体"。所谓"西施捧心而颦，虽其病处，乃自成妍"。评价东坡书法，只需付与时间，自有公论，"但恨封德彝辈无如许寿及见之耳"。且云"余书自不工，而喜论书。虽不能如经生辈左规右矩，形容王氏，独得其义味，旷百世而与之友，故作决定论耳"。② 自谦又兼自傲，思接千载，超尘绝俗。

《跋东坡书》一则云：

　　余尝论右军父子以来，笔法超逸绝尘，惟颜鲁公、杨少师二人。立论者十余年，闻者瞠若。晚识子瞻，独谓为然。士大夫乃云"苏子瞻于黄鲁直，爱而不知其恶，皆此类"，岂其然乎。比来作字，时时仿佛鲁公笔势，然终不似子瞻暗合孙吴耳。③

论书法见解，比列前贤，唯与东坡相知。又引时语，验自书之得

---

①　《黄庭坚全集》正集卷二十八，第771页。
②　同上书，第772页。
③　《黄庭坚全集》，第773页。

失，体东坡之妙处。

二则云：

> 东坡书真行相半，便觉去羊欣、薄绍之不远。予与东坡俱学颜平原，然予手拙，终不近也。自平原以来，惟杨少师、苏翰林可人意尔。不无有笔类王家父子者，然予不好也。①

言书家喜好，表钦慕东坡之意。又云：

> 东坡书如华岳三峰，卓立参昴，虽造物之炉锤，不自知其妙也。中年书圆劲而有韵，大似徐会稽；晚年沉著痛快，乃似李北海。此公盖天资解书，比之诗人，是李白之流。往时许昌节度使薛能能诗，号雄健，时得前人句法。然遂睥睨前辈，高自贤圣，乃云："我生若在开元日，争遣名为李翰林。"此所谓"蚍蜉撼大树，可笑不自量"者也。②

以造化神功比东坡书艺，其意高山仰止。以"圆劲有韵"说东坡中年之书，以"沉著痛快"说东坡晚年书，皆慧眼独到，概括精准，生动传神。又以东坡天资比李白，穿插能人妄语，虽云打诨，其意严正。

又《跋东坡墨迹》《题欧阳佃夫所收东坡大字卷尾》《题东坡小字两轴卷尾》《跋东坡帖后》《跋东坡与李商老帖》《跋东坡书远景楼赋后》诸篇，皆品评东坡书艺，观其时日变化，比照前贤，得其相合之长，相异之质。

如《跋东坡墨迹》云：

> 东坡道人少日学《兰亭》，故其书姿媚似徐季海。至酒酣放浪，意忘工拙，字特瘦劲，乃似柳诚悬。中岁喜学颜鲁公、杨风子书，

---

① 《黄庭坚全集》，第774页。
② 《黄庭坚全集》正集卷二十八，第774页。

其合处不减李北海。至于笔圆而韵胜，挟以文章妙天下，忠义贯日月之气，本朝善书，自当推为第一。数百年后，必有知余此论者。①

论东坡书法源流，从少学王羲之，妩媚之外又兼瘦劲，堪比徐浩、柳公权；到中年取法颜真卿、杨凝式，高处有似李邕；盖以其笔致之韵，参以文章之妙、贯以忠义之气，自为当朝第一善书者也。

《题欧阳佃夫所收东坡大字卷尾》说东坡常自比于颜真卿，庭坚以为"两公皆一代伟人也"，且"行草正书，风气皆略相似"。又说东坡曾为之临摹《与蔡明远委曲》、祭兄濠州刺史及姪季明文、《论鱼军容坐次书》《乞脯》《天气殊未佳》诸帖，"皆逼真也"，② 并称此一卷字形如颜书《东方朔画赞》，辨析东坡与颜书之相似处，眼光独到。

《题东坡小字两轴卷尾》一则说："此一卷多东坡平时得意语，又是醉困已过后书，用李北海、徐季海法，虽有笔不到处，亦韵胜也。"③ 又一则，文中并举轩辕弥明与东坡，"弥明不解世俗书，而无一字"，东坡"不解世俗书，而翰墨满世"。此两贤虽"隐见不同"，皆"魁伟非常人"也。此文意在反驳时人"刺讥嗤点"东坡书法，故又引庾翼初不解王羲之书法妙绝之例，言下之意，善书如庾翼者尚如此，"况单见浅闻，又未尝承其言论风旨者乎！"文末注明此卷乃"崇宁四年五月丙午，观于宜州南楼，佃夫自龙城携来也"，④ 作于庭坚人生末年宜州贬所，自有阅尽沧桑、世事了然于心之感。

又《跋东坡帖后》：

余尝论右军父子翰墨中逸气，破坏于欧、虞、褚、薛，及徐浩、沈传师，几于扫地，惟颜尚书、杨少师尚有仿佛。比来苏子瞻独近颜、杨气骨，如《牡丹帖》甚似《白家寺壁》，百余年后，此论乃行尔。⑤

---

① 《黄庭坚全集》，第 774—775 页。
② 《黄庭坚全集》正集卷二十八，第 775 页。
③ 同上。
④ 《黄庭坚全集》，第 776 页。
⑤ 同上。

《跋东坡与李商老帖》：

> 东坡晚年书，与李北海不同师而同妙，汉庭皆不能出其右。泰山其颓，吾将安仰，实同此叹。庭坚书。①

《跋东坡书远景楼赋后》：

> 东坡书随大小真行，皆有妩媚可喜处。今俗子喜讥评东坡，彼盖用翰林侍书之绳墨尺度，是岂知法之意哉！余谓东坡书，学问文章之气郁郁芊芊，发于笔墨之间矣，所以他人终莫能及尔。②

此三则跋语评点东坡书法，言其上接王右军之逸气，中承颜真卿、杨凝式之气骨，妙同于李邕，"妩媚可喜"。且"郁郁芊芊"学问文章之气，"发于笔墨之间"，卓然无出其右者。

又有《跋东坡论笔》说东坡用笔则喜宣城诸葛笔，认为"诸葛之下者犹胜他处工者"，以此笔书字，则"宛转可意"；论笔则以此笔穷尽妙处，"见几研间有枣核笔，必嗤诮，以为今人但好奇尚异，而无入用之实"。然因东坡"不善双钩悬腕"，故书家并不以此论为是。③ 文写东坡用笔论笔之意态，如见目前。

《跋伪作东坡书简》辨析安陆张梦得简似是丹阳高述伪作。时"高述、潘岐皆能赝作东坡书"。此简乃仿《糟姜山芋帖》而为之，"然语意笔法皆不升东坡之堂也"。庭坚起初恐《梦得简》是真迹，待"熟观"之，则"数篇皆假托耳"。故云"少年辈不识好恶乃如此。东坡先生晚年书尤豪壮，挟海上风涛之气，尤非他人所到也"。④ 可知识东坡之妙者，无如山谷。

再有说生活插曲如《跋东坡所作马券》：

① 《黄庭坚全集》，第776页。
② 《黄庭坚全集》正集卷二十六，第672页。
③ 《黄庭坚全集》，第672页。
④ 同上书，第673页。

翰林苏子瞻所得天厩马，其所从来甚宠。加以妙墨作券，此马价应十倍。方叔豆羹常不继，将不能有此马，御以如富贵之家，辄曰："非良马也。"故不售。夫天厩虽饶马，其知名绝足，亦时有之尔，岂可求赐马尽良也！或又责方叔受翰林公之惠，当乘之往来田间，安用汲汲索钱？此又不识痒痛者，从旁论砭疽尔，甚穷亦难忍哉！使有义士能捐二十万，并券与马取之，不惟解方叔之倒悬，亦足以豪矣。众不可。盖遇人中磊磊者，试以予书示之。①

说人心如《跋自临东坡和陶渊明诗》：

此书既以遗荆州李翘叟，既而亡其本，复从翘叟借来，未誊本，辄为役夫田清盗去，卖与龙安寺千部院僧。盗事觉，追取得之，复归翘叟。翘叟屡索此卷，恐为人盗去，余殊谓不然，乃果见盗。夫不疑于物，物亦诚焉。翘叟一动其心，遂果被盗。昔季康子患盗，孔子曰："苟子之不欲，虽赏之不窃。"诚然哉！②

皆能体察世态，洞彻人心。

又《题东坡像》："东坡先生天下士，嗟乎惜哉今蚤世，蠢蠢尚诮短人气。"③ 断语简截，惜字如金。

《书摹榻东坡书后》：

此书摹榻出于拙手，似清狂不慧人也。藏书务多，而不精别，此近世士大夫之所同病。唐彦猷得欧阳率更书数行，精思学之，彦猷遂以书名天下。近世荣咨道费千金，聚天下奇书，家虽有国色之姝，然好色不如好书也，而荣君翰墨居世不能入中品。以此观之，在精而不在博也。④

---

① 《黄庭坚全集》正集卷二十五，第646页。
② 《黄庭坚全集》正集卷二十六，第675页。
③ 《黄庭坚全集》正集卷二十七，第735页。
④ 《黄庭坚全集》正集卷二十六，第673页。

眼光独到，见解精纯。

综观此类书学题跋，以其评点书家、辨析源流而言，黄庭坚已然建构了自己的书学体系和审美标准。从王羲之到唐五代名家，如欧阳询、褚遂良、薛稷、李邕、柳公权、徐浩、颜真卿、杨凝式等，书学脉络贯穿而下。以审美特质和审美理想而言，书家各有其长。如徐浩之圆韵、柳公权之瘦劲，各得其美。然得黄庭坚推崇备至者，乃王羲之，庭坚称之大小真行无不如意，比之周公孔子，可称书圣。庭坚以为右军父子之逸气到唐初、中期诸家，已然损耗殆尽，唯颜、杨得其仿佛。当朝只东坡承其气骨。而庭坚对东坡的书学成就，从用笔、意态、气韵、风骨，既倾心景慕，又静观审察，故于东坡之神理气味，皆得把握精准，妙到毫巅。

2. 行文特色

题跋文是就特定对象申发其意其趣，是作者主体与对象的交集，其写作构思和行文方式，依对象而长短不拘，挥洒自如，既有灵光一现的触发，也有覃思默运的熟虑，说理论见解则长，细部点染则短。情味内敛，又有精光乍现。

如其讲读书修养之法之《书赠韩琼秀才》者：

> 读书欲精不欲博，用心欲纯不欲杂。读书务博，常不尽意；用心不纯，讫无全功。治经之法，不独玩其文章，谈说义理而已，一言一句，皆以养心治性。事亲处兄弟之间，接物在朋友之际，得失忧乐，一考之于书，然后尝古人之糟粕而知味矣。读史之法，考当世之盛衰，与君臣之离合。在朝之士，观其见危之大节；在野之士，观其奉身之大义。以其日力之余玩其华藻，以此心术作为文章，无不如意，何况翰墨与世俗之事哉！①

文章主旨是说读书修心之法。开篇以主题句领起全文意思，以下从治经和读史两层依次展开。治经之要在养心治性，读史之要在识大节知大义，以此为本，根基牢固，则作文处事无不如意。说理条达辞畅，简

---

① 《黄庭坚全集》正集卷二十五，第655页。

约意明。

再有说修身之难得如《跋王慎中胡筘集句》者：

> 溢城王寅慎中，拟半山老人集句《胡筘十八拍》，其会合宛
> 转，道文姬中心事甚妙。慎中文士，孝友清修，年三十八，未尝知
> 女色，荤膻不入口，一粥一饭，三十年奉身如山中头陀，初无玷
> 缺。山中人初不接世事，故其行易持。观慎中诗语所道闺阃中意，
> 不应是铁人石心，然能护持如此，所以为难。①

全文不过 133 字，从王慎中说到王安石、蔡文姬，又从接闻世事对
比慎中与山中人修持之难易，以慎中集句意思点出其修身之难。文字初
看略平淡，细品则识其重重丘壑自淡语中略略显出，行文挥洒自如。

再有《跋秦氏所置法帖》说蜀地书法及教育：

> 巴蜀自古多奇士，学问文章，德慧权略，落落可称道者，两汉
> 以来盖多，而独不闻解书。至于诸葛孔明，拔用全蜀之士，略无遗
> 材，亦不闻以善书名世者。此时方右武，人不得雍容笔研，亦无足
> 怪。唐承晋、宋之俗，君臣相与论书，以为能事，比前世为甚盛，
> 亦不闻蜀人有善书者，何哉？东坡居士出于眉山，震辉中州，蔚为
> 翰墨之冠。于是两川稍稍能书，然其风流不被于巴东。黔安又斗绝
> 入蛮夷中，颇有以武功显者，天下一统盖百余年，而文士终不竞。
> 黔人秦子明，魁梧，喜攻伐，其自许不肯出赵国珍下，不可谓黔中
> 无奇士也。子明常以里中儿不能书为病，其将兵于长沙也，买石摹
> 刻长沙僧宝月古法帖十卷，谋舟载入黔中，璧之黔江之绍圣院，将
> 以惊动里中子弟耳目，他日有以书显者，盖自我发之。予观子明欲
> 变里中之俗，其意甚美，书字盖其小小者耳。他日当买国子监书，
> 使子弟之学务实求是，置大经论，使桑门道人皆知经禅，则风俗以
> 道术为根源，其波澜枝叶乃有所依而建立。古之能书者多矣，磨灭
> 不可胜纪，其传者必有大过于人者耳。子明名世章，今为左藏库副

---

① 《黄庭坚全集》，第 668—669 页。

使、东南第八将。绍圣院者，子明以军功得请于朝，为阵亡战士追福所作佛祠也。刻石者潭人汤正臣，父子皆善摹刻，得于手而应于心，近古人用笔意云。①

文章是为跋黔安人秦子明摹刻古法帖而作。既表子明用心良苦，又传风俗教化之意。说用心良苦是在巴蜀自古无善书者的背景下展开。巴蜀自古多奇士，然因地缘、战争、教化不被等诸多原因，虽东坡出而风流不及于彼，以见子明刻书之可贵。然作者意思不止于此，又更进一层，从书法言及教育，启蒙子弟，根柢儒道，成其波澜枝叶。文末归结到自古善书而名垂于后者，必有大过人处，暗接子明易俗之心，表彰之外，又行劝勉。层层递进，详略得宜，叙事简明，理达辞畅。

又《跋王荆公书陶隐居墓中文》

　　熙宁中，金陵、丹阳之间，有盗发冢，得隐起砖于冢中，识者买得之。读其书，盖山中宰相陶隐居墓也。其文尤高妙，王荆公尝诵之，因书于金陵天庆观斋房壁间，黄冠遂以入石。予常欲摹刻于棘道，有李祥者闻之，欣然砻石来请。斯文既高妙，而王荆公书法奇古，似晋宋间人笔墨，此固多闻广见者之所欲得也。李君字圣祺，棘道人，喜炎黄岐雷之书，嗜好酸咸，与世殊绝。常从军，得守国子四门助教。归而杜门，家有山水奇观，教诸子读书而宴居，自从其所好。不喜俗人，一再见辄骂绝之，此孟子所谓"有所不为"者也。②

此文以事串起陶弘景之文、王荆公之书、李祥之刻石，在文之高妙、书之奇古、人之绝俗三者间建构关联，隐然有超然之韵存之。笔法多样，叙事、评论、写人兼得。

又有《书赠俞清老》数则说清老其人其事，不同凡俗。一则：

---

① 《黄庭坚全集》正集卷二十五，第651页。
② 同上书，第647—648页。

清老，金华俞子中也，三十年前与余共学于淮南。元丰甲子相见于广陵，自云荆公欲使之脱缝掖，著僧伽黎，奉香火于半山宅寺，所谓报宁禅院者也。予之僧名曰紫琳，字清老。清老无妻子之累，去作半山道人，不废入俗谈谐，优游以卒岁，似不为难事。然生龟脱筒，亦难堪忍。后数年见之，儒冠自若也。因戏和清老诗云："索索叶自雨，月寒遥夜阑。马嘶车铎鸣，群动不遑安。有人梦超俗，去发脱儒冠。平明视清镜，政尔良独难。"子瞻屡哦此诗，以为妙也。元祐四年十一月十一日，归自门下省，书于醴池寺南退听堂下。①

讲三十年前与清老交往，元丰年间清老因荆公之意而为僧，又"不废入俗谈谐"，然性难忍戒束，终复儒冠。出入僧俗，洒脱不羁。

又：

人生岁衣十匹，日饭两杯，而终岁蘧然疲役，此何理耶？男女昏嫁，缘渠侬堕地，自有衣食分齐，所谓"诞置之隘巷，牛羊腓字之"，其不应冻饿沟壑者，天不能杀也。今蹙眉终日者，正为百草忧春雨耳。青山白云，江湖之水湛然，可复有不足之叹耶？②

写人生忧患似不足为道之意，通脱自在。

又：

米芾元章在扬州，游戏翰墨，声名籍甚。其冠带衣襦多不用世法，起居语默，略以意行，人往往谓之狂生，然观其诗句合处殊不狂。斯人盖既不偶于俗，遂故为此无町畦之行以惊俗尔。清老到扬，计元章必相好，然要当以不鞭其后者相琢磨，不当见元章之吹竽，又建鼓而从之也。③

---

① 《黄庭坚全集》正集卷二十五，第653页。
② 同上。
③ 同上书，第654页。

劝勉清老勿效元章之狂行以惊俗。本性非狂耳，勿以浮行佯狂也。
又：

> 余童子时，就学于淮南，与金华俞清老同研席，尝作七言长韵
> 赠清老。小儿无绳墨，放荡之言，然清老至今班班能诵之。迩来相
> 见，各白发矣。余又以病，屏酒不举肉多年。清老相过，特蔬饭著
> 饮，道旧终日尔。清老性耿介，不能容俗人，间辄使酒嫚骂，以是
> 俗子多谤讥，清老自若也，以故善人君子终爱之。清老淹留京师不
> 偶，将复岸巾风月于江湖之上。于其将行也，乞言。余曰："陶渊
> 明云：'此中有真意，欲辩已忘言。'夫真处盖可为知者道，难为
> 俗人言也。"清老老于言语之风波，智必及此。行矣，自爱。①

从昔日同席研学，童子放言无羁，到今时白发相见，护病茹素断
饮，江海风波历练，临别赠语，深知清老者，其言恳切，自肺腑流出，
平淡深挚。

此数则文，有回忆，有劝勉，有叹赏，在在传情。予同一对象，而
行文富于变化，清老之不羁性情与作者之洒落胸襟皆自文中显现。

其《书药说遗族弟友谅》说生活艰难：

> 老夫往在江南贫甚，有于日中而空甑无米炊时。尝念贫士不能
> 相活，富子不足与语，惟作药肆，不饥寒之术也。然市中人治药，
> 以丁代丙，以乙当甲，甚贵则阙不用，其治病，十不能愈三四，积
> 其欺诬，子孙冻馁者多矣。今余欲作药肆，但取人间急难之疾二十
> 许方，择三四信行药童，一用圣贤方论。时节州土，无不用其物
> 宜；炮炙生熟，无不尽其材性。但取四分之息，百钱可以起一人之
> 疾，如此则日计之不足，岁计之有余，谋之熟矣，会予登进士第，
> 遂不得为之。予老在戎州，有江南袁彬质夫过我，道乡里事以为
> 笑。因自言，欲作药肆，以济人为功，以娱老为业，欣然会予宿
> 心。故为道所以尽心于和药，而刻意于救人之说。诚用余说，不多

---

① 《黄庭坚全集》，第654页。

取赢则济人博，不欺其剂则治疾良。他日阴功隐德，当筑高门以过子孙之车马。余在荆州，访族伯父晦甫侍御之家，见族弟友谅、友正，亦贫卖药，皆合余说，故书遗之。①

笔调平实质朴，不烦琐细，如话家常。从早年"卖药都市"的细致筹划，"到登进士第，遂不得为之"的搁置放弃，到"老在戎州"与人细说重头，到在荆州遇亲族故旧，万千心事翻卷，重拾旧话。一副药引串起万里流徙、百年变幻，将当年心路缓缓道来，于淡语中寓人生况味。

题跋的行文方式和对象性质有关，如书画题跋，因物质材料空间有限，题跋自不会长篇大论，总以短小精粹、简洁传神为佳。如黄庭坚跋东坡诗书几则文字，例《跋子瞻木山诗》：

往尝观明允《木假山记》，以为文章气旨似庄周、韩非，恨不得趋拜其履舄间，请问作文关纽。及元祐中，乃拜子瞻于都下，实闻所未闻。今其人万里在海外，对此诗，为废卷竟日。②

《跋子瞻送二姪归眉诗》：

观东坡二丈诗，想见风骨巉岩，而接人仁气粹温也。观黄门诗颀然峻整，独立不倚，在人眼前。元祐中，每同朝班，余尝目之为成都两石笋也。③

《跋东坡书帖后》：

苏翰林用宣城诸葛齐锋笔作字，疏疏密密，随意缓急，而字间妍媚百出。古来以文章名重天下，例不工书，所以子瞻翰墨尤为世

---

① 郑永晓整理《黄庭坚全集辑校编年》，江西人民出版社 2011 年修订版，第 1104 页。
② 《黄庭坚全集》正集卷二十五，第 659 页。
③ 《黄庭坚全集》，第 659—660 页。

人所重。今日市人持之以得善价。百余年后，想见其风流余韵，当万金购藏耳。庐州李伯时，近作子瞻按藤杖坐磐石，极似其醉时意态。此纸妙天下，可乞伯时作一子瞻像，吾辈会聚时，开置席上，如见其人，亦一佳事。①

写人传神入画，抒情浓郁，情味深永。这类文字融合诗文之优长，最可见出作者的诗人特质。

3. 艺术美感

黄庭坚题跋内容广博，笔法多样，美感层次丰盈厚重，大略言之，有自由挥洒之美、风神内蕴之美、见识卓异之美、人格超迈之美、简练精纯之美。

自由挥洒之美依前言之行文方式可知。又如《书所作官题诗后》：

元祐三年闰六月十七日，少章携此澄心堂纸，问余疾于城西。余方病疡，意虑无聊，为写比来戏效诸生作数诗。余为儿时，见进士刘韶用乌田纸写赋，尝窃笑，以为用隋侯之珠弹雀。使韶今在，岂免一笑邪。②

寥寥数语可见作者潇洒意态。

所谓风神来自主体的内在精神气象，于人世蹉跌中蕴郁勃之气，发不平之鸣，传感慨之音，动人心神。风神内蕴之美即从作者说人世沧桑、人生体验之文可知。如说士不遇之《书鲜洪范长江诗后》：

余昔闻蜀人有鲁三江者，号称能诗。士大夫多宗之。今观阆州鲜长江诗，不甚愧之也。虽切磋琢磨之功少，而浑厚之气几度其前矣。昔方士袁天罡，见阆州锦屏山，题其石曰："此山磨灭，英灵乃绝。"然予在中朝，唯闻陈文忠公家世出才士，尝疑山水之秀，岂独钟于陈氏邪？其沉沦草莱，困顿州县，抱才器而与麋鹿共尽者

---

① 《黄庭坚全集》正集卷二十八，第777页。
② 《黄庭坚全集》正集卷二十五，第663—664页。

可胜道哉？今观鲜长江之才，所谓困顿州县者也。使之学不尽其才，名不闻于世，亦其乡之先达士大夫之罪也。盖道不明于天下，则士不知择术；道不行于天下，则民之毁誉不公。岂独士大夫之罪哉，其所从来远矣。鲜氏唯以阆中为族姓，其散漫于两蜀者，皆以阆中为祖。今试问鲜氏所自出，皆不能自言。或云"出于鲜于后，去于而为鲜"。以予考之，非是。蜀李寿时司徒鲜思明用事，专废立，其鲜氏之祖欤？①

此文以山水之秀关联才士之英，以鲜长江之困顿州县发不平之气，以四问抒感慨之情，文末考鲜之姓氏，看似闲笔，暗递沉沦草莱者未可尽道之喟叹，余韵深长，内蕴风神之美。

又《书筠州学记后》：

中书曾舍人作《高安学记》，极道世之所由废兴。论士大夫之师友渊源，常出于一世豪杰之士。至于长育人材而成就之，则在当途之君子。其言有开塞，世可以为法戒，而所讬书画不工，学者因不能玩思于斯文。后二十有七年，柳侯为州，政优民和，乃砻故刻，而求书于予。予告之以舍弟乘雅善小篆，通六书之意，下笔皆有依据，可与斯文并传。柳侯则以书遗乘于紫阳而刻之。初，有献疑者曰："今士大夫不知古文，十室而九。夫篆固古人之书耳，又安能发挥曾子之文章邪？"柳侯曰："曾子之文章，岂希价于咸阳，而椎锋于稷下者哉？三代之鼎彝，其字书皆妙，盖勒之金石，垂世传后，自必讬于能者。吾为学古钩深者谋，不为单见浅闻者病也。"予观柳侯，可谓好学不流俗者矣。柳侯名平，武陵人，字子仪，于是为左朝请郎。②

此文藉柳平以古篆刻曾巩《筠州学记》之事，在书之古雅、记之古道、人之古风之间建立关联，表不同流俗之意，精光内敛而见神采。

---

① 《黄庭坚全集》正集卷二十七，第723—724页。
② 《黄庭坚全集》正集卷二十五，第661页。

再有《书刘景文诗后》说人事沧桑：

> 刘景文，枢密副使盛文肃公之婿，于先姑安康郡君尚为丈人行。然景文不以尊属临我，以翰墨文章见谓亲友。余尝评景文"胸中有万卷书，笔下无一点俗气"。往岁东坡先生守余杭，而景文以文思副使为东南第三将。东坡尝云："老来可与晤语者凋落殆尽，唯景文可慰目前耳。"身后图书漂散，余亦须发尽白，今对此诗，令人气塞。①

感慨跌宕，动人心魂。

黄庭坚题跋具有深沉的历史感，其思理总在历史传统中定位坐标，上接古人，表现出卓异的识见之美。如《书欧阳子传后》：

> 高安刘希仲壮舆，序列欧阳文忠公之文章，论次荀卿、扬子云之后。又考其行事，为《欧阳子列传》。余三读其书而告之曰：昔壮舆之先君子道原，明习史事，撰《十国纪年》，自成一家。今壮舆富于春秋，笔端已有史氏风气，他日当以不朽之事相传也。昔司马谈之子迁、刘向之子歆、班彪之子固、王铨之子隐、姚察之子简、李大师之子延寿、刘知几之子𫗧，皆以继世，功在汗简。而旧史笔法之美，刘氏再显。今使壮舆能尽心于《春秋》之旧章，以考百世之典籍，斧藻先君子之凡例，著是去非，则十国之事虽浅，笔法所寄，自当与日月争光。壮舆尚勉之。之楚而南辕，道虽悠远，要必至焉。②

勉励刘壮舆作史书，承续传统，传不朽之事，与日月争光。识见不凡。

再有《跋晋世家后》说介子推事。文以世态常情发端，说："以富贵有人易，以贫贱有人难。夫晋文公出走，周流天下，穷矣贫矣贱矣，

---

① 《黄庭坚全集》，第662—663页。
② 《黄庭坚全集》正集卷二十五，第663页。

而介子推不去，有以有之也；反国有万乘，而介子推去之，无以有之也。能其难，不能其易，此文公之所以不王也。"① 从介子推与晋文公关系变化不合常情，点出晋文公局限。其后具言"晋文公反国，介子推不肯受赏"，"遂背而行"，隐于山中，"终身不见"，由是感叹：

> 人心之不同，岂不甚哉！今世之逐利者，蚤朝晏退，焦唇乾嗌，日夜思之，犹未之能得；今得之，而务疾逃之，介子推之离俗远矣！黄庭坚曰：晋文公能其难，不能其易，何也？困穷则士能其难，安乐则士辞其易故也。介子推岂故得之而务疾逃之，必有谓者耶？②

说介子推处难而避易，不同常流，见识超拔。

黄庭坚的修养功夫、超迈人格表现在题跋文中，独具美感。如说人生选择之《跋元圣庚清水岩记》：

> 彼险而我易，则傅说熙然于版筑之间，无惊世不顾之讥。彼易而我险，则虞芮二子释然于岐山之下，得迁善不争之美。由是观之，险易之实在人心，不在山川。夫奇与常相倚也，险与易相乘也，古之人正心诚意而游于万物之表，故六经我之陈迹也，山林冠冕吾又何择焉？因圣庚论好奇履险，故发予之狂言。③

以险易之辨说山林冠冕之择，明正心诚意之理，得游心于万物之道。

又《书缯卷后》品评人物：

> 少年以此缯来乞书，渠但闻人言老夫解书，故来乞尔，然未必能别功楷也。学书要须胸中有道义，又广之以圣哲之学，书乃可

---

① 《黄庭坚全集》正集卷二十七，第732页。
② 《黄庭坚全集》，第732页。
③ 《黄庭坚全集》正集卷二十七，第724—725页。

贵。若其灵府无程，政使笔墨不减元常、逸少，只是俗人耳。余尝
为少年言："士大夫处世可以百为，唯不可俗，俗便不可医也。"
或问不俗之状，老夫曰："难言也。视其平居，无以异于俗人，临
大节而不可夺，此不俗人也。平居终日，如含瓦石，临事一筹不
画，此俗人也。虽使郭林宗、山巨源复生，不易吾言也。①

以临大节而不可夺说不俗之内在，建构超迈人格。为不易之论。

黄庭坚的诗人特质发于题跋，文字有诗意之精粹，而成简练精纯
之美。

如《跋招清公诗》写人生意趣：

　　草堂，郑交处士隐处也。小塘芙蕖盛开，使鸡伏鸳鸯卵，与人
驯狎，不惊畏。老禅延恩长老法安师怀道遁世，虽与慧林本、法云
秀同师，颇以讨饭养千百闲汉为笑也。清公少时盖依之数年，尝教
诲道俗云："万事随缘，是安乐法。"清公云："如安禅师，心无简
择，可爱可钦。"舟中晴暖，闲弄笔墨，为太和释智兴书。②

随意点染，笔触精到。

又《题崔白画风竹上鹁鸪》：

　　风枝调调，鹁鸪翛翛，迁枝未安，何有于巢。崔生丹墨，盗造
物机。后有识者，恨不同时。③

《跋画山水图》：

　　江山寥落，居然有万里势。老夫发白矣，对此使人慨然。古之
得道者，以为逃空虚无人之境，见似之者而喜矣。既自以心为形

---

①　《黄庭坚全集》正集卷二十六，第674页。
②　《黄庭坚全集》正集卷二十五，第664页。
③　《黄庭坚全集》正集卷二十七，第735页。

役，奚惆怅而独悲？会当摩挲双井岩间苔石，告以此意。①

《跋仁上座橘洲图》：

　　会稽仁上座作《橘洲图》，余方自尘埃中来，观此已有余清。然古人作画，若不作小李将军真山真水，草木、楼台、人物皆令如本，则须若荆浩、关同、李成，木石瘦硬，烟云远近，一以色取之，乃为毕其能事。②

《题惠崇九鹿图》：

　　惠崇与宝觉同出于长沙，而觉妙于生物之情态，优于崇。至崇得意于荒寒平远，亦翰墨之秀也。③

《题燕文贵山水》：

　　《风雨图》本出于李成，超轶不可及也。近世郭熙时得一笔，亦自难得。④

《题陈自然画》：

　　水意欲远，凫鸭闲暇，芦苇风霜中，犹有能自持者乎。观李营丘六幅《骤雨图》，偶得此意。陈君以佛画名京师，戏作《秋水寒禽》，便可观，因书以遗之。⑤

　　诸篇既臻妙趣，复契文理。笔致精粹，饶富诗意。

---

①　《黄庭坚全集》，第 736 页。
②　同上书，第 736—737 页。
③　同上书，第 737 页。
④　《黄庭坚全集》正集卷二十七，第 737 页。
⑤　《黄庭坚全集》，第 738 页。

综观黄庭坚散文，内蕴丰富，长短不拘，章法灵活多样，有谨严系统的谈艺论道之作，亦有灵机触动的随意挥洒，皆是诗人性情的自然抒写。黄庭坚是理性、内敛的宋型文化的典型代表，其散文创作表现出深厚的学养和浓郁的人文色彩，文字表达不刻意求奇，而出之以平易自然，与宋代主流文风相一致。理趣、人格和情味是达成其散文之艺术美的核心质素，共同融会成冲淡、超迈而又醇美的艺术世界，平淡而山高水深。

二　秦观的散文创作

秦观《淮海集》中的散文创作，如策论、序记、铭体文等，计有两百余篇，对其创作成就与特色，苏轼与同门诗友都评价很高。如苏轼《辨贾易弹奏待罪劄子》言其文章"词采绚发，议论锋起"[1]，黄庭坚在《与秦少章觐书》中说"至于议论文字，今日乃当付之少游及晁、张、无己"[2]，在《与王观复书》中说"文章盖自建安以来，好作奇语，故其气象衰薾，其病至今尤在。唯陈伯玉、韩退之、李习之，近世欧阳永叔、王介甫、苏子瞻、秦少游，乃无此病耳"[3]，将秦观之文与前贤并论，陈师道《答李端叔书》称"少游之文，过仆数等"[4]，如此，皆可见秦观文章在历史上的地位。

（一）秦观的策论

综合前人的看法，以及《宋史》本传对其"长于议论，文丽而思深"[5] 的断语，可见，议论是秦观散文最突出的特色，这方面有代表性的作品是他为参加科举考试而精心结撰的五十篇策论，以下就其策论展开分析。

关于秦观的策论，黄庭坚评曰："少游五十策，其言明且清。笔墨

---

① 《苏轼文集》卷三十三，第935—937页。
② 《黄庭坚全集》正集卷十九，第483页。
③ 《黄庭坚全集》正集卷十八，第471页。
④ 《后山居士文集》，《全宋文》卷二六六四，第281页。
⑤ 见（元）脱脱等撰：《宋史》卷四四四，列传第二百三，文苑六，中华书局1977年版，第13113页。参见《淮海集笺注·附录二·宋史秦观传》，《淮海集笺注》，第1755—1756页。

深关键，开阖见日星，陈友评斯文，如钟磬鼓笙。"① 明张綖嘉靖鄂州刻《淮海集·秦少游先生淮海集序》："至于灼见一代之利害，建事揆策，与贾谊、陆贽争长；沉味幽玄，博参诸子之精蕴；雄篇大笔，宛然古作者之风。"②

秦观策论是为应制科举而作，有着明确的写作目的与政治关怀，表现出严谨而成熟的写作方式。其特色之一在洞察时政，立意出新。

策论是制科考试的主要文体，"先论者，盖欲探其博学；后策者，又欲观其才用。"③ 秦观五十篇策论是为准备制科考试而作，如其《与苏公先生简·其四》所言："尽取今人所谓时文者读之，意谓亦不甚难及，试就其体作数首，辄有见推可者，因以应书，遂亦蒙见录，今复加工如求应举时矣。"④

为切合制科考试的目的，秦观策论写作之第一要务在展现自身的识见和才学。进策论政化得失，显其对时务的应变能力；进论评历史人物，见其学识和史识。考其大略，可注意者三：其一，对时务所表现出的政治热情和参政意识。举凡官制、法律、财政、用兵等，皆自抒己见，见其洞察时政的能力，且就敏感议题发表看法，表明态度。秦观作为苏门弟子，原其政见观点，有承苏轼而来者，亦有其自得者。⑤ 如其《朋党》篇承欧阳修《朋党论》与苏轼《续欧阳子朋党论》而来，力陈党争之害，主张人主应"不务嫉朋党，务辨邪正而已"⑥，且于党人、朋党之名，应辨名实，方有利于政事之兴。同是针对党争问题，《任臣》上篇讲不避嫌疑，唯贤是进，唯当与否；下篇讲对谏诤之臣应取大节而略小过，"何至空台省而逐之"⑦，实是有感而发。再如针对差役法和免役法之争，秦观《论议》上篇主张各取其长，其观点与苏轼有一致之处。其他如《官制》下篇痛陈寄禄格之弊，可谓决弊精；《财

①　黄庭坚：《晚泊长沙示秦处度湛范元实温用寄明略和父》（其五），见《黄庭坚全集》正集卷第三，第70页。参见《淮海集笺注》，第500页。

②　《淮海集笺注》，第1775页。

③　（清）徐松辑：《宋会要辑稿·选举》一一之一，中华书局1957年版。

④　《淮海集笺注》卷三十，第991页。

⑤　朱刚：《论秦观贤良进策》，《新宋学》第一辑，上海辞书出版社2001年版。

⑥　《淮海集笺注》卷十三，第539页。

⑦　同上书，第535页。

用》论理财之道与理财之术，说理透辟；《将帅》《兵法》《盗贼》《边防》等都是针对边防、用兵之事一抒己见，如是种种，皆可见其高度的政治关怀和热切的用世之心。苏轼即肯定秦观策论中论兵及盗贼等数篇"卓然有可用之实者"①，非纸上谈兵也。

其二，别出新意，善为翻案文章。应制文章重在技巧，立意新颖，不同旧说，翻新出奇，自是引人注目，而旁征博引，自圆其说，尤为难得。这方面苏轼乃个中高手，秦观亦踵武其后。② 如二人策论中皆存《晁错论》一篇，苏论重在探晁错取祸之原，秦论重在评袁盎之策的决定作用，二论皆不拘成说，且都言之成理。秦论中这类文章不乏佳篇，如《张安世论》议张安世并非"匿名迹远权势"之人，《司马迁论》不同意班固"是非皆谬于圣人"之说，《诸葛亮论》论诸葛亮不足以兴礼乐，《鲁肃论》肯定鲁肃借荆州与刘备对东吴局势的作用，等等。虽则喜做翻案文章自是制科人习气，所谓目的决定形式，然秦论之翻案不似苏论之常蹈虚踏空，将无作有，而有其理路可寻，于此，亦可见其价值观和价值判断。

其三，强调用人的重要性。如其《主术》《任臣》《朋党》《人材》《法律》《论议》《官制》《将帅》《奇兵》《辩士》《谋主》《盗贼》《边防》诸篇，皆不同程度、不同角度地涉及用人问题，占其进策篇幅大半，可见其关注程度。而就其涉及政治生活的各个层面而言，亦可见其思考的广度和深度。其中《人材》篇说明其人材观念，将人材分为成材、奇材、散材、不材四类，并分析各类人材的特征和任用之道，富于创见。《辩士》一篇分析用兵奇变之中，辩士握胜败之机，说明辩士对用兵的重要。说理详赡，极富鼓动性。通观秦观策论，其用人观、人材观自成完整系统，洞见古今，不仅切合应制目的，于今亦有史鉴意义。

秦观策论特色之二在章法严谨，叙次井然。

秦观曾向苏轼请教应制文章之事，苏轼曰："但如公《上吕申公书》足矣。"汪应辰记吕本中评秦观策论"尤可为后人楷模者，盖篇皆

---

① 《答秦太虚七首·其四》，引自《秦观资料汇编》，第 8 页。参见《苏轼文集》卷五十二，第 1536 页。

② 参见孙立尧《宋代史论研究》。氏著论及宋代史论文学化表现之一为好发奇论，立意与前人相反，与宋人之怀疑精神相关。孙立尧《宋代史论研究》，中华书局 2009 年版。

有首尾，无一字乱说。如人相见，接引应对茶汤之类，自有次序，不可或先或后也"。① 江西诗派极重文章法度、经营布置，联系前述黄庭坚评秦观策论之言，所谓"笔墨深关键，开阖见日星"，可见秦观策论在文章做法上悉有法度可观，亦其可议之处。

就整体性而言，少游五十篇策论以序篇提挈各篇主旨精神，二十九篇进策讨论时政问题，展现能力，二十篇进论评述历史人物，见其博学。进策通常先陈述治国行政的基本原则，再联系现实说明己见；进论之人物史论则与之对应，以史例、史证深化、强化其观点。略言之，进策《国论》开宗明义，讨论国是，以下分出《主术》《治势》《安都》《财用》《用兵》诸篇，又以《主术》分出《人材》《朋党》《任臣》诸篇，以《治势》分出《法律》《论议》《官制》，《用兵》于用人方面分出《将帅》《辩士》《谋主》，于兵法分出《奇兵》《兵法》，于具体事务分出《盗贼》《边防》几篇，具体而完整的表述其政治观点，亦可见其系统性和完整性。而史论部分，《晁错论》《袁绍论》《鲁肃论》《李泌论》分别对应《谋主》篇，《石庆论》《张安世论》《诸葛亮论》《王朴论》对应《人材》篇，《李陵论》对应《奇兵》《兵法》篇，《李固论》《王导论》对应《任臣》篇，《陈寔论》《白敏中论》对应《朋党》篇等，由此进策和进论彼此关联照应，相互发明，而成一结构紧密、条贯清晰、完整浑成的统一体。

就具体章法而言，秦观策论在结构安排上尤其讲究铺叙次第、抑扬开合，其纲目、关键都能见出作者用心之处，可称得上章法严密，叙次井然。② 如邢和叔评少游之文"子之文铢两不差，非秤上秤来，乃等子上等来也"③。

---

① 参见（宋）马端临《文献通考》卷二三七《经籍考六十四·别集类》："玉山汪氏曰：'居仁吕公云：秦少游应制科，问东坡文字科组，坡曰：但如公《上吕申公书》足矣……'"（宋）马端临撰，上海师范大学古籍研究所、华东师范大学古籍研究所点校：《文献通考》，中华书局2011年版，第10册，第6450页。又见《淮海集笺注》卷十二注引《文献通考》，第500页。

② 参见朱刚《论秦观贤良进策》分析秦观进策立论机杼，皆化单为双为多，分其端绪，寻其比对，其结构之巧，本于立说之巧。

③ 李廌：《师友谈记》，引自《秦观资料汇编》，第39页。参见《师友谈记·曲洧旧闻·西塘集耆旧续闻》，中华书局2002年版，第16页。

如其《石庆论》即为讲究法度之美的范例。其文旨在分析石庆以鄙人之质终其相位的原因。首段开题，讲到汉武帝在位之时势，点出大臣皆不保，而独公孙弘、石庆全其位的特例及其各自的缘由，而石庆比公孙弘又不足，指出事势相激而然，截断有力。第二段重心在以阴阳之说来类比君臣关系，分析君强臣弱与君弱臣强两种情形。汉武即位之初，受田蚡之制，乃"阴盛而僭阳"。汉武"隐忍不发"。田蚡之后，汉武尽收权柄，"大臣取充位而已"，"稍不如意则痛法绳之"。"阳盛而偪阴"之时，"刻制之功亏"，"虽有豪杰"，亦不得而用，虽用而不得其终。君强臣弱，"事势相激"，"用之而终者"，唯"鄙人"而已。[①]信乎斯言！第三段引用《汉书》材料具体叙说石庆之见容于汉武，全在其人之鄙，点明石庆全位的特例与田蚡的关系。讲完石庆之后，又不忘点出公孙弘在位之表现，其曲意揣摩恭顺上意乃是全位之关键，由此补充了首段讲公孙弘"以经术取相"、以"文法吏事"全位的另一面，使这一历史人物的细节更为全面，可谓照顾周到。其曰："弘与庆为人不同，其所以获免者一也。"[②] 笔锋犀利，一语道破。末段概括汉武威掌权柄，大臣多以罪诛之势，充位者类多鄙人如石庆者，君强臣弱，一众偃伏，特见汲黯抗节死义之耿介不易。文末感叹汲黯真豪杰之士，笔带感情，发人深思。此文笔法老到，气势纵横，运单行之气，一笔双写，讲石庆又讲公孙弘，对举成文，于对比中，同中见异，异中见同。于大是大非之下，褒扬节义，可见出作者的人品和史识。章法周密，前后贯通，笔笔有照应，笔笔不落空，前伏后续，滴水不漏。出语痛快，沉着有力，论证严密，法度谨严。

其后的《张安世论》可与《石庆论》参看，互相发明。石庆在史传中已定评为"鄙人"，少游之论乃是就此而展开立论。张安世则不然。《汉书》本传称其"匿名迹，远权势"，少游不同意这一论断，行文就此展开驳论。首段就摆明观点："以臣观之，安世亦具臣耳，贤则未也。"[③] 随之就臣子之品性界定说明之，何为大臣，何为具臣，何为

---

① 《淮海集笺注》卷十九，第685页。
② 同上书，第686页。
③ 同上书，第689页。

奸臣，皆由臣子在进贤退不肖的大关大节的把握来判断。第二段顺承而引安世之史料来支撑其为具臣的观点。详述之后，以"臣故曰：'安世亦具臣矣，贤则未也。'"① 重申己见，以此来截断此段，顿挫有力。第三段引伊尹相汤、周公相周之典实，就"阿衡""太宰"之名探讨名实之关系，深入比较伊尹、周公事其君与张安世之远权势，二者之异同，见出异中之同，断言"其于有心则同也"②，可为独具只眼。第四段再引叔向祁奚事、范滂霍谞事、管仲伯氏事、诸葛亮廖立李平事，从好贤、嫉恶两方面，说明作者心目中真正的匿名迹、远权势的范例，其理想境界就是"名迹之或匿或见，权势之或远或近，皆可以两忘矣"③。第五段引山涛例收煞全文。山涛刻意不予人知自己进贤进善之举，在王通不以"仁"而以"密"评之，并非真正的遗忘名迹权势。少游引王通之言，通之不与山涛，少游之不予安世也，对举并行，结尾留有余味，意味深长。全文对比了张安世与伊、周、叔向、范滂、管仲、诸葛亮、山涛等史例之后，少游的名利观、大臣观也就卓然可见、呼之欲出了。

　　与此相类，秦观策论行文皆结构完整，段落层次上巧为安排，悉心布置，务求匀称均衡，立论、引据、归结各个步骤纹丝不乱，确乎"铢两不差"，"等子上等来也"。

　　秦观策论特色之三在考论得失，论证充分。

　　策论务求说理明白，说服对方接受自己观点，故而讲究说理方式是一大要义。综观秦观策论，他常用的说理方式大略有例证法、类比法、演绎法、归纳法等，以佐论述，以达初衷。

　　为了"考论当今之得失"，秦观策论主要采用以史鉴今的例证法，以前世之盛衰为当局提供历史借鉴。据粗略统计，秦观五十篇策论引用经传子史材料达一千一百多条，④ 其中引用《史记》《汉书》《后汉书》《唐书》的材料约占总条目的半数，可见其博学多识，亦可视为应试的

---

① 《淮海集笺注》卷十九，第 690 页。
② 同上。
③ 同上书，第 691 页。
④ 参见周义敢《试谈秦观的策论》，《秦少游研究论丛》，广西人民出版社 1989 年版，第 129 页。

充分准备。① 如《主术》篇为了阐明人主之术在于能任政事之臣与议论之臣的观点，既举汉成帝宠信王凤、唐明皇专任李林甫之例，说明单用政事之臣之弊，又举汉武帝重用严助、朱买臣、唐德宗专信李齐运、裴延龄之例，揭示单用议论之臣之害，令人心悦诚服。他在策论中反复评述汉末党锢之祸和唐末牛李党争，也是有感于元祐党争，希望朝廷能够吸取前代教训。秦观策论纵横驰骋，包容古今，词采绚发，得力于他对史籍的全面深入的研究，为他的论述提供了充分的例证。

秦观策论善于运用类比法，善于正比、反比，正说、反说，来增强文章的说服力，以打动人心。《治势》上篇讲治术与形势之关系，文中说："天下有强势，吾则有宽术。天下有弱势，吾则有猛术。"② 就治术之宽猛与强弱之形势，对比展开论述。下篇则分述仁宗之宽术、神宗之猛术，对比说明当今宜用中和之治。《奇兵》篇论用兵之出奇制胜，先列举天地万物之奇来类比用兵之奇。如骥、卢等"畜之奇"，鹰、虎等"禽兽之奇"，天雄、堇葛之"药之奇"，繁弱、忘归等"弓矢之奇"，鹱鹈、莫邪等"刀剑之奇"，乃至"山海之奇"，"天地之奇"，由此引出"用兵之奇"③。对此行文，徐渭评之曰："笔端奇横，是古今文中利器。"④《王俭论》论王俭自况谢安为非，以谢安事业、志趣与王俭比勘，以陶渊明之高节来对比王俭之为人，此为反比。《韩愈论》以韩文为"集大成"之文，以杜诗为"集大成"之诗，相提并论，此为正比。秦观策论常常从正面展开论述，如《陈寔论》以陈寔诎身应世为是，此为正说。此外，他又采用反证法，从反面论述，以达到论证目的。如《鲁肃论》以鲁肃借荆州给刘备为善策，设想不借可能导致的不利后果，反证借为善策。此为反说。

此外，秦观策论也常常采用演绎法、归纳法来展开论述。如其《治势》《朋党》《法律》《官制》《财用》等篇，都是上篇讲原理，下篇讲现实，从具体到抽象，从一般到个别，演绎论证其观点。而在具体

---

① 《精骑集序》说到自己对史料的整理，可资参照。《淮海集笺注》后集卷六，第1546页。

② 《淮海集笺注》卷十二，第512页。

③ 《淮海集笺注》卷十六，第614页。

④ 《淮海集笺注》引，第619页。

引证论述现实问题时，常常是先分而论之，再归纳总结。如其《国论》篇分举史例以论证"太上忘言""其次有言""其下不及言"三种，再归纳到今宜"有言"。秦观在具体阐述观点时，常常是演绎、归纳、类比、直陈等综合运用的，这样也使得行文富于变化，摇曳生姿。

秦观策论特色之四在文情顿挫，明切晓畅。

秦观策论以识见立主干，章法严密，说理方式灵活多样，于创作艺术还讲求文气之美。其行文张弛有度，抑扬结合，于字句之间，文之呼吸顿挫可感。所谓"主之以理，张之以气，束之以法"①。文势一气鼓荡，在章法的管束下，共同形成一种结构的张力，予人以激荡人心的艺术美感。

如其《晁错论》论点在肯定汉斩晁错乃破七国之兵的关键，论证是以胜败之机系于理之曲直的逻辑关系的分析来支撑其观点。首段先以短句带出长句，起势较平，内里则一破一立，反驳长久以来的定见，即"以汉用袁盎之谋斩晁错以谢天下为非是"，肯定汉之作为，亮出观点，于平起中蓄势，令文气有不可移易之势。再以"何则?"问句带出下文，接续文气，随之引用晋之退师三舍的史例来解说胜败之机系于理之曲直。这一串短句引证分析，简捷明快有力，文气在起势平缓之后一变为迫急，令文章节奏变化鲜明，有移人之功。第二段解说晁错主削地予吴王起兵口实之本事，分析汉与诸侯之争的理之曲直。诸侯之地乃高祖所封，虽吴王有不臣之心，然用错计擿过削地，确于理不合，属诸侯直而汉曲。而当汉斩错而七国兵不罢，则其逆节暴露，诸侯曲而汉直，分析入情入理，条畅明快。其后又间入袁盎进言斩错与盎错之嫌隙的背景，就开篇的驳论而分析事理，导入楼缓之言，则是非明辨，一目了然。这一段文气在畅快淋漓中又见细致曲折，有顿挫之美。第三段假设汉不斩晁错的后果，以"然则"设问，令文气再次转折，以"七国之兵未易破也"引入唐安禄山事，两相对照，比较事理之异同，以明皇反鉴汉景，则见出斩错之举实属必然。此段以相似语句确定首尾，自设问答论证观点，构成一个完整的封闭结构，文气贯通，神完气足。文章

---

① (宋)吴子良:《荆溪林下偶谈》，王水照编《历代文话》第一册，复旦大学出版社2007年版，第558页。

到第四段又翻出波澜，文意再转入一层，层转层深，假设哥舒翰用兵以诛君侧，非但不能破贼，适足以危身。结论斩国忠以破禄山，事非明皇不可为也，申论到此，再无疑义。统观全文，《晁错论》在文气运转上，常以短句带领长句，对举成文，文气舒徐中又有疾行，富于变化。又或以领字、一词句统帅多词句，一气贯注，间有短句贯穿，有如长波之中又间微澜，极具声色之美。文中常以接续词"虽然""然则""或曰"等关联上下文句，勾连文气，贯通意脉，又以反诘句、问答句使文气曲折跌宕。又以对比手法，比照汉唐史事，互相发明，使文意层次更加丰富，耐人寻思。又多用虚词传达语气和情感，动人心神。又于段落中以相似文句从不同角度反复申义，强调观点，也强化文章的气势。所谓"张之以气，束之以法"，文气和章法互相作用，互相生发，章法上以史事对照呼应，文气则贯通无碍。明徐渭评此论曰："以忠形错，复以错形忠，两案于一论发之，可谓余勇贯革。"①

文气关乎文情，前人有言："无情之人未有能工于文也。"②"无情之辞，外强中干。"③少游策论，其写作有明确的目的性，即为执政者提供施政参考建议，所阐发的事理，所引证的史例皆有为而发，有感而发，有鲜明的现实针对性，其感情表达都是"即事以寓情"④，于说理引证、褒贬人物之中自然披露，文气充盈，感情充沛，千载之下读之，其人如在目前。

如其二十篇人物史论，不拘成说，自出机杼，对人对事有褒有贬，或于抑扬中有保留，或于臧否人物中传达出鲜明的情感倾向，为文字注入勃勃生气。褒扬如其《司马迁论》《李固论》《陈寔论》《鲁肃论》《韩愈论》《李泌论》《王朴论》，贬抑如其《韦玄成论》《石庆论》《张安世论》《袁绍论》《臧洪论》《崔浩论》《王俭论》《白敏中论》《李训论》，于褒贬中有保留有惋惜者，如其《李陵论》《诸葛亮论》

---

① 《淮海集笺注》引，第 679 页。

② （清）王琦：《王石和文·文情》，丛书集成续编本。

③ （清）黄宗羲：《李呆堂先生墓志铭》，黄宗羲：《南雷文定·前集》卷七，见国家清史编纂委员会·文献丛刊《清代诗文集汇编》三三，上海古籍出版社 2010 年版。

④ （清）刘大櫆：《论文偶记》："理不可以直指也，故即物以明理；情不可以显出也，故即事以寓情。"见《历代文话》第四册，第 4117 页。

《王导论》等，都是笔带锋芒，感情披露，或激越，或内敛，或叹赏，或嘲弄，或贬斥，或惋惜，无不真切动人。

综观少游策论的抒情方式，最常用的大略有三。其一，即事以寓情，于阐说事理时，情感随之表露。如《陈寔论》肯定陈寔诎身以应宦者，因时救弊，进而涉及汉末士大夫制行与党锢之祸的关系，作者对史事的反思与喟叹于字里言外都可以感知。其二，善于应用对比手法，强化论证效果，突出情感表达。如《袁绍论》论及袁绍杀士取祸，一面极写袁绍当年的豪杰气概，极言其“威震河朔，名重天下，不可谓非一时之杰也”，随即陡转，折入袁绍之败，曰：“然杀一田丰遂至于此”，之后的结论“则天下之祸，其有大于杀士者乎？”① 就特别令人警醒。故此，以强烈的对比效果，令文气转折、峻峭，感情力度饱满，笔力千钧。其三，善于应用感叹句、反问句及虚词来强化情感表达。观少游策论，遇感慨处便精神，如《袁绍论》比较了刘邦和袁绍于战败之后对士的不同态度，前者封侯，后者杀士，随之感叹曰：“呜呼，人之度量相远，一至于此哉！”② 又《崔浩论》讨论有道之士与有才之士，不同意崔浩自比张良之见，比较二人作为之后，一则感叹“浩曾不如荀、贾明矣，何敢望子房乎？”再则感叹并结语说：“呜呼，岂欲为子房而不知所以为子房者欤？”③ 笔法吞吐抑扬，文气舒徐朗畅，神采动人。

“体不备不可以为成人，辞不足不可以为成文。”④ 刘熙载说：“文不外理、法、辞、气。理取正而精，法取密而通，辞取雅而切，气取清而厚。”⑤ 观少游策论，其遣词造语，的确称得上“雅而切”。制策为说服人主，语言以平易为宜，故而少游策论在语言风格上呈现出晓畅平易、深入浅出、典雅明切、优美可诵的总体特色。少游有意识地学习《史记》《汉书》笔法，于陈说事理时，融合叙述、描摹、议论等多种手法，以排比句式广征博引，铺张扬厉，强化文章气势，又善用比喻、

---

① 《淮海集笺注》卷二十一，第 715 页。
② 同上。
③ 同上书，第 737 页。
④ 韩愈：《答尉迟生书》，《韩昌黎文集校注》，第 145 页。
⑤ 刘熙载：《艺概·经义概》，《艺概注稿》，刘熙载撰，袁津琥校注，中华书局 2009 年版，第 862 页。

故事说理，引物连类，语言雄辩，说理透彻，而文采斐然。

秦观《通事说》云："文以说理为上，序事为次。古人皆备而有之。后世知说理者，或失于略事；而善序事者，或失于悖理，皆过也。盖能说理者，始可以通经；善序事者，始可以修史。"① 他的策论在说理和序事方面都达到了相当水准，可称文章轨范。而其他文体，如题跋、序记、书简等，也都有其特色，或简约有致，或浩瀚流衍，或用思刻深，皆自得笔妙。

（二）秦观的书简

书简是为交流、沟通之用，其功能不外记事、说理、抒情几种。然正因其目的、功能，故此文体特能展现作者个性。秦观与师友的书简，其数量在文集中所占比重不大，所系对象凡九人计十五简，然因其思想深刻、情味深永、文字省净，风致不俗，尤具美感，特为一说。

1. 内容

（1）对师友文学创作、个人成就的评价

秦观书简中表现出对师友的个人特质的深刻理解，和对其成就的精准论断，眼光独到。如其《答傅彬老简》表达对苏轼、苏辙之道的看法，不同常轨，超然流俗之上。彬老将自己给苏轼的书简和题跋转呈秦观交流，秦观对彬老的评价有保留，故答简以商榷之。他说：

> ……阁下谓蜀之锦绮妙绝天下，苏氏蜀人，其于组丽也独得之于天，故其文章如锦绮焉。其说信美矣，然非所以称苏氏也。苏氏之道，最深于性命自得之际；其次则器足以任重，识足以致远。至于议论文章，乃其与世周旋，至粗者也。阁下论苏氏而其说止于文章，意欲尊苏氏，适卑之耳。阁下又谓三苏之中，所愿学者，登州为最优。于此尤非也。老苏先生，仆不及识其人；今中书、补阙二公则仆尝身事之矣。中书之道如日月星辰经纬天地，有生之类皆知仰其高明。补阙则不然，其道如元气行于混沦之中，万物由之而不知也。故中书尝自谓"吾不及子由"，仆窃以为知言。阁下试赢数日之粮，谒二公于京师；不然，取其所著之书，熟读而精思之，以

① 《淮海集笺注》后集卷六，第 1515 页。

想见其人。然后知吾言之不谬也。……①

秦观不同意彬老以"文章美如锦绮妙绝天下"来界定苏轼之成就，转而以道德为本，说苏子之精深于道，正在其"性命自得"，浑融无际，自成一体，以此根柢养其器识，方承大任而致远，文章之美则是道之粗者末者。秦观又比较苏轼苏辙之道的差异，认为苏轼之道光被万物，有生皆见；苏辙之道则浑朴内蕴，"万物由之而不知"。并引苏轼之言以佐证。见解独到。

秦观在与师友的书简中多次表达对黄庭坚其人其文的赞美，如《与苏先生简》（其四）中说："黄鲁直去年过此，出所为文，尤非昔时所见，其为人亦称，是真所谓豪杰间出之士也！但恨去速，不得与之从容。"②《与李德叟简》中说："鲁直过此为留两日，虽匆遽不尽所怀，然有益于人多矣。其《敝帚》《焦尾》两编，文章高古，邈然有二汉之风。今时交游中以文墨自业者，未见其比。所谓珠玉在旁，觉人形秽，信此言也。"③ 又《与参寥大师简》云："黄鲁直近从此赴太和令，来相访，为留两日，得渠新诗一编，高古妙绝，吾属未有其比。仆顷不自揆，妄欲与之后先而驱，今乃知不及远甚。其为人亦放此，盖江南第一等人物也。黄诗未有力尽翻去，且录数篇，尝一脔足知一鼎味也。又为仆手写两记，今封去，如辩才无择要入石，便可用此模勒。仆自病起，每把笔如雠，不知何谓。得此公为我书，殊增气也。其字差瘦，更为润色，开时令尽墨为妙，中间更未安及不是处，但请就改之。若开得成，嘱二师各寄数本。"④

诸简皆誉庭坚为"豪杰间出之士"、"江南第一等人物"，文章"高古妙绝"，"邈然有二汉之风"，颂美毫无保留，词意真挚。

又有《与黄鲁直简》表追慕之意，抒情细致入微，真切动人。

（2）说师友交往，表师友情谊

秦观文集现存有与苏轼书简五封，系年自元丰元年至元丰四年

① 《淮海集笺注》卷三十，第981—982页。
② 《淮海集笺注》，第992页。
③ 同上书，第1004—1005页。
④ 同上书，第1010—1012页。

（1078 年—1081 年），分说人事交往，表达对苏轼的尊仰之情，并自舒心曲，兼及写作文事。

《与苏先生简》其一云：

> 比参寥至，奉十二月十二日所赐教，慰诲勤至，殆如服役，把玩弥日，如晤玉音，释然不知穷困憔悴之去也。即日伏惟尊候，动止万福。某鄙陋不能脂韦婉挛，乖世俗之所好。比迫于衣食，强勉万一之遇，而寸长尺短，各有所施，凿圆枘方，卒以不合。亲戚游旧，无不悯其愚而笑。此亦理之必然，无足叹者。殆以再世偏亲皆垂白，而田园之入，殆不足奉裘葛、供饘粥。犬马之情，不能无悒悒尔。然亦命也，又将奚尤？惟先生不弃，而时赐之以书，使有以自慰。幸甚，幸甚！①

此简意在自舒与世不合之悒郁，感激苏轼知遇、眷爱之情。

其二云：

> 顷蒙不间鄙陋，令赋《黄楼》，自度不足以发扬壮观之万一，且迫于科举，以故承命经营，弥久不献。比缘杜门多暇，念嘉命不可以虚辱，辄冒不逮，撰成缮写呈上。词意芜迫，无足观览，比之途歌野语，解颜一笑可也。又多不详被水时事，恐有谬误并太鄙恶处，皆望就垂改窜，庶几观者不至诋诃，以重门下之辱。素纸一轴，敢冀醉后挥扫近文并《芙蓉城》诗，时得把玩，以慰驰情。幸甚，幸甚！②

此简说承师命作《黄楼赋》之事。文情因缘叙说清楚。

其三曰：

> 某比侍亲如故，敝庐数间，足以庇风雨。薄田百亩，虽不能尽

---

① 《淮海集笺注》，第 984—985 页。

② 同上书，第 986—987 页。

充饘粥丝麻，若无横事，亦可给十七。家贫素无书，而亲戚时肯见借，亦足讽诵。深居简出，几不与世人相通。老母家人，见其如此。又得先生所赐诗书，称借过当；副之药物，亦可以澣所败辱为不朽矣。

参寥时一见过，他客既以奔军见弃，又不与之往还，因此遂绝。颇得专意读书，学作文字。性虽甚愚戆，亦时有所发明，差胜前时汩汩中也。《懋诚集引》寻已付邵君刻石毕，寄上次《黄楼赋》，比以重违尊命，率然为之，不意过有爱怜，将刻之石，又得南都著作所赋，但深愧畏也。

文与可学士尚未至，如过此，当同参寥往见矣。……①

此简自陈近况，又说《懋诚集引》《黄楼赋》刻石事，兼及参寥、文同人事往还。笔带感情又有节制，以见学养。

其他如《与苏黄州简》《与苏子由著作简》《与黄鲁直简》《与孙莘老学士简》《与参寥大师简》等皆可见出秦观与师友交谊的细节与情意。

（3）说生活状态、人世沧桑，展现个性

书信乃截取作者一段时间的生活状态，以细节还原其生活场景，并以交换对看场景的方式，达成交流信息、情感的目的。

秦观书简中对其生活场景的细节呈现，令读者对其生存空间以及植根于此土壤的作者个性有更深刻的理解。

如《与孙莘老学士简》说到疾病：

某自入夏得中暑疾，去之不时，至秋遂大作，伏枕余月。今虽少间，而疲顿非常，气息仅属，人事殆废。起居之问，旷然不进于下尘，职此之故。前书闻姨婆县君服药甚久，徐氏弟兄及妻子皆忧挠不知所为，近闻得僧法宾者调治已平，可胜忻慰！南方险远，风气固非人所安；然丈丈行已二年，北归之期甚近，更善调护数月，

---

① 《淮海集笺注》，第988—989页。

即达中州矣。……①

《与参寥大师简》说到疾病与死亡：

> ……仆自去年还家，人事扰扰，所往还者，惟黄子理、子思家兄弟。子思又已分居，困于俗事。彦瞻每行县，辄得数日从游。此外但杜门块处而已，甚无佳兴。至秋得伤寒病甚重，食不下咽者七日。汗后月余食粥，畏风如见俗人。事事俱废，皆缘此也。……
>
> 蔡彦规已卒关中，今归葬山阳，可伤！朋友彫落如此，独有仆数人朴钝落魄者无恙，又多病少佳意，人世良可悲耳！……②

其情哀恳。

又《与苏子由著作简》写与世乖忤、落拓不羁之情，其一云："某受性庸昧，与世异驰。昨迫于衣食，强出应书，侥倖万一之遇，既而摈弃，乃理之当然，无足道者。顾亲已老，田园之入，殆不足以给朝夕之养。犬马之情，不能无堙郁耳！此外亦复何恨？惟先生不弃，时教之以书，使无聊之中，有以自慰。"其二云："某再拜，不肖之迹，虽复为世所弃，而杜门谢客，颇得专意读书，衡茅之下，有以自适。古语有之：'兰生幽谷，不为莫服而不芳。'某虽不敏，窃事斯语。"③。自舒怀抱，性情自显。

又《与邵彦瞻简》其一：

> 某顿首启：日月不相贷借，奉违未几，已复清明。缅惟还自诸邑，尊履胜常，钦企钦企。春色遂尔蔼然，草木鱼鸟，各有佳意。广陵多登临之美，临风把盏，所得故应不訾。古语有之：良辰、美景、赏心、乐事，四者难并。今又以风流从事，从文章太守，游淮海佳郡，岂不为七难并得乎？甚盛，甚盛！邑中少所还往，杜门忽

---

① 《淮海集笺注》，第997—998页。
② 同上书，第1010—1012页。
③ 同上书，第1002—1003页。

忽，无以自娱，但支枕独卧，追惟旧游而已。欲南去，属私故，未能伺舟，但增引悒，不宣。①

文情洒脱，流宕中又入沉悒，转折动人。

2. 行文风格

（1）叙琐事而文字不俗，有晋人风致

晋人风致在超拔流俗、简约玄澹，生活样貌经文字过滤删汰，存留性状、意态、风神。秦观书简在陈说生活细节、琐事时，颇具晋人流风余韵。如前述《与苏先生简》即是。

例第四简，先云：

去冬伏奉所赐教，旋又李献甫过此，甚得兴居之详，欣慰何可胜言！寻欲上状，而区区之情欲布于左右者，一日复一日，人事无间断，而自春已来尤复扰扰。家叔自会稽得替，便道取疾入京改官，令某侍大父还高邮，又安厝亡婶灵柩在扬州，且买地，趁今冬举葬。入夏又为诸弟辈学时文应举。而家叔至今虽已改官，尚滞京师未还。老幼夏间多疾病，更遇岁饥，聚族四十口，食不足，终日忽忽无聊赖。本欲作书详道，至今不果，甚可笑也。想公当悉此意矣。②

说家事不避琐细，万绪纷陈，慢慢说来，有如时序推移，舒缓自然。

后接以：

即日初寒，伏惟尊候万福。前得所赐书，承用道家方士之言，自冬至后，屏去人事，室居四十九日乃出。又李漕传到成都大慈《宝藏记》文，诵书读记，想见公超然逸举于形骸埃壒之外，虽欲从之，不可得也。辱诲谕，且令勉强科举。如某者，实无所有，岂

---

① 《淮海集笺注》，第995页。
② 同上书，第990—992页。

敢求异于时，但长年颇惭为儿女子所嗤笑耳。得公书，重以亲老之命，颇自摧折，不复如向来简慢。尽取今人所谓时文者读之，意谓亦不甚难及，试就其体作数首，辄有见推可者，因以应书，遂亦蒙见录，今复加工如求应举时矣。但恐南省所取又不同，傥只如此，恐十有一二可得也。前寄呈乱道，继亦作得十数篇，未敢附上。子骏以公言，顾遇甚厚，尝令作《扬州集序》，并辩才法师见嘱作《龙井记》、言师嘱作《雪斋记》，二记皆黄鲁直为书，已刻成，尚未寄到；今且录草去，因便却乞并此书转致高安先生处。幸甚，幸甚！①

从屏居养身，说到传诵苏文，想见苏公逸气。又说到从师命以应科举，心绪复杂，然必得整束精神以应对。因观摩时文策论，"意谓亦不甚难及"，故作数篇以呈。寥寥数语，微妙传神。后又一一说到作记作书诸事，周祥恭谨。

又云：

子骏以保任不当，罢去。莘老复固辞不来。此亦是无聊一事也。莘老云，有两书托公择寄去，不知曾有书去否？渠云："非求答，但欲知达否尔。"昨过此不多日，然相聚甚款，未尝无一日不数十次及公昆仲也。虽不求扬州，为公作黄楼主人，亦是吾党中一段佳事。某来岁东归时，庶几到徐见之也。

黄鲁直去年过此，出所为文，尤非昔时所见，其为人亦称，是真所谓豪杰间出之士也！但恨去速，不得与之从容。参寥在阿育王山琏老处极得所，比亦有书来，昨云已断吟诗，闻说后来已复破戒矣。……②

此简从家事说到作文，说到应举心事、观摩科考文章心态，又说到写《扬州集序》《龙井记》《雪斋记》并请黄庭坚为书并刻石诸事，又

---

① 《淮海集笺注》，第990—992页。
② 同上。

兼其他人事交往，虽头绪繁多，然事理分明，并有超拔之趣，颇饶风致。

（2）与致书对象有关，有意追摹对方文风

书简因其交际功能，文字表达有求同存异的倾向，情感有趋同之势，故行文风格会潜在的受到对象文风的影响。

如其《与苏子由著作简》二书，一则表感激眷顾之情，二则达献诗颂美之意，"文颇矜重"①，颇类子由之风。

又如其《与黄鲁直简》先说"每览《焦尾》《弊帚》两编，辄怅然终日，殆忘食事。昔人千里命驾，良有以也"。②又说庭坚作诗、书作之事：

> 昨扬州所寄书，中得《次韵莘老斗野亭》诗，殊妙绝，来者虽有作，不能过也。及辱手写《龙井》《雪斋》两记，字画尤清美，殆非鄙文所当，已寄钱塘僧摹勒入石矣。幸甚，幸甚！比又得真州所寄书及手写乐府《十月十三日泊江口》篇，讽味久之，窃已得公江上之趣矣。③

又讲李之仪、李公择过从之事，写相得之情，书不尽之意：

> 李端叔后公十数日，遂过此南如晋陵，为留两日。《斗野诗》《八音》《二十八舍歌》并公所寄诗皆和了，今录其副寄上。所要子由《金山诗》，并某所属和者，今奉寄。《八音歌》《次韵斗野亭》、黄子理《忆梅花诗》，凡四首，亦随以呈，聊发一笑耳。
>
> 皖口见公择李六，不知相从几多时，恨不同此集也。余岁就毕，杜门忽忽，殊无佳意。何时展晤，以尽所怀？④

一书说得诵文、和诗、赏墨、交往诸多事情，以问句传递情味，文

---

① 林纾：《林氏选评名家文集淮海集》评语，见《淮海集笺注》，第1004页。
② 《淮海集笺注》，第999—1000页。
③ 同上。
④ 同上。

字雅洁，情致醇厚，有庭坚小简之风①。

（3）笔致清简，转承自然，摹写入画，浓于深情

秦观书简长于说事，如其《与参寥大师简》，虽多头绪，然一一道来，条理分明，先说：

> 比蒙录示黄州书并跋尾，幸甚！观其词意，忧患固未足以干其中，愈令人畏服尔。仆所《题名》，此却无本，烦嘱聪师写一通相寄为望，仍并苏公跋尾。前所寄者，已为端叔强取去矣。
>
> 昨闻苏公就移滁州，然未知实耗；果然，甚易谋见也。盖此去滁才三程，公便可辍四明之游，来此偕往，瑯琊山水亦不减雪窦天童之胜。子由春间过此，相从两日，仆送至南埭而还，后亦未尝得书。渠在扬州淹留甚久，时仆值寒食上冢，故不得往从之耳。莘老寿安君竟不起，子实遂丁忧。远方罹此祸故，殊可伤也。传师已闻作司农簿，声闻籍甚，恐旦夕得一美除。公择近亦得书，说秋初尝至汤泉，到寄老庵见显之，恨不与吾侪同此乐。显之恐数日间来此，为十数日之会，今已到天长矣。②

又云：

> 李端叔在楚，音问不绝，比如毗陵，过此相见极欢。扬州太守鲜于大夫，蜀人，甚贤有文。仆颇为其延礼，有唱和诗数篇，今录一通去，当一笑也。项闻公不作诗，有一小诗奉戏，又已复破戒矣，可谓熟处难忘也。
>
> 聪师有书来要字序，仆近日无好意思，明年又应举，方欲就举子学时文，恐未有好言语。今但为渠取字曰"闻复"，盖取《楞严》所谓"闻复翳根除"者也。钱塘多文士，可求人为作，不必须仆也。③

---

① 参见林纾《林氏选评名家文集淮海集》评语："鲁直小简甚佳，此作亦有意追摹之。"见《淮海集笺注》，第1002页。

② 《淮海集笺注》，第1010—1012页。

③ 同上。

此简从师友交往说到各人生存状态，亲旧凋落，有愉悦，有悲感，有严整，有洒脱，十多则人事说得简练明晰，且过渡自然，文情畅达。

秦观书简又长于描写，如其《与李乐天简》记事记游，如小游记，笔触清丽而有情味。

书简文体以叙事抒怀为主，秦观情深之子，其书简传情达意，真切坦率，直透心底，诚挚动人。如其《与苏黄州简》：

> 某再拜。自闻被旨入都，远近惊传，莫知所谓，遂扁舟渡江。比至吴兴，见陈书记、钱主簿，具知本末之详。以先生之道，仰不愧天，俯不怍人，内不愧心，某虽至愚，亦知无足忧者。但虑道途顿撼、起居饮食之失常，是以西乡悯悯有儿女子之怀，殆不能自克也。比闻行李已达齐安，燕居僧坊，水饮蔬食，有以自适。然后私所念虑，一切俱亡，且知平时有望于先生者为不谬矣。彼区区所谓外物者，又何足为左右道哉！本欲便至齐安，属久离侍下，未可远适，问道或在秋杪也。惟亲近药饵方书，以节宣和气。临纸于悒，不尽所怀。①

短短二百多字，写惊闻巨变之后的心态、行动，从初时惊诧莫名、心潮涛涌到渐趋平复，然万忧结辑，无以尽言的状态，表现得清晰真切，感人至深。

（三）秦观的题跋

秦观文集中有题跋文十余篇，大体可分为人物事迹类和书画类题跋，前者可见其史家笔法，后者可见其智趣。

1. 人物类题跋

这类题跋有《书王蠋后事文》《录壮悯刘公遗事》《高无悔跋尾》《裴秀才跋尾》等篇，所记人物之共性在皆为特出不羁之才，倜傥而有奇气。作者在记人叙事时以史才、史识、史笔熔炼其间，传写人物精神，自具洞见。

所谓史才即是在人物的多面性中拮出其特质，把握其大端大节；在

---

① 《淮海集笺注》，第1006页。

纷纭无序的事相中显其本质趋向，总体观照和微观洞察并举。

如其《书王蠋后事文》是一则读史札记，旨在表彰王蠋以布衣之身，未食君禄，为国分忧，以身殉国之大节。以王蠋死节带出齐燕之战的走向，以见其对人心时局的影响。《录壮悯刘公遗事》记刘平与盗匪的三次遭遇，以显其骁勇善战、刚猛正气和清廉之风。联系刘平之为国死节之结局，可知其为人行事乃一以贯之。

《高无悔跋尾》记奇人高无悔勇略兼备，抱大才无所施，终老林泉之憾。《裴秀才跋尾》写裴秀才少年英气，然因科举屡试不第，遂绝意世事，专意怡养精神，发行藏出处、人生选择之浩叹。以上诸公皆循其本性，在历史中留下了自己的印记，而少游对诸公的文字记录，亦显其良史之才。

所谓史识则是对历史人物、事件的见解，作者秉承一定的历史观、价值观，将人与事置于特定的系统格局中定位、分析、比较、判断，在历史洪流中把握其本质，界定其地位、价值。

史笔是在写作层面记人记事，写人须传神生动，写事须要言不烦，脉理清晰，条贯分明。具备史才，方能兼有史识，而此二者须藉史笔呈现，定存于文字。

《裴秀才跋尾》之史识体现在对人生际遇、人生选择和人物心路的洞察。文章以裴氏显赫的家族史为背景，来突出裴秀才的现实境遇和人生选择，以历史的荣光对比现实的失落，纵向对比以强化历史感。此其一。又以裴秀才兄弟二人出处各异的不同遭际作横向对比，此其二。再联系东汉马援兄弟的不同人生选择和不同际遇，在历史的纵向空间里，与裴秀才兄弟作平列的互相对照，再次强化历史感。此其三。末以裴秀才的暮年之心回溯其少年之志，在个人的生命历程和走向中作纵向比较，此其四。四重对比之后，作者以写文一事将裴秀才兄弟、麻温、马援兄弟，和少游自己，串联一处，在历史进程和个体生命历程中，洞察内与外、个人品性与外部环境的关系，其史识不仅在于对个人选择、个体命运的观照，更在于对个人命运走向掩蔽之下的个体心灵的深刻体察。

如其文：

……元祐三年冬，君之弟朝散君通判蔡州，君自阳翟篮舆过之，逾月而去。将行，谓朝散君曰："吾绝意世间事久矣，比阅箧中故人书札，见麻温故郎中昔所赠诗，怃然感心，不能自已。闻秦少游方为此郡学官，愿因弟丐一言，庶几异时有知我者。"余闻而叹之。昔马援南征，谓官属曰："吾从弟少游，常哀吾慷慨多大志，曰：'士生一世，但取衣食裁足，乘下泽车，驭款段马，为郡掾吏，守坟墓，乡里称善人，斯可矣。致求赢余，但自苦耳。'当吾在浪泊、西里，虏未灭之时，下潦上雾，毒气薰蒸，仰视飞鸢，跕跕堕水中，卧念少游平生时语，何可得也？"

朝散君起家四十为郎，声闻籍甚，所谓功名富贵，盖未易量。而君赢老疾病，卧于衡茅之下，气息奄奄仅属。既不求人知，人亦莫君知者。弟兄出处异矣！然以二马观之，二裴之事，孰为得失哉？麻君博雅君子，其所以称道君者宜不谬。后之君子读其诗者，可以知君少时之志；而读余文者，可以识君莫年之心云。①

作者的史才、史识正藉由史笔以呈现。在粗线条勾勒的已然固化的历史背景下，活动着的是具体生动、有着鲜明个性的人。时空背景自汉至宋，阔大久远，涉及人物有裴氏兄弟、马援兄弟、麻君、作者自己凡六人，纵横比照，线索清晰，记事一笔不乱，说理简洁精当，写人精炼传神。文中写裴秀才放弃进取之志，归隐林泉以养怡心性，实是屡试不第、自我解脱之举，其意气难平，从翻检书牍因故人文字触动心事，而请少游作文，可见一端。作者对人物心理体察入微，表达含蓄微妙，笔法高古。

《高无悔跋尾》之史识体现在以高无悔之不用于时折射政局，以见宋廷边事不振之必然。文云：

无悔将家子，为人沉鸷有奇略，习知边事，结发与羌人战，大小数十遇，未尝败北，斩级捕虏，获牛马橐驼，动以万计。与其兄馆使皆为边人所推，号二高云。

---

① 《淮海集笺注》卷三十四，第 1125—1126 页。

元丰五年，延帅与二诏使城永乐，问于无悔，对曰："永乐，羌人必争之地，而无险阻，无水泉，一日寇至，何以能守？"诏使大怒，以为沮议，遣归延安。既城永乐，羌人数十万奄至，城中戍者才三万人。馆使谓诏使曰："虏众十倍于我，若其尽至，不可当也。我尝破其众于无定河川，今前队嚣甚，有惧我心，及未定击之，虽众可走。"诏使不许，曰："王者之师，不鼓不成列。"馆使以足顿地，曰："事去矣！"已而城外围数重，诸将出战无生还者。俄夺我水寨，城中穿井数十，皆不获泉，士卒饥渴困甚，不能执兵。城遂陷，二诏使及馆使皆死之。于是议者皆以二高料敌有古良将之风，惜乎诏使之不能用也。①

在崇文抑武、文官主导的政治格局之下，宋廷边防吃紧、长期被动已是常态。勇武奇略如无悔者，不被迂阔的文职主将所看重，其才能不得施展，而致陷城败亡，则是悲剧的必然。无悔有才不得其用，失意边战的阴影一直笼罩到赵宋之终局，明乎此，更见出秦观洞察时势之眼光既深且远。

此文记奇人奇事，而有奇气。作者之史笔不仅在凸显其史才史识，更在以文字生发人物之气韵，尤显动人之致。如其文末云：

元祐三年，余为汝南学官，被诏，至京师，以疾归；无悔亦以失边帅意徙内地，铃辖此郡兵马，相从于城东古寺，日饮无何，绝口不挂时事。余酒酣悲歌，声震林木。无悔瞋目熟视，发上冲冠。人多怪之，余二人者，自若也。无悔一日出诸公所与尺牍，自韩魏公以下百余番，属余跋尾。余欣然濡笔，因以永乐之事载之，庶几见诸公所以称道无悔者，非虚语也。②

此文笔法之精在结构严密，章法严谨，写无悔之奇，从边人之口、永乐之事、兄弟映衬、平日交往和诸公称扬多个角度反复描摹，首尾照

①　《淮海集笺注》，第 1122—1123 页。
②　同上。

应，人物丰富立体，浑融完整，又奇气坌涌。

《录壮悯刘公遗事》之史识在以事显刘平之勇猛节义。其笔法灵活，叙事多变，各有侧重。文记刘平与盗匪三次遭遇，以相类事件，而写出人物的不同特质，尤显高明。文云：

> ……始为常州无锡县尉，有枭贼刘铁枪者，起浙西，转扰诸郡，捕盗官不能制。公一日沾醉夜归，适报铁枪入境，遂乘酒赴之，与贼接战，手杀铁枪及其徒五人，余悉散走。部使者上其功，改大理评事。
>
> 后知果州南充县，丁先太师忧，解官东还，道出兴州境上，遇群贼奄至，掠其行李，发之惟文书百余帙，布数匹。贼魁詈其徒曰："此穷官人，何足劫？"公时在后闻变驰至，瞋目叱之，贼众披靡，俄发三矢，辄毙三人，余遂遁去。雍帅寇莱公表其事，诏迁官知泸州。
>
> 后移倅汝阴，过安陆，遇故人留饮，家属先行，复遇盗劫，倒橐得一银扣剑，泊一碯石腰带，持去。后贼败于齐安，狱具，法归赃于主，有司以闻。时陕西转运使员缺，执政方以公进拟，真宗曰："是人为郡守而止有一碯石带，廉可知也。"遂除。……①

事一重在表现人物的勇武善战，事二着重写其刚猛之气，可以夺人心志，震慑悍匪。事三在写其廉洁，又与事二相贯通，以见其为人风格始终如一。重心不一，手法多样，有正写有侧写，有描摹形貌，有记言传神。各得其宜。

《书王蠋后事文》之史识表现在对王蠋其人其事的评价。秦观认为《史记》只是将王蠋附于田单传尾略提，不足以彰其节义。就其人其行的性质而言，王蠋以布衣之身，未食君禄，谋君之事，在齐几为燕所亡的危难关头，奋义勇，只身抗燕，尽忠殉国，其风义乃伯夷仁义之属。就其事之轻重、影响之大小而言，其义关乎齐之存亡，正因受其感召，齐人始奋力抗燕，方扭转危局。秦观对王蠋的历史定位和评价正显其见

---

① 《淮海集笺注》，第1128页。

识超拔。他比列太史公对各类人事的着墨轻重，以见其偏向。刺客之义，在乎个人恩怨，而史迁彰其义。策士之言，逐乎名利，而史迁嘉其说，后世更目之为"奇材"。此二者较于王蠋，其义之轻重高下，一望而知。修史目的在整纲纪、明大义，史迁以原道故，附韩非申不害之尚刑名者于老子；以多学故，附淳于髡、邹衍、田骈、慎到、接子、环渊、驺奭之迂阔之士于孟子，而失察于王蠋之大仁大义，故秦观深为太史公惋惜。

此文笔势健举，运凌云之气于章句之间，尤见绝类离伦。开篇即起笔不凡：

> 古之世有不去商纣之虐君以从周武之圣臣而守死西山者，其人曰伯夷。伯夷者，孔子称为仁，孟子称为圣，不在乎学者能道之也。古之人有不爱刳身戮尸之患，以求尽忠极节于其君者，其人曰比干。比干者，孔子称为仁，孟子称为贤，不在乎学者能道之也。古之人有不爱将军之印、不愿万家之封、引身即死以明君臣之大义而求自附于伯夷比干之事者，其人曰王蠋。王蠋无孔子孟子之称，而其名亦不获自附于伯夷、比干焉，学者亦不可不道也。[①]

文以三组排比长句带出文势，句法重心在从否定到肯定，意义界定在从伯夷到比干到王蠋，相似性在仁义之质，差异则在前二者为圣贤，王蠋只是普通人，无圣贤之称扬，然其仁义亦足不朽。

其后更着意渲染王蠋之烈士义行，以见其救国于倾危之伟力：

> 当燕人之破齐，齐王之走莒也，临菑之地，汶篁之疆为齐者无几也。齐之臣，平居腰黄金，结紫绶，论议人主之前者，一旦狼顾鼠窜，分散四出，不逃而去，则屈而降，无一人为其君出身抗贼以全齐者。方是时，王蠋，齐之布衣也，积德累行，退耕于野，口未尝食君之粟，身未尝衣君之帛，独以谓生于齐国，世为齐民，则当死于齐君。乃奋身守大节，守区区之画邑以待燕人。燕人亦为之却

---

① 《淮海集笺注》，第1114页。

三十里不敢近。其后燕将畏蠋之贤，念蠋之在而齐之卒不灭也，数为甘言啖之曰："我将以子为将，封子以万家；不者，屠画邑。"蠋曰："忠臣不仕二君，正女不更二夫。国亡矣，蠋尚何存？今劫之以兵，诱之以将，是助桀为虐也。与其无义而生，固不若烹。"乃经其头于木枝，自奋绝脰而死。士大夫闻之，皆太息流涕曰："王蠋，布衣也，义不北面于燕，况在位食禄者乎？"于是乃相与迎襄王于莒，而齐之残民始感义奋发，闭城城守，人人莫肯下燕者，故莒即墨得数战不亡。而田单卒能因其民心，奋其智谋，却数万之众，复七十余城，王蠋激之也。①

后文更将王蠋比列仁义之风标，对照史迁评价人物之权重，以为失当：

> 始予读《史记》至此，未尝不为蠋废书而泣，以谓推蠋之志，足以无憾于天，无怍于人，无欺于伯夷比干之事。太史公当特书之，屡书之，以破万世乱臣贼子之心，奈何反不为蠋立传。其当时事迹，乃微见于田单之传尾，使蠋之名仅存以不失传，而不足以暴于天下，甚可恨也。且夫聂政荆轲之匹，徒能瞋目攘臂，奋然不顾，以报一言一饭之德，非有君臣之雠，而怀匕首，袖铁椎，白日杀人，以丧七尺之躯者，太史公犹以其有义也，而为之立传以见后世。后世亦从而服之曰"壮士"。苏秦张仪，陈轸犀首，左右卖国以取容，非有死国死君之行，朝为楚卿，暮为秦相，不以慊于心，太史公犹以其善说也，而为之立传以见后世。后世亦从而服之曰"奇材"。以至韩非申不害之徒，刑名之学也，犹以原道附之老聃。淳于髡、邹衍、田骈、慎到、接子、环渊、驺奭之徒，迂阔之士也，犹以为多学而附之孟子。然则世有杀身成仁如王蠋之事者，独不当传之以附于伯夷之后乎？②

---

① 《淮海集笺注》，第 1114—1115 页。
② 同上书，第 1115 页。

一层说王蠋之仁义堪比伯夷、比干，而史迁只加之以片言只语，"甚可恨也"。一层说刺客立传以小义，策士立传以小说，一层说刑名之学、迂阔之士或因原道、或以多学而附之圣哲，作者以排比句式，两两对举，"太史公犹以其有义也"，"太史公犹以其善说也"，"犹以原道附之"，"犹以为多学而附之"，反复其义，之后接以反诘句，文意反转，举重若轻。

史迁好奇、爱奇，秦观这篇读《史记》的跋文，在文风上也有意规模其奇旨，句法章法，行文布局，文势开阖，笔意转折，皆驭奇笔，运奇气，写奇人，发奇意，而得奇趣。以太史公之爱奇好奇，而忽略王蠋之奇，无怪乎秦观为之抱憾抱屈，无以复加。

2. 书画类题跋

这类作品有《书兰亭叙后》，说兰亭书卷始末，文理清晰。

《书辋川图后》神游辋川，思接千里：

> 元祐丁卯，余为汝南郡学官，夏，得肠癖之疾，卧直舍中。所善高符仲携摩诘辋川图视余，曰："阅此可以愈疾。"余本江海人，得图喜甚，即使二儿从旁引之，阅于枕上。恍然若与摩诘入辋川，度华子冈，经孟城坳，憩辋口庄，泊文杏馆，上斤竹岭并木兰柴，绝茱萸沜，蹑宫槐陌，窥鹿柴；返于南北垞，航欹湖，戏柳浪，濯栾家濑，酌金屑泉，过白石滩，停竹里馆，转辛夷坞，抵漆园，幅巾杖屦，棋弈茗饮，或赋诗自娱，忘其身之匏系于汝南也。数日疾良愈，而符仲亦为夏侯太冲来取图，遂题其末而归诸高氏。①

文字清逸，意态闲雅，摹画如画，俨然一幅辋川导览图。

此中尤可一说的，是《书晋贤图后》：

> 此画旧名《晋贤图》，有古衣冠十人，惟一人举杯欲饮，其余隐几、杖策、倾听、假寐、读书、属文，了无沾醉之态。龙眠李叔时见之曰："此《醉客图》也。"盖以唐窦蒙《画评》有《毛惠远

---

① 《淮海集笺注》，第1120页。

醉客图》，故以名之焉。叔时善画，人所取信，未几转相摹写，遍于都下，皆曰此真《醉客图》也，非叔时畴能辨之？独谯郡张文潜与余以为不然。此画晋贤宴居之状，非醉客也。叔时易其名，出奇以眩俗耳。

余旧传闻江南有一僧，以赀得度，未尝诵经，闻有书生欲苦之，诣僧问曰："上人亦尝诵经否？"僧曰："然。"生曰："《金刚经》几卷？"僧实不知，卒为所困，即诬生曰："君今日已醉，不复可语，请俟他日。"书生笑而去。至夜，僧从邻房问知卷数。诘旦生来，僧大声曰："君今日乃可语耳，岂不知《金刚经》一卷也。"生曰："然则卷有几分？"僧茫然，瞠目熟视曰："君又醉耶？"闻者莫不绝倒。

今图中诸公了无醉态，而横被沉湎之名，然后知昔所传闻为不谬矣。虽然，余惧叔时以余与文潜异论，亦将以醉见名。则余二人者，将何以自解也？叔时好古博雅君子，其言宜不妄。岂评此画时方在酩酊邪？图中诸客洎予二人，孰醉孰不醉，当有能辨之者。①

此文以醉字做文章，调弄笔墨，意趣横生。作者在类比关系中设置多重比照，来回穿插，既破且立，随拆随解，饶富机趣。先以画中诸公比书生，则以李伯时比僧人，此一重类比。又以自己与张耒比书生，则李伯时又为僧人，此二重类比。再自拆解，说李伯时评画方在醉意中，则又以自己比僧人，以伯时比书生，带过一层。最后以选择问句收结，评画又兼评人。言止于此，而意兴于彼，文势波澜，言犹未尽，兴味悠远。

（四）秦观的序文

秦观有十多篇序体文，依文体性质可分为字序、作品序、赠序三类。以下就其内容和表达简要分说。

1. 内容

（1）表达理论见解、创作观念

这方面以字序和一部分作品序为主。

---

① 《淮海集笺注》卷三十五，第1150—1151页。

秦观有《俞紫芝字序》阐说玄理：

> ……夫德人以有本为宗，道人以无本为宗。天下皆知有物所以失己也，不知有己所以失己也，而德人知之。于是内观无是，外观无彼。无是，故能以己为物；无彼，故能以物为己。己物不二，谓之真一，夫是谓以有本为宗。天下皆知有伪所以丧真也，不知有真所以丧真也，而道人知之。于是前际无舍，后际无取。无舍，故不断一切伪；无取，故不住一切真。真伪两忘，亦无真一，夫是之谓以无本为宗。盖非有本，则不能离相而归空；非无本，则不能即空而证实。有本然后明心，无本然后见性。夫子识之，人间所谓道德者，固不出乎此矣。……①

其文融合佛老之说，辨析有无、真伪命题，玄远抽象，发人心智。

表达文学观念的有《逆旅集序》《会稽唱和诗序》，前者序自作，后者序他人作品。《逆旅集序》就文学创作之纯与驳、雅与俗、信与诞等多重关系展开分析。他自名文集为《逆旅》，取其短暂、寄寓之意，编次无定规，有客以为如此则"先王之余论、周孔之遗言"混同于"浮屠老子、卜医梦幻、神仙鬼物之说"，不合于"君子言欲纯事，书欲纯理，详于志常而略于纪异"之理，作者辩之曰：

> 鸟栖不择山林，唯其木而已；鱼游不择江湖，唯其水而已。彼计事而处，简物而言，窃窃然去彼取此者，缙绅先生之事也。仆，野人也，拥肿是师，懒惰是习，仰不知雅言之可爱，俯不知俗论之可卑。偶有所闻，则随而记之耳，又安知其纯与驳耶？然观今世人，谓其言是，则矍然改容；谓其言信，则适然以喜，而终身未尝信也。则又安知彼之纯不为驳，而吾之驳不为纯乎？且万物历历，同归一隙；众言喧喧，归于一源。吾方与之沉，与之浮，欲有取舍而不可得，何暇是否信诞之择哉？……②

---

① 《淮海集笺注》卷三十九，第 1251—1252 页。
② 同上书，第 1258 页。

极言己之朴野、世之昏淆、生之短促，故以无差别之心而应之，方得正解。

《会稽唱和诗序》序程赵二公唱和诗作，赞美二公之诗"平夷浑厚、不事才巧"，而为世人所重，并引鲍照评谢灵运之语以佐之，所谓"谢康乐诗如初发芙蓉，自然可爱"，由此传达不尚外巧、胜在内美、贵重自然浑朴的审美倾向。如其文：

> ……或曰：昔之业诗者，必奇探远取，然后得名于时。今二公之诗，平夷浑厚，不事才巧，而为世贵重如此，何邪？窃尝以为激者辞溢，夸者辞淫，事谬则语难，理诬则气索，人之情也。二公内无所激，外无所夸，其事核，其理当，故语与气俱足，不待繁于刻划之功而固已过人远矣。鲍昭曰："谢康乐诗如初发芙蓉，自然可爱。"盖如其言也。……①

（2）写人记事，随意申发

这部分有序他人之作和赠序。如《怀乐安蒋公唱和诗序》《曹虢州诗序》《扬州集序》《王定国注论语序》《集瑞图序》和《送钱秀才序》《送冯梓州序》。

序他文在表达上受对象约束，兼有作者观念的影响。如《怀乐安蒋公唱和诗序》为蒋堂诗而作，以记事怀人为主，以山川之形胜，显人之雅意，以修治山水、民得享之，传人之功德，而人与自然相得而兼宜。

《曹虢州诗序》序吕大防赠曹辅诗，表劝勉之意。曹辅守虢州，乐静退安于一时一地，然独乐不如同乐，秦观引韩愈赠刘使君守虢州诗之事，勉励子方勿因时而退志，"宜同乐于天下，不当独乐于虢"②，因发吕公诗意以勖之。

《扬州集序》序古来诸家有关扬州之诗赋荟集，主叙城治沿革变迁，类地理方志之说。

---

① 《淮海集笺注》，第1265页。
② 《淮海集笺注》卷三十九，第1255—1256页。

《集瑞图序》系为六瑞图而作，盖天、地、人三才，人处天地之间，天人相感，人杰地灵，故有瑞相呈现。此序意在发挥人与自然之关系，表颂美之意。

《王定国注论语序》系为王巩注《论语》而作。作者在新旧党争背景下，叙王巩于谪居中注《论语》之举，因之称扬王巩处忧患而不戚的君子之风，褒贬时局，表达对王安石以一家之言一统经义的不满。在《论语》文本与注者之间建构联系，在时局风云变幻之下，凸显王巩固节有守，殊为难得。所谓"天不为人之恶寒而辍其冬，地不为人之恶险而辍其广。君子不为小人之匈匈而易其行"[①] 也。

赠序如《送钱秀才序》写钱秀才与己意气相投，不拘细谨，如相晤对。《送冯梓州序》写党争权争背景下人的命运起落。发挥"人能胜天，天定亦能胜人"的命题，说人世格局变化不在一时，须宏观看待人的命运走向，以此凸显有守君子之节义。

2. 技巧与风格

秦观序文风格不主故常，技巧多样，因物变迁。

玄澹如《俞紫芝字序》，记事以写趣，记言以说理，叙己偶见灵芝惊其异美，偶遇童子闻其玄言，以倏忽之事相，映衬变幻之玄理，校练无本之名实，而得玄渊悠邈之趣。

洒脱如《逆旅集序》，以对话说理，所谓纯驳、雅俗、信诞之辩，在与世浮沉、万流归一的大化迁变中，正显其执。此序之辩难体式适与作者摆脱观念束缚、洒脱不羁的质性、趋向相合。

典重如《扬州集序》，引《禹贡》《周礼》之书，上溯三代，自汉以降，迄宋之时，历叙扬州之地理、郡治、名称之变迁，述事周详，脉络分明。

雍容如《集瑞图序》，记瑞事，叙瑞相，美盛德，华辞与瑞兆相映，其乐自见。

严正如《王定国注论语序》《送冯梓州序》，于肃杀的党争环境下，映现王定国、冯如晦不惧威压、自持名节的君子之风，尤其令人动容。如写王定国：

---

① 《淮海集笺注》，第 1272—1273 页。

……定国相家子，少知名，一朝坐交游，斥海上，人皆意其日饮无度，不复以笔砚为职矣。而定国至宾，益自刻励，晨起入局，视盐税之事唯谨。退则穷经著书，或赋诗自娱，非疾病庆吊辄不废。……①

写冯如晦：

……观尝问于滕公曰："冯侯何如人？"公曰："有守君子也。"观曰："何以知之？"公曰："昔高平范公之帅环庆也，环将种古以宁守史籍变其熟羌狱，上书讼冤；且言高平公不法者七事，朝廷疑之，即宁州置狱，而冯侯以御史推直实奉诏往讯。是时高平公坐言事去，执政有恶之者，欲中以危法久矣。此狱之起，人皆为惧。及冯侯召对，神宗曰：'帅臣不法万一有之，恐误边事。然范纯仁为时名卿，宜审治。所以遣吏者，政恐有差误耳。'即赐绯衣银鱼，冯侯拜赐出。执政谓曰：'上怒庆帅甚，君其慎之！'冯侯曰：'上意亦无他。'因诵所闻德音，执政不悦。及考按，连逮熟羌之狱实不可变，而古所言高平公七事，皆无状。附置以闻，执政殊失望。会史籍有异词，诏遣韩晋卿覆治。执政因言范纯仁事，亦恐治未竟，愿令晋卿尽覆。神宗曰：'范纯仁事已明白，勿复治也。'狱具，如冯侯章。于是籍、古皆得罪，而高平公独免。执政大不快。未几，高平复为邻帅所奏，谪守信阳，而冯侯失用事者意，亦竟罢去。由是言之，非有守君子而何？"观曰："如公所云，殆古之遗直也，岂特良部使者而已哉？"后六年，冯侯自尚书郎出守梓潼，加集贤校理，实始相识，质其事信然。……②

或处忧患而淡然，或不惮威权，理事有则，确乎有守君子。

形式上，此二序表现手法灵活多样，叙事简明，情绪饱满，抒情浓郁，议论充分，说理透彻，如《王定国注论语序》针对学术氛围发议论：

> ……呜呼！自熙宁初王氏父子以经术得幸，下其说于太学，凡置博士，试诸生，皆以新书从事，不合者黜罢之，而诸儒之论废矣。定国于时，处放逐之中，蛮夷瘴疠之地，乃能自信不惑，论著成一家之言，至天子闻之取其书。非其气过人，何以及此？……①

《送冯梓州序》针对人之命数抒感慨：

> ……呜呼，古语有之，人能胜天，天定亦能胜人，信斯言也！方高平公被诬，上有明天子之无私，下有良使者之不挠，可以免矣。而二三子表里为奸，始终巧请，至于抵罪而后已，可不谓人能胜天乎？然当时所谓用事之臣与诸附丽之者，今日屈指数之，几人为能无恙？而高平公方以故相之重，保釐西洛郊，冯侯亦通籍儒馆，持节乡郡，其福禄寿考功业未艾也。可不谓天定亦能胜人乎？……②

皆感慨深沉，严正之风中寓不羁之逸气，超轶拔俗。

又峻奇如《送钱秀才序》，序写自己与钱节相知相得之过从细节，动静具宜，情态毕现。文章开篇先说二人一见如故：

> 去年夏，余始与钱节遇于京师，一见握手相狎侮，不顾忌讳，如平生故人。余所泊第，节数辰辄一来就，语笑终日去。或遂与俱出，遨游饮食而归；或阒然不见至数浃日，莫卜所诣，大衢支径，卒相觏逢，辄嫚骂索酒不肯已。因登楼，纵饮狂醉，各驰驴去，亦不相辞谢。异日复然，率以为常。……③

---

① 《淮海集笺注》，第 1273 页。
② 同上书，第 1279 页。
③ 《淮海集笺注》卷三十九，第 1270 页。

写人写事多用动词描摹人物动态，构成一种动势，以强化二人相契相合之情谊的热烈与冲击力。

其后，写时序推移，二人相交日深，更加自在相与。文云：

> ……至秋，余先浮汴绝淮以归。后逾月，而节亦出都矣。于是复会于高邮。高邮，余乡也，而邑令适节之僚婿，为留数十日。余既以所学迂阔，不售于世，乡人多笑之，耻与游，而余亦不愿见也。因闭门却扫，日以文史自娱。其不忍遽绝而时过之者，惟道人参寥、东海徐子思兄弟数人而已。节闻而心慕之。数人者来，节每偕焉，循陋巷，欤小扉，叱奴使通，即自褫带坐南轩下。余出见之，相与论诗书，讲字画，茗饮奕棋，或至夜艾，而绝口未尝一言及曩时事也。于是余始奇节能同余弛张，而节亦浸知余非脂韦汩没之人矣。……①

此段文字在文势上又起波澜，将二人交谊延展到更为深广的生活空间，以平居之静态，凸显钱节给自己生活带来的变化，以世态之冷，映衬相知之暖。以笔势之跌宕，应和文情之顿挫，节奏驰骤有度，情味自然深永。

后文又设为主客对话，文意又翻出一层，引庄子"罔两问景"之典和楚谣《沧浪歌》，类比世情与友情之关系。所谓"昔日浩歌剧饮"、"今者澹泊掩抑"，非"无特操"耳。"夫清浊因水而不在物，拘纵因时而不在己"②，清则动、出，浊则止、处，暗寓对时势之褒贬。奇气顿生，峻洁廉悍。

另有和易如《曹虢州诗序》《怀乐安蒋公唱和诗序》，或劝勉，或颂美，皆从人与境谐处展开。后者写山川之胜从民"不可同乐"到民得享之的转变，表蒋之功，又接以程公之治，贯通二人心路，末以蒋公诗发其心，笔势舒缓，文风和畅，怡人心神。

简言之，秦观的书序文才气超拔，并有韵味，各具其美，自成

---

① 《淮海集笺注》，第 1270 页。
② 同上书，第 1270—1271 页。

一体。

三　张耒的散文创作

张耒文集中，散文作品近三百篇，其中题跋、书序、论记都有其特色。为文尚气主理，自然平畅，苏轼称其文"汪洋澹泊，有一唱三叹之声"，有子由之风。① 黄庭坚也认为张耒长于议论，自己有所不及。

张耒文章体现了宋文平易自然的主流风格。其记、论颇有特点，以下从创作角度分析一二，以见其文风概貌。

（一）张耒的记体文

张耒集中有记体文二十余篇，其中就所记对象言，亭台楼阁记十七篇，记事类三篇；就范畴言，人文类十九篇，自然类一篇；就功用言，政教类（如庙记、祠堂记、学记等）八篇，关乎个体、具命名性质的堂记、轩记、亭记等六篇。由此可见张耒记体文中群体意识与个体意识的交汇，记事记物以实用性居多，个人情怀发露较少。总就一事一物阐明一段道理，行文章法、语言文风皆贴近所记对象（如其庙堂记尚典重、僧塔记主精微、学记明劝谕等），有可探究之处。

1. 说理明晰，理正气和

张耒认为，"古之文章"，"大抵不过记事辨理而已"，记事以"垂世"，辨理以"开物"，"词生于理，理根于心"，须攘斥"邪气""僻说"，以"中和正太之气溢于中，发于文字言语，未有不明白条畅"②，将理、气、辞的关系说得明白。

说理是宋诗、宋文的主流特色，即如记体文，本以记事为主，自韩柳以议论变之，欧苏以后，专有以议论为记，实是变体为文。张耒记体文以议论为主，实合于宋文之创变趋势。不论是关乎政教的厅堂记，系于个体命名的亭台记，还是其他杂记，都在记物、记事的同时，贯注某种思想、道理，以"垂世"以"开物"，而在说理方式上各具特色。

平顺说道理。如其政教类厅堂记，写法多是以论为记，开篇即摆出

---

① 《答张文潜县丞书》，《苏轼文集》卷四十九，第 1427 页。
② 《答汪信民书》，《张耒集》卷五十五，第 826 页。

观点，层层申说，记事只是略及一二，而就某一理路展开议论。若《二宋二连君祠堂记》立论在说明善人、有德之人对民众的感化、教化作用，行文伊始就说"治国有善政，不如在位有善人之化民速也；在位有善人，不如乡有善人之化民易也"，接着从人情的角度，说明情之易感，在平易可亲，若基于可畏之迫力，则及物也浅，感化力亦小。以下方引入所记对象，安陆应山二宋二连君事迹，明以德化民之效，以印证观点。其他如《双槐堂记》《智轸禅师塔记》《冀州州学记》《进斋记》等皆是先提观点，再细分说，层进层深，以理服人。

记事类文如《伐木记》也是通篇说道理，"伐木"只是一个事由，借以展开话题。文章先说"人与物各以其气相胜，而后能全"，再说"气"是"假其所托而后有者也"，全篇围绕人和物的气之相胜与气之假托说理。长江大河为蛟龙鱼鼋之所托，高山大麓为虎豹熊罴之所托，丛祠墟墓为鬼神之所托，"易其所处"，则失其所托，则"病之所从入也"。随后转入"伐木"之事，乃因其所居，盖"草木居大半"，鸟兽狐貉之所游乐，彼之气胜，人之气弱矣，至起卧不宁，如"畏敌国"，故"聚吏徒"尽伐其木，"洒扫垦除"，疏通阴阳，屏绝鸟兽之迹，"人之气胜矣"。[1] 文末进而申说气之无形，予人回味。文章即事以明理，就人之所习见和自身体验来说理，将气之所托、气之相胜之理讲得明白透彻，而又条理分明，可谓"平顺说道理"之典型。

婉转说道理。这类方式在其命名类亭堂记中尤显特色，如《冰玉堂记》《双槐堂记》《真阳县素丝堂记》《思淮亭记》《鸿轩记》等。这类文章皆以某种特定命名关联某一情境、比附某一品性，陈叙一番事理。若"冰玉"像刘道原父子之节义，"素丝"比吴越钱氏洁己守公之事功，喻象载体及其内蕴皆有其道德意味。又"双槐"之名物关乎吏治，"思淮"亭牵惹作者思归恋旧之情，飞鸿联类作者贬谪飘泊之生涯，皆富比兴象征意味。名物与人事构成某一关联和对应，暗喻作者意图宣示的某种道理，表达婉转而贴切，助其达成作文之初衷。

张耒尝言"学文之端，急于明理"，"理胜者文不期工而工"[2]，又

---

① 《张耒集》卷五十，第770页。
② 《答李推官书》，《张耒集》卷五十五，第829页。

言"文以意为车，意以文为马。理强意乃胜，气盛文如驾"①。如之，修身则摈斥邪气僻说，养气则秉其中和正大之气，论理则磨炼一段万世不灭之理，发为文章，或平平道出，或托物以讽，而具理正言明、辞气和畅之美。

2. 章法整练，富于变化

张耒记体文在行文章法方面颇注意经营结构、层次安排。一般而言，若记他事，或由具体事由领起，引申到共性事实、一般道理，结尾回到原点；或先说一段道理，再引出具体人事，最后点题。若言己事，则由事理说到自身体验，再以说理总结。大体不外乎人、事、理三者之间的层递转折，间以情境、名物描叙穿插其中，而添几分韵味。

苏轼尝言，在文风承变方面，苏门弟子中，秦观得其"工"，张耒得其"易"。②"易"确能概括张耒行文之特色。即从章法言，张耒记体文并不刻意求奇，开头通常平平道出，中间顺承展开，文末点题收束。粗看之下，并不出奇，细究之，则见其首尾之关合照应、腹心之转折承接、收笔之留有余味，皆有作者匠心独运处。

同是宗教类亭堂记，结构安排上，《智轸禅师塔记》是从说理到人事的层递，起首即说根之利钝与人之参悟的机缘，导入智轸禅师事迹，言其"笃于己而虑于外，尊其道而不妄以及人"③，佛理与人事互参。《太宁寺僧堂记》则是由事及理，平起顺接。开篇先言淮阴圆明岳师补葺修建太宁寺僧堂事，引入题记，再说"天下之物各以其功而居其享，未有无故而安受天下之养者"④ 之理，细加分说，文末说佛者安享天下之奉，惑者屡诋而不胜，"其必有可恃也"⑤，翻出一层，余意不尽。二文层递自然，而寓变化。

《汉世祖光武皇帝庙记》《咸平县丞厅醿醸记》在章法上都是先以一事领起切题，再泛论历史兴衰变幻，转入颂美功德，再以细笔结尾。

---

①　《与友人论文因以诗投之》，《张耒集》卷五，第 128 页。

②　参见王应麟《困学纪闻》卷十七："秦少游张文潜学于东坡，东坡以为秦得吾工，张得吾易。"（宋）王应麟著，（清）翁元圻等注，栾保群、田松青、吕宗力校点：《困学纪闻》（全校本），上海古籍出版社 2008 年版，第 1865 页。

③　《张耒集》卷四十九，第 765 页。

④　《张耒集》卷五十，第 779 页。

⑤　同上书，第 780 页。

对比之下，二记收笔颇可玩味。《汉世祖光武皇帝庙记》是引光武与父老言笑事，以对话场景细节补足光武体察民情之事迹，《咸平县丞厅酴醾记》则就酴醾一物发论，言其当天子巡幸，为一时之物，佐证天下太平，"可不爱哉！"① 放大此一细物在历史政教中的细节意义，丰富题意。

《二宋二连君祠堂记》可说是章法整练、转承自然之作。文章起笔即提示善人对民众的教化作用，立一篇题意，以下行文在结构上立起双柱，双写应山穷邑之二宋君、二连君事迹，以宋氏兄弟名尊位显提起邑人"其鄙鲁不学自弃于夷者愧之"，以连氏兄弟名位不显提起邑人"其不笃于廉耻侥幸贪利者愧之"，再以"凡吾邑之俗，好学而文，纯静而有耻者，四君子之化也"② 收起，并回应篇首，形成一个稳定结构，可谓笔笔精到，纹丝不乱。其后说到邑人为二宋二连君修祠堂事，感叹乡里君子恩德施于民，以君子得人祠之佐证观点，深化文意。随后又双写比较二宋二连的显晦差异，以连君不求显名当世，虽湮没而不悔，显其超拔流俗，于主意之外，翻出一层涟漪，引人遐思，而有浩叹之致。通观全文章法，基本依循"合笔—分写—合笔—分写"的结构行进，章法整练又自然有韵味。

《二宋二连君祠堂记》是以双柱并立式结构分写二氏事迹，再合笔收结。而《冰玉堂记》写刘道原父子，则是单笔单行而双照二人事迹，于文章腹心处笔法转折尤可注意。其文次段层次安排最为典型。由父及子，详书道原事迹，再折回其父，述本事首尾相贯，构成一闭合整体，尤见整练。

如前所述，张耒记体文在整练之外，亦富变化。同类文章写法创变不一，而呈多样态势。同为学记，《冀州州学记》详于说理，《万寿县学记》练于叙事，已是同中有异。而在文章体式上，张耒行文更是随物赋形，笔致自然，于此颇类苏轼。如其《鸿轩记》以主客对话展开说理，以飞鸿迁徙象迁客之谪，见自嘲之意。《粥记赠邠老》以食粥说养生，以日常寝食说性命之理，理顺而洞达。此类小品杂记皆不拘一

---

① 《张耒集》卷四十九，第 761 页。
② 同上书，第 764 页。

格，通俗易晓，正见其变化不拘之致。

3. 情辞朗畅，一唱三叹

张耒为文主自然条畅，反对"力为瑰奇险怪"，这其实是北宋欧苏古文创作的一贯主张在张耒文章写作中的延续。其《答李推官书》云"能文者固不能以奇为主也"，"理胜者文不期工而工，理诎者巧为粉饰而隙间百出"。① 他并不反对文势顺理而成的奇变，正如江河海水，因其所适而变生焉，"理达之文，不求奇而奇至矣"（同上）②。故其在文辞组织、句法安排诸方面，皆由文理之推演、文气之行进而顺势成文，或平或奇，一出于自然。

如其《进斋记》，句法以平顺为主，考之则见工练。如"古之君子，饮食游观疾病死生之际，未尝不在于学。士会食而问殽烝，则饮食之际未尝不学也。夫子风乎舞雩，咏而归，则游观之际未尝不学也。曾子病而易大夫之箦，则疾病之际未尝不学也"③。依饮食、游观、疾病三者间次叠用"则……之际未尝不学也"句式，似排非排，说理委婉周至，如晤长者，娓娓而谈，文气朗畅动人。

张耒于句法亦用参差、交错之法，可谓平中见奇。④ 如其《临淮县主簿厅题名记》："吾闻之君子之道，使内不伤己（A），外不伤物可也（B）。不当事物之责，而求尸天下之劳，则伤己（A 发展）；必求甚安至乐之地，而不能少行所不欲，则伤义（B 发展）。是二者皆过矣，择乎中而无伤者，君子之道也。"⑤ 句法为 AB、AB 发展。盖此句法自韩愈始多用之，欧阳修亦学之。而先秦句法通常为 AB、BA 发展，如《论语·子罕》："子曰：'法语之言，能无从乎？改为之贵！（A）巽与之言，能无说乎？绎之为贵！（B）说而不绎（B 发展），从而不改（A 发展），吾末如之何也已矣！'"张耒记体文中亦见此种句法，如《二宋二连君祠堂记》："治国有善政，不如在位有善人之化民速也（A）；在

① 《张耒集》卷五十五，第828—829 页。
② 同上书，第829 页。
③ 《张耒集》卷五十，第780—782 页。
④ 关于古文作法技巧分析，参见何寄澎《韩愈古文作法探析》《欧阳修古文作法探析》，见何寄澎著《唐宋古文新探》，北京大学出版社 2010 年版，第24—68、122—157 页。
⑤ 《张耒集》卷四十九，第767—768 页。

位有善人，不如乡有善人之化民易也（B）。夫人之情所感动，常在其所易接而亲者（B发展）。若夫政事者，固民之所畏，则其从之盖有不得已之心焉，其及物浅矣（A发展）。"① 句法为 AB、BA 发展，可视为向先秦句法的回归。

至于句法参差，盖由句式长短伸缩变化而来，于文句行进中有顿挫峭劲之致。《临淮县主簿厅题名记》："自予之来未几，而得安坐以治事，与夫寮属之往来而间以休于家者，才十一。凡饮食之安，朋友之欢，疾病之养，率无有。"② 两组句群参差对比，极为工练。其中以十四字长句拉伸文势，遽以三字短句收结，极斩截有力。《双槐堂记》议古今吏治之宽严，其句式变化妙在契合文情，得其宜尔。说古之驭吏，为法不苛，以四、五、六言句为主，文气和缓，像古法之宽松。而说到当时吏法严苛，"使其情愁沮不乐"而"望人以功"，叹曰："谁肯以其愁沮不平之心而副我之欲哉？"③ 出以十六字长句，激动怨郁之态可见。文末说道"夫王君岂以为苟劳而无益，不若暇佚而有功，将安其居，乐其身，以其狱讼簿书之间，与贤士大夫弹琴饮酒，欢欣相乐，舒心而养神，使其中裕然，然后观物图事，其致用于文法寻尺之外，以追古循良君子之风，以大变俗吏之弊而为也哉？"④ 实是以若干短句组成一大长句，文气鼓荡而下，奇之又奇。

张耒文章又长于炼字，或重复用虚词，增其纡徐委婉之情态，如《思淮亭记》用二十四个"而"字，类欧阳修文风。或炼动词，如《汉世祖光武皇帝庙记》："而武功既成，海内既定，则抑功臣，进文吏，投戈讲艺，息马论道，英伟之度屈于礼乐，骁猛之气束于儒学。"⑤ 造语精当，捶字坚实有力，不用生僻怪字而收精警之效，可见其句法熔炼之长。

张耒记文也多寓感慨，富于唱叹，其有自语气词、感叹句式而来者，如多用"呜呼""嗟呼"之句，以及反问句、感叹句等；有自其反

　① 《张耒集》卷四十九，第764页。
　② 同上书，第768页。
　③ 《张耒集》卷五十，第772页。
　④ 同上。
　⑤ 《张耒集》卷四十九，第759页。

复皴染手法而来者；也有自句式回环往复而来者。如《冰玉堂记》显扬刘道原父子文学、风节之美，文中借士大夫之风评、当世大家（司马光、欧阳修）之比照，尤其与作者有特殊师从关系之苏辙之叹语，三致意焉，兼以耳闻目接之交游，反复皴染，颂美之，唱叹之，刘氏父子"冰清玉刚"的人格形象遂成于文中，立于纸上。

又如《思淮亭记》表思归恋旧之意，"士虽耻怀其故居"，君子自是志在天下，奔走四方，然则故国之思，故土难离，本人之常情。文中一说"且夫怀居而不迁，流寓而忘返者，均有罪矣"。又一说"然与其轻弃其旧也，则累于所习者，不犹厚欤？"① 文意回环曲折，文情纡徐委婉，情韵流宕，婉曲微妙。

综观张耒记体文，其泛览、游观类较少，而内省、内视者居多，明于说理，以论为记，章法整练，情辞朗畅。而自然平易，明白条畅，可说是张耒文章的主要特色。

（二）张耒的论说文

张耒作有五十余篇论说文，大致分政论、史论和人物论三类。考究三者关系，政论是作者治国理念、设计规则的表达，史论是在一定时空演变中考察理念、规则的运作，人物论则是分析规则的具体实施者。以下从内容、方法、风格几方面分说。

1. 内容

政论主要阐述治国方略、见解，以策略、大端为主。这方面有《法制论》《用大论》《悯刑论》《驳相论》等。作者基本思路是崇古尚圣，推上古三代圣人之道，以古照今，补察现实之不足。

《法制论》对比古今立法之不同，"昔者圣人之立法，告天下以其意"，"立其大防"。今之立法者欲以一己之智穷天下之理，断未来之势，"故其法不患于不详，而天下卒不能行，而不知其患乃出于好详"②。高下利弊自见。

《用大论》延续《法制论》的思路，说制定规则在得其大端，要合乎常理常情。

---

① 《张耒集》卷四十九，第 769 页。
② 《张耒集》卷三十七，第 606—607 页。

《悯刑论上》则讲运用规则，讨论任法与任人的关系，圣人立法以施，"法简网疏，而人与法两立而不偏废"①，秦汉之失，其弊在"任法而废人"。《悯刑论下》讲具体施法之则，辨析情与理、情与法的关系。圣人之道在原情，后人不体圣人立法之意，变之则坏之。故必掌控用法之分寸、情理之准的，轻重得宜。

《驭相论》讲君相关系，相不可无权，然进退之权在天子，驾驭权力的关键在任权又能制衡。文以两反例说明，曹魏之弊在相权大于君，唐德宗之弊在相不任权。结论在驭相不可以无术，并上追三代先王之意，说明术与忠信并不矛盾。

史论推原国家兴亡、朝代更迭之因由，以史为鉴，以古鉴今，表现出对历史演变的深刻洞察。这类文章有《秦论》《魏晋论》《晋论》《唐论》等。

《秦论》不同意贾谊《过秦论》观点，认为秦亡之根由不在"仁义之不施"，②而在六国之根深蒂固，不可能霎那间芟荑殆尽，六国民众对家国的认同感、归属感，不可能短时间内被秦改变。作者更举乐毅连下齐国七十城，三年又复归于齐之事以佐证，说明人心之向背关系国之存亡。

《魏晋论》论国之轻重与治国之人的关系，或以名节，或以才略，能臣的存在关乎国家安危。如其言："夫天下之人，其好争未尝一日忘也，非有大愧耻于其心而不忍为，则必有大恐惧于其身而不敢为。夫名节者，所以愧耻天下之不义；而才略者，所以恐惧天下之好乱。舍是二者，虽圣贤无他道矣。"③"故为国之患，莫大于不崇名节而消天下之精锐"。④ 魏、晋之亡，正因不重名节与才略，故使国轻易取。而在名节与才略之间，应以仁德为本。

《晋论》以公理设论，天下之分，正而统之，不正则破之。以人心之归服论君臣之分，对比论述晋室南渡又存续百年，北方十六国短暂而亡，其关键在归服与沿习。天下之人服之、习之，则国久；不服、不

---

① 《张耒集》卷三十七，第 610 页。
② 《张耒集》卷三十八，第 616—617 页。
③ 同上书，第 618 页。
④ 《张耒集》，第 618 页。

习，则国短。十六国存续短，根源在君臣之分之不正，天下不服不习。

《唐论上中下》集中讨论藩镇作乱之根由。核心观点是说治国须有备无患。不得已而为之，则会开启一系列祸端，以致积重难返。上篇推原唐之藩镇势大的根源，在不得已之制。唐之患在天宝，在苟且急迫之制。中篇针对安史之乱陈述对策。下篇论节度之患，对策在分兵分权以弱之。分兵使之相疑，分权使相互制衡，庶几可以除患。

人物论的论述对象包括政治、军事、史家、文学人物几类，作者将人物置于特定的历史时空中，观其成败，察其行为，究其因果，见其影响，以为前鉴。在把握大局分析历史走向中评价人物功过，在具体而微的辨析中论断其是非，多不循常见，翻出新意，推陈出新，新人耳目，启人深思，予人警醒。

这类文章虽以人物名篇，但较少对人物作整体评价，而是针对某一特定事件、具体行为来分析、判断。议成败的有《子产论》《吴起论》《商君论》《陈轸论》《田横论》《魏豹彭越论》《张华论》《王导论》等，断是非功过的有《乐毅论》《鲁仲连论》《卫青论》《司马相如论》《司马迁论》《丙吉论》《游侠论》《王郑何论》《裴守真论》《李郭论》《韩愈论》等，辨行事之因果缘由的有《应侯论》《萧何论》《子房论》《陈平论》《平勃论》《赵充国论》《陈汤论》《屈突通论》等。

议论人物之成败如《子产论》，文说治国理政须量力而行，才分上下，事有难易，须"量分审力"而为之。文以子产为例，说当初郑国遇灾，有人劝子产迁国，子产曰"不足以定迁矣"。并举宋襄公、徐偃王之反例，说明效仁义、为文武之事，不可好高务名，否则"卒无所就而败随之"。[①]

《吴起论》分析吴起之败因在为人"明厉而不达于变，从事于法而不知权"，"夫起当新难之国，辅未壮之主，而驭不附之大臣与不信之百姓，而其所行顾若是而不知变，是其死也，不亦宜乎！"[②] 文章并举子产之通达权变以对比说明吴起之败，其来有自。

《商君论》分析秦之兴由商君，其亡亦由商君。文以养生作比，民

---

① 《张耒集》卷三十九，第 641—642 页。

② 《张耒集》，第 642—643 页。

之力类比人之血气，"可以徐治而不可以求近功"，① 急功近利不可为，商君之术乃亡国之术，正在其求近功。

《陈轸论》论纵横之说为危道，不能变通，故败。文以苏秦、张仪之必失来反衬陈轸之必得。盖因陈轸不主一说，乘势而变，故得保身处安。

判断人物是非功过如《乐毅论》，其文不同意夏侯玄评价乐毅纵齐二城而不下乃"明信义于天下"，② 此非不为也，是不能也。怀疑合理。

《鲁仲连论》论鲁仲连之举不合仁义、君子之道，作者以为仁义之原则实施须重其影响，要合于中道，过犹不及，反对矫情、作伪。其论不同常轨，翻出新意，发人深思。

《司马相如论》说相如之长，与蔺相如之近似处，其"虽以文章事武帝，而慨然有君子之风，盖其心不专以其技易宠禄，又有不忍欺其所知者"。③

《司马迁论》，其上论史迁之愚之浅，其下议史迁传刺客、窦婴、田蚡事之非，以为不足录也。

《丙吉论》比较丙吉与龚遂，不贪功于汉吏则为德厚。

《游侠论》以为班固不当列楼护与朱家、郭解为"侠"，楼护之举不称"侠"之名与实，目光如炬。

《王郑何论》评价人物以仁为最高，文引李德裕之言，有德有才，方为君子，否则不过润色名教之装饰而已，王祥、郑冲、何曾即是也。

《裴守真论》谓守真以诌事君，而世称其才，"则知史说偷风瞀俗，相扇而不知耻也"。④

《李郭论》比较李光弼、郭子仪高下，《韩愈论》辨析韩愈对道的理解不纯不精，皆可见其眼光独到。

辨析行事之因果缘由如《应侯论》针对应侯见秦王事，对应《史记》提出己见，推论合理，并含蓄批评史迁"好奇"⑤ 之失。

---

① 《张耒集》卷三十九，第644—645 页。
② 《张耒集》卷四十，第649 页。
③ 《张耒集》卷四十一，第663 页。
④ 《张耒集》，第675 页。
⑤ 《张耒集》卷三十九，第647—648 页。

《萧何论》论君驭臣之术，推原人之常情，比较高祖对萧何、文帝对周勃，适当与否，以见高下。

《子房论》以情理之辨，明服人之术。

《陈平论》说圣人与能人之别，圣人成事，在谕以仁义，能人成事则以权利。

《平勃论》分析时势之差异，说明操天下之重利，不可为匹夫轻死之谋。

《赵充国论》论用兵之道，《陈汤论》论赏罚之途，《屈突通论》辨国之存亡与士之节操，各具灼见。

综观张耒这三类论说文，其理论基点一以贯之，治国理民以仁义为根基，兼顾人情，在国、民关系中，注重"服"与"习"之常情，在考量历史人物成败功过时，注重人物与时势之关系，在理论原则和通达权变之间调节平衡，达于中和之道。

2. 技巧方法

（1）章法结构上，巧于安排，平中见奇。

一般而言，张耒的政论、史论章法平实，规模严整，而人物论的结构则更多变化，各显其长。

论说文结构不外乎陈说观点、论述展开、归纳总结几个层次，张耒在具体行文时，为避免言说方式单一、雷同，会在不同文章中，将核心观点置于文章的不同位置，或开头，或中间，或结尾，由此行文也有相应调整，而使章法灵活多样。

另外，开篇方式不一，结构安排亦自有别。通常政论文以说理发端，随后展开陈述；史论文开头较多陈述史实，随之抽绎出观点，来回论证；人物论发端则理事不一，架构不同。

政论如《法制论》旨在阐述立法的原则，何为善立法，何为不善立法。立法的目的是规范行为，调整秩序，使社会得以正常运转。立法首先要面对的问题，也即核心问题，是有限之法与无限丰富多样之事态状况之间的矛盾，是抽象与具体、一般与个别之间的矛盾。明乎此，张耒在文章中立四端（概念）——意、法、事、势，设三层（主体关系）——君（圣人、先王）、臣、民，以此经营结构，展开论述。

所谓四端/四种概念之间的关系在于，立法以尽意，施行以理事，事积而成势，观势以达意。结合主体构成的关系是，先王立法示其意，臣、民出其智、力，理事而势成，最终不违其意。于此结构关系中，关键在中层，即臣的环节。使臣（公卿）各出其智，各用其力，各主其事，最终汇成合力、趋势，合于先王立法尽意所规划的轨道、路径，则达其初衷。

此文在结构上分为三段三层，文章的主题句即核心观点是"圣人之立法，告天下以其意而已"，全文即以此句开篇，围绕中心展开论述。首段先说观点，正反申发，圣人立法是"立其大防"，具体实施则"听夫人之自为"，"不必其一切先立于我"，"是故法立而意行，意行而利至"。"盖天下之事，繁细琐屑，其情状万变，故不可以一致"。以一人之聪明，预为计划，使万变之事"一从于我，则事将有格而不得成者"，① 若扞格难通，而勉强行之，则物必受其弊。随后举战事以论证。教战者教人以战法战术，而非教以实际操作，因具体战况无法预测，"必曰必如是而后胜，如是而后败，其委曲琐屑，一切先为之所，使无顾于敌者之何如，而惟我之为听，夫如是，则必败而已矣"②。于是小结并重申观点："善教人者，晓之以其道，而不示以其事。故告天下使无违吾意，则其委曲琐屑，虽小不尽，而吾之意犹在也"③。

次段以设问开头，以圣人之聪明睿智，何以不尽立法？随以分田建国之制说理，天下之土地条件不同，地理环境各异，分配不可能整齐划一，故"圣人之法，不为之纤委琐屑以尽之，而特设其大端而已。何也？盖圣人之告天下者，特其意而已"，再次申发核心观点。随又展开，圣人立大端之后，公卿大臣参与其事，出天下之智以尽天下之变，"人人皆得措手足于其中"，"此先王之所以有所动作而天下乐之，虽天下之大事而为之无难者也"。④ 意在说明，先王并非无为而治。

末段则从反面说不善为法者如何，言其弊端："穷析天下之理于一身之聪明，恃区区目前之智而断万里未来之势。故其法不患于不详，而天下卒不能行，而不知其患乃出于好详"。自然过渡到用兵，呼应首

---

① 《张耒集》卷三十七，第606页。
② 同上。
③ 同上书，第606—607页。
④ 同上书，第607页。

段："是故善用兵者，有违法无违意；不善用者，有违意无违法。"而"法可违也，意不可违也"，何哉？"夫天下之情，常乐于有所为，而困于龃龉而不得放"。最后自然得出结论："夫使人人足以自致，而其终不失吾之所欲，则亦足矣，何必区区使之从我而后可也。"①

说理方式上，此文以事理、人情为依据，立论稳妥，论证周详。所谓事理，即以战事为例，以客观条件（土地条件、地理环境）为依据。所谓人情，是指个人自主其生活的本能本性。先王示其大端，不言琐细，令人各主其事、各显其能、各展其才，方为善立法，方可应万物之变。

一般而言，张耒政论文以正面立论为主，史论则或立或驳。开端导入或由理及事，如《晋论》；或由事言理，如《魏晋论》。

如其《秦论》以驳论开篇，反驳贾谊过秦之"仁义不施，而攻守之势异也"之通行观点，认为"夫攻守殊而事相关，异施设而同利害，其守之安危，观其攻之善恶，其报应如表影声响之不差也"，分析攻守之势与仁义之事，逻辑严谨。随之举例论证，以武力夺之，不可能以君子之道守之，故贾生"仁义不施"导致"攻守势异"的观点不成立。随转入论秦之失之亡，具体言之，盖因秦灭六国，荼毒至惨，六国诸侯，"其上世皆有功于民，又皆据国数百年，其本根深结于人心者固，一旦芟夷荡覆之，其势必不帖然而遂已"。"秦虽欲反其所以取之道守之，而其机已成，其势必复矣，故秦之事不可为也"。文末回应篇首，点明贾生之言为"戏论"，更证之以乐毅攻齐之事："乐毅贤将，一战胜齐，下城七十，齐不能支。曾未三年，七十城者翻然为齐，乃无一城为毅守者，以是失之，岂不然哉？毅贤尚然，况于暴秦？"② 结论斩截。

张耒人物论在章法布局上更为丰富多样，即如开篇导入，都讲求变化，引人入胜。

如《子产论》开篇即云："天下之大患，莫大于不量力，而不量力之患，起于好高。今夫使人皆量力而无慕于贤己者，宜若怠惰而

---

① 《张耒集》卷三十七，第607页。
② 《张耒集》卷三十八，第616—617页。

无志，而不知夫力之所受于天者，莫不有极，强任而过使之，则将有祸。"① 所谓"天下之大患莫大于……"云云，契合于人所共有的忧患意识和避祸心理，人之本性乃趋利避害，如此发端自然引人求解，一读下文。

又《商君论》推原商君与秦亡之关系。此文开始即说："昔者商君之治秦，贵利尚功，明赏罚，信号令，使其民日夜趋于功利之域，而无闲暇乐生之心，勇于公战，怯于私斗。盖凡所以养生者，非从事于公不得也。不过十年，而秦遂以强，后世因之，以有天下。盖始皇之王，自商君启之，而世之议者，以为秦以商君而兴，而不知商君之术，是秦之所由亡也。"② 先言商鞅变法以强秦，符合人的一般认知，随即逆转，"不知商君之术，是秦之所由亡也"，翻转常识，自然引人注目，一探究竟。

又《陈轸论》起始："陈轸之辩，不及苏秦、张仪，然轸常从容于战国之际，而仪、秦汲汲不能补其所不及。秦以客死，仪逃于魏，其周流诸国不得少休，用智巧而为力劳，何也？"③ 开篇就说陈轸辩才不如张仪苏秦，辩才本是策士立身之根基，苏张尚难保全性命于乱世，陈轸却能从容应对，何也？如此设问，自然引人好奇，一解疑惑。

人物论在整体布局上亦多讲究，章法严谨，论述缜密，滴水不漏。

如《子产论》文分四层，围绕中心观点展开论说。首段摆出观点，所谓"天下之大患，莫大于不量力，而不量力之患，起于好高"，而量力行之则有"不慕于贤己者"之可能，而致"怠惰无志"，故承以"怠惰而无志，不犹愈于祸欤？吾知量力之不可废也"。④ 不量力则祸，怠惰祸更甚，翻过来又说量力不可废，顾及两端，又突出重点，可见周密。

次段阐明人须量力行事的原因，盖因才分三等，上智者圣人，以德治天下，不以刑赏，然得天下敬畏爱戴。中人之才，无圣人之德，不自量力，欲效圣人去刑赏以治民，徒取败耳。即如无乌获之力而欲举千

---

① 《张耒集》卷三十九，第 641 页。
② 《张耒集》，第 644 页。
③ 同上书，第 645 页。
④ 《张耒集》卷三十九，第 641 页。

钓，自是膂绝而死。

三段导入正题说子产二事以证中心观点。一是子产否定迁国避灾之议，"知其力之不能及，则宁为安坐之计"①；二是不顾叔向的反对，而铸刑书。以子产之贤，而有自知之明，正可见"古之君子其智虑深远而较利害也详，量分审力而不诱于天下之浮说"，②审时度势，量力而行。论述紧承上文，布局严谨。随又举宋襄公、徐偃王之反例，说明无圣人之德，不自量力，妄行文武、仁义之事，终归失败。并就世人因此而悲仁义之不效特加辨析："非仁义之负二人，二人之负于仁义也。"③

末段更进一步廓清迷惑，针对他人"天下之士不可好卑而务近，而量力之论不可以训"之非议发论："呜呼！使无妄学圣人者，是岂使无学其德耶？吾恶夫无其德而僭其事者也。彼圣人之为圣，岂好高而为之哉？其中之所有，举而措之而已。使诚有其德，吾何爱圣人之事而不使为之哉？"④否定妄学，不等于不学。作者否定的是"无圣人之德而僭其事"，有其德，自然行其事。议论严谨，逻辑严密，无懈可击。

（2）论证方式灵活多样。

张耒论说文立论稳妥，说理严谨，论证周详，方式多样。常见有举例论证、对比论证、演绎论证、归纳论证等。

即如例证法，作者多以常识、史实、人物事件为例，说明观点，结合常情、时势、具体情境展开分析，入情入理，说服力强。

如其政论文《用大论》说立法、决策取其中，针对最普遍的状况以定夺。文以制鞋为例，说明治国用大、立法取中的道理。其曰："屦人之为屦也，非量国人之足而为之也，度其中而为之。夫一国之足，虽不能尽合于吾屦，而中者居多。故虽不知国人之足，而吾不失鬻屦之利。必将人人而较之，则吾之为工，不亦甚劳，而长短小大之差，要之不可尽得。呜呼！使吾之为屦，足以半国之人足矣，虽有所遗而何害吾之大利哉！通此说者，其知用大乎！"⑤此即依常情常识为据以说理。

----

① 《张耒集》卷三十九，第641页。
② 同上。
③ 同上书，第642页。
④ 同上。
⑤ 《张耒集》卷三十七，第608页。

其史论亦有以常理为据论述者，如《唐论下》说分兵分权以弱藩镇之策，即云：

> 或曰："彼臣属将佐，安能叛其素所爱耶？名为裂地，而谋相通，则安在其为利哉？"是大不然。夫人惟贫也，而后肯役于富；惟贱也，而后肯役于贵。故两贵不能相使，两富不能相下。彼其臣属将佐之爱其帅者，岂有他哉？惟其有功能赏之，有才能用之，是故恃之以自固。使其位有节度之势，则将反顾其上而疾之。何则？势均位等，则必有相疑之心。呜呼！使彼诚相乱而生疑，则吾之计行矣。①

以贫贱与富贵之间的制约关系说明分权之策可行，合乎常情，其理服人。

其政论文有依史实为据以论证者，如《驳相论》，文说君相关系，即举曹操、司马懿、唐德宗之史实为例证，以说明君主控制权臣之理，论述周详，理顺章成。

人物论的论说方式更加丰富多变。

以例证法、藉形象、事物说理如《商君论》，其曰：

> 今夫世之善养生者，和其血气，平其心志，安养而徐用之，导引屈伸，以宣其滞而导其和，故药石饮食，平易而舒缓。惟其然，故其效也，得其所欲而无后害。有贱丈夫焉，不知其为如此，不能忍岁月之勤，而急其效于耳目之前，于是服毒石、饵恶草以激之。方其效也，刚壮勇力倍于平时，然不过数年之后，草石之力已尽，而遗毒余孽溃裂四出。故痈疽坏决之变，一日皆作而不可制，至于是而不死者，未之有也。呜呼！用民之道，亦何以异于此。②

治民如养生，民之力有如人之血气，养生宜平和导引，舒心怡养，

---

① 《张耒集》卷三十八，第 626 页。
② 《张耒集》卷三十九，第 644 页。

方达其功效。欲求近功，一味下猛药用重方，短期内或有速成，必遗后患，超出身体之负荷，则无可收拾。商君求近功，施以深刑、重罚，秦得以骤强，亦因之剧亡。故云"商君之术，是亡国之术也"。① 例证形象深刻，合于人情。

依常情、常识说理者，又有《子房论》《萧何论》等。如《子房论》讲服人之术，或以理服人，或以情动人。人情有畏理者，心不乐之，亦不为也。文举三事例以证，一是颍考叔以孝悌不忍之心打动郑庄公迎姜氏，消弥母子裂痕；一是张良以商山四皓佐汉惠，打消高祖废太子之念；一是狄仁杰说服武则天不以武易唐。三人能够说服成功的关键就是以情动人、以事动人，打动人心，而阐述重心是子房之事。情有理不可及之处，事理贯通，论证有力。

以形象事例论证，又有《魏豹彭越论》。此文推汉高祖与功臣之关系，从两端言说，何以高祖必诛功臣，何以如魏豹、彭越等不耻幽囚而终被刑戮。文以楚王田于云梦，以虎逐熊为喻，类比高祖用韩信、英布诸将以敌项羽之事态关系，大患既去，王不除虎，则反为其所制。类比贴切，论证合理。

对比论证是张耒论说文常用方式之一。此即在不同事态、情境、身份、关系等论据中建立相似性、可比性。各类对比关系可分为正比、反比，同类比较、异态比较，横向比较、纵向比较等，对照以见得失，说理更加透彻。

如《陈轸论》灵活运用比较论证，效果突出。其比较类型兼有同类比较、正反比较、横向比较。陈轸与苏秦、张仪皆为战国纵横策士，年代、身份、门派相同，此即同类比、横向比；而陈轸辩才不及苏张，命运归属不一，此为异质比、反比。作者在两类对象之间建立诸多可比因素，以相同身份、主张的两类对象的不同命运构成对照，以弱者存强者危的反向结局，引出对纵横之道的反思，诚如所言："纵者不敢横，虽见横之利而不敢陈也，而游说以非之，是附其所不亲。横者不敢纵，虽见纵之利亦不敢陈，而强词以乱之，是谗其所不怨。附其所不亲，是交胡越之道也；谗其所不怨。是间兄弟之道也。天下未有胡越之可亲而

---

① 《张耒集》卷三十九，第645页。

兄弟之可间者也。天下有胡越之可亲而兄弟之可间者矣，然其亲与间之际劳矣。"① 点明纵横家各执一端以说天下之弊，天下之势不定，以定见定说欲控不定之势，必危。故云纵横为危道。苏张之失在执，陈轸之得在变，"陈轸之智不逮二子，而不主纵横之任，乘势伺变而行其说。故其为说不劳，而其身处安"。② 分析入理，论证灵活，对比深刻，以苏秦、张仪之必失来反衬陈轸之必得。纵横之道之危，明矣。

《萧何论》《子房论》亦用对比说理，二论皆属同类比、纵向比。《萧何论》以高祖之于萧何与文帝之于周勃构成两重对比，以见得失正误。《子房论》以颍考叔之于庄公、子房之于高祖、狄仁杰之于武后构成三重对比，说明情之动人胜于理之服人。《卫青论》对比李广与卫青，属于同时期横向异态正反比较，又将李、卫对比李光弼、郭子仪，构成纵向同类正向比较，眼力不凡。《赵充国论》以汉武帝伐匈奴而无功对比唐太宗讨颉利而有成，又以唐太宗兵败高丽对比高宗取胜高丽，构成双重同类正反纵向比较，说明用兵之道，又以这多重对比事例反观赵充国，说明充国用兵之高明。对比深刻，说理详实。

另有《丙吉论》《李郭论》皆对比论证，以见得失高下。

需要说明的是，对比方式不局限于论据、例证，亦用于展开论述、结构经营方面，如前述《法制论》即从善立法和不善立法两端展开，对照行文，效果显著。

演绎法、归纳法在张耒的政论、史论中较为多见，一般文章开头摆明观点，随后展开论证，最后归纳总结观点，或回应开头，或更加引申。如其《法制论》《用大论》《驳相论》《魏晋论》《晋论》等，皆是。方法得当，说理明晰。

（3）思路开阔，翻新出奇

张耒史论、人物论善做翻案文章，推陈出新。因其理论基点坚实，逻辑周密，论证严谨，故观点虽出人意料，阐述却在情理之中。

如前述《秦论》《商君论》，皆不循定见，自出新意，发人深思。

又有《鲁仲连论》《游侠论》《裴守真论》《韩愈论》等皆有其自

---

① 《张耒集》卷三十九，第645—646页。
② 《张耒集》，第646页。

得之见，新人耳目，启人智识。

《鲁仲连论》称鲁连"越常弃礼，乱世败俗"，足够耸动视听，然其分析有理有据。文章立论以仁义之道、礼义之分、职责之守为本，行仁义、尽职责都要守其本份，得其中道，合乎人情，在礼义界内。不强行仁义，因过犹不及。文章以为鲁仲连"无责而忧人之忧，致力而不享其报"，则使普通人"不免于义，必自鲁连始"，使"贤者必如鲁连而后可"，必如此只能"率天下为伪而已"。作者又云"盖施义而不当其处者，义之贼也"，夫子之道即在中庸，不走极端，在"不强仁义以为贤，而不舍仁义而求自便也"。"不强以为贤，故为善者不难；不舍以为便，故不为者有所畏"。① 所谓极端，即如墨子利他，"欲摩顶放踵以利天下"；杨朱自利，"不以仁义易身之一毛"，此皆不足取。以鲁连为贤则提高善的标准，使普通人难为，必滋伪善。此与完全利他和极端自利皆属不合中道，皆义之贼也。议论精警，逻辑严密，无懈可击。

《游侠论》分析楼护之作为，不合豪侠之义，眼光独到，见识不凡。

《裴守真论》洞察史说"偷风瞀俗，相扇而不知耻"，② 可谓精准。

《韩愈论》认为韩愈作为文人"则有余"，体道"则不足"。文引韩愈《原道》之语和子思之言析曰：

> 愈之《原道》曰："博爱之谓仁，行而宜之之谓义，由是而之焉之谓道。"果如此，则舍仁与义而非道也。"仁与义为定名，道与德为虚位。道有君子有小人，德有吉有凶。"若如此，道与德特未定，而仁与义皆道也。是愈于道本不知其何物，故其言纷纷异同而无所归，而独不知子思之言乎："天命之谓性，率性之谓道。修道之谓教。"曰性，曰道，曰教，而天下之能事毕矣。礼乐刑政，所谓教也，而出于道；仁义礼智，所谓道也，而出于性。性则原于天。论至于此而足矣，未尝持一偏曰如是谓之道，如是谓之非道。曰定名，曰虚位也，则子思实知之矣。愈者择焉而不精，语焉而不

---

① 《张耒集》卷四十，第650—652页。
② 《张耒集》卷四十一，第675页。

详，而健于言者欤？①

张耒看出韩愈道论的矛盾之处，既以行仁义为道，则道可定。既以道为虚位，则道不可定。此即矛盾。于此，张耒引子思言以解之，性原于天，道出于性，道即仁义礼智，教由道出，教即礼乐刑政。确乎"论至于此而足矣"。韩愈道论"析理不精、语焉不详"，确为其短。由此可见张耒论说文精思密运，理畅言明，虽云翻新出奇，其意稳健周详。

3. 创作风格

张耒政论以正面论述为主，立论稳妥，文风趋于严正平实，史论、人物论多不循常路，内蕴奇气，自出新见，故整体风格可谓奇正相生，平中见奇。

如其政论文说理平和，正面阐发，缓缓道来，一般先说先王先圣如何，对照现在如何，再以设问摆出不同观点，设想不同意见，对其展开辨析。他说理不是以气势凌人，而是摆出事实依据，有理有据，让人心服口服。如其《用大论》假设有人说："量国人之足而为屦，不畏劳者能之；尽天下之情以立法，不厌详者能之，吾未见其不可也。"他即回应："非劳与详之避也，国人之足可以尽量，天下之情可以尽得，虽费吾终身之力而为，何惮焉？吾知决不可为也。吾不若从其逸，而择夫为利者为之也。呜呼！何至屑屑然语治天下之劳哉！知所以立法，而后知用大；知用大，而后能不出户而天下无遗虑矣。"② 他从常识常情推论，尽量国人之足、尽得天下之情，不是不可能，而是没有必要。立法要讲求公平与效率，在遵循立法的基本原则的前提下，用大，依多数情况来设定规则，自可达其初衷以治天下。

其文风平实严正也体现在句法上，如其《法制论》末段，前两个长句："不善为法者则不然，穷析天下之理于一身之聪明，恃区区目前之智而断万里未来之势。故其法不患于不详，而天下卒不能行，而不知其患乃出于好详。"前句，以一个双重否定句带出两个肯定陈述句；后

---

① 《张耒集》卷四十一，第 677—678 页。
② 《张耒集》卷三十七，第 609 页。

句，以一个双重否定句带两个否定陈述句，句式对称，重点突出。后接以本段核心句："是故善用兵者，有违法无违意；不善用者，有违意无违法。法可违也，意不可违也。"前两个分句，语意交叉对称，后面紧承的两个分句又和前一句构成双重闭合的套层结构。此核心句在结构上承上启下，首二句"不善为法者"云云既为此句"不善用兵"的同类对照，此句亦为前二句的小结引申。启下者，后接以"夫天下之情，常乐于有所为，而困于龃龉而不得放"之句，即是对"意不可违"的发挥。结句"夫使人人足以自致，而其终不失吾之所欲，则亦足矣，何必区区使之从我而后可也"① 顺理成章，结论水到渠成。整段句法浑融，结构整饬，论述周详，无隙可乘。

其史论察兴亡，鉴得失，独具新见，论述有如层峦叠嶂，奇峰迭起。前引之《秦论》即排去定见，推陈出新。又如其《魏晋论》推原兴衰之本，行文波澜层迭，层转层深。首段说魏晋之乱亡，归因在国轻。接以解说，何为国重，何为国轻，举人事物事为例以说理。再说人臣能为国重者，或以名节，或以才智，分别举例说明，再归纳小结。

次段即扣题说魏晋。魏之亡，盖因其国轻，时大臣既无名节亦无才智。晋之亡，亦因其国轻。大臣无才，才者先叛。就此提出核心观点，为国之大患，莫大于不重名节又去其精锐。再反观晋之大臣，毁名节，尚无心，有志者亦去之。国无人矣。

末段辨析名节与才智之关系。说名节可以存国，以曹操畏清议而不敢代汉为例。说有德者必有言，有仁者必有勇，以子产发之："子产，惠人也。谓之众人之母，可谓德胜矣。然其抗晋、楚，何其勇且辩也！"笔带感情。结尾补足意思："夫以无所用之质，而冒之以仁义之容，文之以礼乐之言，治国而不能靖民，临难而不能却敌，而谓之有德，此固天下英雄之所侮也。呜呼！为国者盍察诸此矣。"② 观点鲜明，议论稳健，时露锋芒。

人物论着眼于对历史人物的评价。

人的选择决定人的行动。行动构成事件，决定了时局，从而影响人

---

① 《张耒集》卷三十七，第607页。
② 《张耒集》卷三十八，第619页。

自身的成败命运。每一个体都身在局中，无法置身事外，无法判断是否确当，需要准则以规范群体行为，调整走向。需要见识、洞察力来判断应然与否，决定行为，并承担其后果。不同特质的个体，秉承不同观念以行动，构成不同的力量，其势力互相交集、汇合、取约，就形成趋势、时局，正负相接，成败相继，就成兴衰更迭、权力相替、命运起伏。

正因为每一个体都受制于自身局限，无从预测、无从把握命运走向，只能从前人从历史中获得经验，以为己用，规避风险，避免遗憾。张耒人物论即意在评价人物功过是非，以史为鉴，有益于今。其论善于知人论世，考察历史环境，把握人物特质，将人物置于特定的生存空间中，研究个体与时势的关系。在人物、事件之间，各种力量博弈、制衡之中，作者看到了人的主动性和被动性，人的突破和局限，人在环境下的有为和无为，选择和放弃。

如其《平勃论》即在时局的各种利害关系中分析人物心理动机，进而理解人物行为。文章针对陈平、周勃诛诸吕而发问，何以当初此豪杰之才力敌项羽，智计百出；而对吕后一妇人、吕禄吕产之庸人，却"迟疑慎重"，"畏缩而不敢发"，"更先为自安之计"。时移世易，平勃对诸吕，已非当日楚汉相争之势，所谓"夫千金之贾，见日而行，未夕而止，一日之力有所不尽。是何也？彼力非不能远也，惴惴乎畏失其所爱者也。夫山林之盗，出入于险阻之间，晨夜而不顾，彼以为有所获者，固我之所幸，不幸而败，于吾何失哉？此平、勃之智也。夫操天下之重利者，不可为匹夫轻死之谋，匹夫之谋，是不得已之计也"。① 所持者重，只能为谨慎万全之计，因为输不起。

又《张华论》：

> 裴頠劝张华以黜贾后，而华不可，其言曰："聊以优游卒岁。"当时华有天下之望，奸臣、孽后切齿于华久矣，虽不举大事，可得优游卒岁欤？华之智宁不知此？而为是言，何也？夫华为之亦死，不为亦死，侥幸苟免自安之言耳。方是时，华之计无可为者矣。与

---

① 《张耒集》卷四十，第659—660页。

外臣为仇，则贾后得藉口以诛之；与孽后为怨，则强王将以仗正而行其意。起贫贱，取富贵，既无弃屣之高，又名重累身，众所不置，已有遁尾之厉。嗟乎！华于是时，盖知不免矣。自古为是言者，不以贤不肖，皆知不免者也。董卓筑郿坞曰："事成，雄据天下；不成，守此坞。"夫事不成而坞可得而守欤？卓虽愚亦知之矣。曹爽不能用桓范之计，而曰"不失为富家翁"，其措意亦如此。华之优游，卓之守坞，爽之富翁，皆知不免而侥幸苟且之言耳，不足论也。士之谋身至此，亦可悲也夫！①

文从张华"优游卒岁"之语发思，时局危如累卵，人却犹在梦中，茫然失智而作此谵语，似不可思议。然细究之下，华自知不可免，才有此"侥幸苟且"之言。文章上引董卓、曹爽之言，从时势、处境、语意诸方面类比，其共同点即在皆知不可免而聊为苟且之语。

张耒人物论能从人物处境而察其心态，故能把握其行为脉络，于其既抱以同情之理解，又济以理解之同情。潜气内转，时寓感叹。

此类文章又多翻案文字，如前议之《鲁仲连论》等，不同常轨，奇气顿生。

综观张耒的政论、史论、人物论，即呈平中见奇、奇正相生之风貌。其文论说周详，逻辑严密，是为名家。

第二节　陈师道、晁补之、李廌的散文创作

一　陈师道的散文创作

陈师道为人持道自重，清贫自守，不慕荣利。其散文风格与其人品相一致，可称文如其人，文行合一。师道作文学曾巩，作诗学黄庭坚，讲究法度。黄庭坚对他的诗文评价很高，他在《答王子飞书》中说："陈履常正字，天下士也。读书如禹之治水，知天下之络脉，有开有塞，而至于九川涤源、四海会同者也。其作诗渊源，得老杜句法，今之诗人不能当也。至于作文，深知古人之关键。其论事救首救尾，如常山

---

①　《张耒集》卷四十一，第672页。

之蛇，时辈未见其比。公有意于学者，不可不往扫斯人之门。古人云：'读书十年，不如一诣习主簿。'端有此理。若见，为问讯，千万。"① 书中建议王子飞问学于师道，并表问候之意。

《四库全书总目提要》对陈师道之文的评价是："其古文在当日殊不擅名，然简严密栗，实不在李翱、孙樵下，殆为欧、苏、曾、王盛名所掩，故世不甚推。弃短取长，固不失为北宋巨手也。"② 可见师道之文在北宋文坛自占一席之地。

陈师道散文作品近两百篇（据《全宋文》收文统计）。其中，书简、序、记最具特色，论亦有自得之见。

（一）记体文

陈师道文集中的记体文计有十五篇，其中，除了《佛指记》《观音院修满净佛殿记》《面壁庵记》《白鹤观记》涉及佛道题材与思想之外，其他十一篇都是关乎文治、民生、道德等现实人生的基本问题，内容上是儒家基本思想的发挥，表达的是儒家社会的群体意识，涉及的大多是社会事件、政教主题，如关乎政教的《徐州学记》《彭城移狱记》《彭城县令题名记》，关系民生的如《汲水新渠记》，关乎文治的如《忘归亭记》《思白亭记》《披云楼记》，等等，即如《思亭记》这样出以个体的思亲题材，也是一种基本共有的人情的表达。这一点与张耒的记体文有相似之处。而陈师道的记体文在形式上更严整，没有如张耒《粥记赠邠老》之生活化的短章。可见得陈师道之于记文的文章观念更为传统。

宋人在文体方面颇多创新，破体为文，如前述张耒的记体文多是以论为记。相对而言，陈师道的记体文在传统作法与宋文主理的风习之间达到了一种平衡。所谓记的传统，就是记事以备忘。陈师道的记体文以记事记言为主，记以垂后，明理开物。

他的记体文通常围绕一主意展开行文，立一"文眼"，在关键处说道理。章法严密，文章关节转换一丝不苟，伏笔照应，纹丝不乱，有开

---

① 《黄庭坚全集》正集卷十八，第467页。

② 参见中国公共图书馆古籍文献珍本汇刊《金毓黻手定本文溯阁四库全书提要》，中华全国图书馆文献缩微复制中心影印版，卷八十六，集部八，别集类七，《后山集》提要。又见《黄庭坚和江西诗派资料汇编》下，第568页。

有阖，首尾兼顾，得古人关键。

如其《忘归亭记》（熙宁七年）抓住"思归"与"忘归"做文章。其文主意是说登忘归亭可以缓解君子处异域的思归之情，先表金州自然条件恶劣，极写外物环境对人的侵凌，所谓物胜人者，故而居之使人"怅然怀归"：

> 　　西城治汉上游，庐舍弊陋，市肆落莫，名虽为州，实不如秦、楚下县。山林四塞，行数百千里。水道阻险，转缘山间，悬流逆折，触石破舟，回洑平渊，深昧不测，射工、水蛭，中人多死。陆行凭陵，因山梯石，悬栈过险，修林丛竹，悍蛇鸷兽，卒出杀人。家有蛊疠，乘间行毒，邻里无过从，行路不敢饮食。拥掩荫郁，日月隐蔽，夜长昼短，暄寒无时。又多雾雨，疾疢易作，土疏河润，地气发泄，多病脚弱。废丘故宫，颓城败冢，达于四境。狐鸣鸟声，日夜间作，使人怅然怀归，凄然发叹，挥然出涕。①

接以笔锋调转，说到登亭休作，领略风物之美，则郁气顿消，志意平和，则"超然而忘归"也。两相对照，切合文意。文尾更将忘归亭的存在提升到"公以治人，私以养生，古之政也"的高度，显是治世不可或缺。

此文脉理清晰，言辞简明，立一"归"字做文眼，登亭之前是怅然怀归，登亭之后是超然忘归，则忘归亭之于处异乡的君子，聊以销忧的作用不言而喻。所谓"以居而忘怀，其志壮哉"，文意其实留有余地，而附着在忘归亭上的深层含义也于文外隐见。

值得一提的是，此文以赋笔描叙外物，其幽深荫郁之气弥于行间，详于写忧，略于写乐，在文势的平衡上，忘归亭的存在无疑是结构中重要的一笔。此外，在行文笔法上，描写多用四字句，状物传神，有骚赋、柳记之余韵。

《思白堂记》在章法上也颇见长处。若说《忘归亭记》是放眼远观，以超越眼前的处境，其意在"忘"；则《思白堂记》则是沉潜，怀

---

① 《后山居士文集》，《全宋文》卷二六六九，陈师道卷六，第 362 页。

想，内省，其意在"思"。不同的方向（向外与向内）正切合亭与堂这两种建筑物的特点。亭是通透的，筑于高处，既可纵目观览，又可供休憩，舒解心胸。而堂则是闭合的，处于其中，人与外界隔离，宜于静思。

《思白堂记》既写白居易为人感念之处，又记林侯文学行治之能，一笔双写，文情练达。文章安排颇见匠心。先以林侯之喜思白堂逗引悬念，引出作者去实地一观，以证想象。果然风物佳美，"宜侯之甚爱而不忘也"。接以叙白居易之事，言其风声传于后，正在其"进则效其忠，退则存其身，仁以成政，文以成言"①，代表了士大夫立身行事的理想。而白居易在杭州的治绩，"筑塘浚井，其利至今"，自然普通民众感怀有之。其后再说到行事与言传的关系，说明记言记事的合理性与必要性，回到作记的初衷，并联系林侯之事，以达其传声颂美之意，文意延伸无尽。文章笔墨曲折周密，从山川风物说到主体立身与济世，记言记事与明理融为一体。

黄庭坚说陈师道作文如"常山之蛇"，"救首救尾"，在章法上就是严整而不局促，放得开，又收得拢。如其《汳水新渠记》《披云楼记》皆是。《汳》记引证《水经》《水经注》《汉书·地理志》《河渠书》《竹书纪年》等文献，考辨汳水源流，直如一篇考据文章。再说汳水从隋到宋的水运变化，说到由于水道浅狭，水患频仍，"民以为病"，引入当地县令张惇兴水利、除水患之举，照应题旨。说到作记以纪于石，师道奇怪张惇其居善守，良有治绩，开渠治水只是一端，何以民众独有见于此"末者"，师道发挥议论，盖因"夫善为治者，人知其善而已，至其所善，盖莫得而言也。渠之兴作有迹，其效在今，此邑人之所欲书也"②，感慨系之。《披云楼记》在章法上有类于此，以考据开篇，序事以带入题旨，因之阐说一段道理。脉络延伸，思理贯通，谋篇布局开阔而有章法可循。这类文章，从桐城派文论观之，即义理、考据、辞章兼美者。

师道记体文中以记言为主的《是是亭记》也较有特色。这篇记以

---

① 《后山居士文集》，《全宋文》卷二六六九，第 363 页。
② 同上书，第 370—371 页。

记言说理，实是有激而言，有感而发。刘道原父子以道行事，不苟合取容，与世多忤。关于刘氏父子事迹，苏门弟子多有文章记之，如前所及张耒《冰玉堂记》，晁补之的《冰玉堂辞》《是是堂赋》，以及陈师道此文。此文就是是、非非之理展开，先以刘道原之子承谨严家风，名"是是亭"以明志，接以客之言、晁子之言对刘子的辨正，再加以陈子自己的辩理，层演层进，层进层深。

其中，刘子所谓"是其所是而不非其非"有取权之意，客言"不幸而过，宁讪毋谄"，有随世俯仰之意，而晁子"尝与子问津于无可无不可之途，而驰节乎两忘之圃，夫安知吾是之所在？"① 则有庄子的味道，陈子并言二子之失，引孟子之言以明理，所谓是非存乎心，进退之间则有所择焉。不在其位不任其事，以免招致祸端，类似的观点，陈师道在《上苏公书》中也表达过，可见是饱经世故之后的一种人生经验的沉淀。

此文在章法上不同于前两记之由事及理，此记则由记言说理到叙人事，再以理归结。把刘子家风放在数子言论后面补叙，相当于一种悬置、留白的补足，对应刘道原父子的个性与际遇，联系刘子行事对其祖其父作风的承转，则前文数子之言论交锋，都有了现实的呼应，文气盘旋而沉潜，则陈子之理显是经现实之考虑，殊为可取。

《思亭记》在章法上又是一变。此文先说事，再说理。从思之理展开，分析思与心、物之间的关系，联系甄君之事，说"思亲"亭之名理。思亲在人情为必有，然则关系有远近，于情则有亲疏之别，故而思与忘之间有其必然。此亭之作则在思亲以记忘也。行文至此，文意在思与忘之间已经打一来回，于思理似已说尽。此处作一翻转，设想子孙后代有贤不肖之别，或有"望其木思以为材，视其榛棘思以为薪，登其丘墓思发其所藏者乎？"② 有如杂剧打诨，出一波折，使前文积累的思亲哀情陡一中断，文章的氛围也随之改变，可说是将无作有，空中盘旋，文意又翻出一层，再回到作亭作记的初衷，以明劝美戒恶之旨。行文章法的变化带来文情的变化，使文气跌宕起伏，情味更加丰富，所论

① 《后山居士文集》，《全宋文》卷二六六九，第376页。
② 同上书，第367页。

之思亲之理也更为明晰透彻。

（二）书序文

陈师道这类文章包括书简、赠序、文序等。如其赠序、文集序、诗集序之类，一般就某一文论观点展开，表达见解。如前所述之《送参寥序》《送邢居实序》《王平甫文集后序》《颜长道诗序》，以及《寇参军集序》等。这一类序文，都有一特定的写作对象，从对象的为人处世以及文学创作入手，把握对象的某一特色来加以发挥。比如《送参寥序》讲作文与处世的关系，文章乃其末也。《送邢居实序》讲古今之学的差异，并行劝勉之意。《王平甫文集后序》讲诗能穷人，亦能达人。《颜长道诗序》讲成才与外物助力的关系，并从"诗可以怨"申发开去，讲仁与义、德与怨的关系，都能道出一番新意。而对象个性与文风特质与作者所要传达的观念也融合无间。

不同于上述序文之重在说理，《寇参军集序》重在写人。其文曰：

> ……寇氏之伯曰元老，喜事而多能。张、李氏之墨，吴、唐、蜀、闽、两越之纸，端溪、歙穴之研，鼠须栗尾、狨毫兔颖之笔，所谓文房四物，山藏海蓄，极天下之选。倾家破产，急士之穷，轻身下气而交名胜，士多归之者。其季曰元弼，一无所好，顾嗜酒与诗。方其展纸濡笔，立下疾行，倏忽数十百韵。衣冠在傍，合手起色，骇叹不暇。然成辄弃去，不复爱惜。非如世之诗生窭士，牵课临仿，吻颊鸣悲，岁锻月炼者也。昔魏晋之士，当嫌疑之际，能慕名著节，而身在位，既不得去，又不可死，于是有托以逃其生；别离羁旅、流放忧畏之士顾无可乐，于是有托以快其心。私怪季氏无一于此。仕虽不达，而不以事经意，其于失得则轻。而亦好酒，无日不醉，苦心竭思，搜索肾胃，如与世士出奇作新，夸多而斗捷，以角一时之名者。与之久则涣然解，超然悟，而后知其非嗜味而嗜醉，非遣意而遣事也，其学陶氏、公孙氏者与。……①

文章先说寇氏兄弟的性情差异，伯氏"喜事而多能"，季氏一无他

---

① 《后山居士文集》卷一六，《全宋文》卷二六六六，陈师道卷三，第 324 页。

好，唯嗜诗酒。构成一重对照。接写季氏"奋笔疾下，百韵立就"的神采，以及"成辄弃之，去不顾惜"的洒落。此又一重与"斤斤于字句者"对照。随即原季氏之心态，"非逃生之苦，或以快于心"，此又一重与"托诗酒以寄生者"之对照。再写其好酒，似"作新出奇夸多斗捷"以争名者，悟其"非嗜味而嗜醉，非遣意而遣事"① 之意，盖"学陶氏公孙氏"也，此又一重对照。重重渲染，寇参军其人于文中神采毕现。

陈师道的书信文最能见其个性特征。师道为人谨重，严于律己，谦逊好学，笃于友情，其人格形象在其书信中得到丰富立体的映现。如其《答李端叔书》《答张文潜书》表示不敢承誉的谦逊，《答秦觏书》说明与黄庭坚的诗学渊源，《与黄预书》致劝慰之意，《上苏公书》表关切之心。《与少游书》明士不就招之志，殊能见其志节。《与鲁直书》（四首）叨叙家常，最见深挚。从作法来说，师道书信文以交通达意为上，行文自然而有风度，情味深永。

（三）论说文

陈师道政史论文篇目不多，然构思严谨，论述周密，有其特色，值得一说。

1. 辨析义理，准确清晰

陈师道论说文善于辨析概念，思理明晰，析论准确。如其《正统论》以"正统"立论，从"大一统"的概念申发，梳理自周至五代的王朝统治的系统沿革、历史演变，论正统，辨华夷，析理详明。

文章一开始就扣题释名："统者，一也。天下而君之，王事也，君子之所贵也，吾于《诗》《春秋》《孟子》见之也。《周南》自风而雅，王者之事也；《召南》自家而国，诸侯之事也；公羊子曰：'王正月者，大一统也。'"② 说统即一，以大一统之元概念为基准，辨析王朝更迭，何者承续正统，何者又为夷狄。

再说"正"："夫正者，以有贰也，非谓得之有正与否也。天下有贰，君子择而与之，所以致一也。不一则无君，无君则人道尽矣"。

---

① 《后山居士文集》卷一六，《全宋文》卷二六六六，陈师道卷三，第324页。
② 《后山居士文集》卷七，《全宋文》卷二六六七，陈师道卷四，第334页。

"正之说有三，而其用一。三者，天、地、人也。天者，命也，天与贤则贤，天与子则子，非人所能为也，故君子敬焉。地者，中国也，天地之所合也，先王之所治也，礼乐刑政之所出也，故君子慕焉。人者，德功也，德者化也，功者事也，故君子尚焉。一者，义也。可进则进，可黜则黜，而统有归矣"。① 所谓正统，即天命所在、礼乐刑政之所出、人所归附者。

随之陈述历代学者所论周以来的五种政治状态："有其位而不一者，东周是也；有天下而无位者，齐、晋是也；有其统而为闰者，秦、新是也；无其统而为伪者，魏、梁是也；上无所始，下无所终，南、北是也"。依上文"大一统"之义辨析周何以是"有其位而不一者"、齐晋何以为"有天下而无位者"："桓、文一中国，却外夷，出民水火之中，有功矣。而天命未改，故管仲不得而革也。夫周存之者，天也，文武之泽也；黜之者，人也，天下之法也。此周与齐、晋之辨也。"② 说理严谨。其后又据理分析秦、新、魏、梁、南北朝之统系，皆理备而事详。

师道此论据儒经之《论语》《诗》《书》《春秋》析论，故能深入事理，发论精当可靠。如其文云：

> 或曰：魏假之华，齐、梁、陈斥之蛮，无乃悖乎？曰：夷而变，虽未纯乎夏，君子进之也；夏而变，虽未纯乎夷，君子斥之也，矧其纯乎？孔子曰"一日克己复礼，天下归仁"，而不考其素善其变也，又况终身由之者乎？"色斯举矣"，而不察其著，恶其变也，又况言弗行乎？此南、北之辨也。③

分析华夷之变，立论准确，辨析合理。

又如其《取守论》说取守之道，义理严明，断历代是非，言之成理。亦可见其析理论辨之能。

---

① 《后山居士文集》卷七，《全宋文》卷二六六七，陈师道卷四，第334—335页。
② 同上。
③ 同上书，第336页。

2. 不循旧说，自陈新见

正因师道善于阐发义理，辨析史实故能切近事理，破解陈说，自抒新见。如其《正统论》评论秦的历史地位，即属新见："秦之昭襄始亡周而臣诸侯，及始皇又合六国而为一，而学者不以接统，岂不已甚矣哉！以秦之暴，疾之可也，而不谓天下为秦可乎？夺之，其谁与哉？"①肯定秦承续正统，还其历史地位。

又如分析夷狄，亦不同常轨："自隋而上则为魏，魏而上为燕、赵。赵，继晋者也。晋之亡犹秦也，非人亡之也。举天下而弃之，智者得之，而谓之逆乎？其事则汉唐，其名则霸，其义则虽非桓、文，亦非晋之罪人也，则有始。石氏，羯也；慕容氏，鲜卑也。然居中国之位，有中国之民，而行中国之政矣，是犹《书》之秦，《春秋》之吴、楚也。燕、赵不为夷，而谓魏为狄乎？"②破除迷障，新人耳目。

又如对后梁的评价亦不同前见："学者拟梁而于新，而唐非其族也，且其取之，夺也，非讨也，吾于《春秋》见之也。楚比，盗也，而弃疾杀之，君子书之，曰'公子弃疾杀公子比'，以情不以迹也。梁之存犹魏也，此朱梁之辨也。"③

师道对此文亦颇自负，如其言："吾于正统，质之经以定其论，资之公以济其义，折众说之枉而归诸正，庶乎其可也。"④

又《霍光论》对霍光的评价也自有主见。文章起始："有其才而无其节者，司马懿是也；有其节而无其才者，荀息是也，有是二者，成功而去，伊、周是也；有是二者，守而不固，霍光是也。"即是说霍光有才有节，但不能保全。后又说："或者又谓节而不才，然保人之幼，全人之国，天下危而复安，此皆才之大者。"⑤联系苏轼《霍光论》的看法："夫霍光者，才不足而节气有余。"⑥师道之说显是有为而发。不盲从附议，自得其意。

---

① 《后山居士文集》卷七，《全宋文》卷二六六七，陈师道卷四，第335页。
② 同上书，第336页。
③ 同上。
④ 同上书，第336—337页。
⑤ 同上书，第340—341页。
⑥ 张志烈、马德富、周裕锴主编：《苏轼全集校注·第十册·文集一》，河北人民出版社2011年版，第370页。

3. 法度谨严，论述详赡

陈师道论说文讲究章法，说理有条不紊，如其《取守论》，就"取守"二字发论。一开始即引流行观点并加以反驳："文武异道，取守异宜，武夫策士可以进取，儒者可与守成。秦以用武而亡，宋襄公以用儒而败，故汉取以诈力，守以仁义，文武迭用，而各得其宜也。是不然。"① 随即辨析文武皆自道出，取守之道在道自身。"古之取天下者以身，其守之者亦以身，故君子修身而天下平，修身非以致天下而天下归之"。"后之取天下者以兵。兵者，争而已矣。以诈胜诈，以力胜力，致其争也。至其尽敌则无所与争，而君臣相屠矣"。② 据此分析取守之别："汤武之兵非取天下也，取有罪也。古之守者以天下计，故尧禅舜，舜禅禹，汤放桀，武王伐纣，周公居洛，曰有德易以兴，无德易以亡，岂为子孙计哉！其取之以天下，其守之以天下，故五霸迭兴，不得而私也。后之守者以子孙计，其得之以争，其守之也畏人之有争心也，故秦堕名城，销锋镝，杀豪杰，愚黔首以止争也。汉高祖曰'安得壮士守四方'，以御争也。此其所异也，私故也。"③ 取守皆有有道无道、有私无私之别。随后就前例"汉守之以仁义"展开辨析，叔孙通所制朝会祭祀弁服之仪，乃礼之文，非仁义之实，不足于守。"汉之所以持世而遗后者"，乃萧何之法。所谓"守之以仁义"不足为据。

再分析何为仁义："由之者道也，无为而无不为，舜禹是也；为之者善也，好仁而恶不仁，汤武是也；假之者为人者也，不善其身而善其政，五霸是也；修之者为道者也，故曰'回心三月不违仁，其余日月至焉而已矣'，七十子是也。"而"汉之于仁义，非善其身也，善其政而已；非明于己也，有见于古而已。其不迨于五霸者，所谓政者未尽善，而所谓义者未尽明也，其假之而不至乎！"④

最后驳"宋襄公以用儒而败"之论，补足议题："宋襄公有亡国残民丧身之道，而以'不鼓不成列'、'不禽二毛'为仁，是不知务也。譬之于盗，寡取以为廉，忘其财之盗也。子鱼曰：'爱其重伤，则如勿

① 《后山居士文集》卷七，《全宋文》卷二六六七，陈师道卷四，第 337 页。
② 同上。
③ 同上书，第 337—338 页。
④ 同上书，第 338 页。

伤；爱其二毛，则如服焉。'此仁人之言也，襄公何知焉！"①

全文层层递进，结构完整，讲求法度，首尾呼应，浑然一体。

又如其《霍光论》从才、节二端立论，比照金日䃅，对霍光其人其行展开论述，评价功过，章法严整。

简言之，陈师道的论说文辩理精微，析论谨严，自成一体。

二　晁补之的散文创作

晁补之在苏门六弟子中，受知于苏轼最早，苏轼非常赞赏他的才气，在阅过补之《七述》一文之后，说补之"博辩隽伟，绝人远甚"②，自己可以搁笔了。见《宋史》本传，本传还说"补之才气飘逸，嗜学不知倦，文章温润典缛，其凌丽奇卓出于天成"③。《四库总目提要》言其"古文波澜壮阔"④，都可见其作文特色。

六弟子中，晁补之、秦观都属于才气纵横、凌厉发露的类型。李淦《文章精义》说苏门文风有纵横之气⑤，这种气质在晁补之、秦观的文风上表现得更为明显。于补之而言，其论说文长于议论，纵横开阖，论辩滔滔，挥洒自如，即是如此。如其《上皇帝安南罪言》《上皇帝论北事书》《河议》等，说军国大事，长篇大论；其《上苏公书》《再见苏公书》都是逞才使气之作，文风与苏轼也比较接近。

晁补之的序记、书简、题跋在艺术表现上都有可说之处，有其个人特色。

（一）记体文

晁补之有记体文二十余篇，其中学记七篇，在苏门弟子中属多者，或与他同曾肇的交往，受曾氏文风影响有关。有亭台楼阁记十余篇，在作法上与宋代记体文的主流倾向多有不同。后者一般而言，略记而主理，而晁补之这类文章较多着力于铺陈描写，刻画物象，这种刻画之功

① 《后山居士文集》卷七，《全宋文》卷二六六七，陈师道卷四，第338页。

② 《晁补之资料汇编》，第170页。参见（元）脱脱等撰《宋史》，中华书局1977年版，卷四四四，列传第二百三，文苑六，第13111页。

③ 《晁补之资料汇编》，第171页，参见《宋史》，中华书局1977年版，第13112页。

④ 《晁补之资料汇编》，第128页。

⑤ 李淦《文章精义》："苏门文字到底脱不得纵横气习。"见《历代文话》第二册，第1187页。

在宋人中较为少见。如其《照碧堂记》《拱翠堂记》《新城游北山记》《金乡张氏重修园亭记》即是。

《照碧堂记》立意在表达文治思想，对照碧楼的描写，表面一层是说逸与劳之关系（这在陈师道《披云楼记》中有相近的思想），深一层则是强调照碧楼所在地乃在宋，是本朝的始基之地，则文中由登览引起的慨叹都有具体的指向性。对比隋炀帝之侈靡，故其国祚短促，而唐有张巡、许远、南霁云之忠臣义士，宋有如曾公奉公克己之德业，自当延祚久远。章法结构上注意前后呼应，文理贯穿。古今对比映衬，皆有为而发。文中引齐景之流涕、羊祜之太息，也是面对江山胜景，人事短暂，风景殊异，而自然兴发的慨叹。文中说到游览休憩之乐，开头只是泛论，并点出照碧堂对劳作者的意义。后面联系作者的自身体验，具体描写登览的胜景与感受，特别点出"盖不独道都来者以为胜，虽餍于吴楚登览之乐者，度淮而北，则不复有，至此亦踌躇相羊而喜矣"①。这之前的写景，"拊槛极目，天垂野尽，意若遰骛太空者。花明草薰，百物媚妩，湖光弥漫，飞射堂栋。长夏畏日，坐见风雨自堤而来，水波纷纭，柳摇而荷靡，鸥鸟尽俦，客顾而嬉，翛然不能去"②，描摹物象，笔触优美而灵动，在宋记中别具一格。尤可注意者，写景之美、观景之乐，乃与主旨相得，而成一体。登堂之时对曾公的怀念，观览所引发的兴衰感叹，两者有一内在思理，也即文治必有其具体的实施者，这个主体在文章的情境中就指向了曾公。故此，文章后面又借"一日必葺"与"不扫一室者"的对比，引申两种不同志向，再引曾公之言以见其通达。结尾，对曾公文学德行的赞美，就自然成理了。所谓"如此堂，不足道也"，什么是要刻记于石，垂诸后世的，就不言而喻了。

此文脉络清晰，层次分明，而又转换自然，注意文气的过渡与衔接，以及文章情境的变化，以达成丰富的艺术美感。

与《照碧堂记》有别，《拱翠堂记》在立意上设计了两条线索，一是写山水之美不为人所知，二是写人对山水之美的体认与对自然的亲近，两者交汇而行。就前者而言，文章起始就写泉山的地势方位，写泉

① 《鸡肋集》卷二九，《全宋文》卷二七三八，晁补之卷二八，第12页。
② 同上。

水对风土的滋润，由交通之利写到熙来攘往者皆由利趋动，而忽略了身边的美景，由此转到第二条线索，层转自然。在讲到人对山水的欣赏，作者先说一般人"或不知择而居，居之或不爱，爱而不以语人"①，后说窦师道"居之而爱，然不以语人，不夸以大之"②，前后对应，以师道之言"此乐神所秘，吾非不能与人同之，从我者寡也"③，揭示自然之美须得人主动发现的道理，来回应前文。这是一重对比。另一重对比，则在古今隐者之间展开。作者特意在文尾提示汉代王仲儒父子的典故，以王氏父子之愧，衬托师道父子之明德，使文势有波澜。其中，又穿插作者对山川之胜的恋慕，相形映衬，使脉理更多变化，情致更为丰满。这样，拱翠堂的存在集合了多重指向的内涵，文章交织的两条线索，以及今昔对照，自我与他者的映现，都集中指向了这一客体，如此，拱翠堂所承载的丰厚内蕴也就见于言表。

晁补之记体文善于体物写景，且常用比喻刻画描绘，如前之《拱翠堂记》写山势"左则如涛如云，如虎如蛇，腾涌挐蹙，杂袭而相羊。右则如车如盖，如人如马，逶迤雍容，离立而孤骧"④，写山泉"皆清冷鸣射，如线如珠，仰出奇异"⑤，使物象鲜明可见。其著名游记文《新城游北山记》在状物绘景方面堪比画工，且善于调动各种声音、光线、色彩等元素，来经营画面，渲染意境，传递氛围，使读者进入特定的情境，受到感染。

其文曰：

> 去新城之北三十里，山渐深，草木泉石渐幽。初犹骑行石齿间，旁皆大松，曲者如盖，直者如幢，立者如人，卧者如虬。松下草间，有泉沮洳，伏见堕石井，锵然而鸣。松间藤数十尺，蜿蜒如大虬。其上有鸟，黑如鸲鹆，赤冠长喙，俛而啄，磔然有声。稍西，一峰高绝，有蹊介然，仅可步。系马石觜，相扶携而上。篁篠

---

① 《鸡肋集》卷三〇，《全宋文》二七三八，晁补之卷二八，第14页。
② 同上。
③ 同上。
④ 同上书，第13页。
⑤ 同上书，第14页。

仰不见日，如四五里，乃闻鸡声。有僧布袍蹑履来迎，与之语，愕而顾，如麋鹿不可接。顶有屋数十间，曲折依崖壁为栏楯，如蜗鼠缭绕，乃得出，门牖相值。既坐，山风飒然而至，堂殿铃铎皆鸣。二三子相顾而惊，不知身之在何境也。且暮，皆宿。于时九月，天高露清，山空月明，仰视星斗皆光大，如适在人上。窗间竹数十竿，相摩戛声切切不已。竹间海棕，森然如鬼魅离立突鬓之状。二三子又相顾魄动而不得寐。迟明，皆去。既还家，数日，犹恍惚若有遇，因追记之。后不复到，然往往想见其事也。①

此记纯以记游写景为主，不杂议论，在晁氏记文和宋代记文中都是少见的。文章依游踪展开记述，描写对象集中，笔致简练精粹，没有多余的枝蔓。作者紧扣新城北山幽深的观感体验，摄取最能表现这种感受的物象来着力刻画，线条工练，手法多样，注重形、声、色、态的描绘，调动视觉、听觉、触觉、心理等不同感官层次的感受，营造特定的感受空间，精确地传递其感受体验。作者以移动视角，以比喻修辞，抓住对象特征，使物象形于纸上。通过空间转换、层次过渡，带来不同的观感。同时，利用光线的变化，从幽暗到明澈，使观者的心理也发生相应的变化。作者刻意强调游历北山的阴森之感，以山风飒然、铃铎之鸣、竹叶摩戛、鬼魅棕影营造森然气氛，于实地情境中两次点出游观者的心理不安，又于事后两次提示这种不安与恍惚的反射，以此反复皴染，强化，令人印象深刻。

（二）序体文

晁补之序体文包括赠序和文集序等。

赠序乃赠人以言，或表达某种希望，或宣示某种道理，或劝诫，或称美，都是题中之意。晁补之这类序中，《送李文老序》以劝勉为主，先追溯李姓起源和历史荣光，以激起李生的荣誉感；接以比喻，讲大才不小用，所谓"譬璧盈尺，以作镇冒琥璜无不可，而工目之当琢珮珥十数，然必不毁；千章之木，可栋可极，而匠谓之此足为枅槉百，然必不断"②，

---

① 《鸡肋集》卷三一，《全宋文》卷二七三九，晁补之卷二九，第26—27页。

② 《鸡肋集》卷三五，《全宋文》卷二七二一，晁补之卷一一，第96页。

含蓄赞扬李生之才。又以药肆之比，说知识储备，如其所言，"如药肆，平时储百物，凡神农所名可用以活人者，阙一不可。使夫一日来市者，求玉泉、五芝、丹砂、空青，此亦在，求羊藿、豕苓、败龟、枯蟾，此亦在。要人之市我者可一二数，我之应人者如山薮不尽"①，最后以孟子之"论一乡之善士与天下之善士，其所成就者异，由其学有小大"②，来勉励李生，达到赠序的目的。

《送刘公权序》写交情远近亲疏之别，说明刘公权不以贫富贵贱论人之义，作序以表其高节。有愤世嫉俗之意。

《送段康侯序》以主客对话方式展开，就士与名的关系发议论。文章先说段康侯官桐庐，与桐庐相对，有七里濑，严陵钓矶，自然引发话题，说士对名的态度。在作者看来，士之于名，有显于名者，有不累于名者，前如严陵，后如介之推。谈古只是个背景，重在论今。随之，作者自然引入对段康侯的评价，乃真不累于名者，无愧古人也。文末借题发挥，建议康侯在官务之暇，"与其邑子田野逸士言，而时察之，得无物色有如陵枯槁自喜者，犹持竿其濑中"③，不无风趣，合于赠序之体。文意翻出一层，又跌回反照，腾挪翻转，巧于变化。

文集序的写作，其题旨一般是作者与作序对象之间的契合点，作者借以表达某种思想观念，此外，描摹对象的个性特征，简笔刻画某一人物形象，也是文集序的一种作法。这两种类型，在苏门弟子的文序中都可见到，而各人的特性差异，在他们所作对象方面也可作相应解读。

晁补之文（集）序有自序类的《鸡肋集序》，他序类的《张穆之触鳞集序》《海陵集序》《石远叔集序》《续岁时杂咏序》《汴都赋序》《坐忘论序》等。如前章所述，晁补之的文学观念在这类文章中表达清晰，而且，补之从文如其人、文行合一的角度，对所序对象的思想个性也作了准确精当的表现。

晁补之《鸡肋集序》表达了文质合一的观念，他说"夫物有质者必有文，文者质之所以辨也，古之立言者当之"④。"文者，质之表也。"

① 《鸡肋集》卷三五，《全宋文》卷二七二一，晁补之卷一一，第96页。
② 同上。
③ 同上书，第99页。
④ 《鸡肋集》卷首，《全宋文》卷二七二一，晁补之卷一一，第100页。

故而在晁补之看来，对创作主体而言，其文与其人是统一的整体。如其《张穆之触鳞集序》所序张穆之与其创作即是如此。此序从生活背景、文学创作、交游、后辈言行等几个方面对张公其人其文作了多层次、多角度的表现。先说鲁地故俗多"经儒忠信之士"，显示张公的为人作风有其传承渊源。再说张公文章，一类是"凛乎直谅多闻之益，如药石，如谷米，非无用而设者。其多至数十章，皆深切当世之务"①，点明其文学功用、现实意义。另有诗文作品，文字清丽，"有唐中叶以来才士之风，非若五季及国初文物始复，武夫粗鄙、田里朴陋者之作也"②。再从文学交游的角度，点出王禹偁对张公的推崇。王禹偁为人直道直行，以直谏斥，于时诗文独步天下。王"于一时流辈少许可，独畏公，尚以为不可及也，则公之为人可知已"③，以王禹偁的态度来突出张公的人品和文品。再从作者与张公曾孙大方的交往，以见张公其人。大方"为人质直自将，好善不欺，类可与论里仁之美者"④，故此"知公之忠信流泽有后也"⑤。如是，张穆之《触鳞集》之"触鳞"就有了丰富立体的展现。

其他如《海陵集序》《石远叔集序》等，都是着眼于文行合一，序其文，见其人，而有所托者。《海陵集序》一开始就说"文学，古人之余事，不足以发身"⑥，正因其无用以见其独立价值。所谓诗亦穷人，自有有为者"以其无益而趋为之"，"穷而不悔"⑦，《海陵集》作者许大方即是，"能独为人之所不为者，而非有希于世，视趋利邀合犹胜"⑧。《石远叔集序》说石远叔"其所为诗文，盖多至四百篇。其言雅驯，类唐人语。尤长于议论、酬答，思而不迫。读者知其人通达，温温君子也"⑨。又提到"远叔在济时，补之数相从，间相与评古作者。

---

① 《鸡肋集》卷三四，《全宋文》卷二七二一，晁补之卷一一，第102页。
② 同上。
③ 同上书，第103页。
④ 同上书，第102页。
⑤ 同上。
⑥ 同上书，第106页。
⑦ 同上书，第107页。
⑧ 同上。
⑨ 同上书，第108页。

远叔语时造精微，补之常屈然私怪"①，且说"远叔颇放于酒，饮辄醉，或悲歌愀然，意其负所有不偶，寄之此耳"②。远叔其人其文的风格由此显现。

其他序文如《捕鱼图序》仿韩愈《画记》，序传为王维所作的古画《捕鱼》卷，笔法状物绘景写人有类画工。另，《广象戏图序》说象棋，也以描写见长。

（三）论说文

晁补之有杂说杂论文多篇，内容广泛，体式多样，技法灵活，以下分陈之。

内容上，依写作目的，此作品大致可分为劝谕、思辩、说世三类。

劝谕劝戒类杂论有《学说》《勤说送甥李师蔺游学》《徼陋》《乌戒》诸文。

《学说》《勤说送甥李师蔺游学》（以下简称《勤说》）从正面立论，说理谕示，《徼陋》《乌戒》从反面说理，警示告诫，都是从立身行事角度提出意见以为教益。

《学说》《勤说》都是作者写给家族晚辈姪甥，说为学勤学之理，作教育子弟之用。《学说》讲学习的重要性。通篇以比喻行文，以饮食而知味比学习然后明理体道，切近事理，有说服力。

文章先提观点："学不可已，惟知之，然后能好之。"引《礼记》、孟子之言证之："《记》曰：'虽有嘉肴，弗食，不知其旨也；虽有至道，弗学，不知其善也。'而孟子亦曰：'理义之悦我心，犹刍豢之悦我口。'"③ 再分三层阐述，第一层即基本层即上引之义，正如食而知味，学习然后知"道"之善。第二层引孟子之言展开："然犹曰：'人莫不饮食，鲜能知味也。'"并以"野人甘蕫美芹"之典以说理："野人至甘人之所不甘，此非未尝知甘所谓甘者，而以夫己甘谓人甘者止此哉。"④ 野人对美味的认知局限于蕫茎、芹萍子，以为旁人之美味亦止于此。由此推论，学习然后知不足，明白自身的局限，知识越多，

① 《鸡肋集》卷三四，《全宋文》卷二七二一，晁补之卷一一，第108页。
② 同上。
③ 《鸡肋集》卷二七，《全宋文》卷二七二五，晁补之卷一五，第172页。
④ 同上。

越明白自己的无知。

第三层举"百工众技,皆学也"之例,说明学习各种技艺到一定层次之后,掌握了方法奥妙,就乐在其中,不纯是求利。而且,学习到一定层次,见多识广,判断力、鉴别力也相应增强,"则如野人之甘荁茎、芹萍子,其于不足味也,不特惨蜇而后方知之也"。①

之后总结前文之意:"故嘉肴,世皆知其旨,必食者而后益知其为旨。至道,世皆知其善,必学者而后益知其为善。曰闻而知其旨且善者,意之也。"② 对于美食,世人皆知其旨,酸甜苦辣,味道醇美,如何如何,但一定要品食之才能知道味道究竟如何,何以为美味。对于道,世人皆知其善,但一定要学习了,才能明白它究竟怎么好。旁听侧闻其美其善,终究只是想象。只有学习才能有切身体会。

《勤说》以"勤"主导教化之意。文分四层,从道、天地、人三个角度展开论说。首先以"道无勤,物无不勤"入题,既说物,物之大者为天地,加之人,即为三才。之后分说天地之勤、人之勤,此为两层意思。"人见其四时行、百物生也,以谓天地未尝勤焉。不知夫有道焉,范围乎其外,莫或使之,日夜以造,偲偲然若有与之计其期而不得暇者,是能成千岁之积而开万化之原"。③ 此即说天地之勤。说人之勤,举圣贤之例:"故孔子之语子贡,而曰'生无所息',颜渊之赞孔子,而曰'欲罢不能'"。④

然而人皆有怠惰之性,于此进入第三层意思,说怠心之由来,及如何克服。克服怠惰,关键在立"诚",有诚意,下决心开始做好一件事。如何立诚,"诚者非义袭而取之也,闲其邪则存"。⑤ 立诚,故能践"勤",在乎学习、积累,方有所成。

圣贤难以企及,目标太高,难于达到,未免气馁,文章于是进入第四层意思,说但凡要做好一件事都需要"勤",即如"承蜩者犹掇之也,夫岂惟其精之至?自五六月累垸二而不坠,至于累三而不坠,至于

---

① 《鸡肋集》卷二七,《全宋文》卷二七二五,晁补之卷一五,第172页。
② 同上。
③ 同上书,第173页。
④ 同上。
⑤ 同上书,第174页。

累五而不坠，则其勤之积可知已"。由此小结："世不知者方且曰：'勤者，事也。道无所用勤。'其知者则将曰：'事者，勤也。天地不能无事，而况于学者乎！'"① 角度不一，结论不同。不明白事理的人以为勤是有具体实施的行为和对象，道不需要"勤"。明理的人则以为，做事，要有所成，就需要"勤"。天地不可能停止运转，必得勤，何况对于学习和学习者而言，更须身体力行之。

文章至此转入赠言主题，引入写文对象，兼发抒感叹，一笔宕开，写现实情境，又贴和说"勤"之意：

> 而余老矣，不复能自强，犹乐以静观动。日出而开吾牖，以临交衢之内，四民蠢蠢，各各以其业趣利。鸟嘤翔而兽噪骛，意各有所隶。蜂蚁之至细，迕行旁逝，营宅室而竞食事，亦维以卒岁。至于物之无情者，山日夜出云，流水之不停，甲拆而勾申，木不崇朝而其华敷荣并行，若争小积而大盈，而天地乃司其成功，及其至也，皆日损。于是以观复，而见天地之心，则万物何莫犹斯道？谓道无勤，道亦未尝息也，而其勤见于天地；天地亦未尝勤也，而其勤见于万物。万物各以其勤自成，而天地终其功。故成能者，为圣人。学之积由是，师蔺勉之。②

文末总说道、天地、人与勤之关系，层层递进，文思缜密，议论精当。期望之意，见于言表。说为学之勤，入情入理。

《儆陋》说人与环境的关系。起始有一解题小序："有睹于其里而自儆也，且以儆其子及甥姪焉。"说明写作目的。文从孔子"君子居之，何陋之有？"发论，列举吾既"非君子"，又"非智者"，"吾不幸"又"远君子而近小人"之情形处境，当如何自处："见贤思齐焉，见不贤而内自省也。"解决之道，在"使迹近而心远焉，虽不得贤者而齐之，日儆此，亦贤已"。文末引赵鞅之典以释："夫里无仁贤，则思吾一日之尝辱焉，如晋阳之委土，非耳目能言之类也。修而存之，如见

---

① 《鸡肋集》卷二七，《全宋文》卷二七二五，晁补之卷一五，第174页。
② 同上。

参于前，倚于衡也，亦可以为吾师，何必师人！"① 人不当为环境所困，当自警醒，自在自得，自全其节。

《乌戒》以乌作喻，说处世之道。文章先说乌以其黠，为人所诱，以黠死。又引韩非《说难》、楚人"沐猴而冠"之典，对比韩非以智死，楚人以愚死，智愚不一，取死之道，一也。因陈警世之言曰："宁武子'邦有道则智，邦无道则愚'，智愚观时而动，祸其可及哉？"② 发人深思。

思辩类论说文有《齐物论》《宾主辩》。

《齐物论》发挥庄子《齐物论》，说齐物之理，条理畅达。

文章大体可分四层，第一层讲用、通、得、几之辨。引庄子之言"为是不用而寓诸庸"、"用也者通也，通也者得也，适得而几矣"，解为"不用则理阻而不通，故用为通。通则物各得其理，故通为得。得则各适其所而尽矣，故适为几"。③

第二层讲成与亏、滑与疑、明与几之辨。引庄子之言"有成与亏，故昭氏之鼓琴也；无成与亏，昭氏之不鼓琴也"，解为"犹之七窍未凿而浑沌不死也。过此以往，则反乎无物，其为无成亏也至矣"。有关滑疑之辨，则说"然其始也，恢诡谲怪，未通乎一，故有滑者焉，有疑者焉。无滑无疑则其际冥冥，昧而不耀；有滑有疑，则长短之相形、前后之相随，不昧而耀矣。耀也者，明也。而此非明也，以夫众理之相乘也。"因"滑乱疑似"，"圣人欲为人解纷辨惑"，故曰："滑疑之耀，圣人之所图也。""物之情不齐而其理齐，圣人穷理，众人役情。圣人欲反情之异，合理之同，所以图滑疑之耀。使无疑无滑而泯乎冥冥者，莫要于此矣。"④

关于明与几，则说"圣人泯用之跡，而物未始不用；无意于明物，而物常自此明"。这就是明智通达。如昭氏、师旷、惠子者，"知尽于此，以非所明而明之，祗以为昧"，几者，尽也。三子之智止于此，

---

① 《鸡肋集》卷二七，《全宋文》卷二七二五，晁补之卷一五，第 175 页。
② 同上书，第 176 页。
③ 《鸡肋集》卷二七，《全宋文》卷二七二四，晁补之卷一四，第 169 页。
④ 同上书，第 169—170 页。

"而终不足以明也"。①

第三层论齐与不齐、类与不类。文云：

> 然非夫以道泛观，而备万物之应，则以不齐齐，其齐也不齐。乃若庄周，则以齐不齐，其不齐也齐矣。而犹以为未也，故又曰："今有言于此，不知其与是类乎？其与是不类乎？类与不类，相与为类。则与彼无异矣。"夫类则齐，不类则不齐。类与不类，相与为类，则齐与不齐，相与为齐。②

若非以道观物，欲以"不齐"达于"齐"，其所达之"齐"，终不"齐"。庄子则取消物之差别，故无差别，则"齐"。同类与异类，类似与不类，在一个层面上并列为异，若从更高一层来看，则无差异，都是一类（在更高的层属中，同属一类）。所以齐与不齐，其理皆通，故"相与为齐"。

第四层论有无。文云：

> 夫有所谓齐，有所谓不齐，则与彼诚何以异哉？故推而上之，极于物之无，曰"有未始有无"。夫未始有无者，此要言无物，无物则无齐矣。推而下之，穷于物之有，曰"自无适有，以至于三，而况自有适有乎？"此要言有物，有物则有不齐矣。故于是重言"无适也，因是已"。因是已者，盖齐物之要论尽此矣。何以知其尽此也？曰以因。因则无适也，故入之为无，非或使之无也，因是已；出之为有，非或使之有也，因是已。夫号物之数，自一至万，远矣。夫无未始适有，何以自一而语万？有未始适无，何以自万而语一？之二者，泯而无物，无物而无齐矣。③

辨析齐物、有无，最终则是无有，无无，无物，无齐。

---

① 《鸡肋集》卷二七，《全宋文》卷二七二四，晁补之卷一四，第170页。
② 同上。
③ 同上书，第170—171页。

文末结云：

> 虽然，非刳心丧我，不能观物而知无，故此篇始之以南郭子綦
> 之丧我，而齐物之论开。非观物同我，不能知化而穷有，故终之以
> 不知周之为蝴蝶，蝴蝶之为周，而齐物之论闭。①

无我，则"观物而知无"。"观物同我"，则"知化而穷有"。无之
终极，是丧我，无我。有之终极，是齐物，物我无差别，万物皆我，我
皆万物。

《宾主辩》说宾主义理，讲主客关系。文以宾主对话展开，宾主可
视为作者的两个自我，也可假托为陶渊明和作者自己。一则说主客之异
中有同："如宾之词，委心去留，乘化归尽，化乃所过，胡可以吝？我
之慕宾，亦以是近。躁静隘和，曰情非性；人放自放，非故曰命。极则
俱极，进则皆进。宾遗夫世者，虽尽而犹多；我缘于物者，虽多而必
尽。"② 一则说主客之异非异："今我与宾既已俱出乎忘我之境，而同塞
乎累物之门，得失安在，是非奚存哉？"③ 一则说主客之异亦同："宾独
不闻鲁男子之拒托宿者乎？嫠曰：'子胡不若柳下惠？'男子曰：'柳下
惠固可，吾固不可。吾将以吾之不可学柳下惠之可。'而孔子以谓学柳
下惠者多矣，然未有似于斯人。今欲使我如宾，解组长违，我则不可。
可在佚身，宾则犹我。譬鲁男子审己，故其为柳下惠也，不以其同而以
异，及其至焉一也，可不可安寄？宾亦奚以知我不与宾同至于葛天氏之
地？以谓何如？"④ 宾主殊途同归。

说世类杂论有《医言》《讳辩》《话述》几篇。

《讳辩》发挥韩愈《讳辩》⑤ 文意，他说："礼不讳嫌名，二名不
偏讳。孔子之母名徵在，言在不言徵，言徵不言在。补之先君子二名，

---

① 《鸡肋集》卷二七，《全宋文》卷二七二四，晁补之卷一四，第 171 页。
② 《鸡肋集》卷二八，《全宋文》卷二七一二，晁补之卷二，第 317 页。
③ 同上。
④ 同上。
⑤ 韩愈：《讳辩》，见《韩昌黎文集校注》第一卷，上海古籍出版社 1986 年版，第 60
页。

礼不偏讳者也，单举则于礼无怍矣。而世皆偏讳，厚于古不敢变也。若嫌，则后世亦有不讳者矣。汉和帝名肇，不改京兆郡；魏武帝名操，而其子植诗云：'修坂造云日。'肇非兆，造非操也。"又补充说："然周人以讳事神，亦恶夫音之斥也。甥辈读有若酉者，斯可矣。"① 说历代避讳之习，可资鉴裁。

《话述》以问句组织文章，写出人生各种境遇：

> 晁子尝曰："至人鹑居而鷇食。鹑无常居，鷇仰物食，我穷殆似之。虹蝃集其枯螟宛转于途，而我不庐，开口待铺，乃不如彼虎，有喙则腴。"其妻曰："水舟而陆车乎？憎里巷而爱歧陌乎？今日越而昔者燕乎？云忽忽乎？萍不止乎？大章、卢敖，步八极乎？荒土功乎？负羁绁乎？孔不暖乎？墨不黔乎？无乃蟹螫蚿足，躁不一乎？阳鸟、鹝鸸，气则移乎？败瓦墁乎？长铗慨乎？葡匐往三咽乎？人蓐食而媪见哀乎？东郭秒而中庭泣乎？贸贸来乎？额额然伏乎？西山饿乎？雉噫徙乎？无乃侏儒瞽师，因慰禄乎？豢豕犬羊，牺饩养乎？凡子行人间，何以请择事？"晁子曰："唯。"既而曰："龟笑不知，我知之乎？适可则可，我不可乎？"其妻曰："唯。"舍然大笑。②

作者在发牢骚，其妻则加以反嘲，陈列种种人生选择、窘迫、不足，幽默解嘲。

《医言》以医理比附人事，说理形象。首先说"上医医国。或曰不然。医曰：譬国于身，天地乃所寓之形，元气乃所恃而生。坚骨脆肉，山石壤坎也；中列五藏，五材是营也；风云其卫，百川其荣也；阖辟运转，有神欲行也。"由此发挥，以国比身，以身体状况比治乱，如其言："尧、汤水旱，国岂无疾？稽天焦土，要不病粒。五毒所攻，痤发中古。武砭已甚，血流漂杵。七雄裂之，五藏用争，衡秦纵楚，焦腑炭冰。卫生匪经，民中道夭，至秦暴蹶，气并则槁。求诸身中，一藏强

---

① 《鸡肋集》卷二八，《全宋文》卷二七二五，晁补之卷一五，第177页。
② 《鸡肋集》卷二八，《全宋文》卷二七一二，晁补之卷二，第318页。

胜，四气为微，一安得竞。"又云："大疾始间，汉与休息。小瘳未复，唐用饮食。"① 文以医理说治国之道，贴切形象。

写作方面，晁补之这类论说文包括多种体裁，有说体、论体、辩体、戒体、主客问答，等。因不同体式，运用相应的言说方式，技法灵活，风格多样。

说理方式上，有的长于思辩，层层推演，正说反说，皆严谨周密。如《齐物论》《宾主辩》。有的善于联系生活经验、常见现象，联类比附，比喻说理，如《学说》《勤说》《儆陋》《医言》等。

修辞方式上，有比喻、类比、联想、排比、对比、用典等。

行文风格上，劝谕类的《学说》《勤说》文风醇厚。思辩类文章奇思焕发。戒体则文风奇警。

（四）题跋文

晁补之有题跋文近三十篇。依对象大体可分为诗文类、书画类和其他物象的题跋。内容上，有写师友交往，有说文艺见解，有记人事变迁，等。针对具体对象，或赋物，或说理，或传情，要皆述事有序，说理透彻，摹写传神，文字精当，有专精之美。

1. 说理透彻，识见超群

补之题跋有涉及师友评价，见解精到。如《跋翰林东坡公画》从东坡画蟹发议论："盖公平居，胸中闳放，所谓吞若云梦，曾不芥蒂者。而此画水虫琐屑，毛介曲隈，芒缕毕备，殊不类其胸中。岂公之才固若是，大或出于绳检，小亦合于方圆耶？抑孔子之教人'退者进之，兼人者退之'，君之治气养心，亦固若是耶？"又综合孟子之言"观水有术，必观其澜；日月有明，容光必照焉"发挥说："归墟荡沃，不见水端，此观其大者也；墙隙散射，无非大明，此观其小者也，而后可以言成全。或曰，夜光之剑，切玉如泥，以之挑菜，不如两钱之锥，此不善用大者也。余于公知之。"② 文从大小两端说理，议大小才之用。东坡大才，既可经论社稷，亦可摹绘纤微。

《书鲁直题高求父扬清亭诗后》说黄庭坚修养功夫，上追陶渊明，

---

① 《鸡肋集》卷二八，《全宋文》卷二七一二，晁补之卷二，第 319 页。
② 《鸡肋集》卷三三，《全宋文》卷二七二三，晁补之卷一三，第 144 页。

相似处即在"泊然物外","致思高远"。① 又《题陶渊明诗后》② 比较诗之工拙，尤有见地。

《跋第五永箴》认为："箴亦诗，若赋之流尔。昔贾谊《鵩赋》，句皆如诗四言，而但中加'兮'字属之。至谊传，乃皆去'兮'字，则与诗、箴何异？彪与崔琦二箴，亦四言之敷畅者，名箴而实赋也。"③ 说箴、诗、赋之别，表达文学见解。

又有记人记事类题跋，叙议结合，入情入理。如《书陈唐父绵州守遗爱事后》讲德人、惠人之道，让人感受到善意好处，需要时间。文引孔子"善人为邦百年，亦可以胜残去杀矣"之语，说善人德化一方之惠政，即如子产之贤，民意评价的转变也需三年时间。而陈公守绵，"盖更六考，而后仅得施其仿佛，修庠校，损庸役，便转输，劝阙贷，绥背蛮，折留狱，兴圩堰，缮郛垒，皆有次序，而一时大人君子皆以循吏称之。虽陈公之所学而未施者不止于是，然使不得六年而为之，虽绵州之政事，亦未易志也"。又云："循吏不欺君子，不贼民，其事显在阳德。夫显有施于物者，则物亦将显以报，故君子知臧孙达之必有后于鲁也。"④ 对比说理，表达期望，理畅而事明。

又有题跋文说修养之道，如《题白莲社图后》说："《周礼》百工之事，皆圣人作，用志不分，乃凝于神。张颠观公孙大娘舞剑而草书长进，此岂笔墨蹊径间得之耶？"⑤《题段慎修纸》一则曰："《传》曰：'大道以多歧亡羊，学者以多方丧生。'裹粮就学者成群，半途而废者皆是，则多歧与多方之迷也。端夫年少才秀，苟无画，力不患不足者，要之适越无北辕，求前无却行，则道远乎哉？虽然，其术云何？曰：就有道而正焉耳。故韩愈之教人欲识路。"⑥ 二则曰："世之言曰：抑学似贾。贾必据通都大邑，交易往来之路通，故货蓄；学必之衣冠之聚，见闻切磋之徒广，故学富。是不然，蜀寡妇清守丹穴，以雄其乡；诸葛孔

---

① 《鸡肋集》卷三三，《全宋文》卷二七二三，晁补之卷一三，第138页。
② 《鸡肋集》卷三三，《全宋文》卷二七二二，晁补之卷一二，第129页。
③ 《鸡肋集》卷三三，《全宋文》卷二七二三，晁补之卷一三，第148—149页。
④ 同上书，第138页。
⑤ 《鸡肋集》卷三三，《全宋文》卷二七二二，晁补之卷一二，第130页。
⑥ 同上书，第128页。

明耕南阳，出而为霸王师。此非通都往来、衣冠闻见之效也。然则端夫虽穷乡处家，苟志于学，不出户而知天下可也。"① 此数篇说凝神专注之要，又教人树立方向，走正道；又教人增广见闻，博学多识。予人受益。

《跋化度寺碑后》说专精之理：

> 余观古人，惟德操皆素定，而能伎所长不同趣。人物之盛，莫近于唐，然名诗者或不能赋，名赋者或不能文，名文者或不能字画。字画之工，率愧述作也。以其习之专，守之不易，故各能尽其妙，类承蜩丈人用志不分，乃凝于神者。欧阳文忠公尝云："牡丹，花之绝而无甘实；荔支，果之绝而非名花。昔乐天尝有感于二物矣，是孰尸其付与耶？虽然，二物者，惟不兼物之美，故能各极其精。"信哉是言！欧、虞、褚、薛，唐初以书显者，舍其德操而论，亦不闻他能伎如其字画之精也。呜呼，此其所以精乎！学者能以是心学，专且不易，古人之事业何求而不得，况诗文与书哉！而后之君子，学则皆有侈心，必事事在人先，故五伎而穷。②

专注才能有成，确为不易之论。

另有评价历史人物如《跋陈伯比所收颜鲁公书后》《跋兰亭序》等均见思理。前者说颜真卿其人与书的关系："有大功于物者，死而不亡，自昔然也。至公，笔法奇伟，虽其天姿独得，亦忠义秀发能然，柳诚悬所谓心正则笔正者。而世人乃欲以其尘埃倭堕之姿，追迹纸墨之间，远矣。"③ 从人到书，追摹前贤，其成不仅在书艺，更在于为人。后者评价太宗之大累与小累。既惑云："以太宗之贤，巍巍乎近古所无，奈何溺小耆好而轻丧其所常之宝？"复叹云："太宗以一旅取天下，惟信尔！夫不吝三千女而放出宫，自信也；不约四百囚而来归狱，人信也。晋舍原何足道哉，全鲁存郑，利重于谲也。爱《兰亭叙》，事小于

---

① 《鸡肋集》卷三三，《全宋文》卷二七二二，晁补之卷一二，第 129 页。
② 《鸡肋集》卷三三，《全宋文》卷二七二三，晁补之卷一三，第 147—148 页。
③ 同上书，第 143—144 页。

欺也。其老而将传，至从其子求书从葬，亦累矣。累物钧病于行，若太宗，不累者大，累者小。"① 以太宗之执，以见人性之痴，人之局限。有情皆困。有生皆累。

又题跋有说书画之妙理。如《跋谢良佐所收李唐卿篆千字文》以谢良佐所收李唐卿篆千字文"特奇巧，圆方不失，而飞扬自如，过其流辈远甚，盖一时绝艺"说学书之奥义："学书在法，而其妙在人。法可以人人而传，而妙必其胸中之所独得。书工笔史，竭精神于日夜，尽得古人点画之法而模之，秒纤横斜，毫发必似，而古人之妙处已亡，妙不在于法也。"② 人的境界决定了书的境界。

又《跋董元画》说学书画之道，切近事理：

> 翰林沈存中《笔谈》云："僧巨然画，近视之，几不成物象，远视之，则晦明向背，意趣皆得。"余得二轴于外弟杜天达家，近存中评也。然巨然盖师董元，此董笔也，与余二轴不类，乃知自昔学者，皆师心而不蹈迹。唐人最名善书，而笔法皆祖二王，离而视之，观欧无虞，睹颜忘柳。若蹈迹者，则今院体书，无以复增损。故曰寻常之内画者，谨毛而失貌。③

学画妙在"师心而不蹈迹"，自写胸中妙耳。
《跋李遵易画鱼图》解说画理：

> 鱼之丑，以千百数，且一物而极巨细之形者惟鱼。天池之鲲，其大不知其几千里，毫素之窘，不能追也。长塘之水一斛而鱼半斛，其小如针锋，毫素可追，不能工也。则夫可追而工者，不过于九泽之所同有，九戬之所常萃，鲨、鲤、鳟、鲂，颁首莘尾之间，盖见者能识之。然世犹以谓画师喜为鬼神，而惮为狗马。鬼神怪幻，易以罔人，而狗马与鲨鳟所常睹者，夫人而能指其失，故工此

---

① 《鸡肋集》卷三三，《全宋文》卷二七二三，晁补之卷一三，第149页。
② 同上书，第148页。
③ 同上书，第146页。

尤难。是不然。夫鲲以海运，而针锋若灭没，世固无睹鲲首尾之
目、针锋鳞之眼，则欲穷巨细之倪，至此而能者俱废。且凡鱼亦不
一状，则画之难工，又非若狗马比。然尝试遗物以观物，物常不能
庾其状。尽得一鱼之意，则铺几尺纸，曰此天池也，此长塘也，广
狭不移而皆在。一以为鲲，则稽天之涯睹，不见其不足；一以为针
锋，则蹄涔之态具，不见其有余。大小惟意而不在形，巧拙系神而
不以手，无不能者。而遵易亦时隐几翛然，去智以观天机之动。蚿
以多足运，风以无形远，进乎技矣。①

　　就绘画言，鱼之极大与极小皆难以命笔，故绘形绘色能得其工者，
多着眼于最常见类型。文章在说出一般常识之后，又破除一般成见，所
谓"画鬼容易画人难"。就绘鱼说，不常见的难于想象，常见的苦于种
类繁多，又难于把握。解决之道在以意命笔，"遗物以观物"，得其意
而略其形，则得心应手，无不如意。文从巨细之辨说到怪常之辨，层进
层深，以得意收结，契合画理。

　　《跋范伯履所收郭恕先画本》说画理在规矩笔墨之外：

　　　　恕先高贤绝艺，世所共知。其笔墨精妙，蛇蝉变化，寿臣父叔记
之矣。然恕先要为难知。以为异人耶，自应会意物表，不当复宾宾效
世俗为者；而此画本范模关、吴辈，一二曲折，毫发点缀，惟谨不
谬，岂大匠诲人，必以规矩者欤？其遗迹不多有。世传图上一角数峰
疋素本，末作童子纸鸢，中引线满之，离绝匠意，此又岂规矩笔墨可
求者哉？弥明道士云："吾不解人间书。"而石鼎联句，极唐诗之巧，
语侯、刘辈，以谓"吾就汝所能者为之"。恕先其近是哉！②

　　说郭忠恕笔墨之精妙，令人神往，启人遐思。

　　2. 述事有序，摹写传神

　　补之有些诗文类题跋，针对具体对象，在诗文作者、作品、读者、

---

① 《鸡肋集》卷三三，《全宋文》卷二七二三，晁补之卷一三，第145页。
② 同上书，第147页。

环境之间建立联系，以事贯穿，抒情写意，脉理分明。

如《跋曼卿诗刻》说石延年与张氏园亭事。题跋对象是石延年金乡张氏园亭诗刻，以曼卿诗为原点，连缀人事环境的变迁。先写曼卿其人，加以欧阳修评语，以见其人不凡："曼卿与苏公子美齐名，两人皆欧阳文忠公所畏，《澄心堂诗》所谓'曼卿子美皆奇才'者也。又《曼卿墓表》其略曰：'曼卿，先世幽州人。少以气自豪，读书不治章句，独慕古人奇节伟行、非常之功，顾不合于时，乃一混以酒。文章劲健，称其意气'云。文忠公一代儒宗，曼卿于补之辈行阔四五，诗工字妙，不当从补之议，当如文忠公语也。"①

再写曼卿与张御史人事交往，具现曼卿诗写作的时空环境，即张氏园亭及其州县之地："曼卿以天圣四年来令金山，故诗为此邑人作者多，刘君一也。如《题张氏园亭》诗云：'乐意相关禽对语，生香不断树交花。'尤为佳句。其地在邑东郭，近秦城古寺，盖太宗时御史张公穆之别业，园，诸子之所营也。"②

再说自己寓居张氏园亭，串起自己与石延年、园亭现主人之间的联系，呈现人事、环境的恒常与变迁："逮补之寓此，盖七十年，而荒墟废址，狐鼠之所跳嗥，独两大桧苍然犹在，其枝半死半生，蟠蠖奇怪，想见山阴品汇之盛。微咏石句，为之太息"。③他对御史曾孙大方说："尝试复之，崎立两亭，当为子名之。以其语，一曰'乐意'，一曰'生香'，以记曼卿尝醉此，亦知子先世与曼卿厚，子今不可得也。"大方曰："唯。"由此说到作文缘起，即重修园亭，并刻石作记，令后人知曼卿其人其诗之意：

> 岁再春，大方率清晓出郭门，或问之，曰："东园壅培，事恐后。"会大方犹子刍与同里郭力，又以曼卿此诗刻石，欲补之书数字石上，乃撼文忠诗文，并附题园亭诗事其末，为夫后来益远前辈，奇伟有如石公，至不知其名字志行终始何如人，故详出之。大

---

① 《鸡肋集》卷三三，《全宋文》卷二七二三，晁补之卷一三，第150页。
② 同上。
③ 同上。

方字廷贤，刍字尧询，力字进道，皆里良士，而尧询自云藏曼卿书
诗犹十数。①

欧阳修有《石曼卿墓表》，又有《祭石曼卿文》，感慨悲凄，沉痛
哀怆。参以补之此文，奇伟如石公者，当不汩没无闻矣。

此文叙事有条理，状物舒怀皆深致动人。

又《跋林逋荐士书后》说林逋事："余尝出钱唐门，遵湖放北山，
一径趋崦，委曲深远，菱荇鱼鸟可乐。过林君居，拜墓下，尘埃榛莽，
山风萧然。至竹阁，读其栋间诗，徘徊彷徨，有羡慕也。"叙事写景，
文字清简，省净有味，如林逋文。后又说："吾师疾固，见耦而耕者
曰：'不可与同群。'至点，鼓瑟希，则喟然叹曰：'吾与点。'士亦要
志之所向，仕不仕何有？林君遭太平可以仕，岂其天情自疏，莫可尸
祝，不在枯槁伏藏也？其推挽后来，欲其闻达，则反复致志，如恐不
及，贤哉！《诗》曰：'皎皎白驹，在彼空谷。生刍一束，其人如玉。'
安得林君者而从之？"② 引孔子二语典，说士人行藏出处之选择：既抱
用世之志，复怀出尘之想，境遇不同，则心态转变。而林逋隐者，一直
是"处山林而不返"者，故引《诗》以赞，表钦慕之意。

文章叙事简洁，绘景如画，引孔子、《诗经》之典，写隐士节操，
超类离伦。

又《书陈泊事后》说节义与文章的关系。文章重心在写陈泊不惧
权势，秉公办事，文云：

补之先君尝记见闻数十事，未编次。其一，陈公泊初为开封府
功曹参军时，程琳尹开封。章献太后临朝，族人贵骄，自杖老卒
死，人莫敢言。公当验尸，即造府白琳。琳望见公来，迎谓曰：
"验尸事毕乎？"公曰："未也。"琳遽起，隐屏间曰："不得相
见。"公唯而出，适尸所，太后已遣中人至，曰："速视毕奏来！"
公起再拜，曰："领圣旨。"未毕，使者十辈督之。吏等皆惧，谓

公应以病死闻，公怒曰："何不以实？"吏等骇曰："公固不自爱，某曹不敢。"公复怒曰："此卒冤死，待我而申，尔曹依违惧祸，法不尔赦！"即自实其状诣琳。琳又迎问曰："如何？"公曰："杖死。"琳大喜，抚其背曰："如此阴德，官人必享前程。"遽索马入奏。已而，太后族人有特旨原，公亦不及罪。公自此名显，历官台省，终三司副使，人以谓积善之报未艾云。①

文中说，补之少时从父亲那里听闻陈公事迹，对陈公的风义节操印象深刻，可惜不及拜识。二十多年之后，补之在淮南、京师遇知陈公之孙陈传道、陈师道兄弟，"二君词学行义，为东州闻人，以谓公之余庆在是也。后补之执丧于缗，传道始出公诗数十篇，确然其政，温然其和，想见德操之所发于言词者，耸然增慕。昔韩愈有云：'本深而末茂，形大而声宏。仁义之人，其言蔼如也。'由公事，于愈之言益信。"②

文章主旨在记陈泊事迹，说有德者必有言，文如其人，德操发于言词者，所谓"仁义之人，其言蔼如也"。叙事线索有三，现实一脉在记补之与师道兄弟的交往，既以陈公后人之词学行义显陈公积善之余庆，又递出陈公诗稿环节，提供关键文本。追述一脉，先记先君所言陈公事，后补居丧期间得见陈公诗稿事，追怀之情、追思之意遂于先君、先贤的交互叠映中显现。这两条线索贯通过去和此在，对先君、先贤的共同的回忆构成了文本交互。在文本交互中，浮现的是沉淀的史实和细节，此为第三条线索，即再现一脉，再现还原陈公断案之情境。脉理清晰，意脉丰富。

此文以史家笔法记人叙事，记言口吻毕肖，细节生动，神情毕现。主旨传达，承递自然。

---

① 《鸡肋集》卷三三，《全宋文》卷二七二三，晁补之卷一三，第 136 页。

② 《鸡肋集》卷三三，《全宋文》卷二七二三，晁补之卷一三，第 137 页。晁补之引文分见：韩愈《答尉迟生书》："本深而末茂，形大而声宏，行峻而言厉，心醇而气和。"韩愈《答李翊书》："根之茂者其实遂，膏之沃者其光晔。仁义之人，其言蔼如也。"参见（唐）韩愈著，刘真伦、岳珍校注《韩愈文集汇校笺注》，中华书局 2010 年版，卷五，第 607—608 页；卷六，第 700 页。

另有《书毋邱震御印历纸后》《跋董氏唐诰》等皆序事明晰，兼有条理。

3. 文字精当，简洁明快

补之题跋文无论叙事写人，赋物说理，皆炼字精当，用笔简洁。状物既肖物之形，又得其神采。写人有简笔勾勒，有细节描摹。叙事脉理分明，精细处则如见秋毫之末，疏宕处则总其大端，详略得宜。绘景则笔致简炼，精当传神。说理则如老吏断案，简截明快。一篇之中，一幅之内，必有数行笔力精到处，演绎作者心曲。

如《跋东坡所记漳守柯述异鹊事后》陈说政理，表期望之意。苏轼作有《异鹊》诗，诗有小叙云："熙宁中，柯侯仲常通守漳州，以救饥得民。有二鹊栖其厅事，讫侯之去，鹊亦送之，漳人异焉。为赋此诗。"[①] 补之题跋就东坡诗意发论。一开始就摆明观点："政以得民心为本，而以信及豚鱼者为至。"再发挥《易经》之意说："豚鱼信犹及之，人可知矣。吏无爱物之诚，民心不附之，虽凤凰下，嘉禾生，诸难致之物毕至，非祥也。"事有异兆，有祥与不祥，联系柯侯以诚惠民而得民心，感异兆，则祥也："夫必有诚心实事，如柯侯述之得漳民，民以为惠，而鹊应之，斯异矣。古之循吏，民不忍去之如父母，故史板其迹而书之。虎徙珠还，雉驯蝗去。后不复见此久，谓徒虚语。今乃知之。"再说到柯述之子与自己的交往，点题并发抒东坡期待之意："广陵掾晔，乃侯长子，数与余议疑狱，不附重，近古所谓求生之者，其世有阴德，当不愧于东坡公所期。"[②]

此文发语精炼，直截利落，有明快之美。

又如前引《跋翰林东坡公画》，长于摹画，描细如"此画水虫琐屑，毛介曲隈，芒缕具备"；又兼善写人，如"盖公平居，胸中闳放，所谓吞若云梦，曾不芥蒂者"；又有说小大之别："归墟荡沃，不见水端，此观其大者也；墙隙散射，无非大明，此观其小者也"，[③] 皆笔触精到，圆转裕如。

---

① （宋）苏轼著，（清）冯应榴辑注，黄任轲、朱怀春校点：《苏轼诗集合注》，上海古籍出版社 2001 年版，卷三十一，第 1571 页。

② 《鸡肋集》卷三三，《全宋文》卷二七二三，晁补之卷一三，第 141 页。

③ 同上书，第 144 页。

补之与庭坚皆有题跋同类对象之作，补之有《书李正臣怪石诗后》①《题小飞来诗后》，庭坚有《书壶中九华山石》，皆说奇石，各有趣味。

补之《书李正臣怪石诗后》：

湖口李正臣，世收怪石至数十百。初，正臣蓄一石，高五尺，而状异甚，东坡先生谪惠州，过而题之云"壶中九华"，谓其一山九峰也。元符己卯九月，贬上饶，舣钟山寺下，寺僧言壶中九华奇怪，而正臣不来，余不暇往。庚辰七月遇赦北归，至寺下，首问之，则为当涂郭祥正以八十千取去累月矣。然东坡先生将复过此，李氏室中嶕峣森耸、殊形诡观者尚多，公一题之，皆重于九华矣。②

《题小飞来诗后》：

楚山之胜者曰九华，吴峰之异者曰飞来。往时，湖口李正臣藏怪石数十种，其一竦而九崿，武功和仲曰"是壶中九华也"，则一旦而售百金。近时祥符袁耕道亦得其石于豫章，小而特，颍川龚喜曰："是小飞来也。"耕道则抵掌喜而怀之曰："是当与壶中九华俱名天壤间，虽一拳小，然吾不以百金售。"大观戊子六月壬申，缗松菊堂题。③

庭坚之文以摹像说理为主，补之文以写人记事为主。庭坚文主意在奇，补之文主意在写人的心理、对奇石的欣赏和人生轨迹之变化。笔墨各有侧重，各得其理。

又《跋鲁直所书崔白竹后赠汉举》：

————————

① 参见崔铭《跨越时空的群体性唱和——"苏门"晚期交游考述》，《中国石油大学学报》（社会科学版）2006 年 2 月。其文论及"壶中九华"乃是苏门晚期唱和交游的一则经典事例。
② 《鸡肋集》卷三三，《全宋文》卷二七二三，晁补之卷一三，第 139 页。
③ 《鸡肋集》卷三三，《全宋文》卷二七二二，晁补之卷一二，第 131 页。

沙丘之相，至物色牝牡，而丧其见。白于画类之，以观物得其意审，故能精若此。鲁直曰："吾不能知画，而知吾事诗如画，欲命物之意审。以吾事言之，凡天下之名知白者，莫我若也。"汉举于学慕鲁直，而喜白画，时时自撮筼为竹枝、飞鸟、烟云，天机殊妙。以比文字，殆似鲁直自然独得，不可相与者。予既拙于语言，而画又非所能学，尝试以此内观，譬闻解牛得养生，其可哉！①

此文说物理。凡观物、学画、作诗，乃至养生，皆有本末之别，由末而趋本，众妙归一，在略形取神，得其意耳。天机自得，一归于道。以道观物，无不如意。而其文字简省，思致精妙。

又《赠刘范子》：

缗城人喜治园圃，而余故人刘邦式，西郊达观亭为甲，高竹大柳，台可眺而池可钓也。余绍圣间始居缗，日从邦式语。邦式不外修形貌而中玉雪，盖方今隐者也。后数年复来，亦治东皋五亩宅以老，而邦式亡矣。见其子某，慨然书此。崇宁二年六月望日。②

简笔白描故人神采，勾勒人际变迁，暗递浮世消息。

《跋廖明略能赋堂记后》说志气之强弱、性情之温厉。文跋廖明略之《能赋堂记》，能赋堂又曾敬之因宋璟事而命名。盖因名作记，因记而跋。文涉三人，意总三层。盖有"以广平之铁心石肠，而当其平居，自喜不废，为清便艳发之语"，既温且厉，刚柔相济。有"则如敬之之疏通知方，虽平居富为清便艳发之语，至于临事感愤，余知其亦不害为铁心石肠也"。温不妨厉，柔不克刚。又有"余同年生廖明略，学问博古，志操如雪霜，然以方北郭顺子则清而未容，故骜世患"。③ 清刚强志，则于世难容。文以能赋堂发思，对照行文，一笔三得。

又《题分甘亭记后》写赵彦脩志学慕义，文辞自然秀发。《书邢敦

---

① 《鸡肋集》卷三三，《全宋文》卷二七二三，晁补之卷一三，第 146 页。
② 同上书，第 151 页。
③ 同上书，第 140 页。

夫遗稿》说邢敦夫①事，表惜才之哀。情辞简束克制。

简言之，晁补之各体文章皆挥洒自如，识见不凡。

三　李廌的散文创作

李廌在苏门六弟子中，声名相对不显，流传下来的文章也不多，有《济南集》《德隅斋画品》《师友谈记》传世。《宋史》本传说他"喜论古今治乱，条畅曲折，辩而中理"②。《四库全书总目提要》说他的文章"大略与苏轼相近"，称其论兵之文"议论奇伟，尤多可取"。③ 苏轼称其文"笔墨澜翻，有飞沙走石之势"④。

（一）论说文

李廌有论政论兵之文多篇，针对现实，有为而发，切中事理，粲然可观。以下分说之。

1. 议论奇伟，精警透辟

李廌针对武备不修、边事不力之时局，作《兵法奇正论》，说用兵之道，议论精警有力，奇思焕发，条理畅达，变化多端。

文章先讲兵法源起，所谓"天下之事，有能以胜不能，有术以胜无术。皆有能矣，能之精者又胜焉；皆有术矣，术之多者又胜焉"。⑤以羿、般授艺为例，若倾囊以授，则无制胜之机，为自胜计，须"示以巧而不尽其所以巧者"。⑥ 此即兵法也。"兵始于黄帝，法成于太公"⑦，用兵须讲法，法有奇正，故须辨之：

奇正者，因古以御时，依体以立用，千变万化以制胜。兵策用

---

① 又作"惇夫"，见《鸡肋集》卷三三，《全宋文》卷二七二三，晁补之卷一三，第152页。

② 见《宋史》本传。（元）脱脱等撰《宋史》，中华书局1977年版，卷四四四，列传第二百三，文苑六，第13117页。

③ 参见中国公共图书馆古籍文献珍本汇刊《金毓黻手定本文溯阁四库全书提要》，中华全国图书馆文献缩微复制中心影印本，卷八十六，集部八，别集类七，《济南集》提要。

④ 见《宋史》本传。（元）脱脱等撰《宋史》，中华书局1977年版，第13116页。

⑤ 《济南集》卷六，《全宋文》卷二八五二，李廌卷四，第151页。

⑥ 同上。

⑦ 同上。

之之法可观也，而所以用之者不可见也。战之理可谕也，而所以战者不可陈也。胜之道可制也，而所以胜者不可传也。彼用兵之书，布在方策，既已人人皆可习矣；用兵之法，试于行陈，既已人人皆能布矣。人人皆习，我亦习焉；人人皆能，我亦能焉：是亦众人也。以众人敌众人，尚何能必胜！故奇正之理，古人议而不辩；奇正之法，古人论而不议；奇正之变，古人存而不论。非不论也，不可论也。不可论，故不敝而常新，以俟后世君子，俾因袭致用，可以神遇，而不可以智知；可以道运，而不可以迹究。①

这一段讲制胜之道在通晓奇正之理、奇正之法、奇正之变，痛快淋漓。之后以弈棋为喻，说出奇制胜之理。然则奇正之变，无有一定："前向为正，后却为奇，太宗所以胜宋老生也。先合为正，后出为奇，曹公所以辨孙武也。方为正，圆为奇；步为正，骑为奇；受于君者为正，将所自出者为奇，固曰妙矣。"② 然而所谓奇术、奇策，一旦用过则不奇，用奇制敌，关键是出人意料，所以要奇外求奇，"求奇正之义于意外"，而"诚以胜之又胜者，犹在人也"。③

其后详说奇正之变：

臣观唐太宗与李靖论奇正之理，所谓无不正，无不奇。又曰：奇亦胜，正亦胜，善夫能知变通。故其论左右逢原，莫非奇正之变。其言曰，以奇为正，以正为奇。吾之奇，使敌视之以为正；吾之正，使敌视之以为奇。因其汉长于弩，而蕃长于马，则为之法，使马亦有正，弩亦有奇。变其号而易其服也，则为之法，使蕃而示之以汉为奇，汉而示之以蕃为奇。方其阵之散也，以合为奇；方其阵之合也，以散为奇。触类长之，变而通之，使奇正相生，生生不已；奇正相变，变变不测。惟欲多方误敌，乖其所之，岂复胶柱哉。……奇正之变，不可胜穷，巧历不能尽其数，圣智不能极其

---

① 《济南集》卷六，《全宋文》卷二八五二，李廌卷四，第151—152页。
② 同上书，第152页。
③ 同上。

端，此之谓兵妙。①

说完奇正变化之理，如何实战演练，则曰：

> 简其节目，异其号令。正为一法，奇为一法，或进或退，各以
> 何别；或分或合，各以何验？吾以号令使之，号令所指，变亦随
> 之。既一吾之耳目，又变敌之耳目。兵惟知有号令，不知为奇正。
> 车果何出，骑果何来，徒果何从，敌人虽知吾有奇正，不知奇正所
> 在；士卒虽为吾用，知吾以奇正取胜，不知奇正何先。方料吾以
> 正，而吾忽以奇；方意吾以奇，而吾止以正。不惟敌之不知，而士
> 卒亦莫之知。②

其后更层层深入，说奇正之情，在“我专而敌分”，有众寡之分、
安扰之别。说将帅须通奇正之理，“能奇能正，乃国之辅”。兵法贵胜，
法可传，意不可传，其意在人。最后举羊祜例：

> 或曰：羊叔子之平吴也，不为掩袭之计，尅日而后战，奈何专
> 论奇正哉？臣曰：乃所以为奇正也。偿米纵俘，归禽馈药，奇正之
> 用也，以怀其心。逮祜死，而王濬舟师东下，一举而俘其主，夷其
> 社，孰知夫正在荆州，而奇在益州耶？兹奇正之大者也。人君俾贤
> 将之用奇正，必若羊叔子，则成功必大矣。③

此论说理透辟，议论奇警，衔接紧密，例证准确，说服力强。

2. 笔墨澜翻，气势健举

李廌论说文议论雄健有力，章法大开大阖，波澜层叠，纵横开阔。
如《将心论》说仁心之道。一开始即点出命题：“臣闻有君子将，有小
人将。君子将，天下之将也；小人将，亡国之将也”。④ 再说古之贤将

---

① 《济南集》卷六，《全宋文》卷二八五二，李廌卷四，第152—153页。
② 同上书，第153页。
③ 同上书，第154页。
④ 同上书，第166页。

非"好战好杀",而在"仁术德心",并引《司马法》《孙子》之言以释:

> 《司马法》曰:"杀人安人,杀之可也;攻其国,爱其民,攻之可也。"《孙子》曰:"全国为上,破国次之;全军为上,破军次之。"何古人终始以爱存心欤?①

以下就君子将之仁德与小人将之嗜杀,对比展开论述。何以君子将为天下之将,而小人将为亡国之将,盖因"故君子之将,能师古人之意,以不战屈人兵为心;小人之将,违古人之意,以嗜杀人为事。以不战屈人兵为心,以天下为心者也,非天下之将乎?以嗜杀人为事,亡国而不恤者也,非亡国之将乎?"②

说到亡国之将,就引出一代表人物及其典型理论:

> 夫尉缭当梁惠王时,为兵之说曰:善用兵者,能杀士卒之半,其次杀十之三,其次杀十之一。能杀其半者,威加海内;能杀其十之三者,力加诸侯;能杀其十之一者,令行士卒。③

若真"信此说也,则兴师二十万,可自诛其十万;兴师十万,可自诛其五万矣"。"诛其半,欲其半之用命,孰若全军抚爱,皆使之亲其上、死其长乎?杀半用半,虽胜何益!"故引孟子之言"不仁哉,梁惠王也!糜烂其民而战之。争地以战,杀人盈野;争城以战,杀人盈城。"由此感叹"呜呼!惨酷至此,尉缭有以启之欤?"④

感慨之下,作者搜求"古之君子善抚士卒而爱之者","其惟战国之李牧,蜀之诸葛亮,唐之李靖",言其用兵之意。正说君子将之功,反说尉缭之过:"向使自杀其士卒之半,则莫不怨毒矣,孰肯自献其勇以求一战乎?""向使自杀其士卒之半,则闻声而还矣,孰肯忘死衔恩,

---

① 《济南集》卷六,《全宋文》卷二八五二,李廌卷四,第 166 页。
② 同上。
③ 同上。
④ 同上书,第 166—167 页。

以决一战乎？""向使自杀其士卒之半，则危国亡师之不暇，况宣威信于绝域乎！"①

至此再申观点："夫天子之兵，以仁为本，以义为御；天下之将，以慈为主，以勇为决。邵视尉缭之说，非亡国之兵，小人之将乎？"②

因"亡国之兵、小人之将"申发"秦以残忍虎狼之心，务杀伐屠戮以强天下；又有残忍虎狼之将，能杀伐屠戮以快其意"。③ 引白起酷暴之反例，说"兵胜未几而被戮，国强未几而为墟"之恶果。

再由反而正，"求于古之君子能制阃外而怀柔者"，"惟战国之荀吴、晋之羊祜、唐之郭元振"，"言其用兵之说"。陈说三将之功，结曰：

> 夫天子之兵，至信为主，至公为辅；天子之将，附众以文，威敌以武。却视白起之功，非亡国之兵，小人之将乎。夫为政至用兵，棘矣；用兵至于杀人，可哀矣。以可杀而以杀为事，乃嗜好也。嗜杀人者，其心何如？孟子曰："始作俑者，其无后乎？为其象人而用之也。"惧后世以象人为未足，有殉之以人者矣，故必推原其理而深罪之。奈何尉缭之法，使后世藉口以残忍乎？孟子曰："尽信书，不如无书。吾于《武城》，取二三策而已。何其血流之漂杵也。"惧后世以漂杵，则忍心于屠殄矣，故必推原其书而深诋之。奈何起之事诱后世快意于杀伐乎？④

回应篇首，神完气足。

全文就君子将、小人将发论，前为天下之将，用之则天下安。后为亡国之将，用之则社稷危。在章法结构、论证句法诸方面，正反对照，来回穿插，纵横开阖，起伏顿挫，笔力千钧，气势健举，说理透彻，鞭辟入里，发人警醒。

3. 论证周详，逻辑严密

如《荐举论》说荐举之道，包括荐举的意义、奖惩效果、影响、

---

① 《济南集》卷六，《全宋文》卷二八五二，李廌卷四，第167页。
② 同上。
③ 同上书，第167—168页。
④ 同上书，第168—169页。

方式、实施细则等，一一陈说，议论严谨，思理周密。

文章一开始就说"臣闻荐得其人则受赏，荐非其人则被罚，古之道也"①，从赏罚说开，其目的在"举善""禁朋邪"，而"独赏""独罚"皆有其片面性，皆不可行。再举鄂秋荐萧何、欢兜荐共工之例，对比成败赏罚之著，说明人情之"喜赏恶罚"与治国之"难赏易罚"相反。从赏罚引起的反应说到识人不易，以尧舜对荐举的容错说明唯有宽厚忠恕，才能野无遗贤。

文以古今对比，说到"今也于荐举之制，疑若罪不肖之意深，求贤之意浅；用罚之意严，用赏之意简；施刑之意详，求治之意略，如之何致天下之贤以为吾用哉！"②与前文之"有贤而必进，进之未当，恕之勿责，于是圣人之于天下，求贤之意深，罪不肖之意浅；用赏之意多，用罚之意简；愿治之意详，施刑之意略，故忠厚之化格于民心，而天下无遗贤"③，构成语意、句式上的对照，鼓宕气势，辩才无碍。

正因荐举之制有差，其不利后果就是，一则本末倒置，功过不称；二则互利交易，不能选拔真正的人才。故此，文章提出对策，一是复赏荐贤之举，消吝恩之议。二是消除连带责任，否则不敢荐举。三是荐举不限数额，亦不充数。第四申明原则：

> 愿诏长吏，以阿大夫之所以烹、即墨大夫之所以封者，为之龟鉴，勿妄许人以为国士也，必欲公举，则使下吏明具功过于考绩之书，无崇虚文。岁终则取诸考课之书，稽考而优劣之。可举者，书其可举之行能；可黜者，书其可黜之过恶，揭于公堂，使吏民得以议之，以为可举也，然后举之；可黜也，然后黜之，则无僭无滥，臣之说无遗虑矣。④

其实施细则具体而务实，可见其并非空言高论。最后假设"天下

---

① 《济南集》卷六，《全宋文》卷二八五二，李廌卷四，第169页。
② 同上书，第170页。
③ 同上。
④ 同上书，第172页。

被荐或多，吏部病其难选也"，则"以四科第之行同能偶也，复以被荐多寡为差。况朝廷必使真得其贤，则又何多矣。或多贤而多荐之，无惮其劳，此太平之光也"。①

此文立论可靠，推原合理，辨析精当，切中肯綮。

再如《将材论》说将材之"勇智仁信忠"之理，亦分析透彻，议论周详。

（二）其他文体

李廌的论文之作较有个人特色，如其《答赵士舞德茂宣义论宏词科书》全面讨论文章的体、志、气、韵，高谈阔论，可见得北宋中后期文坛的一种新的风习。他的《陈省副文集后序》所论也有新意。

李廌的记体文多主议论，且多涉及政教主题，句法也比较整饬，与张耒之记有相近之处。如《芝堂记》《安老堂记》《济美堂记》《登封县令厅尽心堂记》《郭宣徽祠堂记》《襄州光化县重修县学记》等。

此外，作于元祐五年四月的《合翠亭记》，记事写景，笔法精练，有其特色。其文曰：

> 王城之曲介汴渠有道，稍南出金明，背历朱庶人之圃，又西，虽间有林亭沼沚，皆朴樕沮洳，不足以发脩然之兴。独故将军杨氏之僧居其北冈，乔林蓊郁，蔽亏云霄，望之若不可通迹以登也。乃于杂花香草中得微径，委蛇绕冈址以升。遂于冈之巅得高亭，在乔林蓊郁中，无复见日，惟苍桧樛枝，翳靡纷披，使人忘怀远想，如在邃谷之岩上，左右烟塈，浓翠相合，不复知为市朝人也。市朝之人，连甍接廛，肩摩毂击，求息一木之阴不可得。或有登兹亭者，而复有吾今日之想乎？元祐五年四月十三日，与邓程仲常、陈至端诚同游，饮酒赋诗于亭上。二友请予名之，因为记云。②

其写景文字有六朝风韵，意境幽峭，发人世外之想。

---

① 《济南集》卷六，《全宋文》卷二八五二，李廌卷四，第172页。
② 《济南集》卷七，《全宋文》卷二八五三，李廌卷五，第180—181页。

第三节　六弟子对苏轼文风的继承与突破

苏门门风自由开放，苏轼对各门人弟子不强求一律，而是自主发展，各显个性。他曾批评王安石好要人同己，使学风千人一腔，文风千人一面（见其《答张文潜县丞书》）。无独有偶，陈师道也对王氏新学不满，未参加应制科举，而且在《送邢居实序》中说"王氏之学，如脱墼耳，案其形模而出之，不待修饰而成器矣……古之学可道，今之学可戒也"①。可见思想观念上的自由创造在苏轼与苏门弟子，已是一种共识，这对于苏门文风的多样化发展，有其重要意义。

前章已经论述了苏轼与六弟子在文学观念上的异同，以及六弟子对苏轼散文理论的承变，反映在散文创作，六弟子对苏轼的散文创作艺术，同样有吸纳扬弃与继承创变的实践过程。作为文坛宗主，苏轼对以往散文大家如韩、柳、欧的创作经验有承有变，以自身的创作使宋文具备了不同于唐文的品格与风貌。同样，六弟子对苏轼的创作经验，也是有所选择，基于各自的创作观念与才性气质，而成就各自的创作风貌。

以下从文体角度分析六弟子对苏轼文风的继承与突破。

一　策论奏议

策论奏议属于政论、史论文之类，都是论事说理之作，关系政教经济，一般都有很强的现实针对性。六弟子中，这类文字，在张耒、秦观、晁补之、李廌的创作中占有相当比重，而黄庭坚很少，陈师道也不多。关于政论史论文，苏轼与六弟子的比较分析，就从张、秦、晁、李四人展开。

张耒之文，"雍容而不迫，纡裕而有余。初若不甚经意，至于触物遇变，起伏敛纵，姿度百出，意有推之不得不前，鼓之不得不作者。而卒澹然而平，盎然而和，终不得窥其际也"②。

---

① 《后山居士文集》卷一六，《全宋文》卷二六六六，第320—321页。

② 《文献通考·经籍考》"张文潜《柯山集》一百卷"条目引石林（叶梦得）《叶氏集序》，见（宋）马端临撰《文献通考》，中华书局2011年版，第10册，卷二三七，经籍考卷六十四，第6449页。

　　张耒文集中有政论史论文章五十余篇，有泛论性质的《本治论》《论法》《礼论》《将论》等，有专论历史朝代、人物的史论，如《秦论》《魏晋论》《唐论》《乐毅论》《司马迁论》《韩愈论》等。苏轼曾说，在作文方面，张耒得其"易"的一面。平易的确是张耒文章的主导风格。即就其策论奏议类文字而言，张耒行文一般是平起顺接，不会刻意制造波澜起伏，而依靠内在的文气鼓荡而带来文势的变化。如其《论法上》，一开始就说"古之善为天下者，不患法不立，而患不能为法；不患法不足，而患法密而不胜举。然则天下之治乱，不系法之存亡欤？夫亦有推本而后知其至也"①，以下层层推进，意在说明"法度之弊起于德不足而求胜其民，而败于启民之邪心而多怨"②，行文从容不迫，明白条畅。

　　与苏轼同类文章相比，张耒之文较少奇变陡生、跳荡出奇的变化，虽然在布局章法上，他也如苏轼一般，采用了诸如"主客并举"③的手法，如其《赵充国论》。也有如谢枋得《文章轨范》评苏轼《晁错论》所说的"先立冒头，然后入事"④手法，如其《子产论》。总体而言，张耒文章没有苏文那种"奇肆飘忽""使人莫测其发端所由"的类型，大体就是一个"稳"字，或与他早年受知于苏辙有关。

　　秦观的五十策论是其政论、史论文的代表作。在思想见解方面，秦观沿袭了苏轼的一些观点，相对而言，苏轼表达的观点更尖锐，更激烈，而秦观则温和得多，有中和新旧党政见的倾向。⑤如苏轼所说，秦观作文得其"工"，此一字有工丽、工致之意。前文讨论秦观策论作法已论之。

　　晁补之这类文章，有不少长篇大论，文风上承袭了苏文博辩无碍的特色。长于用比喻，有纵横之气，都来自苏轼。⑥

---

　　①　《张耒集》卷三十五，第 578 页。

　　②　同上书，第 579 页。

　　③　高步瀛选注《唐宋文举要》甲编卷八引汪武曹评苏轼《始皇扶苏》语，上海古籍出版社 1982 年版，第 1018 页。

　　④　曾枣庄：《苏文汇评》，四川文艺出版社 2000 年版，第 154 页。

　　⑤　见杨胜宽《试论秦观的政治思想和哲学思想——苏秦异同论之一》，《绵阳师范高等专科学校学报》1999 年 6 月第 18 卷第 3 期。

　　⑥　见刘焕阳《论晁补之的散文创作》。刘文从比喻论证、引物连类、议论纵横等几方面分析讨论了苏轼对晁补之散文创作的影响，其中也包括政论、史论文。见《烟台师范学院学报》（哲学社会科学版）1998 年第 3 期。

李廌文章的"笔墨澜翻、飞沙走石"的气象也可见出苏轼的影响。

二　序文杂记

序文杂记大体指序、记两类文体，范围也非常宽泛，但凡以序、记名篇者，都可归于其中。序、记是古代散文的常见文体，苏轼和六弟子于此的创作都非常丰富。一般而言，记体文侧重记事，亭台楼阁记、游记类的则有写景成分，宋人主理，喜发议论。事与理都是记体文的构成要素。而序文，包括赠序、文序等，也是以理为主。简言之，就此两大类文体而言，六弟子与苏轼比较，同在叙事状景，议论多发，异在匠心独造，个性鲜明。

如首章所言，苏轼论文重意，主辞达，笔法变幻莫测，有入手即脱，似缚不住者。其意"入于物之内"，"游于物之外"，有超然尘世之外的美感。甚而迷离惝恍，难以把握。与之相比，在六弟子的文章中，这种变幻迷离的色彩减少很多，而趋于质实言者。六人中，黄庭坚、陈师道、张耒在章法上更趋严谨一点，秦、晁、李三子，相对更主变化一点。此一分法，并非即说黄、陈、张三子就少变化，而秦、晁、李三子就少法度，只是大略言之。

黄庭坚性情温厚，出语谨重，论诗作文主理，讲法度，其序记文章法严谨，条贯分明，首尾照应，很讲究文章的完整性。文中涉及某一用语、概念，一定会说明出处，解释含义，务求明白。如其《阆州整暇堂记》《冀州养正堂记》《北京通判厅贤乐堂记》等一类亭台楼阁记，都是围绕建筑物的命名之义展开来说。

如其《阆州整暇堂记》，此文章法整饬，结构严谨，通篇围绕"整"与"暇"做文章，一笔双写，对举成文。文章一开始就说何谓"整"何谓"暇"：

> 无事而使物，物得其所，可以折千里之冲，之谓整；有事而以逸待劳，以实击虚，彼不足而我有余，之谓暇。夫不素备而应卒，可以侥幸于无患；而其颠沛狼戾者，十常八九也，岂唯人事哉！①

---

① 《黄庭坚全集》正集卷十六，第425页。

然后从人事延展到自然，说明整与暇存在的规律性："天之于物，疾风震雷，伏于土中者皆萌动，然后阜蕃而成夏；落其实而枯其枝，然后闭塞而成冬。夫惟整故能暇，上天之道也。"①

再引典以佐证之："昔者晋栾针使于楚，楚执政问晋国之勇，对曰：'好以众整。'又问：'如何？'曰：'好以暇。'虽晋楚争盟，务以辞相胜，充其情，楚岂能与中国抗衡哉！"②

从古到今，转入正题时，用"今之郡守，古诸侯也"衔接过渡，自然就说到"荥阳鱼侯"之事。在表彰其治绩时，也是由本及末，由内而外，吏民兼顾，合于整暇之义："（鱼侯）为阆中太守，知学问为治民之源，知恭俭为劝学之路，先本后末，右经而左律。在官二年，内明而外肃，吏畏而民服，乃作堂以燕乐之。表里江山，不知风雨，于以燕宾客，讲问阙遗，沉沉翼翼，千里之观也。"③

后面说到建堂命名之事由，点明题旨，引《诗经》成句以发明之，贯通首尾，浑然一体："某曰：'若鱼侯，可谓能整能暇矣。'故名之曰'整暇'，所以美其成功而劝其未至也。《诗》曰：'迨天之未阴雨，彻彼桑土，绸缪牖户。今此下民，或敢侮予。'可谓能整矣。又曰：'来归自镐，我行永久。饮御诸友，炰鳖脍鲤。侯谁在矣，张仲孝友。'可谓能暇矣。前所叙说，以告后人；后作赋诗，以为鱼侯寿，故并记之。"④

此文通篇对举成文，极整饬之能事，颇能见出黄庭坚作文讲求法度的特色。

黄庭坚书序如《胡宗元诗集序》《小山集序》也是讲求法度美的名篇。这两篇文章都是由事见人，由文及人，运诗笔入文法，情韵高远脱俗，而在章法上一丝不苟，严谨密致。

《胡宗元诗集序》：

---

① 《黄庭坚全集》，第 425 页。
② 同上。
③ 同上书，第 425—426 页。
④ 《黄庭坚全集》，第 426 页。黄庭坚引用《诗经》成句，"迨天之未阴雨"诸句出自《诗经·豳风·鸱鸮》，"来归自镐"诸句出自《诗经·小雅·六月》。

士有抱青云之器，而陆沉林皋之下，与麋鹿同群，与草木共尽，独托于无用之空言，以为千岁不朽之计。谓其怨邪，则其言仁义之泽也；谓其不怨邪，则又伤己不见其人。然则其言，不怨之怨也。夫寒暑相推，草木与荣衰焉。庆荣而吊衰，其鸣皆若有谓，候虫是也；不得其平，则声若雷霆，涧水是也；寂寞无声，以宫商考之则动而中律，金石丝竹是也。维金石丝竹之声，《国风》《雅》《颂》之言似之；涧水之声，楚人之言似之；至于候虫之声，则末世诗人之言似之。今夫诗人之玩于词，以文物为工，终日不休，若舞世之不知者，以待世之知者。然而其喜也，无所于逢；其怨也，无所于伐。能春能秋，能雨能旸，发于心之工伎而好其音，造物者不能加焉，故余无以命之，而寄于候虫焉。清江胡宗元，自结发迄于白首，未尝废书，其胸次所藏，未肯下一世之士也。前莫挽，后莫推，是以穷于丘壑。然以其耆老于翰墨，故后生晚出，无不读书而好文。其卒也，子弟门人次其诗为若干卷。宗元之子遵道尝与予为僚，故持其诗来求序于篇首。观宗元之诗，好贤而乐善，安土而俟时，寡怨之言也。可以追次其平生，见其少长不倦，忠信之士也。至于遇变而出奇，因难而见巧，则又似予所论诗人之态也。其兴托高远，则附于《国风》；其怨世疾邪，则附于《楚辞》。后之观宗元诗者，亦以是求之。故书而归之胡氏。①

此序起笔高远，不同凡响。在一个超拔流俗的背景下，讨论诗人寄空言以抒怀抱之心理，所谓"怨"与"不怨"，"不怨之怨"也。以下就从"怨"与"不怨"，"不怨之怨"承接发论，候虫者，涧水者，金石丝竹者，皆以比类不同时代、不同背景下的诗歌，这一层文意比照，有一种回环对称的美。以下说到今之某一类诗人，作者无以名之，姑且"寄之候虫"，承转顺接，在文章的腹心处，完成了关键性的过渡。其后就说到胡宗元其人其事其文，一一回应篇首，而使开篇兴托高远的意旨有了一个具体而鲜明的指向，故此，胡宗元诗歌的价值也就不言自明。

---

① 《豫章黄先生文集》第十六，《黄庭坚全集》正集卷十五，第410—411页。

　　《小山集序》写晏几道，抓住一个"痴"字做文章，由文及人，由人及事，由彼到此，笔调来回穿插，实中作虚，章法绵密，而又虚实相生。不仅突出晏几道其人其作的神理气韵，又连带作者自身的创作，照应首尾，跌出一番新意，予人以回味的空间与韵致。

　　在叙事写景方面，黄庭坚《黔南道中行记》也有其特色。此文叙事线索清晰，按照行程来写，写景、记人、叙事相互穿插，有条不紊。写景笔触细致精工，如"予从元明寻泉源入洞中，石气清寒，流泉激激，泉中出石，腰骨若虬龙纠结之状。洞中有崩石，平阔可容数人宴坐也。水流寻虾蟆背，垂鼻口间，乃入江耳"①。写人略就一二动作细节点染传神："步乱石间，见尧夫坐石据琴，几大方侍侧，萧然在事物之外。"② 叙事也是要言不繁，简洁明快。文中并就品茶说理，显示宋人喜发议论的文风："初，余在峡州，问士大夫夷陵茶，皆云粗涩不可饮。试问小吏，云：'唯僧茶味善。'试令求之，得十饼，价甚平也。携至黄牛峡，置风炉清樾间，身候汤，手搦得味。既以享黄牛神，且酌元明、尧夫，云不减江南茶味也。乃知夷陵士大夫但以貌取之耳，可因人告傅子正也。"③ 文章气格清雅不俗，也是作者个性的自然显现。

　　黄庭坚思想融合儒道释诸家，多元化的思想倾向也带来散文艺术风貌的变化。他不仅以禅入诗，也以禅入文，谈禅说理，饶富禅趣。如其《幽芳亭记》即似禅家打机锋，灵机一动，信笔挥洒，但令读者费思量也。文曰：

　　　兰生深林，不以无人而不芳；道人住山，不以无人而不禅。兰虽有香，不遇清风不发；棒虽有眼，不是本色人不打。且道这香从甚处来？若道香从兰出，无风时又却与萱草不殊；若道香从风生，何故风吹萱草无香可发？若道鼻根妄想，无兰无风，又妄想不成。若是三和合生，俗气不除。若是非兰非风非鼻，惟心所现，未梦见祖师脚根有似怎么，如何得平稳安乐去？涪翁不惜眉毛，为诸人点

① 《豫章黄先生文集》第二十，《黄庭坚全集》正集卷十六，第439—440页。
② 同上书，第440页。
③ 同上。

破：兰是山中香草，移来方广院中。方广老人作亭，要东行西去。
涪翁名曰"幽芳"，与他著些光彩。此事彻底道尽也，诸人还信得
及否？若也不得，更待弥勒下生。①

陈师道文风与黄庭坚有相似之处，如作文讲法度，注重文章转折首
尾关键，等等。相对苏轼和其他同门诗友而言，陈师道发语更为谨重，
序记文以记事说理为主，或有记人，而纯粹写景的成分很少。

再看张耒的序记文。从思想观念来看，相比苏轼和其他同门弟子，
张耒表现得更为正统。比如他批评秦观生活无忧，其作品之忧愁不知从
何而来，断定秦观有为文造情之嫌。② 联系他的史论文，如《司马迁论
下》，对史迁颇多不满，认为像《魏其武安侯列传》所记如灌夫使酒骂
座之琐碎事，是不足载之史册，不足录也。③ 所见尚不及秦观《司马迁
论》通达。

张耒思想以儒家为主导。秦观的思想中，道家黄老的成分更多一
些。反映在对司马迁的评价，张耒沿袭了班固的说法，所谓"论大道
则先黄老而后六经，序游侠则退处士而进奸雄"。秦观则不以为然，认
为司马迁是"实有见而发，有激而云耳"④。正因张秦二子的基本出发
点不同，也就造成评价差异。此所以然也。

张耒论文主诚主理，其序记文多以记事明理为主，注重情与理的融
通，而少有纯粹的写景状物文字。如前文所论其记体文的特色，显示一
种内倾型的性格。这在苏门文风中，也是有个人特色的。

不同于以上三子，秦观、晁补之、李廌在序记文创作中，逞才使气
的作法更突出一些，也是个性使然。受苏轼影响，皆长于写景状物，间
入思理，富于变化。

秦观《龙井记》虚处落笔，将无作有，其重意的表达方式源自苏
轼，林纾评之为"用思之刻深，大是聪明人吐属"⑤。其《龙井题名

---

① 《山谷别集》卷二，《黄庭坚全集》，第 1493 页。
② 见其《送秦观从苏杭州为学序》，《张耒集》卷四十八，中华书局 1990 年版，第 752 页。
③ 《张耒集》卷四十一，中华书局 1990 年版，第 664—665 页。
④ 秦观：《司马迁论》，《淮海集笺注》卷二十，上海古籍出版社 1994 年版，第 700 页。
⑤ 《淮海集笺注》卷三十八，上海古籍出版社 1994 年版，第 1224 页。

记》云："是夕天宇开霁，林间月明，可数毛发，遂弃舟，从参寥杖策并湖而行，出雷峰，度南屏，濯足于惠因涧，入灵石坞，得支径，上风篁岭，憩龙井亭，酌泉据石而饮之。自普宁经佛寺十，皆寂不闻人声。道旁庐舍，或灯火隐显，草木深郁，流水激激悲鸣，殆非人间有也。"①绘景如画，如历目前，得苏轼赞赏。②

不过秦观作文过于使才，论者亦有微词。如其《送钱秀才序》出于真率，徐渭评之曰："此种真率文字，古人往往多见，然无笔致，最易近俚，勿视为易。"林纾则目之曰："一味使才，行文颇乏静气。"③再如秦观《送冯梓州序》，林纾评曰："此文若出之欧公，必吞咽不肯吐露如此。"④

简言之，在策论写作方面，秦观得苏轼之工；而在序记方面，秦观发挥了苏轼重意而行文发露的一面，巧于变化，有个人特色。

晁补之记体文长于状物写景，铺排描写，多用赋笔，兼采主客对话的形式，作法上有承于先贤者，也有个人特色。如其《新城游北山记》奇气内蕴，反复皴染，突显北山之森严魅幻气氛。

补之又喜《离骚》，作有《离骚新序上中下》《续楚辞序》《变离骚序上下》，其愤世嫉俗之意见于序文中，如其《送刘公权序》就势利交情发议论，颇为不平。此序先以田文之事之言说客以势利交是世情使然，引入自身经历以印证之，在此背景下，说到刘公权事，文云："开封刘君公权，无平日旧，乃惠然数过余，寒不以坐无氈而辞，饥不以麦饭葱叶菲而不臭也。田野无酒徒，刘君又饮酒温克，故余与之游如平日客。或剧饮大欢无疵吝，或偶坐终日不相语，唯而出，亦忘吾忧。"刘君乃"世戚里将种，然喜从士大夫游，问其旧所与厚，往往当世知名士，或在朝廷尊显，或斥逐困畏"，其人"不以富贵贫贱变交情，足以愧翟廷尉门外客百辈，其义固近时士所希得"。⑤ 通篇对比行文，古今

① 《淮海集笺注》卷三十八，第1226页。
② 苏轼《秦太虚龙井题名记跋尾》："览太虚《题名》，皆余昔时游行处，闭目想之，了然可数。"见《淮海集笺注》卷三十八《龙井题名记》附，第1229页。
③ 《淮海集笺注》卷三十九，第1272页。
④ 同上书，第1281页。
⑤ 《鸡肋集》卷三五，《全宋文》卷二七二一，晁补之卷一一，第98页。

对比，主客对比，以见刘君超乎流辈、迥乎世情之处。笔势潜气内转，锋芒内敛。

李廌在写景方面值得一提的是《合翠亭记》，笔法精练，颇见功力。序文方面，《陈省副文集后序》从气、词、理、意角度评论文章，全面而有新意，有其创见。

三　书简题跋

书简最能见出创作者的品格、才能与性情，是创作者精神世界的全面呈现。书简由体式可分为较为正式的书信和不拘格套的短简、尺牍。这一文体在苏轼和六弟子的散文写作中，都达到了相当高的艺术水准。就苏轼而言，其书简是自由挥洒，灵光自见；就六弟子而言，也都是各抒怀抱，各见性情。

书简作为表达思想、交流情感的特定载体，其表现形式受到交流双方主客观诸多因素的制约，诸如双方各自的修养、品性、才力，具体交流的情境，彼此关系的远近亲疏，所言之事的轻重雅俗，等等。故而，就苏轼而言，其人天才卓异，悟性高，为文不受拘束，触处生春，六弟子在行文风格上自然会受其影响，然因书简的载体特质，写作方式自会受到前言所及诸因素的制约，文风也自不同。

同一作者对不同对象的书简，行文方式自有不同；即使对同一对象，在不同时期，由于关系的改变，文风也会有相应的调整。即如苏黄订交之初的书信往来，发语都非常严谨慎重，有明显的仪式感。后来交往熟稔，师友之情深笃，二人来往的书信也就语气放松，不特重形式感了。

再有，作者作书之时，由于特定的原因，有可能主动倾向于对象的文风。即如晁补之《上苏公书》①，表仰慕与自荐结交之意，行文之际就表现出对苏轼文风的接近与模仿，有纵横捭阖、挥斥万物之气概。

再者，书信序事，也会因事件的特性而导致文风的变化。如晁补之《与鲁直求撰先君墓志书》②，此文就有多重因素的交集。有晁补之对黄

---

① 《鸡肋集》卷五一，《全宋文》卷二七一七，晁补之卷七，第26—28页。
② 《鸡肋集》卷五二，《全宋文》卷二七一八，晁补之卷八，第41—42页。

庭坚的景仰，对自己过世父亲的怀念，追怀往昔的哀思，失亲的哀痛，等等，各种情由皆因所托之事而融合一起，形于文字，就使其文字谨严持重。补之力图客观地追溯其父的生平事迹，给庭坚撰述墓志提供可信的参照，然则，悲怀自抑，暗蕴其中，其情可哀也。就文体而言，补之此书，介于书简、传志之间，因其特定事由，而使文风具有谨严厚重的特点。

简言之，书信的行文风格会因人而异，因事不同，主客观因素的作用下，呈现不同的艺术风貌。比如张耒的书简，《与鲁直书》赞美黄庭坚的人格气节，表示仰慕与结交之诚，"惟耒之诚心，其所素信，有过于面见者，故不复自疑。又尝以谓天下之物，不能遁乎至诚之外，顾耒之不才，必未有能使鲁直未尝见而如见之者，然鲁直亦安能无动于吾之诚乎？"① 以诚意动人，拳拳之心可感。而他的《答李推官书》② 批评李君的怪奇文风，语气比较直接尖锐。再如他的《投知己书》③，讲到自己的生活与创作，一腔肺腑之言，尽泄笔端，堪比白居易《与元九书》。

再如陈师道的书简，《答李端叔书》④《答张文潜书》⑤ 表自谦之意，语气平和。《上苏公书》⑥ 表示为苏轼担忧与劝告之意，出于衷心，赤诚可知。《上曾枢密书》⑦ 书生论政，表现出关注国事的极大热情。《与少游书》⑧ 婉拒章惇见招，谦恭有礼，而有兀傲之气。《与黄预书》⑨ 安慰黄君失子之痛，语词痛切而关怀真挚。《与鲁直书》（四则）⑩ 细说家常，关切之心，溢于言表。

题跋方面，六弟子中，黄庭坚创作数量最多，有六百余首，其他五人数量不等，也有可观之处。

---

① 《张耒集》卷五十五，中华书局1990年版，第827页。
② 《张耒集》卷五十五，第828—829页。
③ 同上书，第830—832页。
④ 《后山居士文集》卷一〇，《全宋文》卷二六六四，陈师道卷一，第281—282页。
⑤ 同上书，第283—284页。
⑥ 《后山居士文集》卷一〇，《全宋文》卷二六六五，陈师道卷二，第294—295页。
⑦ 《后山居士文集》卷九，《全宋文》卷二六六五，陈师道卷二，第290—293页。
⑧ 《后山居士文集》卷一〇，《全宋文》卷二六六四，陈师道卷一，第282—283页。
⑨ 《后山居士文集》卷一〇，《全宋文》卷二六六五，陈师道卷二，第289—290页。
⑩ 同上书，第296—299页。

苏轼题跋数量非常丰富，有七百余首。苏黄题跋不仅在当时声名卓著，在此后的文学史上也影响深远。题跋形制短小，体貌精粹，表达上以少总多，以简驭繁，意到笔随，简练明快，是这一体式在艺术创作上的内在要求。正因此，题跋的写作适合诗性思维的发散，抓住瞬间的灵光一现，自由挥洒，兼具思理、意趣、情致之美。

检视苏轼和六弟子的题跋作品，自然圆融是其共同特征，而个性差异也体现在文字表达之中，而形成不同的艺术风貌。

即如苏黄二人。苏轼性情坦率，有不过意者不吐不快，有些文字就是直接批评。而黄庭坚注重心性修养，出言温柔敦厚，即使批评，表达也比较委婉。

苏门风气自由，师生之间、诗友之间，情谊深厚，这种情谊在六弟子的各类文章中常常不期然地自然流露出来。如前文所及，黄庭坚书简中对苏轼的推崇和怀念，等等。由于题跋书写的自由与随性，故而同一作者在题跋中呈现出的个性风貌或有别于其他文体。即如张耒，其序记文章或记事或明理，写作之初先存了郑重之心。而题跋则不同，表现出更多的私人化的感情色彩。就其有关苏轼的几首题跋观之，或幽默，或挚情，或庄重，其貌各异，不一而足。比列如下：

《东坡书卷》：

> 苏公谪居黄州时，为奉议郎潘公书一卷，备正书行草数体。予再官于黄，首尾且三年，尝假此书于奉议之子大临，以为书法。庚辰孟秋，蒙恩守鲁，将之官，尽出所假潘氏诸书归之，独此一卷，令男秬纳之箧中。予与邠老皆苏学士徒也，舍潘归张奚择焉。邠老惧后东坡复征此书，疑于收视之不谨也，使书此以为据。①

《跋杜子师字说》：

> "车之所以能载者，以其有舆也。人之所以从君子者，以其有德也。从之众矣，此名舆字子师之说也。"耒以丙戌岁仲冬，自黄

---

① 《张耒集》卷五十四，第823页。

之颖，过盱眙，少留。子师出子瞻文，始获见焉。于是苏公之亡五年矣，相与太息出涕而读之。至前二日书。①

《书赵令畤字说后》：

苏公既谪岭外，其所厚善者，往往得罪。德麟亦闲废且十年，其平生与公往还之迹，宜其深微而讳之矣，而德麟不然，宝藏其遗墨余稿，无少弃舍，此序其甲也。予问其意，德麟慨然曰："此文章之传者也，不可使后人致恨于我。"予曰："此正先生所谓笃行而刚、信于为道者欤？"②

《书东坡先生赠孙君刚说后》：

《春秋传》曰："使勇而无刚者，尝寇而速去之。"夫果敢不畏之谓勇，无所屈挠之谓刚。或谓申枨为刚者，夫子曰："枨也欲，焉得刚？"夫使不以义屈于人，而无邪欲以乱其中，则其行己施于事者为仁，孰御哉？此刚者必仁之说也。苏公行己可谓刚矣，傲睨雄暴，轻视忧患，高视千古，气盖一世，当与孔北海并驱，而犹称孙君之刚，又言其救十二人之死，为刚者必仁之论，则孙君可知矣。其子思厉，操履文词，绝人远甚，则来者未可量也。予言其信。③

《东坡书卷》一则相当于凭据，是张耒从潘邠老处借得东坡的一卷书卷以为取法，后留下此卷不还。他的理由是，潘张都是东坡的弟子，东坡手卷存于潘处存于张处亦无甚区别，无理胜似有理。《跋杜子师字说》《书赵令畤字说后》题材、内涵都比较接近，都是跋东坡所作字说文，都是作于东坡仙逝以后，稍有不同者，前者侧重于睹物思人，表达

---

① 《张耒集》卷五十三，第808—809页。
② 《张耒集》卷五十四，第822页。
③ 同上书，第823—824页。

对坡公的怀念；后者借写赵令畤不惧危局，珍存东坡遗墨，印证坡公为赵令畤作字说而传递的期望。《书东坡先生赠孙君刚说后》围绕"刚"字展开，借跋东坡赠孙君《刚说》，由文及人，赞美坡公之刚；由此及彼，兼美孙君之刚，而肯定坡公"刚者必仁之说"其为笃论也。

张耒其他题跋如《杂书》写景如画："时暮春，人家桃李未谢，西望城壁壕水，或绝或流，多鸡鹜白鹭，逦迤近山，风物夭秀，如行锦绣图画中"①，文字优美精工。《题陈文惠公松江诗》："陈文惠有题松江诗，落句云：'西风斜日鲈鱼香。'言惟松江有鲈鱼耳，当用此'乡'字，而数处见皆作'香'字，鱼未为羹薤，虽嘉鱼直腥耳，安得香哉？"② 不乏风趣。《书赠贾生》："余尝病世士：少而学，荒于遨嬉；壮而立，蛊于嗜欲；老而成，累于利禄，所以德业功名愧于古人者以此。晁子莫言贾氏子，醇静笃实，少无他嗜，惟喜学问。予闻而悦之，望其壮立老成，必有大过人也。"③ 劝诫后学，温厚持重。《跋吕居仁所藏秦少游投卷》："余见少游投卷多矣，《黄楼赋》《哀铸钟文》卷卷有之，岂其得意之文欤？少游平生为文不多，而一一精好可传。在岭外亦时为文。临殁自为挽诗一章，殊可悲也。此卷是投正献公者，今藏居仁处。居仁好其文，出予览之，令人怆恨。"④ 表达对亡友的怆恨哀思。另有《题吴德仁诗卷》《题道孚墨竹》等篇也都各有佳处。

其他如秦观《书辋川图后》、晁补之《题陶渊明诗后》《书鲁直题高求父〈扬清亭〉诗后》皆为名篇，各具性情。

第四节　六弟子文风同异考辨

自然平易是宋文的主流风格，具体到个人，还是存在个性差异。即如苏门六弟子，从文风的大体走向，可大略分为平易三子，即黄庭坚、陈师道、张耒，和奇丽三子，即秦观、晁补之、李廌。

---

① 《张耒集》卷五十三，第 807 页。
② 同上书，第 808 页。
③ 同上书，第 810 页。
④ 《张耒集》卷五十四，第 825 页。

一　平易三子——黄庭坚、陈师道、张耒

平易是黄、陈、张三子文风的共同倾向，概言之，表现在造语用字上，少用生僻字眼，文字朴淡，文意明白；在章法结构上，层次清晰，转换自然，条理分明，不刻意追求起伏顿挫、大开大阖的效果；说理从容不迫，以理服人；文气夷平，心平气和，不以气凌人。所谓"外恬淡而内明丽"，风华内蕴，接近陶诗"质而实绮，癯而实腴"（苏轼语）的韵味。

平易之外，三子文风自有其倾向性。黄庭坚是平易而兼温厚、博雅，温厚就其书简而言，读之如晤长者，如坐春风；博雅就其题跋而言，博古通今，尽显文人雅趣。陈师道是平易而兼谨重谦逊，如其书简、序记。张耒是平易而兼条畅，如其论说、序记，说理明晰，娓娓道来。

黄庭坚诗风和文风有明显的差异。诗风生新瘦硬，拗折峭劲，文风则温厚自然，有长者之风。平淡是宋代诗文风格的主导倾向。梅尧臣《读邵不疑诗卷》："做诗无古今，惟造平淡难。"[1] 确立了宋诗宋文的审美品格。苏轼、黄庭坚都不约而同地表达了对平淡境界的追求。前章引述过苏轼"年轻自当绚烂，渐老渐熟，乃造平淡"的观点。黄庭坚在与王观复的书信中也极力推崇"平淡而山高水深"的境界。无论梅尧臣，还是苏黄，平淡都是要经过反复锤炼、长期钻研、琢磨方能达到的层次。

唐诗重情韵，贵圆融浑成；宋诗主理趣，求生新峭劲。唐文尚奇变，如韩柳；宋文贵平易，如欧苏。构成有趣对比。

在黄庭坚的艺术品位之中，自然平淡是在生新瘦硬之上的层次。就如他所推许的杜甫到夔州之后的诗歌，是不烦绳削而自合。而山谷体，给人最深刻的印象，或曰，最鲜明的特色，还是他的生新瘦硬，或从审

---

[1]　梅尧臣《读邵不疑学士诗卷杜挺之忽来因出示之且伏高致辄书一时之语以奉呈》："作诗无古今，唯造平淡难。譬身有两目，瞭然瞻视端。邵南有遗风，源流应未殚。所得六十章，小大珠落槃。光彩若明月，射我枕席寒。含香视草郎，下马一借观。既观坐长叹，复想李杜韩。愿执戈与戟，生死事将坛。"参见北京大学古文献研究所编《全宋诗》第五册·卷二五七·梅尧臣卷二六，北京大学出版社1999年版，第3171页。

美接受的角度而言，这类风格的作品更具有陌生化的效果。

黄庭坚的长者之风，来自其心性修养功夫，也来自其饱经忧患的阅世历练。故而他会将人生起落看得有如晨昏交替之平常，历观世事，如四时更替，周而复始。自然也就淡看人间世，守拙不争，如其《与润甫贤宗书》所言："公家事极须留意，然要庇护同官之短，而推之以功，则我贵矣。推其极，所谓'汝惟不矜，天下莫与汝争功'者也。浮云傥来若寄之物，铢两自有所系，决非智巧所能得。老夫阅世故来，益知三十年守此拙分，为不错也。"① 他还在与人书中说，官职自有命，不需太过着意。如此等等，都增添了他文章中的老成厚朴之气，也构成了其文风有别于其他同门诗友的个人特色。

黄、陈、张三子，黄的思想以儒家为主，兼采道家和释家思想。以记体文为例，黄所作记体文中，既有表现儒家政教思想的厅堂记，也有说佛理佛事的禅院记，而且数量不少，还有表现道家思想的《自然堂记》，可见其三家杂糅的色彩。张耒的记体文中，兼有儒释思想成分，不过，他对佛家思想的表述，基本是一种客观立场，并未采而信之，还是以儒家思想为主导。陈师道记体文中有发挥佛道思想的作品，然多数作品还是阐述儒家思想，尤其是"治"的思想。在六弟子之中，他立身持守最为严谨，一丝不苟。这也促成他文风的平易之中有谨重的特色。

张耒文风自然平易，明白条畅，已如前述。无论是其论记、书序，还是其他题跋、小品，皆是也。张耒论文主诚主理，文学观念决定了他的文风走向。

二　奇丽三子——秦观、晁补之、李廌

奇与平易相对，丽与朴质相反。奇丽的文风，在主体是一种逞才使气、不甘平淡、不同凡响的表现，行文或飞沙走石，风云变色；或一气鼓荡，波澜壮阔；或苦心经营，费尽思量。从秦、晁、李三子观之，秦观的奇丽主要体现在他的记、序文，奇丽而又精工。晁补之的奇丽主要体现在他的序记、论说文之中，奇丽又兼博辩。李廌则是奇丽而兼

---

① 《黄庭坚全集》别集卷十九，第1880页。

雄壮。

　　叶燮在《原诗》中将创作者对作品艺术水准的影响的主观因素界定为才、胆、识、力。熊礼汇先生将古典散文艺术的构成质素概括为理、气、辞、法、情。① 综合考虑秦、晁、李三子，可以说他们在主观方面都兼具了才、胆、识、力，而在他们的作品中，理、气、辞、法、情的融合方式以及由此呈现出的艺术风貌也各不同。

　　秦、晁、李三子都属于才气放逸型的作者，在他们的论体文（政史论文）中都表现了相当的才气、识见、胆略和笔力。都长于议论，辞气纵横，气韵雄拔。而在书序、杂记等其他文体中，也表现出艺术创作的多样性。以下就从古典散文艺术美的五大构成质素来分析比较三子的散文风格之同异。

　　在说理、表达识见方面，三子都写过相当数量的论政、论兵、论史之文，虽是书生意气，但所表达的思想、见解不尽是脱离实际的放言高论，还是颇有针对北宋政治经济军事现状弊端提出的一些解决办法。如秦观的论盗贼即为东坡所欣赏。他的安边之策，比如针对西夏提出的轮流进攻的疲劳战术也是一种思路。再如晁补之的《上皇帝安南罪言》《河议》，以及李廌的一些论兵之文都有可议之处。论体文讲究词达理明，而三子的这类文章都能做到说理明晰、透彻，表达恰当得体。

　　值得注意的是，秦观在六弟子中，较少写作与政务有关的厅堂记、厅壁记，而这一题材类型在其他五人都较为常见。可见秦观的特别之处。不过这并不说明秦观不涉政务，而或与他的具体生活境遇有关。

　　在思想倾向方面，三子都杂糅儒、道、释等诸家思想，补之博通阴阳术数，少游通晓庄老、佛理，这在他们不同阶段的文章所言之理中都有体现。

　　文气方面，秦、晁、李三子都属于辞气纵横的类型。逸的状态较为突出。对他们文气特征的描述，有评晁之文气"豪迈"，秦观"英迈"者。"迈"是他们的共性。晁又兼"雄峻"，秦则"清逸"出之。张耒形容"晁论峥嵘走金玉"，以"峥嵘"状之，可见晁论在文气、文势上比较接近山的气象。而对秦观，不少评论里都用了一个"清"字来形

――――――――
　　① 　熊礼汇：《先唐散文艺术论》，学苑出版社 1999 年版，第 72—91 页。

容。这一点或可从二人的地域背景考察其地域文化风俗对个性气质的影响。二人一北一南，地域风习即有厚重与流易之别。兼以家学影响，或养成不同的文气走向。晁补之父亲晁端友，有君子之风，律己甚严，善诗文，对补之影响很大。① 而秦观，从目前资料来看，未发现其家学渊源对他的影响。

再从科举仕进来看，晁补之较为顺利，进士及第后，神宗还御笔批示其试卷："是深于经，可革浮薄。"② 而秦观几次科举不第，苏轼都为之不平。正因进取不顺，秦观流连光景、诗酒放浪的生活侧面更多一些。从程颐、朱熹对秦观的指摘，可见秦观属于理学人士眼中的浮薄之徒，恰与补之形成对照。这一侧面也促成秦文中文气疏荡的一面。

文气和章法是互相作用的。晁补之的文风有波澜壮阔的一面，而秦观在此一方面，则有苏辙评之为"波澜不足"（不及张耒），但有"径健简捷"之长。③ 联系苏轼评秦文如"美玉无瑕"，文章"琢磨之工"，无以过之。可见在章法方面，秦观是趋于紧、趋于收的一类，而晁补之属于放的一类。这与文气也直接相关。故而秦文中的精悍之气是晁文中较少见的。林纾评文章之病有一类是"直率"，即举晁文为例。④ 其意直率者行文较为发露，不够含蕴，剪裁不够，失之粗放。这一点，秦晁二子也构成对比。

从文情角度看，三子之文有参政议政、经世致用的用世热情，也有谈艺论道、析理深刻的思辨热情，也有品读诗书、赏鉴书画的超逸脱俗之情，还有体物精微、洞察玄妙的锐敏俊拔之情。如此种种，不一而足。究其本色，少游之情更浩荡，补之之情更雄放，李廌之情更奔放。

从文辞角度看，补之文风有"温润典缛"、典雅奇丽的特质。少游文辞有"词采绚发""华丽瑰玮"的特质。缛有繁复之义，而补之为文

---

① 晁补之出身济北文献世家，宋代晁氏家族，文章家、诗人、词人辈出，成就可观，见刘焕阳《晁补之与宋代晁氏家族》，山东文艺出版社2004年版。

② 张耒：《晁无咎墓志铭》，《晁补之资料汇编》，第21页。参见《张耒集》，中华书局1990年版，第901页。

③ 苏籀：《栾城先生遗言》，《秦观资料汇编》，第68页。

④ 《晁补之资料汇编》，第161页。

学韩愈，有好奇之趣。张耒言其"割裂锦绣"，即是。而秦观文辞华丽，但并不刻意求奇。黄庭坚说"好作奇语自是文章病"，少游之文则无此弊。

故此，奇丽只是相对平易大略言之的一种分类，究其实，奇丽三子尚有种种差异，文风也自不同。

苏门文风的特质即在多元和自由。苏门六弟子的文风共性，从内在思想上，都有固本守道的一面。从外在表现看，自然平易中寓奇变，庶几可概括之。张耒《赠李德载》曰："黄郎萧萧日下鹤，陈子峭峭霜中竹。秦文蒨藻舒桃李，晁论峥嵘走金玉。"① 黄庭坚之萧散，陈师道之峻峭，秦观之华丽，晁补之之博辩，张耒之淡泊，李廌之奔放，共同构成多元化的苏门文风。

---

① 《张耒集》卷十二，第214页。

第四章 六弟子与北宋古文运动关系考察

第一节 苏轼与古文艺术精神辨析

一 古文艺术传统与艺术精神

古文之道乃由韩愈界定，古文之艺术精神也是在韩愈的创作中得以培养形成。在韩愈看来，作古文是在现实人生中积极有为、力行儒道的一种人生方式。从古文的语词锻造模仿熔炼三代秦汉之文，到体会孔子、孟子的儒道，到身体力行于现实人生，韩愈的古文理论与实践哲学有着清晰的内在逻辑理路。所谓"文起八代之衰，道济天下之溺，忠犯人主之怒，勇夺三军之帅"①，是苏轼对韩愈的文道事功的高度评价。

古文成于韩柳。古文在韩柳是一种为人生的艺术。韩柳皆主张"文以明道"。在韩愈，古文创作是本于儒道之仁义，主体与现实相激变，发为"不平之鸣"，在语言上"惟陈言之务去"，创为不同于骈文的雄奇恣肆的新型散体文，是为古文。在柳宗元，同样主张"文以明道"，柳宗元更强调道的辅时及物，以及文的"辞令褒贬""导扬讽谕"的功能。韩柳之道，都有明确的现实指向性。韩柳以文明道，都是即事、即物、即人以明道，而非空谈儒道。是为"为人生"的艺术。韩柳古文的艺术精神即在奋发有为，自强不息。

古文艺术在韩柳手中达到高峰。对韩柳的创变之功，前人多有论述。钱穆先生《杂论唐代古文运动》② 一文提出韩愈以诗为文的观念，

---

① 苏轼：《潮州韩文公庙碑》，《苏轼文集》卷十七，第509页。
② 钱穆：《中国学术思想史论丛（四）》，东大图书股份有限公司1983年版，第16—69页。

以及韩柳在不同文体的创新，其论影响深远，后来者祖述之，演绎之，颇为可观。

概言之，韩柳对古文艺术的创变，主要表现在文体创新，艺术境界的开拓，以及表达方式的多样化探索等方面。韩愈对赠序、碑志、书简等文体，柳宗元对杂记、寓言、论辩等文体的创新；韩愈对诙诡奇谲的艺术境界，柳宗元对幽深奇峭的艺术境界的追求；韩柳对语词锤炼、句法煅造、文气伸缩吞吐、文势纵横排奡的研习，以及运诗、骚、赋笔入文的匠心独造，极大地丰富和完善了古文创作艺术，而且也为后人开辟了古文创作的无数畛域，以启来者。

唐代古文运动在韩柳手中获得成功，关键在于他们的理论主张与创作实践相结合。理论本末兼顾，既注重儒道修养，又关联现实，故此，他们的体道实践有着深厚的思想基础和现实基础。而且，韩柳重道并不轻文，重视古文的艺术表现力，他们的古文创作为后人树立了崇高的艺术典范。

在韩柳和欧苏之间，古文创作经历了很多曲折。在庆历新政的背景下，欧阳修主盟文坛，推行诗文革新，擢拔王安石、曾巩、苏轼、苏辙等有为之士，为古文创作储备人才。欧文纡余委备，王安石之文简练峭刻，曾巩之文典正翔实，苏轼之文俊逸明快，苏辙之文汪洋澹泊，又兼老苏（苏洵）纵横卓荦，北宋古文蔚为大观，继唐代古文之韩柳高峰之后，达到了新的高度。

二　苏轼散文的艺术精神

所谓艺术精神包括两个层面，人生层面的和文学创作层面的。创作主体基于特定的思想观念、人生态度而在现实生活中有所作为和取舍，这种内在的驱动力实际上就是一种艺术精神的作用。人生的艺术精神作用于文学创造，一定程度上决定了创作主体的创作风貌，也造就了文学意义上的艺术精神。① 于苏轼而言，其散文的艺术精神是由其人生的艺术精神所规定的。

处于不同的人生阶段，主体基于当时的阅历、修养、价值观念，而

---

① 参见熊礼汇《对古代散文研究的再思考》，《中国散文史学术档案》，第254—259页。

具有不同的生活态度和人生的艺术精神，相应地，文学创作的艺术精神也发生改变。苏轼即是如此。

青壮年时期的苏轼，其思想观念以儒家思想为主，杂以诸子百家如纵横家学说。其人生态度积极进取，奋发有为，反映在散文创作上，思想层面是儒家而杂以纵横之说。这一阶段的史论、政论文，如策论、奏议等，都是积极用世，有很强的现实针对性和批判性。如其《教战守策》《决壅弊》《上皇帝书》等，都是有为而发，不作无目的论。有的是针对北宋政治架构的臃肿，叠床架屋，有的是批评新法扰民，有的是提出有建设性的政治设想，在散文的艺术精神上表现为奋迅蹈厉，一往无前。

中年以后的苏轼，备受新旧党争的困扰、戕害，历尽人生患难，其思想在儒家之外，杂糅道释，以庄子的自然观、齐物论超越人生的忧患，以佛家的空观摆脱人生的困境，在散文创作的艺术精神上表现出自由、放达的特质。如其《超然台记》表现一种游于物之外的超脱，《宝绘堂记》抒写不系于物的放达，《试笔自书》表现超越人生困境的达观，在在皆是其人生艺术精神与散文艺术精神的体现。

总体而言，苏轼散文的艺术精神是多元的、富于变化的、自由的，不受拘束，不受一家一派学说思想局限的，是追求最大限度的自由与超越。这与其思想观念相一致，也与其散文创作的整体风貌相契合。

三　苏轼对古文之道和古文艺术传统的改变

古文之道是指古文在思想内容上的规定性。在古文言，就是指儒道。韩愈倡导古文，古文之道是韩愈对古文的思想内容作出的界定，即秉持古道、儒道。韩愈《原道》[①] 对儒家道统作出了清晰的描述和论断，也就是周公、孔子、孟子、荀子、扬雄[②]所传之儒道，一以贯之。

---

① 韩愈《原道》："斯吾所谓道也，非向所谓老与佛之道也。尧以是传之舜，舜以是传之禹，禹以是传之汤，汤以是传之文、武、周公，文、武、周公传之孔子，孔子传之孟轲。轲之死，不得其传焉。荀与扬也，择焉而不精，语焉而不详。"见《韩愈文集汇校笺注》卷一，第4页。

② 关于韩愈《原道》文中"杨雄"与"扬雄"之辨，参见《原道》汇校第64条。见《韩愈文集汇校笺注》卷一，第15页。

古文运动在唐代的领袖人物是韩愈，在北宋是欧阳修。二子在思想上的共性是都宗儒排佛。与韩、欧相比，苏轼在思想上不是固守儒道，而是杂糅庄禅，出入纵横，自由不拘。

苏轼在欧阳修之后主盟文坛，他的多元化的思想倾向实际上改变了古文之道的内涵，使之超出了儒道的思想范围，而带有多元化的异端色彩。

苏轼的古文之道超出了思想上的规定性，使艺术精神发生改变，创作风貌也就有了相应的变化，实际上，对于苏轼而言，古文已经发生了质变，不再是韩欧所倡导的古文，而是苏式古文。

熊礼汇先生对韩愈所倡导的古文有一个界定："古文是一种自具首尾、篇幅有限、遣辞造句取法三代秦汉之文，行文一气贯注，文风质朴，重在明道、记事，而以具有本于儒学的艺术精神为必备条件的散体文。"[1] 前人对古文的体式特征也有说明，（清）吴德旋《初月楼古文绪论》说："古文之体，忌小说，忌语录，忌诗话，忌时文，忌尺牍。此五者不去，非古文也。"[2]

据此，苏轼散文作品中的题跋、尺牍、杂文等小品文就不属于严格意义上的古文，其思想见解超出儒家范畴的作品也不合于古文之道。除去这些文类，带有鲜明苏轼特色的散文作品也去其大半，可见，作为古文家的苏轼，与韩欧有其本色差异。

如前所述，苏轼论文重意，主辞达，重自由的表达，脱去樊笼，舒卷无定。这种创作倾向改变了古文的艺术精神，对古文艺术发展的影响不可低估。

苏轼所言之道、所论之理、所达之意，其内涵已经超出了古文赖以依托的儒道范围。苏轼之道与理，有时指儒道，有时指自然界的客观规律（《日喻》）。而他所强调的意，内涵外延都是无比活跃、无限延展的概念。举凡创作主体对现实、社会、人生，乃至历史、宇宙的思维、体验，皆可称"意"，其所表达的思想自然不限于儒家，而是出入百家，贯通道释，故而为文就失去了思想内容的内在规定性，从古文角度言，

---

[1]　熊礼汇：《对古代散文研究的再思考》，《中国散文史学术档案》，第247—248页。

[2]　王水照编：《历代文话》第五册，复旦大学出版社2007年版，第5037页。

就改变了古文的思想质素。思想不醇，也就不同于韩愈所倡导的古文。正是在此意义上，苏轼改变了古文之道，改变了古文的艺术精神。

从文风来看，苏轼之文，随物赋形，自由畅达，舒卷自如，有必达之事，无难言之意。可称得上俊逸明快。任何事任何意都说得清楚明白，痛快淋漓。苏轼自承其为人坦率，有不称意处，必发之而后快。这种性格作风也是其明快文风的构成因素。而这种坦易文风，不免有其负面影响。一则表达略无余韵，审美方面不够含蓄，欠缺内蓄力（仅就负面而言，非言苏文皆如此）。二则，方式过于直露，会造成人际关系的紧张（参见黄庭坚的《书王知载朐山杂咏后》）。三则，坦易过度，则会流于轻滑，尤其对才力不济的后学，更易流为浅薄。

何寄澎《北宋的古文运动》对苏轼的文论观点和文风之于古文运动的影响给予了精到的论述。在何氏看来，创作者的思想倾向若与时代风潮相合，则大环境有利于文学运动的成功。反之，思想偏离于主流思潮之外，衍为异端，则不可避免受到主流意识形态的打压，不利于文学创作和文学运动的成功。[1]

在文论思想方面，苏轼杂糅众家的观念、重文的创作风格与当时思想界文化整合、理学兴起的大势不合，偏离了历史走向，势必构成不利影响。在文风方面，苏文由自由舒展而趋华丽变幻。而从文学史演进来看，一旦文风堕入华丽，必然导致相对制衡力量的反弹，而使文风走向朴质。后来的南宋文风的转变也证明了这一点。再者，苏轼的为人性情在一定程度上影响到洛学蜀学之争，而造成对古文运动的负面影响。苏轼性格坦率，爱憎分明，而且不会隐瞒自己的观点。他在思想上以人情物理为体察万物之根本，反对矫揉造作，与程颐结怨。这一点不如欧阳修包容。比较容易引起纷争。

简言之，苏轼之思想多元化，杂糅释老，超越儒家思想范围，改变了古文的艺术精神。其作品中的"好骂"、不平则鸣表现出儒家的批判性、战斗性。而对有无关系的讨论、游于物之外的思想则属老庄的范畴。其自由的、多元化的思想和文风既推动北宋古文运动达到高潮，又改变了古文的艺术传统，为后来的古文创作走向埋下伏笔。

---

[1] 何寄澎：《北宋的古文运动》，上海古籍出版社 2011 年版，第 180—182 页。

四　苏轼在北宋古文运动中的地位

北宋古文前驱如柳开、穆修、田锡、石介、王禹偁者，筚路蓝缕，导其先路，到欧阳修主盟文坛，扫除险怪文风，一新天下人耳目，自然平易之风遂成文坛主流。苏轼《谢欧阳内翰书》对欧阳修廓清文风的历史功绩给予了很高的评价。北宋初期文风改革者希图"罢去浮巧轻媚丛错采绣之文，将以追两汉之余，而渐复三代之故"，然而"用意过当"，"求深者或至于迂，务奇者怪僻而不可读"，"余风未殄，新弊复作"，欧阳修乃"天之所付以收拾先王之遗文，天下之所待以觉悟学者"①，以科举革除文弊，大力揄扬文风质朴自然之士，成就诗文革新之伟业。欧阳修在嘉祐二年（1057）知贡举擢拔苏轼，曾说"老夫当避路，放他出一头地也"②，表示了对苏轼领袖文坛的期望。

苏轼宗主文坛，门下文士蔚为大观，如本文讨论的六弟子，即是当时文坛的重要力量。苏轼曾对张耒批评王安石之"好使人同己"之过，使文坛衰弊，而将文学复兴的希望寄托在苏门弟子身上（《答张文潜县丞书》）。

苏轼对于北宋的古文运动，一是达成欧阳修的嘱托，完成诗文革新的任务，确定了有宋一代自然平易的主流文风。二是以其自由挥洒的散文创作，将散文舒卷自如、变化万端的美发挥到极致。三是为文坛发现、培养、造就了后备力量，如其苏门弟子。此即苏轼对北宋古文运动和散文创作的贡献。在历史的坐标上，他集完成者与变化者于一身，承前启后，影响深远。北宋古文运动在苏轼手中达到顶峰，成也苏轼，变也苏轼。

第二节　六弟子对古文艺术的丰富与发展

本文前章已对六弟子的散文创作进行了总体的分析论述，从各人所

---

① 《苏轼文集》卷四十九，第1423—1424页。

② 欧阳修：《与梅圣俞》，见李逸安点校：《欧阳修全集》卷一百四十九，中华书局2001年版，第2459页。参见《苏轼资料汇编》上，第4页。

擅长的文体来看各自的创作特色，并以苏轼为参照，来纵向比较分析六弟子与苏轼文风的异同，同时横向比较六弟子各人之间的文风异同。本节则从散文史的角度，从六弟子的古文创作入手，来说明六弟子对古文艺术的丰富与发展。

由于时代风尚的转变，北宋古文作者在文体、文风的倾向性上与韩柳古文有明显的差异，比如文风方面，韩柳雄深，而欧苏平易；文体方面，宋人的选择也有异于唐人，宋人在文体、题材等方面都有相当的拓展，如记体文、小品文等文体的创作，等等。

六弟子在文体、题材等方面的倾向性，有着鲜明的宋人特色，蕴含着深厚的人文精神，比如在杂记、论说文（字说）、书序等文体方面的开拓，都可以说是宋人特有的创获。以下就从这几类文体入手，探讨六君子的古文写作对古文艺术的发展以及贡献。

一　杂记文

六弟子的杂记文主要集中在台阁名胜记和山水游记。于前一类中，政务厅堂记、厅壁（题名）记，都是关系政教公共事务，在六弟子的记体文中占有突出地位，表现出鲜明的本于儒道的淑世精神。如黄庭坚的《阆州整暇堂记》《冀州养正堂记》《北京通判厅贤乐堂记》《吉州庐陵县令题名记》《黔州黔江县题名记》，张耒的《咸平县丞厅酴醾记》《双槐堂记》，陈师道的《思白堂记》《忘归亭记》《彭城县令题名记》，晁补之的《照碧堂记》，等等。另外，黄庭坚《大雅堂记》，记事类的陈师道《汲水新渠记》也都是本于儒家思想，一并列出。

一般而言，政务厅堂壁记都要记载有关政绩、人事，表达作者的治世思想，并对官务人员励行劝勉之意，文字或刻石或书于壁，文风宜乎典重雅正，而不追求奇变。如韩愈《蓝田县丞厅壁记》这样别开生面、奇气横逸的文字就很少见了。

六弟子这类文字的共同点是文风雅正，表现为立意鲜明，主题突出，章法严谨，用字审慎，行文从容不迫，自然平易。当然，结合不同题材内容，以及作者的不同个性，不同文章自有不同面目。《咸平县丞厅酴醾记》之雍容和易，《双槐堂记》之激扬顿挫，自是不同。《思白堂记》追先贤以遐思，《彭城县令题名记》贯史籍以警策。文风之异自是内容使然。再者，受知影响也是文风的构成要素。前文已论及晁补之《照碧堂记》受曾氏文风影响。陈师道早年受知于曾巩，其《汲水新渠记》考证翔实，有类曾氏之文。

黄庭坚文章讲作法，讲法度，前及《阆州整暇堂记》即是一例。而他的《大雅堂记》则另具面目。此文由事及理，既彰杨子之义举，又申杜诗之雅意，而作者的诗学观念并行其中，行文转折自然妥帖，不期法度，而法度自合。适与作者所理解的老杜"无意于文""无意而意已至"的创作思想相契合。黄庭坚曾与洪驹父说作古文要"气质浑厚"，此记或可见之。

杂记文中的学记，是宋人特有的一类记体文。这一文体介于记人记事和记物的亭台楼阁记之间，文章一般会关联具体的人事和地点，讲兴学之事，明劝学之理。宋人做学记者，以曾巩最为著名。他的《宜黄县县学记》和《筠州学记》都是传诵久远的名篇。六弟子所作学记也颇有可观。张耒、晁补之、黄庭坚、陈师道、李廌都有其作，晁补之作有六篇，其他人则一、二篇不等。

晁补之有《博州高唐县学记》《冠氏县新修学记》《清平县新修孔子庙记》《沈丘县学记》《祁州新修学记》《林虑县学记》，陈师道有《徐州学记》，张耒有《冀州州学记》《万寿县学记》，黄庭坚有《鄂州通城县学资深堂记》，李廌有《襄州光化县重修县学记》《唐州比阳县新学记》，等等。

学记通常以记事、说理、传达一种教育思想为主。教育本是潜移默化之事，以务本、明理、开智、育人为目的，短期内成效有限，所以执政者为政绩和效益考虑，对于教育的态度，或者是急功近利，或者是漠然处之。这种现实问题反映在学记中，就呈现出一种常见的思路，以今昔兴废对比，以现在的"文"对比过去的"野"，来表现兴办教育者的筚路蓝缕之功，来发抒感慨，并寄寓一段思理。检视六弟子所作学记，几乎都以这种思路来结构行文，这也反映了办学之艰难，古今同一。

晁补之的《沈丘县学记》《祁州新修学记》文风有似曾巩的学记，都是层层递进，说理详尽明晰，文中穿插叙事，记人以明事功，感慨系之。补之《冠氏县新修学记》有其特色。概以记人为主，以对话展开行文，以民之歌者串联文章层次，递进文意，颇能传达人物神气。

学记之外，名胜记中的秦观《龙井题名记》，山水游记中的黄庭坚《黔南道中行记》，晁补之《新城游北山记》各显特性。晁记尤负盛名，后代多个选本均有收入，如姚鼐《古文辞类纂》等，可见此文颇得后人重视。高步瀛《唐宋文举要》评语："摹写极工，巉刻处直逼柳州。"①

二　论说文

在六弟子所作政史论文中，秦观的策论占有突出地位。策论作为一种科举考试文体，是随着科举制的发展而盛行而衍变的。前文已经论及秦观为了应制需要，在策论的立意谋篇、论辩方式等诸方面都是苦心经营，刻意求工，在同类文体中达到了相当水准。吕祖谦编《宋文鉴》收有秦观的《进策序篇》和《石庆论》。《进策序篇》说明作文意图，解释所进策论的结构作用，若合辐辏，析理明确。《石庆论》说明石庆得保富贵的具体背景，见识不凡。如林纾所评："石庆终于相位，谓为田蚡所致，真史眼如炬。凡精明强毅之君，恒惧为人所劫制。其视柔懦之臣，固属无用，然正恃有己之精明，使之备位，亦不至自掣其肘。此石庆之所以得全也。盖有田蚡之跋扈，所以曲全石庆之无能。既揭汉武之心，亦形石庆之劣。"②

张耒的政论史论文也表现出不凡的识见，如其《李郭论》《丙吉论》《讳言》《敢言》诸篇。如《李郭论》《丙吉论》这两篇人物史论，立论基础都在以德为根本。论说方式都是以对比明理。张耒论文主诚，评骘人物也看重道德、诚信。他对丙吉侥幸得誉，而不能推人之善，感到遗憾，并与龚遂对比，以形丙吉于德有亏。可说论而在理。《李郭论》意在说明以德为治，以理服人的道理。文章先讲刘邦执韩信，反致变乱，来说明对雄杰之士，不能以小智取之，而须以大义服。随即分析李光弼能征惯战，却不能服众的原因，联系对比李光弼与郭子仪的为人作风，讲到无论治军、治国，德与理是根本所在，所谓"惟德与理，始钝终利。以之治大，以之行远，未之有悔也"③。此类文章，皆

---

① 高步瀛：《唐宋文举要》甲编卷八，上海古籍出版社1982年版，第1119页。
② 《林氏选评名家文集淮海集》，引自《淮海集笺注》卷第十九，第689页。
③ 《张耒集》卷四十一，第676页。

以史为鉴，有益治世。联系当时新旧法之争与新旧党争，张耒的主张皆有感而发，有现实针对性。王安石新法是为改革积弊，充实国力，然在执行之中，急功近利，进小人而退君子，而致扰乱民生，败坏政风，遗患无穷。基于此，张耒引史论证，强调德与理是治国之根本，虽无速效，但是"始钝"而"终利"，"以之行远"，可免以国计民生做实验，反复易辙，改弦更张，以致变乱丛生、误国误民之悔也。其他《讳言》《敢言》都是为了说明言路通畅对国家长治久安的重要性，有其特定的时代背景（其《敢言》篇原注有"为绍圣作"）。说理透彻，议论简练精悍，可谓用心良苦。

论说文中的字说，乃是宋人在文体中的创获。这类文体，六弟子都有写作，其中黄庭坚所作字说文最多，有五十多篇，非常可观。

字说文在文体上属于"说"类，是论体文的衍生，在写法上比较灵活自由，从黄庭坚所作字说来看，有的章法严谨，亦有近于小品者，体制短小，言简意明。其作法灵活多样亦可见宋人之文体创新。

字说文是对人的姓名之义的解说。人的名字自有其含义，字常常是对名的解释和补充。如前章所述，人之命名常常包含了一种期望，表达了某种思想观念，某种价值观和人生追求。或者寄予了某种人生目标，或者喻示了某种劝诫、忠告，等等。名篇如苏洵的《名二子说》："轮辐盖轸，皆有职乎车，而轼，独若无所为者。虽然，去轼，则吾未见其为完车也。轼乎，吾惧汝之不外饰也。天下之车莫不由辙，而言车之功者，辙不与焉。虽然，车仆马毙，而患亦不及辙，是辙者，善处乎祸福之间也。辙乎！吾知免矣。"① 此文中显现出来的老苏对两个儿子苏轼、苏辙的性格、命运的识鉴令人惊叹。

黄庭坚字说文具有丰厚的文化内涵和人文关怀，蕴含着深刻的人生哲理。他在解说字义时，或引经据典，或出之以形象，来表达精深的思理。如其《洪氏四甥字说》，解释他为四位外甥洪朋、洪刍、洪炎、洪羽命字的含义，他说：

---

① （宋）苏洵：《嘉祐集笺注》卷十五，曾枣庄、金成礼笺注，上海古籍出版社 1993 年版，第 414—415 页。

舅黄庭坚为发其蕴而字之，江发岷山，其盈滥觞。及其至于楚国，万物并流，非夫有本而益之者众邪？夫士也，不能自智其灵龟，好贤乐善，以深其内，则十朋之龟何由至哉？故朋之字曰龟父。飞黄骐耳之驹，一秣千里，御良而志得，君食居场苗，骞骧同轩，其在空谷，生刍一束，不知场谷之美也。能仕能止惟其才，可仕可止惟其时，何常之有哉？故刍之字曰驹父。火炎高丘，珉石共尽。和氏之璞，王者之器，温润而泽，晏然于焚如之时。盖火不炎无以知玉，事不难无以知君子，故炎之字曰玉父。鸿云飞而野啄，去来不缪其时，非其意不自下，故其羽可用为仪。非夫好高之士，操行洁于秋天，使贪夫清明、懦夫激昂者，何足以论鸿之志哉？故羽之字曰鸿父。①

他以命字对四人的成才、品行、修为寄予了高远的期许和美好的希望，拳拳之心，溢于言表。文中，他即事、即物以明理，说理形象生动，情致动人。

再如《陈师道字说》对陈师道的人品、德行作了非常形象深刻的解说，以见师道为人之高古、不俗。

黄庭坚的字说文有时借题发挥，发抒感慨，如《文安国字序》字安国以"子家"，解释齐家、安国之理，他说："未闻道之心照物不彻，随流而善堙。不倚则不立，世故忧患之风雨能倾动人。吾子勉之矣。"②

黄庭坚的字说文有着浓厚的人情味。人生之旅总有许多未知因素在左右人的命运，命名即是对未来人生的一种预期，内存美好的祝愿。《名春老说》即是如此：

元符改元之明年，岁在单阏，十二月二十二日，实立春后五日，温江杨仲颖夜得男，乞名于涪翁。涪翁名之曰春老，盖其生直执徐之正月，东风解冻矣；又仲颖太夫人在堂，康强而抱孙，故并二义而名之。春之为气，万物皆动而成文，祝此儿怀文抱质，俾尔

---

① 《黄庭坚全集》正集卷二十四，第616—617页。
② 同上书，第621页。

大母眉寿，而见其颀然在士君子之林也。生后七日，涪翁书。①

黄庭坚命"春老"之名，既有对杨老夫人高寿的祝福，也有对新生儿成才的期许，关联二义，情味深永。

三　书序文

六弟子中，黄庭坚书简数量最富，历来评价也很高。文风和艺术特征已见前述。其他数子，也颇多名篇。如陈师道《上曾枢密书》《上苏公书》出于衷心，论事而切理。张耒《答李推官书》《投知己书》皆为雄文，尽显性情。

在文体交叉融合方面，晁补之《与鲁直求撰先君墓志书》或可视为书简、传志的结合。秦观《与李乐天简》以书记游，其文第二段直是一篇小游记，文曰：

> 仆散漫可笑人也。去年如越省亲，会主人见留，辞不获去，又贪此方山水胜绝，故淹留至岁暮耳。非仆本意也。自还家来，比会稽时人事差少，杜门却扫，日以文史自娱。时复扁舟，循邗沟而南，以适广陵，泛九曲池，访隋氏陈迹，入大明寺，饮蜀井，上平山堂，折欧阳文忠所种柳，而诵其所赋诗，为之喟然以叹。遂登摘星寺。寺，迷楼故址也，其地最高，金陵、海门诸山，历历皆在履下。其览眺所得，佳处不减会稽望海亭，但制度差小耳。仆每登此，窃心悲而乐之。②

此书简不似六朝以书记游者。如鲍照《登大雷岸与妹书》用力在写景，笔致精工刻练。秦观此书有游览怀古之意，因了史迹本身所承载的历史文化信息，故略一提点，即可触动情思，不需多费笔墨描摹。只简笔略记游踪足矣。但见人事沧桑，史迹犹存，徒增喟叹。从文体、题材角度着眼，此书可看作书简、游记与怀古题材的融合。

---

① 《黄庭坚全集》别集卷四，第1539页。
② 《淮海集》卷之三十，《淮海集笺注》，第1008—1009页。

集序类的作品，黄庭坚《小山集序》《庞安常伤寒论后序》，陈师道《寇参军集序》在文体创新方面都有独到之处，近于序、传之文的融合。

黄庭坚《小山集序》，有论者指出其文体上的拓展乃在以记人为主，兼顾散文的抒情性、理论性，而创造了不同于唐代书序的新境界。①

实际上，情致、思理、神韵、气味等，本是古代散文艺术构成的重要质素，具体到单篇作品，皆是各种质素的综合，只是某一种比较突出而已。就《小山集序》而言，无妨看作书序与纪传体散文的一种融合。或者说，黄庭坚将传统纪传体文章表现人物风神的笔法移用到书序文，突出、放大人物性情之一特质，也就是一个"痴"字，加以着力发挥。熊礼汇先生论风神有两种，一是纪传体记人，通过细节描写表现人物的风神，从《史记》承传而来；二是在行文中，通过文字的抑扬变幻，纡徐顿挫，传递作者个人的风神气韵。② 从文体流别而言，自史迁创纪传体，传人物风神，暗递个人情愫，以后官方史书传人则趋于刻板，史迁笔法则流入私人传序之文。③ 黄、陈二子的序文可视为史迁传记笔法的回响。陈序已见前述。

黄庭坚《小山集序》记人，有简笔白描，也有细节对话，人物神韵呼之欲出。再如其《庞安常伤寒论后序》，文章重心不在解说庞氏所著《伤寒论》，而在写庞氏其人之人格个性精神。从其少年豪纵，到中年敛性自修，到其医德医术，一一作传神写照，可看作一篇记人而形神兼备的人物小传。

另外，序跋文中的秦观《书辋川图后》《书晋贤图后》，晁补之《捕鱼图序》，虽名曰序，就内容言，类同画记，或记事，或记画，或发论，皆属不同文体之间的交集会通。

赠序文体，六弟子都有佳作。如张耒《送秦少章赴临安簿序》说

---

① 参见邱美琼、胡建次《论黄庭坚的记、序、题跋及其对宋文文体的拓展》，《江西教育学院学报》（社会科学版）2003 年 8 月，第 24 卷第 4 期。

② 熊礼汇：《对古代散文研究的再思考》，《中国散文史学术档案》，第 271—272 页。

③ 何寄澎：《典范的递承——中国古典诗文论丛》之《风神、游戏与传奇——小论东坡的传记文》，文史哲出版社 2002 年版，第 155—173 页。

理透彻，读之使人明智。赠序一般对弱于己者、次于己者而发，有劝告劝慰劝勉之意。此序引《诗经》之言和自然现象对照，说一段万世不灭之理，极具启发意义："反身而安之，则行于天下无可惮者矣。能推食与人者，尝饥者也；赐之车马而辞者，不畏步者也。苟畏饥而恶步，则将有苟得之心，为害不既多乎！故陨霜不杀者，物之灾也；逸乐终身者，非人之福也。"① 张耒此言，对于人克服惰性、超越自我，极有教益。

简言之，六弟子的古文创作，就以上几种文体而言，在文体创新、不同文体的交叉借鉴、创造新的审美领域，以及章法结构等诸多方面，都有新的开拓，丰富了古文创作艺术，是为六弟子对古文艺术之贡献。

第三节　作为北宋古文运动后劲的六弟子

一　苏门六弟子与古文艺术传统

本节就六弟子散文创作的总体风貌，来讨论他们与古文艺术传统的关系。

古代士人在人生取向和价值观方面，不外乎立德、立功、立言三者。苏门六弟子在后世享有"君子"之令名，可见他们在德行操守的为人根本上有可称誉之处。六弟子在立朝大节方面，守志不迁；立身行事方面，持道重义，忠信孝友。可称君子。

事功方面，六弟子中，李廌以布衣终身，陈师道曾任职馆阁，又做过短期的地方学官。其他四子，除了在地方做低级官员，和元祐时期的馆阁生涯，其他大部分时间都在贬谪迁徙中度过，基本都是穷愁失意者，遑论事功哉。"穷且益坚，不坠青云之志"，正可见其君子节义。

六弟子在现实中饱经蹉跌，坎壈不遇，将绝大的生命力都倾注于文学事业，发其辉光，成其大者。

他们对文学事业的专注，既有现实际遇的客观因素而转移生命力的考虑，更主要的还在他们的思想观念，他们对文章事业的重视。黄庭坚在与洪驹父的书信中说，文章是儒者末事，告诫洪甥要勤于吏事，有余

---

① 《张耒集》卷四十八，第746页。

力则作文。而他的《登快阁》诗："痴儿了却公家事，快阁东西倚晚晴。落木千山天远大，澄江一道月分明。朱弦已为佳人绝，青眼聊因美酒横。万里归船弄长笛，此心吾与白鸥盟。"① 表现了一种了却俗务、超脱尘网的自由感、解脱感。他告诫后辈说："世间鄙事，有甚了期？一切放下，专意修学，千万千万！"② 苏轼评价黄庭坚，说其人如"精金美玉"，乃"轻外物而自重者"。③ 所谓"外物"自然包括名利事功之类。而"自重"者，系指个人道德修养和文章事业耳。

黄庭坚《胡宗元诗集序》，陈师道《王平甫文集后序》，晁补之《海陵集序》，张耒《许大方诗集序》，等等，都表现出对文章事业之独特价值的重视。正如陈师道所言，诗能"穷人"，更能"达人"。④

当六弟子将其人生感受贯注笔端，形于文字，或记事，或明理，或映内，有辞令褒贬者，有导扬讽喻者，亦有不平之鸣，发抒性情者，其精神实质上接古文的艺术传统，可视为古文艺术精神在北宋后期文坛的延续。此其同。

而在思想内涵上，六弟子处于儒道释并存、理学兴起的背景下，不同程度地表现出杂糅众家的多元色彩，从而改变了古文的精神内核。这一点既与六子受知于苏轼有关，又与各人对思想资源的偏好取舍有关。此其异。

在文体、题材以及艺术表现等方面，六弟子的散文创作涵盖了古代散文的多种文体，其多样化的艺术创新可视为宋代散文创作的成绩与突破。诸如在题跋、尺牍、日记⑤等文体的开拓，长于说理、以论为记、破体为文的创作风习，不同文体之间的交叉融会，各种创作方法的交叉运用，新的艺术境界的开拓，审美领域的扩大，等等，都是六弟子散文创作的实绩。

---

① 《黄庭坚全集》外集卷十，第1100页。
② 《与声叔六姪书》，《黄庭坚全集》别集卷十八，第1876页。
③ 《答黄鲁直书》，《苏轼文集》卷五十二，第1531页。
④ 《王平甫文集后序》，《全宋文》卷二六六六，陈师道卷三，第323页。
⑤ 黄庭坚：《宜州乙酉家乘》，（宋）陆游撰《老学庵笔记》卷三："黄鲁直有日记，谓之《家乘》，至宜州犹不辍书。"中华书局1979年版，第33页。（宋）罗大经撰《鹤林玉露》乙编卷四："山谷晚年作日録，题曰《家乘》，取《孟子》'晋之乘'之义。"中华书局1983年版，第181页。

六弟子中，如黄庭坚在文体创获较多的题跋（指篇幅短小者）、尺牍、家乘，都不属于古文的文体范围。黄庭坚以及其他诸子在文章中表现的思想意涵，也超出了儒家思想的范畴，兼取百家。由此观之，六弟子之于古文艺术传统，一方面丰富了既有的文学传统；另一方面，六弟子在题材内容上的拓展，思想内容上的多元化，而导致艺术精神的多元化，而改变古文以儒家思想为基点的精神内核。又因其多样化的体裁创新，带来古文与其他散体文并存共生的局面，甚至有创作比例缩减的趋势。这对于北宋古文运动的走向，以及散文创作的风尚，无疑会构成复杂的多方面的影响。

二　六弟子的文风取向及其局限性

苏轼对六弟子文风的影响，六弟子对苏轼文风的继承和扬弃，前文已经论及。而六弟子内部的文风差异，本书也有涉及。大体来说，就是六弟子之于苏轼，有趋同的一面，也有存异的一面，即保留个性的一面。而六弟子内部，以平易、奇丽来区别六子，也是大略言之。所谓平易三子，如黄庭坚、陈师道、张耒者，其文风也有平中见奇的一面。而奇丽三子，如秦观、晁补之、李廌者，其文风也有奇中寓平的一面。都是相对而言，相生相成的关系。

从六弟子的文体倾向来看，记、序、碑志文在各人创作数量的分布没有很大的差异，其中比较突出的是黄庭坚的书简（包括尺牍）有一千多首，题跋有六百多首，而晁补之的政、史论文在其散文中占有很大比重。

苏轼对六弟子的影响，从道德层面来看，就是促成六弟子持道自重、守节重义的君子之风；从文学创作上看，就是以自由平等、互相切磋的风气来促进各人的充分发展。六弟子才性不一，对苏轼文风的吸纳自然是各各不同。从文气角度看，苏轼文章气势充沛，变化万千。而文气与作者个性密切相关。六弟子性情各异，而文章中表现出来的文气行进的状态或特点，就有气平与气盛的区别。如平易三子，可称文气平者；奇丽三子，可称文气盛者。细分，又有气平者，气和者，气盛者，气壮者，气刚者，气肃者，气逸者，等等。文气的状态不是固定不变的，而是不拘形态，在某一时期、某种体式中表现为某一特性。

文风承文气而来。文气平者如黄庭坚，文风自然温厚，而对苏轼辞气强盛乃至激烈的文风就持保留态度。气盛者如晁补之、秦观、李廌，不同程度上都表现出对苏轼文风的模仿。张耒则在两极中取得平衡。用他的自然生奇的观点来看，或平或奇，都是自然为之。

这里以黄庭坚为例说明文风取向问题。苏轼对黄庭坚的诗文风格好有一比，其《书黄鲁直诗后二首》曰：

> 读鲁直诗，如见鲁仲连、李太白，不敢复论鄙事，虽若不入用，亦不无补于世也。
>
> 鲁直诗文，如蝤蛑、江瑶柱，格高韵绝，盘殽尽废；然不可多食，多食则发风动气。①

从苏轼的评价来看，黄庭坚诗文的好处在"格高韵绝"，以食物作比，他的诗文不是五谷杂粮，不是平常之物，不能当作主食。而是属于珍稀之物，偶一品之，乃人间至味，多食则会平衡失调。他的诗文不是实用之物，但有补于世，有其价值。

与苏轼相参照，还可引晁补之的评价以佐证。晁补之《书鲁直题高求父扬清亭诗后》：

> 鲁直于治心养气，能为人所不为，故用于读书、为文字，致思高远，亦似其为人。陶渊明泊然物外，故其语言多物外意，而世之学渊明者，处喧为淡，例作一种不工无味之辞，曰"吾似渊明"，其质非也。元祐辛未清明前一日，符离舟中。②

晁补之说的"致思高远"，苏轼说的"格高韵绝"，都指出了黄庭坚文风的特性，即在不俗。不俗，正是黄庭坚所标举的人生取向，与审美取向。也可说是他的文风取向。

---

① 《东坡题跋》卷二，《苏轼文集》卷六十七，第 2122 页。
② 《鸡肋集》卷三十三，《全宋文》卷二七二三，晁补之卷一三，第 138—139 页。

另外，陈师道《答秦觏书》中对黄庭坚的评价可以参看，他说："豫章之诗如其人，近不可亲，远不可疏，非其好莫闻其声。"① 陈师道所言也是一种不俗的表现。

与苏轼文气放逸不同，黄庭坚文章更多地表现出一种定力，这种定力来自他的养气功夫，来自他的简淡个性，也来自他阅世的经历。如前文所引，《与王立之》说"定"："古人有言：'我徂惟求定'。彼盖以治国家，我将推此以为养心之术。木之能茂其枝叶者，以其根定也；水之能鉴万物者，以其尘定也。故曰能定然后能应。"② 《答王观复》说"观复"："君子所以处穷通如寒暑者何哉？方万物芸芸之时，已观其复矣。"③ 阅世渐深，黄庭坚的文章就没有多少火气，而表现出更多的克制与通达。就如陈善谈到"东坡文字好骂"时说："鲁直尝言东坡文字妙一世，其短处在好骂耳。予观山谷浑厚，坡似不及。"④

讨论黄庭坚散文创作的局限性，或可就文体倾向言之。文体方面，书简和题跋占据其散文创作的很大比重。黄庭坚在这两种文体上也倾注了很多心力，对后世影响也很大。而这两类文体创作自由度较高，发散思维特性明显，没有一定之规，也无章法可循，主观性很强，难于模仿和规摹。因为这两类文体完全依靠作者的主观修养、才性、人生经验而为之。黄庭坚作为北宋乃至中国历史上为数不多的诗书大家，写作书简、题跋自然左右逢源，厚积薄发。即使是信手涂抹的短章小语，也都精粹有意味。这是常人难以企及，也难于仿效的。黄庭坚创作最多的这两种文体，适合阅读品味研究，不适合学习，这对于古文的研习创作或为一不利因素。

陈师道散文创作及文风的局限性，或在其持守过严，这一行事风格是因他对文学事业的重视决定的。陈师道门人魏衍在《彭城陈先生集记》说："（陈师道）日以讨论为务，盖其志专欲以文学名后世也。……窃惟先生之文，简重典雅，法度谨严，诗语精妙，盖未尝无谓

---

① 《后山居士文集》，《全宋文》二六六四，陈师道卷一，第286页。

② 《山谷老人刀笔》卷二初仕至馆职二，《黄庭坚全集》外集卷二十一，第1369页。

③ 《山谷老人刀笔》卷三初仕至馆职三，《黄庭坚全集》正集卷十九，第492页。

④ （宋）陈善撰：《扪虱新话》上集卷一，商务印书馆丛书集成初编本，1939年版，第4页。

而作。其志意行事，班班见于其中，小不逮意，则弃去……"① 陈师道对诗文写作都抱以郑重之心，不苟作，稍不如意则弃去，精益求精，故流传下来的作品数量不多。

对师道其人其文，苏轼和同门诗友都评价很高。苏轼这样评价师道的作品："凡诗，须做到众人不爱可恶处，方为工；今君诗不惟可恶却可慕，不惟可慕却可妒。"② 苏轼和晁补之都向朝廷推举陈师道担任学官等职务，苏轼《荐布衣陈师道状》说："伏见徐州布衣陈师道，文词高古，度越流辈，安贫守道，若将终身。苟非其人，义不往见。过壮未仕，实为遗才。"③ 晁补之《太学博士正录荐布衣陈师道状》："伏见徐州布衣陈师道，年三十五，孝弟忠信闻于乡间。学知圣人之意，文有作者之风。怀其所能，深耻自售，恬淡寡欲，不干有司。随亲京师，身给劳事，蛙生其釜，愠不见色。方朝廷振起滞才，风劝多士。谓如师道一介，亦当褒采不遗。"④ 都可见其为人和为文特质。

关于陈师道的诗文创作方式和风格，黄庭坚、张耒都有很精当的描述。黄庭坚《次韵秦觏过陈无己书院观鄙句之作》："陈侯大雅姿，四壁不治第。碌碌盆盎中，见此古罍洗。薄饭不能羹，墙阴老春荠。唯有文字性，万古抱根柢。我学少师承，坎井可窥底。何因蒙赏味，相享当牲醴。试问求志君，文章自有休。玄钥锁灵台，渠当为公启。"⑤ 黄庭坚《病起荆江亭即事十首·其八》："闭门觅句陈无己，对客挥毫秦少游。正字不知温饱未，西风吹泪古藤州。"⑥

张耒《赠陈履常》："劳苦陈夫子，欣闻病肺苏。席门迁次数，僧米乞时无。旨蓄亲庖急，青钱药裹须。我场方不给，何以絷君驹。"⑦ 张耒《昼卧怀陈三时陈三卧疾》："睡如饮蜜入蜂房，懒似游丝百尺长。陋巷谁过居士疾，春风正作国人狂。吟诗得瘦由无性，辟谷轻身合有

① 见《后山诗注补笺》卷首，第13—19页。（宋）陈师道撰，（宋）任渊注，冒广生补笺，冒怀辛整理：《后山诗注补笺》，中华书局1995年版。

② （宋）叶梦得撰《石林燕语》卷八，中华书局1984年版，第117页。

③ 《东坡奏议》卷三，《苏轼文集》卷二十七，中华书局1986年版，第795页。

④ 《鸡肋集》卷五十三，《全宋文》卷二七一四，晁补之卷四，第349页。

⑤ 《豫章黄先生文集》卷三，《黄庭坚全集》正集卷二，第29页。

⑥ 《豫章黄先生文集》卷七，《黄庭坚全集》正集卷九，第227页。

⑦ 《柯山集》卷十四，《张耒集》卷十七，第281页。

方。欲饷子桑归问妇，一瓢过午尚悬墙。"①

江端礼评价他："友人陈师道，南丰曾子固门生也，才学高古，介然不群于俗。"②

正因其不同流俗的风节，过于严苛的创作态度，或使其文风精严有余，而灵变不足。此或为陈师道文风之局限。

其他数子，文风取向也是各有长短。张耒，论文主诚主理，反对刻意求奇的文风，故其文平易有余，而奇变略有不足。秦观文风奇丽精工，从不足方面来说，在讲究作法的文体，如策论，有"知常不知变"的问题，过于求工。而在灵活性较大的文体，如书序，则有过于逞才的问题。少游自是极聪明者，其文风之失，或即在此。

晁补之文章长于博辩，他多方取法，转益多师。他学韩愈之怪奇，有时会用生僻字，句法或不合常轨，张耒名之曰"割裂锦绣"，此或为补之为文之失者。

李廌则是奔放有余，沉潜不足。

三　六弟子在北宋古文运动和散文史上的定位

考察六弟子在文学史中的定位，结合北宋古文运动的发展和散文史的走向就会看得比较清楚。

从北宋古文运动的整个发展过程来看，从初期的柳开、穆修，到前期的王禹偁、尹洙，到中期的古文六大家（欧、王、曾、三苏），古文运动的发展是呈上升的态势，到欧苏则达于顶峰，顶峰过后自然就是走低的趋势。苏门六弟子就处于苏轼这座高峰之后的平缓延续，也可以说是一个小高峰。六弟子之中，张耒是最后谢世者，卒于宋徽宗政和四年（1114）。十三年以后（1127），北宋亡。六弟子是北宋中后期最为重要的一个文人创作群体，也是北宋散文创作的最后高峰。叶适《吕氏文鉴》曰："初欧阳氏以文起，从之者虽众，而尹洙、李觏、王令诸人，各自名家，其后王氏尤众，而文学大坏矣。独黄庭坚、秦观、张耒、晁

---

① 《柯山集》卷十六，《张耒集》卷二十一，第381页。

② 见徐积《节孝先生文集》附录江端礼录《节孝先生语录》，傅璇琮：《黄庭坚和江西诗派资料汇编》下，中华书局1978年版，第471页。

补之始终苏氏，陈师道出于曾而客于苏。苏氏极力援此数人者，以为可及古人。世或未能尽信，然聚群作而验之，自欧、曾、王、苏外，非无文人，而其卓然可以名家者，不过此数人而已。"① 从六弟子的散文创作成就来看，可将他们视为北宋古文运动的后劲。如同一曲交响乐有其开始、发展、高潮和尾声，有其结束的重音，六弟子就是北宋古文运动发展的尾声，并且以他们颇为可观的创作，敲响了古文运动结束的重音。

再联系南宋的古文创作来看，综合考量，南宋没有出现可与六弟子，尤其是与黄庭坚相比肩的诗文大家。南宋古文创作趋于衰微，散文领域里引人注目的现象是语录、小品、笔记、日记、丛话等文体的流行，以及对古文典籍的整理和对古文艺术经验的总结。这种现象符合事物发展的客观规律。高峰过后就是平原和低谷，高潮过后就是守成和总结。规律即是如此。

再从散文史和文学史的宏观背景来看，古典文学在中唐开始的雅俗之变，到两宋一直延续，这种变化在六弟子的文学创作中都有体现（诗文创作皆有）。由宋至元，汉文学的精神命脉在元曲中延续，传统的雅文学即诗文趋于沉寂，一直到明代才渐复苏。这样看来，在文学史和散文史的走向之中，六弟子的散文创作就代表了传统的雅文学的中章。他们是后人追慕的对象，代表了一个难以企及的、无法复制的辉煌。

---

① 《习学记言》卷四十七，引自《秦观资料汇编》，第116页。

结　语

苏门六弟子作为北宋古文运动的后劲，在北宋中后期文坛占有非常重要的一席。论个人成就，他们无法与北宋六大家相比，但整体实力殊为可观。

苏轼对六弟子寄予厚望，希望他们能够改变文坛衰敝有如"一片黄茅白苇"的局面，承担起复兴文坛和传承文道的责任。六弟子不负乃师所托，以个性鲜明的散文创作，丰富和发展了古文艺术，共同构建了自由而多元化的文坛创作格局。

六弟子与苏轼的师承关系，对他们的人生走向和散文创作产生了深刻的影响。他们共同承担了命运的馈赠，在痛苦中酝酿出醇厚的风味。

苏门门风自由多元，苏轼与六弟子相互尊重，平等交流，各展才性，而非强求一律。六弟子在文论观念上对苏轼的散文理论有继承也有创变。苏轼重意，务虚；黄庭坚、张耒则主理，务实，表现出相反相成的发展态势。六弟子的文论对古典散文理论多有贡献。不论是写作理论、文风鉴赏，还是对散文艺术质素的认知，以及散文史观、文统观念，六弟子都有其建树。在散文创作上，六弟子对苏轼文风也是有承有变，自得自成。

六弟子于散文创作各有所长，风格各异。黄庭坚长于书简、序跋，文风自然简淡。秦观长于议论，文丽思深。晁补之辞气俊逸，博辩无碍。张耒汪洋澹泊，疏通秀朗。陈师道简重典雅，法度谨严。李廌文风波澜起伏，气势雄放。

六弟子得苏轼为师，对他们的人格精神的淬炼和创作技艺的磨练，大有助益。苏轼得六弟子为友，得知己良朋共渡劫波，是人生之至乐。

苏轼与六弟子的文学交游，对各人都是无比宝贵的人生经验。张耒、晁补之都以诗笔传写同门诗友的精神气韵，张耒说："黄郎萧萧日下鹤，陈子峭峭霜中竹。秦文蒨藻舒桃李，晁论峥嵘走金玉。"① 晁补之说："黄子似渊明，城市亦复真。陈君有道举，化行闾井淳。张侯公瑾流，英思春泉新。高才更难及，淮海一髯秦。"② 留下了历久弥新的丰美记忆。

六弟子在后世享有君子令名，他们的人格精神、文论观念和散文创作都给后人留下了丰厚的遗产。他们上承古文艺术传统和古文艺术精神，奉行知行合一、人文合一的准则，在现实中实践了古文家的人格修养和自我完善，垂范后人。

六弟子的散文创作也有其局限性。黄庭坚自谦议论文字不如同门师友。苏辙评价秦观波澜不及张耒，而"径健简捷"过之。陈师道为文过于求精，晁补之辞气过于发露。李廌文气不够沉潜。这些都需要作细致的考辨分析。

六弟子处于两宋之交的节点上，为北宋古文运动之后劲与尾声。他们对南宋古文创作走向的影响，是本文未涉及的问题，有待今后研究的深入。

---

① 《赠李德载》，《张耒集》卷十二，第214页。

② 晁补之：《饮酒二十首同苏翰林先生次韵追和陶渊明》，《鸡肋集》卷四，见《全宋诗》卷一一二二，晁补之卷二，第12768页。

参考文献

一 基础文献与资料汇编

皇侃：《论语集解义疏》，丛书集成初编本，商务印书馆 1937 年版。

（汉）司马迁：《史记》，中华书局 1982 年版。

（汉）班固：《汉书》，中华书局 1962 年版。

（元）脱脱等：《宋史》，清乾隆武英殿刻本。

（元）脱脱等：《宋史》，中华书局 1977 年版。

（宋）马端临撰，上海师范大学古籍研究所、华东师范大学古籍研究所
　　点校：《文献通考》，中华书局 2011 年版。

（清）徐松辑：《宋会要辑稿》，中华书局 1957 年版。

（唐）韩愈著，马其昶校注，马茂元整理：《韩昌黎文集校注》，上海古
　　籍出版社 1986 年版。

（唐）韩愈著，刘真伦、岳珍校注：《韩愈文集汇校笺注》，中华书局
　　2010 年版。

（唐）柳宗元：《柳宗元集》，中华书局 1979 年版。

（唐）元稹著，冀勤点校：《元稹集》，中华书局 1982 年版。

（宋）欧阳修：《欧阳修全集》，中华书局 2001 年版。

（宋）曾巩：《曾巩集》，中华书局 1984 年版。

（宋）苏洵著，曾枣庄笺注：《嘉祐集笺注》，上海古籍出版社 1993
　　年版。

（宋）苏轼著，孔凡礼点校：《苏轼文集》，中华书局 1986 年版。

（宋）苏轼著，张志烈、马德富、周裕锴主编：《苏轼全集校注》，河北
　　人民出版社 2011 年版。

（宋）苏轼著，（清）冯应榴辑注，黄任轲、朱怀春校点：《苏轼诗集合

注》，上海古籍出版社 2001 年版。

（宋）苏轼著，李之亮笺注：《苏轼文集编年笺注》，巴蜀书社 2011
年版。

曾枣庄：《苏文汇评》，四川文艺出版社 2000 年版。

四川大学中文系唐宋文学研究室：《苏轼资料汇编》，中华书局 1994
年版。

（宋）苏辙著，曾枣庄、马德富校点：《栾城集》，上海古籍出版社
1987 年版。

（宋）苏辙：《苏辙集》，中华书局 1990 年版。

（宋）黄庭坚：《豫章黄先生文集》，四部丛刊本。

（宋）黄庭坚：《山谷集》，四库全书本。

（宋）黄庭坚：《山谷老人刀笔》，元刻本。

（宋）黄庭坚著，刘琳、李勇先、王蓉贵校点：《黄庭坚全集》，四川大
学出版社 2001 年版。

（宋）黄庭坚著，任渊等注：《黄庭坚诗集注》，中华书局 2003 年版。

郑永晓整理：《黄庭坚全集辑校编年》，江西人民出版社 2011 年修
订版。

（宋）陈师道：《后山居十文集》，宋刻本。

（宋）陈师道：《后山集》（四库荟要本），吉林出版集团 2005 年版。

（宋）陈师道撰，（宋）任渊注，冒广生补笺，冒怀辛整理：《后山诗注
补笺》，中华书局 1995 年版。

傅璇琮：《黄庭坚和江西诗派资料汇编》，中华书局 1978 年版。

（宋）秦观：《淮海集》，四部丛刊景明嘉靖小字本。

（宋）秦观著，徐培均笺注：《淮海集笺注》，上海古籍出版社 1994
年版。

周义敢、周雷：《秦观资料汇编》，中华书局 2001 年版。

（宋）张耒：《张右史文集》，四部丛刊景旧钞本。

（宋）张耒著，李逸安、孙通海、傅信点校：《张耒集》，中华书局
1990 年版。

周义敢、周雷：《张耒资料汇编》，中华书局 2007 年版。

（宋）晁补之：《济北晁先生鸡肋集》，四部丛刊本。

（宋）晁补之：《鸡肋集》（四库荟要本），吉林出版集团 2005 年版。

周义敢、周雷：《晁补之资料汇编》，中华书局 2008 年版。

（宋）李廌：《济南集》，四库全书本。

（宋）李廌：《师友谈记》，中华书局 2002 年版。

曾枣庄、刘琳、四川大学古籍研究所：《全宋文》，上海辞书出版社
　　2006 年版。

北京大学古文献研究所：《全宋诗》，北京大学出版社 1999 年版。

丁传靖：《宋人轶事汇编》，中华书局 2003 年版。

曾枣庄、李凯、彭君华：《宋文纪事》，四川大学出版社 1995 年版。

蒋述卓、洪柏昭、魏中林、王景霓、刘绍瑾：《宋代文艺理论集成》，
　　中国社会科学出版社 2000 年版。

（宋）叶梦得：《石林燕语》，中华书局 1984 年版。

（宋）邵博：《邵氏闻见后录》，中华书局 1983 年版。

（宋）陆游：《老学庵笔记》，中华书局 1979 年版。

（宋）陈善：《扪虱新话》，丛书集成初编本，商务印书馆 1939 年版。

（宋）韩淲·陈鹄：《涧泉日记·西塘集耆旧续闻》，上海古籍出版社
　　1993 年版。

（宋）罗大经：《鹤林玉露》，中华书局 1983 年版。

（宋）吕祖谦：《宋文鉴》，中华书局 1992 年版。

（宋）吕祖谦：《古文关键》，商务印书馆 1936 年版。

（宋）陈骙·李涂：《文则·文章精义》，人民文学出版社 1960 年版。

（宋）王应麟著，（清）翁元圻等注，栾保群、田松青、吕宗力校点：
　　《困学纪闻》（全校本），上海古籍出版社 2008 年版。

（明）吴讷：《文章辨体序说》，人民文学出版社 1998 年版。

（明）何良俊：《四友斋丛说》，中华书局 1959 年版。

（明）茅坤：《唐宋八大家文钞》，上海古籍出版社 1993 年版。

（明）胡应麟：《诗薮》，上海古籍出版社 1979 年版。

（明）袁中道撰，钱伯城点校：《珂雪斋集》，上海古籍出版社 1989
　　年版。

（清）黄宗羲：《南雷文定·前集》，国家清史编纂委员会·文献丛刊
　　《清代诗文集汇编》三三，上海古籍出版社 2010 年版。

（清）林云铭：《古文析义二编》，经元堂刻本。

（清）王晫：《王石和文》，丛书集成续编本。

（清）姚鼐：《古文辞类纂》，上海古籍出版社1998年版。

（清）何文焕辑：《历代诗话》，中华书局1981年版。

（清）章学诚著，叶瑛校注：《文史通义校注》，中华书局1994年版。

（清）永瑢等：《四库全书总目》，中华书局1965年版。

中国公共图书馆古籍文献珍本汇刊：《金毓黻手定本文溯阁四库全书提
　　要》，中华全国图书馆文献缩微复制中心影印版。

（清）方东树：《昭昧詹言》，人民文学出版社1961年版。

（清）刘熙载：《艺概》，上海古籍出版社1982年版。

（清）刘熙载撰，袁津琥校注：《艺概注稿》，中华书局2009年版。

（清）高步瀛：《唐宋文举要》，上海古籍出版社1982年版。

祝尚书：《宋人别集叙录》，中华书局1999年版。

祝尚书：《宋人总集叙录》，中华书局2004年版。

王水照：《历代文话》，复旦大学出版社2007年版。

王葆心编撰，熊礼汇标点：《古文辞通义》，武汉大学出版社2008
　　年版。

二　相关研究论著

郭预衡：《中国散文史》，上海古籍出版社1986年版。

熊礼汇：《先唐散文艺术论》，学苑出版社1999年版。

熊礼汇：《中国古代散文艺术史论》，湖北人民出版社2005年版。

陈平原：《中国散文小说史》，上海人民出版社2005年版。

阮忠：《中国散文史学术档案》，武汉大学出版社2011年版。

褚斌杰：《中国古代文体概论》（增订本），北京大学出版社1990年版。

王水照：《宋代文学通论》，河南大学出版社1997年版。

王运熙、顾易生：《中国文学批评通史》（四）宋金元卷，上海古籍出
　　版社2006年版。

张毅：《宋代文学思想史》，中华书局2006年版。

陈晓芬：《中国古典散文理论史》，华东师范大学出版社2011年版。

曾枣庄：《宋代文学与宋代文化》，上海人民出版社2006年版。

柯庆明：《中国文学的美感》，麦田出版社 2010 年版。

何寄澎：《典范的递承——中国古典诗文论丛》，文史哲出版社 2002 年版。

何寄澎：《唐宋古文新探》，北京大学出版社 2010 年版。

陈飞：《中国古代散文研究》，福建人民出版社 2005 年版。

［德］顾彬、梅绮雯、陶德文、司马涛：《中国古典散文：从中世纪到近代的散文、游记、笔记和书信》，周克骏、李双志译，华东师范大学出版社 2008 年版。

曾枣庄：《宋文通论》，上海人民出版社 2009 年版。

朱迎平：《宋文论稿》，上海财经大学出版社 2003 年版。

杨庆存：《宋代散文研究》，人民文学出版社 2011 年版。

孙立尧：《宋代史论研究》，中华书局 2009 年版。

吴建辉：《宋代试论与文学》，岳麓书社 2009 年版。

周楚汉：《唐宋八大家文化文章学》，巴蜀书社 2004 年版。

王水照、朱刚：《中国古代文章学的成立与展开》，复旦大学出版社 2011 年版。

钱穆：《中国学术思想史论丛（四）》，东大图书股份有限公司 1983 年版。

何寄澎：《北宋的古文运动》，上海古籍出版社 2011 年版。

祝尚书：《北宋古文运动发展史》，北京大学出版社 2012 年版。

冯志弘：《北宋古文运动的形成》，上海古籍出版社 2009 年版。

苏勇强：《北宋书籍刊刻与古文运动》，浙江大学出版社 2010 年版。

副岛一郎：《气与士风——唐宋古文的进程与背景》，上海古籍出版社 2005 年版。

祝尚书：《宋代科举与文学考论》，大象出版社 2006 年版。

祝尚书：《宋代科举与文学》，中华书局 2009 年版。

祝尚书：《宋代文学探讨集》，大象出版社 2007 年版。

曾枣庄：《文星璀璨：北宋嘉祐二年贡举考论》，复旦大学出版社 2010 年版。

沈松勤：《北宋文人与党争》，人民出版社 1998 年版。

刘学斌：《北宋新旧党争与士人政治心态研究》，河北大学出版社 2009

年版。

马东瑶：《苏门六君子研究》，北京大学出版社 2005 年版。

杨胜宽：《苏轼与苏门文人集团研究》，四川人民出版社 2010 年版。

王水照、朱刚：《苏轼评传》，南京大学出版社 2004 年版。

王水照：《苏轼研究》，河北教育出版社 1999 年版。

王水照：《王水照自选集》，上海教育出版社 2000 年版。

内山精也：《传媒与真相——苏轼及其周围士大夫的文学》，上海古籍
  出版社 2005 年版。

朱刚：《唐宋四大家的道论与文学》，东方出版社 1997 年版。

罗联添：《韩愈研究》，天津教育出版社 2012 年版。

黄宝华：《黄庭坚评传》，南京大学出版社 2005 年版。

杨庆存：《黄庭坚与宋代文化》，河南大学出版社 2002 年版。

郑永晓：《黄庭坚年谱新编》，社会科学文献出版社 1997 年版。

黄君：《黄庭坚研究论文选》，江西教育出版社 2005 年版。

钱志熙：《黄庭坚诗学体系研究》，北京大学出版社 2003 年版。

徐培均：《秦少游年谱长编》，中华书局 2002 年版。

全国第二届秦少游学术讨论会秘书处：《秦少游研究论丛》，广西人民
  出版社 1989 年版。

湛芬：《张耒学术文化思想与创作》，巴蜀书社 2004 年版。

刘焕阳：《晁补之与宋代晁氏家族》，山东文艺出版社 2004 年版。

郑骞：《陈后山年谱》，联经事业出版公司 1984 年版。

陈植锷：《北宋文化史述论》，中国社会科学出版社 1992 年版。

包弼德：《斯文：唐宋思想的转型》，江苏人民出版社 2001 年版。

诸葛忆兵：《宋代文史考论》，中华书局 2002 年版。

田浩：《宋代思想史论》，社会科学文献出版社 2003 年版。

余英时：《朱熹的历史世界——宋代士大夫政治文化的研究》，生活·
  读书·新知三联书店 2004 年版。

张邦炜：《宋代政治文化史论》，人民出版社 2005 年版。

吴功正：《宋代美学史》，江苏教育出版社 2007 年版。

罗家祥：《宋代政治与学术论稿》，华夏文化艺术出版社 2008 年版。

三　研究相关期刊论文

朱迎平：《宋文文体演变论略》，《中山大学学报》（社会科学版）2007
　　年第 5 期。

朱迎平：《唐宋传体文流变论略》，《学术研究》2010 年第 5 期。

朱刚：《北宋"险怪"文风——古文运动的另一翼》，《中国社会科学》
　　2010 年第 1 期。

盖琦纾：《苏门文人私人建物记之美学意涵》，《汉学研究》第 24 卷第 1
　　期（2006 年 6 月）。

王基伦：《苏轼对史事本意的追求——从〈省试刑赏忠厚之至论〉谈
　　起》（2006 年 5 月武汉大学演讲系列发言之一）。

党圣元：《苏轼的文章理论体系及其美学特质》，《人文杂志》1998 年
　　第 1 期。

马茂军：《自由的思想与自由的抒写——论苏轼散文的艺术精神》，《江
　　淮论坛》2005 年第 6 期。

杨胜宽：《欧苏相合于"道"》，《成都大学学报》（社会科学版）1993
　　年第 3 期。

曾子鲁：《简述苏轼对韩欧古文成就的继承与发展》，《江西师范大学学
　　报》（哲学社会科学版）第 32 卷第 2 期，1999 年 5 月。

萧庆伟、陶然：《论苏门之立》，《浙江大学学报》（人文社会科学版）
　　第 31 卷第 2 期，2001 年 3 月。

崔铭：《追忆：一种特殊的潜在交往——"苏门"晚期交游考述》，《中
　　国韵文学刊》2004 年第 3 期。

崔铭：《跨越时空的群体性唱和——"苏门"晚期交游考述》，《中国石
　　油大学学报》（社会科学版）第 22 卷第 1 期，2006 年 2 月。

金振华：《苏门四学士散文特征论》，《苏州大学学报》（哲学社会科学
　　版）2004 年 7 月第 4 期。

崔铭：《基本人生取向与人格理想：论苏轼与黄庭坚的内在契合》，《南
　　京师大学报》（社会科学版）2002 年 1 月第 1 期。

钱志熙：《论黄庭坚的"情性说"》，《河池师专学报》（社会科学版）
　　1997 年第 1 期。

金振华：《黄庭坚散文特征论》，《苏州大学学报》（哲学社会科学版）
　　2001 年第 4 期。

傅璇琮：《黄庭坚文化现象的历史启示》，《光明日报》2002 年 7 月
　　3 日。

邱美琼、胡建次：《论黄庭坚的记、序、题跋及其对宋文文体的拓展》，
　　《江西教育学院学报》（社会科学版）2003 年 8 月第 24 卷第 4 期。

陈忻：《黄庭坚诗学观中的理学因素》，《重庆社会科学》2005 年第
　　2 期。

盖琦纾：《领略古法生新奇——黄庭坚"字说"书写的文化新意》，《国
　　文学报》第 10 期。

湛芬：《"文以明理"三教合一的文艺观——谈张耒的文艺思想》，《殷
　　都学刊》1992 年第 2 期。

湛芬：《论张耒学术文化思想对蜀学内蕴的契合》，《贵州社会科学》总
　　185 期第 5 期，2003 年 9 月。

韩文奇：《张耒文学主张探微》，《西北大学学报》（哲学社会科学版）
　　2005 年 11 月第 35 卷第 6 期。

韩文奇：《张耒交游与仕宦二考》，《光明日报》2006 年 6 月 2 日。

韩文奇：《张耒理想人格的构成要素》，《甘肃理论学刊》2006 年 9 月
　　第 5 期总第 177 期。

吴蓓：《论秦观策论》，《浙江学刊》1997 年第 5 期（总第 106 期）。

朱刚：《论秦观贤良进策》，《新宋学》第一辑，上海辞书出版社 2001
　　年版。

庄桂英、张忠智：《秦观杂记文书写特色解析》，《远东通识学报》第 1
　　期，2007 年 7 月。

张忠智、庄桂英：《秦观散文之美》，《远东学报》第 24 卷第 2 期，
　　2007 年 6 月出版。

张剑：《苏门的变相——论晁补之的散文》，《文史哲》2005 年第 5 期
　　（总第 290 期）。

刘乃昌：《苏轼与齐鲁名士晁补之李格非的交游》，《乐山师范学院学
　　报》第 20 卷第 4 期，2005 年 6 月。

龙延：《陈师道与黄庭坚》，《贵州社会科学》总 179 期第 5 期，2002 年

9 月。

杨玉华：《试论陈师道的文学思想》，《成都大学学报》（社会科学版）
　　2004 年第 3 期。

王金花：《论陈师道诗文理论的双重性》，《安徽文学》2008 年第 2 期。

李晓芳：《浅谈陈师道的尺牍文》，《安徽文学》2009 年第 11 期。

钱建状：《苏轼元祐三年科场舞弊辨伪——兼论李廌落第原因》，《浙江
　　大学学报》（人文社会科学版）第 38 卷第 3 期，2008 年 5 月。

陈云芊：《简论李廌论兵之文》，《黑龙江史志》2009.22（总第 215）。

祁琛云：《苏轼与李廌师友关系论析》，《青岛大学师范学院学报》第
　　26 卷第 3 期，2009 年 9 月。

喻世华：《论苏轼的为师之道——以李廌为例》，《河南科技大学学报》
　　（社会科学版）第 30 卷第 2 期，2012 年 4 月。

四　研究相关硕博论文

张丽华：《苏门六君子交谊考论》，博士学位论文，浙江大学，2005 年。

徐建平：《黄庭坚散文研究》，博士学位论文，华东师范大学，2009 年。

毛雪：《苏轼、黄庭坚题跋文研究》，硕士学位论文，郑州大学，
　　2003 年。

陈善巧：《黄庭坚入蜀及蜀中创作研究》，硕士学位论文，四川师范大
　　学，2007 年。

宋彩凤：《张耒散文研究》，硕士学位论文，山东师范大学，2007 年。

陈蔚蔚：《张耒散文研究》，硕士学位论文，福建师范大学，2009 年。

宋雪松：《秦观散文特色初探》，硕士学位论文，东北师范大学，2006 年。

梁庆远：《试论秦观散文中"理"与"事"》，硕士学位论文，暨南大
　　学，2008 年。

曹丽：《李廌研究》，硕士学位论文，浙江大学，2007 年。

任美林：《李廌及〈济南集〉研究》，硕士学位论文，西北大学，
　　2009 年。

后　记

　　本书是在个人的博士论文基础上补充、修改完成的。学习是一个漫长而艰苦的过程。写作也是如此，从最初的茫无端绪，到如今初具规模，个中滋味，只有自己体会。

　　古文是映内的艺术。在文本阅读和分析的过程中，苏轼和六弟子的人格精神和文学风范在文字中映现。以古鉴今，改变的是时间，不变的是人的困境。苏轼和六弟子在面对人生困境时的取舍，他们的人格修养，他们对现实的超越，他们不系于物，与造物者游的人生态度，他们处忧患而不惊，临大节而不可夺的君子气度，摆落现实羁縻，达于自由的人生取向，使我在纷纭变幻中获得启示，超越过去，完成自我。

　　人生即是一段旅程，苏轼和六弟子的人生与艺术，存留于文字间，告知有心者，曾经有这样一些人，以这样的方式生活过。

　　感谢我的授业恩师熊师礼汇先生，感谢我的家人，感谢所有关心、支持和帮助我的人。

　　遗憾总是常态，避免遗憾的努力总是那么微薄。是为记。

朱晓青

2018 年 5 月